Meredith
Die geheimen Archive von Kallisto

AF281831

Theresa Strasser

MEREDITH

Die geheimen Archive von Kallisto

Bibliografische Information der Deutschen Nationalbibliothek: Die Deutsche Nationalbibliothek verzeichnet diese Publikation in der Deutschen Nationalbibliografie; detaillierte bibliografische Daten sind im Internet über http://dnb.dnb.de abrufbar.

Lektorat: Katrin Scheiblhofer
Korrektorat: Renate Hermes
Covergestaltung: L1graphics

Verlag: BoD · Books on Demand GmbH, Überseering 33, 22297 Hamburg, bod@bod.de

Druck: Libri Plureos GmbH, Friedensallee 273, 22763 Hamburg

ISBN: 978-3-8192-1019-8

Liebe Renate,
die allerersten Zeilen dieser Geschichte
sind in deinem Garten geschrieben worden.
Damals war mein Kopf so voll mit Worten,
die unbedingt gesagt werden wollten,
ihren Weg jedoch nicht aus meinem Mund fanden.
Ohne deinen Zuspruch und deine Unterstützung
wäre dieses Werk wohl niemals entstanden,
und dafür möchte ich mich aus ganzem Herzen bei dir
bedanken.

Lieber Michael,
deine erschrockene Reaktion als ich dir am Ende meines
letzten Kapitels gestand, dass einer meiner Charaktere stark
von dir inspiriert ist, werde ich wohl nie vergessen.
Ich habe unsere gemeinsame Küken-Zeit
sehr genossen und auch, wenn wir das Nest nun schon
seit einiger Zeit verlassen haben, hoffe ich doch,
dass wir einander nicht aus den Augen verlieren und
unsere Freundschaft weiterhin bestehen bleibt.
Ich bin gespannt, wohin der Wind dich noch treiben wird,
sobald das Leben dir die richtige Böe schickt und
dein Höhenflug beginnt.

Pass beim Fliegen auf rosa Wolken auf.

PROLOG

Die Kutsche holperte in voller Fahrt über ein Schlagloch, als der Kutscher ein weiteres Mal die Pferde antrieb. Es war ein drückend schwüler Julitag, die Straßen staubig und trocken. Seit Wochen hatte es keinen einzigen Tropfen mehr geregnet. Der Dreck wirbelte meterhoch, und das stolze Wappen der Familie Barclay war bereits von einer dicken Staubschicht bedeckt.

Im Inneren der Kutsche war es heiß und stickig, Robert hätte liebend gern eines der Fenster geöffnet, doch sobald sie dies taten, kam der Schmutz von der Straße herein und da sie in Kürze in der Residenz der Familie Maynard eintreffen würden, mussten sie so sauber und ordentlich wie möglich bleiben. Außerdem war es beinahe unmöglich, bei offenem Fenster einen vollen Atemzug zu tun, ohne einen Hustenanfall zu erleiden. Robert beneidete den Kutscher draußen am Kutschbock wirklich nicht, es musste in der prallen Sonne brütend heiß sein. Die Kutsche ruckelte über einen großen Stein und die Federung der Sitzpolster bohrte sich unangenehm in Roberts Rücken, während die Beine des Dreizehnjährigen unkontrolliert schlackerten.

Sie waren aufgrund eines gebrochenen Wagenrades spät dran, weshalb der Kutscher trotz der Hitze die Pferde antrieb. Roberts Vater, George Barclay, der Patriarch der Familie, war gar nicht glücklich, zu spät zu einem Geschäftstreffen mit den Maynards zu kommen. Robert war sich nicht sicher, warum es seinem Vater so wichtig war, bei einer Familie, die so abgeschieden lebte, Eindruck zu schinden. Er verstand nicht allzu viel von Politik, doch bisher war ihm der Name Maynard noch nie untergekommen. Nicht einmal damals, als sie Haus Lamberg, das zweite der sechs Häuser, besucht hatten, war sein Vater so nervös gewesen wie jetzt. Sein Vater schien… regelrecht Angst zu haben vor dieser Familie.

Das war etwas, was Robert absolut nicht gewohnt war, und es verunsicherte ihn zutiefst. Sein Vater hatte vor nichts und niemandem Angst. Außer vielleicht vor dem König. Aber das hatte ja jeder.

Die Residenz der Maynards lag weit entfernt von einem der magischen Portale, um die sich für gewöhnlich alle einflussreichen Familien scharten.

„Du wirst dich im Hintergrund halten und bei Magister Maynard einen guten Eindruck hinterlassen", wies sein Vater Robert zum gefühlt hundertsten Mal an.

„Es hat mich viel Zeit und Mühen gekostet, dieses Geschäftstreffen einzufädeln, und wir können es uns nicht leisten, dass die Maynards ein schlechtes Bild von uns bekommen."

Nervös zupfte er sein Halstuch zurecht, ehe er weitersprach:

„Und sei nur ja höflich!"

Dann klopfte er herrisch an die Kutschenwand.

„Wie weit ist es noch?", fragte er in barschem Ton.

Robert verstand die Antwort des Kutschers nicht, doch diese erübrigte sich ohnehin. Das dichte Wäldchen lichtete sich und vor ihnen breitete sich ein liebliches Tal aus. Sie befanden sich hoch oben an einem Berghang, fast an der Spitze des Hügels. Schlangenförmig wand sich die Straße nach unten, ehe sie zu einem kleinen Städtchen inmitten der Talsohle führte, umringt von satten, grünen Feldern. Über den malerischen kleinen Häuschen der Stadt thronte ihr Ziel; die prachtvolle Residenz der Familie Maynard.

Nur kurze Zeit später lenkte der Kutscher die schnaubenden Pferde eine elegante Allee entlang, die zu dem großen, geschmackvollen Herrenhaus führte. Bei ihrer Ankunft trat Hektik ein, während sie von den Bediensteten in Empfang genommen wurden, dann kam auch schon der Hausherr auf sie zu, um sie zu begrüßen.

Bei Magister Louis Maynard handelte es sich um einen hochgewachsenen, schwarzhaarigen Mann mit den blauesten Augen, die Robert jemals gesehen hatte. Hätte er diese Augen auf einem Porträt gesehen, wäre Robert fest davon überzeugt gewesen, dass der Maler sich in der Farbe vergriffen hatte – sie wirkten beinahe unecht. Sie begrüßten einander förmlich und sein Vater tauschte einige Höflichkeitsfloskeln mit dem Familienoberhaupt der Maynards aus, ehe er Robert mit stolzgeschwellter Brust vorstellte.

„Mein Sohn, Magister Robert Barclay." Er legte in einer väterlichen Geste die Hand auf Roberts Schulter.

„Meine Frau bestand darauf, dass er mich auf dieser Reise begleitet. Wir wollen auf dem Rückweg noch bei seiner Tante vorbeischauen."

„*Magister* Robert Barclay, tatsächlich?"

Mit einem Ausdruck der Überraschung wandte sich Magister Maynard zu dem Dreizehnjährigen.

„Es gibt also nach all den Jahren wieder jemanden mit magischen Fähigkeiten in der Familie Barclay. Meinen Glückwunsch."

Robert wusste, dass nicht seine Mutter vorgeschlagen hatte, er solle seinen Vater begleiten. Seit sich seine schwachen Fähigkeiten – ungewöhnlich spät im Alter von zwölf Jahren – gezeigt hatten, schien sein Vater ihn plötzlich allen und jedem vorstellen zu müssen. Schon bald würde er den magischen Zweig der Akademie besuchen dürfen, eine Ehre, die der Familie Barclay schon sehr lange verwehrt geblieben war. Natürlich war er nicht der Erste seiner Familie, der an die Akademie ging, immerhin hatten die Barclays mehr als genug Geld. Doch diese als Magister zu absolvieren, war doch etwas anderes, denn kein Geld der Welt konnte magische Fähigkeiten erkaufen. Und er war unglaublich gespannt darauf, in welcher der fünf magischen Disziplinen er Talent zeigen würde.

„Wie wäre es, wenn Ihr Euch erst einmal etwas frisch macht und dann meiner Familie und mir beim Mittagessen Gesellschaft leistet?", schlug Magister Maynard vor.

„Es ist ausnahmsweise einmal die gesamte Familie zuhause, ein Umstand, der in den letzten Jahren leider selten geworden ist. Und sicher seid Ihr hungrig nach der langen Reise."

Da Robert seit dem Morgen nichts mehr gegessen hatte, begeisterte ihn die Aussicht auf eine warme Mahlzeit, und er war froh zu hören, dass sein Vater einwilligte.

Als George Barclay mit seinem Sohn nur kurze Zeit später den großen Speisesaal der Familie betrat, war der Rest der Maynards bereits versammelt. Man hatte ihnen einen Ehrenplatz direkt neben dem Oberhaupt der Familie gegeben, während eilends zwei weitere Gedecke hervorgeholt worden waren.

Es war eine große Familie und Robert kam nicht umhin zu bemerken, wie unglaublich ähnlich die sechs Kinder der Familie ihrem Vater waren, sie wirkten wie Kopien in unterschiedlichen Altersstufen. Sie alle waren hochgewachsen mit dichten schwarzen Haaren und den unfassbar blauen Augen ihres Vaters. Nur die Jüngste, ungefähr in Roberts Alter, schien die kleine und zarte Statur ihrer Mutter zu haben, welche mit ihren blonden Locken und der elfenhaften Figur regelrecht aus der Familie hervorstach.

Das Mädchen saß während des Essens ihm gegenüber und Robert musterte sie von Zeit zu Zeit neugierig. Sie war die Einzige, die in seinem Alter zu sein schien, alle ihre Brüder mussten älter sein.

„Was guckst du denn so?", fragte das kleine Mädchen plötzlich unfreundlich.

Peinlich ertappt, lenkte Robert sofort seinen Blick zurück auf seinen Teller. Es befanden sich nur noch einige gekochte Karotten darauf, den Rest hatte er bereits wie ein hungriger Wolf verschlungen. Er hasste Karotten.

„Ach, nur so", beeilte er sich zu sagen.

„Hat dir deine Mutter nicht beigebracht, dass es unhöflich ist, andere Leute so anzustarren?"

Das kleine Mädchen funkelte ihn über den Tisch hinweg an. Sie war bereits fertig mit ihrem Essen und schien genauso wie der Rest der Familie nur noch darauf zu warten, dass Magister Maynard als Oberhaupt der Familie die Mahlzeit für beendet erklärte.

„Meredith!" Warnend gab ihr Bruder dem kleinen Mädchen einen sanften Ellbogenstoß.

„Sie sind Gäste, sei höflich."

Meredith verschränkte bockig die Arme.

Jemand räusperte sich hörbar. Mit zusammengekniffenen Augen blickte die schöne, zarte Magistra Maynard über den Tisch hinweg ihre jüngste Tochter an.

„Tschuldigung", murmelte diese, ihre Hände fielen lasch zu beiden Seiten herab.

Robert konnte sich ein kurzes Grinsen nicht verkneifen. Geschah ihr recht, dieser hochnäsigen kleinen Hexe.

Doch kaum hatte Magistra Maynard sich abgewandt und wieder dem Gespräch gewidmet, da streckte Meredith ihm mit einem bösen Blick die Zunge heraus. Robert schob sich etwas auf seinem Stuhl nach vorne und trat ihr gegen das Schienbein.

Womöglich hätte sich die Situation noch zugespitzt, hätte Magister Maynard nicht just in diesem Moment sein Besteck mit einem seligen Seufzer zur Seite gelegt.

„Was für ein vorzügliches Mahl. Vanessa, meine Liebste, bitte richte dem Koch meine Grüße aus." Zufrieden tupfte er sich den Mund ab.

„Er hat sich wieder einmal selbst übertroffen."

Behaglich lehnte er sich in seinem Stuhl zurück, während er dem Rest der Familie ein Zeichen gab. Offenbar war dies das Signal, dass sie aufstehen durften, denn sofort erhoben sich sämtliche Kinder von ihren Stühlen.

„Einen Moment noch." Die strenge Stimme ihrer Mutter ließ alle mitten in ihren Bewegungen erstarren, einige hatten bereits halb den Raum durchquert.

„Meredith, ich glaube, du bist im selben Alter wie der junge Magister Robert hier. Sei so gut und führe unseren Gast ein bisschen durch das Haus, während wir Erwachsenen geschäftliche Dinge besprechen."

Das kleine Mädchen zog eine Schnute.

„Muss das sein?", fragte es sichtlich unglücklich.

Bei dem Blick ihrer Mutter hätte sich Robert am liebsten unsichtbar gemacht. Doch Meredith gab nicht so schnell klein bei. Ihre älteren Geschwister machten, dass sie aus dem Speisezimmer kamen.

„Kann das nicht jemand anderer machen? Ich bin beschäftigt und habe keine Zeit, den Babysitter zu spielen", maulte das Mädchen weiter.

Empört schnappte Robert nach Luft. Das war ja wohl die Höhe!

Sie konnte nicht viel älter sein als er selbst, wenn nicht sogar eher jünger. Doch Magistra Maynard starrte ihre jüngste Tochter nur aus schmalen Augen an. Diese gab nun endlich geschlagen. Robert warf seinem Vater einen fragenden Blick zu, er hatte eigentlich überhaupt keine Lust, mit dem kleinen Mädchen Zeit zu verbringen. Doch dieser machte nur eine ungeduldige Handbewegung.

„Benimm dich", warnte er ihn noch im Hinausgehen, ehe die Tür zum Esszimmer auch schon hinter ihnen zuschlug und er allein mit Meredith auf dem Flur stand.

„Okay, welchen Teil des Hauses willst du sehen?", fragte sie, die Arme erneut bockig vor der Brust verschränkt.

Sie war winzig, Robert überragte sie fast um einen ganzen Kopf.

„Keine Ahnung", meinte er und zuckte mit den Schultern. „Gehen wir einfach irgendwo hin."

Sie blickte ihn kurz mit zusammengekniffenen Augen an. Obwohl sie schwarze und nicht wie ihre Mutter blonde Haare hatte, sah sie dieser in jenem Moment verblüffend ähnlich.

„Dann komm mal mit."

Mit diesen Worten drehte sie sich um und marschierte los. Robert blieb nicht viel anderes übrig, als ihr nachzulaufen. Einige Flure, zwei Treppen und etliche Minuten später standen sie vor einer gewaltigen hölzernen Flügeltüre.

„Das hier ist Papas Bibliothek, und manchmal auch sein Arbeitsraum", erklärte Meredith stolz, ehe sie die Türe aufstieß.

Der Raum war kreisrund und schien sich unendlich in die Höhe zu strecken wie ein Turm, nur dass es keine Leitern oder Treppen gab. Die Wände waren vollgestopft mit Büchern, kreuz und quer lagen sie übereinander. Sie schienen nach keinem System geordnet zu sein; vielmehr wirkte es, als habe sie jemand willkürlich aufeinandergestapelt.

„Wie zur Hölle findet ihr euch in diesem Chaos zurecht?", fragte Robert verwirrt. Er hatte nicht vorgehabt, an irgendetwas im Haus der Maynards Interesse zu zeigen, doch diese Bibliothek war so anders als alle, die er bisher gesehen hatte, dass er einfach fragen musste.

Meredith schmunzelte mit einem überheblichen Blick.

„Man muss einfach fragen."

Sie ging in die Mitte des Raumes, schloss die Augen – und im nächsten Moment flatterten ihr drei Bücher aus den unendlichen Höhen des Turmes entgegen, direkt in ihre Arme.

„Ich werde etwas lesen, stör mich also besser nicht", wies sie ihn an, bevor sie sich in eines der bequem aussehenden Kissen am Boden sinken ließ.

Für einen Moment stand Robert unschlüssig da. Er hatte keine Ahnung, was er jetzt tun sollte, also folgte er ihr schließlich und ließ sich neben ihr nieder. Er wollte sich nicht die Blöße geben, ebenfalls nach einem Buch zu rufen, falls es nicht funktionierte. Nachdem sie einige Minuten stumm dagesessen hatten, brach er das Schweigen:

„Was liest du da?"

„Ein Buch über Dämonen", antwortete sie widerwillig, ohne von ihrer Lektüre aufzuschauen.

„Bist du auch eine Magistra?", fragte er neugierig. „Ich bin seit kurzem einer, aber ich weiß noch nicht, in welche Richtung meine Begabung geht."

Gespannt beobachtete er, ob sie darauf reagierte. Doch zu seiner großen Enttäuschung zuckte sie nur mit den Schultern und las weiter in ihrem blöden Buch.

„Schön für dich."

„In welche der fünf Richtungen geht deine Begabung eigentlich? Oder weißt du es auch noch nicht?", fragte er weiter. „Du wirst bestimmt Heilerin oder so etwas. Alle Mädchen werden Heilerinnen."

Unwirsch blickte Meredith auf.

„So ein Blödsinn, ich werde ganz bestimmt nicht Heilerin. Ich habe unsere Familienfähigkeit geerbt!" Sie klang dabei ungemein stolz.

Mit großen Augen blickte er sie an.

„Ihr habt eine Familienfähigkeit? Du lügst!"

Eine besondere Magie, die nur innerhalb einer einzigen Familie weitervererbt wurde, war unglaublich selten. Genaugenommen gab es im gesamten Land nur sechs dieser Familien, die sogenannten Häuser. Und diese waren jedermann bekannt und in aller Munde, während Robert noch nie von der Familie Maynard gehört hatte.

Meredith schob das Kinn vor.

„Ich lüge nicht!"

„Ha, und was soll diese besondere Fähigkeit denn bitteschön sein?", fragte er nun spöttisch.

„Wir können Dämonen beschwören!", erwiderte sie stolz.

Robert starrte Meredith einen Moment ungläubig an, dann fing er an zu lachen.

„Jaaa, genau. Dämonenbeschwörung. Und meine Familie kann Drachen herbeizaubern."

Wütend sprang sie auf, ihre Augen funkelten vor Zorn.

„Was kann so ein Dämon eigentlich?", fragte er weiter. „Ich meine, wozu beschwört man sie denn? Wozu sind sie nütze?"

Meredith seufzte theatralisch, so als müsse sie mit einem unwissenden Kind sprechen. Das machte ihn wütend. Sie war doch hier das Kind, welches tatsächlich zu glauben schien, sie könne Dämonen beschwören.

„Das hängt von dem beschworenen Dämon ab", erklärte sie ihm in herablassendem Ton.

„Je nach Klassifizierung und Art haben sie unterschiedliche Fähigkeiten und Stärken. Es gibt

Familiare, Elementar-Dämonen, Psy-Dämonen, die mit ihrem Geist kämpfen, und auch Dämonen, die körperlich total stark und schnell sind."

Sie klappte das Buch zu, markierte aber mit ihrem Finger die Seite, die sie gerade gelesen hatte.

„Meine Familie ist die Einzige, die sie nicht nur beschwören, sondern auch kontrollieren kann", erklärte sie ihm weiter in stolzem Tonfall. „Aber auch innerhalb unserer Familie hat jeder eigene Affinitäten zu gewissen Arten von Dämonen, bei denen es uns leichter fällt, sie zu kontrollieren, als bei anderen."

„Und welche Art von Dämonen kontrollierst du?", fragte er, nun doch etwas neugierig.

Meredith zuckte mit den Schultern.

„Weiß ich noch nicht, mein Papa ist sich noch nicht ganz sicher. Wir sind erst bei den Grundlagen meiner Ausbildung, auch wenn ich eigentlich schon viel besser bin. Bis jetzt sind mir eigentlich alle Arten von Dämonen recht leichtgefallen, mein ältester Bruder Ned meint, ich sei ein Naturtalent." Sie setzte sich wieder hin und steckte ihre Nase erneut in das Buch.

„Und du hast schon mal so einen Dämon beschworen", stellte er mit einem gönnerhaften Grinsen fest.

Er rechnete fest damit, dass sie verlegen zur Seite schauen und eine Ausrede murmeln würde, doch Meredith zuckte nur gelassen mit den Schultern.

„Klar."

„Beweis es", forderte Robert.

Das kleine Mädchen richtete sich zu seiner vollen Größe auf und kniff erneut die Augen zusammen, wie es das bereits zuvor im Flur getan hatte.

„Ich muss dir gar nichts beweisen!"

Robert lachte hämisch auf.

„Ha ha! Du kannst es also gar nicht."

Also war sie doch nicht so toll, wie sie tat. Nun wurde Meredith richtig sauer.

„Kann ich wohl!"

„Dann beweis es doch."

Mit einem Knall legte Meredith das Buch, das sie eben in der Hand gehalten hatte, zurück auf den Stapel.

„Okay."

Sie sprang auf und ging zurück in die Mitte des Raumes, wedelte mit der Hand und der Bücherstapel, den sie zuvor herbeigerufen hatte, flatterte wieder zurück in die unendlichen Höhen des seltsamen Turmes. Stattdessen kam ein dickes, braunes Buch herabgeschwebt.

Meredith blätterte durch die ersten Seiten, um dann innezuhalten und Robert eine Abbildung zu zeigen. Es war ein schauriges Wesen, es wirkte wie eine Art Schlammmonster mit vier Armen und… wie viele Augen waren das?

„Da!"

Sie zeigte auf die Abbildung. „Das ist Amaroth, ein Elementar-Dämon der niedrigsten Klasse", erklärte sie ihm, „der sollte gehen."

Mit entschlossen vorgerecktem Kinn drückte sie ihm das geöffnete Buch in die Hand. Schwungvoll schob Meredith den Teppich, der in der Mitte des Raumes gelegen hatte, zur Seite. Darunter kam ein simples, in den Boden gemeißeltes Pentagramm zum Vorschein.

„Das ist ein einfaches Grundpentagramm, es kann für die meisten Beschwörungen genutzt und erweitert werden."

Sie schnappte sich eine Kreide vom Schreibtisch.

„Unsere Familie nutzt es bereits seit Jahrhunderten."

Die Zunge zwischen die Zähne geklemmt, begann sie mit der Kreide weitere Linien zu zeichnen, immer wieder einen Blick in das geöffnete Buch werfend. Das

Pentagramm wurde komplizierter, schon bald konnte Robert vor lauter Linien nichts mehr erkennen. Nun wurde ihm doch etwas mulmig zumute. Meinte sie das wirklich ernst? Irgendwie hatte er kein gutes Gefühl bei der ganzen Sache. Eine dunkle Vorahnung stieg in ihm auf, während er dem Mädchen zusah.

„Ähm, Meredith?", fragte er etwas kleinlaut. „Bist du dir wirklich sicher, dass du einen Dämon rufen und kontrollieren kannst?"

Doch sie winkte mit einer hochmütigen Geste ab, voll und ganz auf die Linien des Pentagramms konzentriert.

„Natürlich kann ich das. Mama hat mir zwar verboten, ohne Papa zu beschwören, aber Amaroth ist nur ein geringer Dämon. Außerdem sind wir Maynards berühmt für unsere Fähigkeiten in Sachen Dämonenbeschwörung. Der wird nicht mal einen Zeh aus dem Pentagramm herausstrecken können."

Robert musterte das grausige Bild des Schlamm-Dämons.

„Hat der überhaupt Zehen?"

„Wir rufen ihn, schauen ihn uns eine Weile an und dann schicken wir ihn wieder zurück, wo er hergekommen ist."

Zufrieden nickend betrachtete sie ihr Werk, ehe sie Robert herausfordernd ansah.

„Oder hast du etwa Angst?"

Um nichts in der Welt würde er das zugeben. Daher kämpfte Robert das ungute Gefühl in seiner Magengegend nieder.

„Jetzt fang schon an, wenn du glaubst, dass du das wirklich kannst", meinte er mit verächtlichem Unterton. Er freute sich bereits auf ihr Gesicht, wenn bei der Beschwörung rein gar nichts passieren würde. Für einen kurzen Moment wirkte sie unsicher, dann kehrte ihre selbstbewusste Miene wieder zurück.

„Achte darauf, dass du nicht innerhalb des Kreises stehst und dass du die Kreide nicht verwischst", wies sie ihn hoheitsvoll an.

Robert rollte mit den Augen. Mann, nahm die das ernst!

Er beobachtete, wie Meredith vor den Kreis trat und einmal tief durchatmete. Sein mulmiges Bauchgefühl wollte einfach nicht verschwinden.

Es wird doch gar nichts passieren, versuchte er, sich selbst zu beruhigen.

Dämonen gibt es nicht, und erst recht keine Dämonenbeschwörungen.

Solchermaßen beruhigt stellte er sich in möglichst gelangweilter Pose hin und beobachtete das kleine Mädchen. Dieses baute sich vor dem Pentagramm auf und begann damit, unverständliche Worte und Laute von sich zu geben, die Augen fest auf die aufgeschlagene Buchseite vor sich gerichtet. Die Linien des Pentagramms begannen, in unheimlichem, strahlendem Weiß zu glühen.

Obwohl der Raum dadurch eigentlich heller erscheinen sollte, wirkte er mit einem Mal seltsam kalt. Meredith rezitierte Worte in einer fremden Sprache, während sie gebieterisch die Hände erhob. Ihre Augen funkelten triumphierend zu ihm hinüber. Robert bemühte sich um ein möglichst unbeeindrucktes Gesicht. Sie musste ein paar kleine Tricks oder so beherrschen, vielleicht hatte sie das ganze sogar mit Ritualmagie vorbereitet, um dem nächsten Gast, der vorbeikam, einen ordentlichen Schrecken einzujagen. Hier war gar nichts, wovor er sich fürchten musste.

Doch sein Magen krampfte sich aus irgendeinem zusammen. Niemals würde er zugeben, wie sehr ihn die ganze Sache ängstigte. Das wäre echt blamabel.

Dann veränderte sich die Atmosphäre auf einmal schlagartig.

Das kalte Weiß des Pentagramms glühte in einem dunklen Rot auf, schwarze Schlieren waberten an den Rändern entlang und zogen sich durch das Pentagramm. Eine seltsame Dunkelheit ergriff den Raum, schien sich zusammenzuziehen und begann, im Inneren des Pentagramms zu pulsieren, als wäre sie lebendig. Meredith hörte auf zu reden, ließ die Arme fallen und starrte mit vor Schreck geweiteten Augen in die Mitte des Pentagramms. Doch es hörte nicht auf. Robert lief es kalt über den Rücken, irgendetwas stimmte hier ganz und gar nicht. Das mulmige Gefühl wurde zu echter Panik. Kalter Schweiß brach ihm auf der Stirn aus.

RUMMS! Ein lautes Krachen erschütterte den Raum.

Die Tür zur Bibliothek wurde aufgerissen und Merediths Vater, Magister Louis Maynard, rannte in den Raum, dicht gefolgt von Roberts Vater George Barclay.

„Was zur Hölle ist hier los?", verlangte er zu wissen. Dann erblickte Magister Maynard das Pentagramm mit den dunkelrot glühenden Linien, den wabernden Schlieren und der schwarzen, pulsierenden Dunkelheit in der Mitte des Raumes. Sein Gesicht wurde aschfahl.

„Was hast du getan?!", flüsterte er.

„Papa?", fragte Meredith mit einer dünnen Stimme. Es klang mehr wie ein Wimmern. Sie trat einen unsicheren Schritt nach hinten, die Augen schreckgeweitet auf die Mitte des Pentagramms gerichtet.

Die Dunkelheit hatte sich inzwischen zu einer undurchdringlichen, seltsam fest anmutenden schwarzen Wolke geformt. Es war, als schwebe ein gigantischer, dreidimensionaler Tintenfleck in der Mitte des Raumes. Robert spürte, wie es ihm die Nackenhaare aufstellte.

„Meredith, was hast du getan?!", fragte ihr Vater erneut, während er nach vorne stürzte und schützend die Arme um seine Tochter legte.

Rasend schnell nahm die dunkle Substanz die Form einer menschlichen Gestalt an. Diese sah überhaupt nicht aus wie die Abbildung, die Robert zuvor in dem Buch gesehen hatte. Kein Schlamm, keine vier Arme und auch die Augenzahl war normal. Obwohl sie ziemlich unheimlich glühten, wie zwei Kohlenstücke.

Dann erlosch das dunkle, bedrohliche Rot der mit Kreide gezeichneten Linien des Pentagramms. Eine unheimliche Stille breitete sich im Raum aus.

Robert konnte keinen Muskel bewegen. Schweißperlen liefen ihm über den Rücken. Irgendwo hinter ihm musste sich sein Vater befinden, doch niemand wagte es, auch nur einen Mucks von sich zu geben. Der Dämon blickte zu Meredith, die völlig erstarrt mit blassem Gesicht vor dem Pentagramm stand. Ein breites, hämisches Grinsen zeigte sich auf seinem Antlitz.

Die Kreatur legte den Kopf schief.

„Hallo, kleine Meredith."

Seine angenehme Stimme hallte durch den stillen Raum und bildete einen seltsamen Kontrast zur unheimlichen Atmosphäre. Robert wusste, dass er heute sterben würde. Langsam, als hätte er alle Zeit der Welt, trat der Dämon über die Linien des Pentagramms.

16 JAHRE SPÄTER...

DER EINBRUCH

Das Innere der Kutsche war kalt und klamm, Rebecca fror jämmerlich. Zum wiederholten Male wickelte sie die dünne Decke fester um ihren Körper, doch es half nicht wirklich. Sie linste zu ihrer Großmutter hinüber, welche auf der Bank ihr gegenübersaß. Sie war nicht mehr die Jüngste und Rebecca hatte ihr die bessere Decke gegeben. Es schien zu helfen, denn die alte Dame schlief. Die Reise hatte ihr einiges abverlangt.

Ein Blitz erhellte den grauen Himmel, kurz darauf grollte ein Donner in der Ferne. Sehnsüchtig dachte Rebecca an ihre letzte Unterkunft von heute Morgen zurück. In dieser hatte es zwar nach abgestandenem Bier und Schweiß gestunken, aber zumindest war es dort warm, trocken und aufgrund der anderen Gäste unterhaltsam gewesen. Die Zeit schien sich in die Ewigkeit zu ziehen, die Minuten tröpfelten nur langsam dahin.

Doch selbst das grausige Wetter und die trostlose Umgebung hinter dem Kutschenfenster konnten die Aufregung in ihrem Inneren kaum dämpfen. Als Großmutter Isabell und Rebecca heute von der Gaststätte aufgebrochen waren, hatte man ihnen gesagt, sie seien nur noch eine halbe Tagesreise von Kallisto entfernt. Angeblich war die Akademie bei gutem Wetter bereits von den Fenstern des Gasthauses aus zu sehen.

Sie hätten schon vor Stunden ankommen sollen, doch die schlammigen Straßen trugen nicht gerade zu einem raschen Fortkommen bei. Ungeduldig spähte Rebecca erneut aus dem Fenster, doch sie sah nichts außer nassen

Feldern, ein paar vereinzelten Büschen und graue Regenschleier, soweit das Auge reichte.

Der Regen prasselte seit Stunden unaufhörlich auf das Kutschendach, während das Gefährt sich mühsam vorwärts kämpfte. Sie waren bereits seit gut fünf Wochen unterwegs, da sie sich die Gebühr für eines der magischen Portale nicht leisten konnten. Seit letzter Woche hatte es beinahe ununterbrochen geregnet. Rebecca hatte das Gefühl, dass ihr die Feuchtigkeit inzwischen bis in die Knochen gekrochen war.

Seit sie denken konnte, war die Akademie von Kallisto ihr Traum. Ein scheinbar unerreichbarer Wunsch, an den man in stillen Stunden denken konnte und von dem man doch wusste, dass er wohl niemals in Erfüllung gehen würde. Ihre Familie hatte nie das Geld besessen, um sie oder ihren Bruder an die Akademie zu schicken. Und ein magisches Potenzial war bei keinem der beiden Kinder erwacht, sodass sie diese auch nicht kostenlos hätten besuchen können.

Ihre Eltern waren früh bei einem Unfall gestorben, weshalb Rebecca und ihr älterer Bruder Andreas von ihrer Großmutter aufgezogen worden waren. Vom Rest der Familie Winter hatten sie nach dem Tod ihrer Eltern nie wieder etwas gehört.

Doch irgendwie hatte sich die kleine Familie durchgeschlagen. Großmutter Isabell mit ihren geschickten Händen für Stickarbeit hatte für genügend Essen am Tisch gesorgt und was sie selbst anbauen konnten, dass zogen sie sich im Garten heran. Sobald die beiden Geschwister alt genug waren, hatten sie ihre Großmutter unterstützt, wo sie nur konnten. Rebecca hatte ihrer Großmutter bei deren Stickaufträgen geholfen, während Andreas sich als Pferdeknappe und mit gelegentlichen Botengängen durchschlug. Aber natürlich hatte das Geld von vorne bis hinten nicht gereicht.

Es war besser geworden, als Andreas die Aufnahmeprüfung zur Militärpolizei bestanden hatte. Sein Gehalt war gut und entspannte ihre finanzielle Lage erheblich. Doch manchmal überkam Rebecca das Gefühl, als hätte sie im Gegenzug ihren Bruder verloren. Früher waren sie jeden Tag zusammen gewesen, hatten gelacht und gestritten, wie es sich für eine Familie eben so gehörte.

Jetzt lebte er in Narvik, der nördlichen Hauptstadt des Reiches Vermora, wo er seinen Dienst als Inspektor tat. Diese lag gut drei Tagesritte von ihrem kleinen Dorf Doha entfernt, dementsprechend selten konnte er sie auch besuchen. Über die Jahre hinweg war es Rebecca, als wäre aus ihrem Bruder ein völlig Fremder geworden.

Während sie sich weiterhin um ihren kleinen Garten, Großmutter Isabell und die Näharbeiten kümmerte, war Andreas in die große Stadt gezogen, schloss neue Freundschaften und machte Karriere. Manchmal hatte sie den Eindruck, dass sie in einer Art Zeitschleife gefangen war, während all ihre Kindheitsfreunde älter wurden, Berufe ergriffen, heirateten und ihr Leben lebten. Manche hatten sogar schon die ersten Kinder. Nur sie blieb irgendwie zurück.

Rebeccas liebste Stunden waren schon immer die Nächte gewesen. Abend für Abend hatte sie während ihrer gesamten Kindheit die langen Nächte des Nordens genutzt, um hinauf in die Sterne zu blicken. Ihre Großmutter hatte sie regelmäßig vom Teleskop, welches sie von ihrem Vater geerbt hatte, regelrecht weg ins Bett zerren müssen. Sie selbst konnte sich nicht an ihre Eltern erinnern, doch Großmutter Isabell hatte ihr erzählt, ihr Vater sei damals genauso gewesen wie sie.

Statt ihres verstorbenen Vaters hatte ihr alter Nachbar, Großvater Bernd, Rebecca unter dem Sternenzelt Gesellschaft geleistet. Zumindest, wenn er sich nicht gerade mit Großmutter Isabell gekabbelt hatte. Er war nicht wirklich ihr Großvater, aber alle Kinder im Dorf hatten ihn immer schon so genannt. Er war ein uralter Greis und besaß schier unendliches Wissen über die Planetenlaufbahnen und Konstellationen am Sternenhimmel. Ein Wissen, welches er immer gerne teilte.

Rebecca hatte es geliebt, wie der alte Mann ihr jede Nacht die Namen von Sternen und Planeten sowie deren Bewegungen beibrachte. Sie hatte Stunden damit verbracht, seiner ruhigen Stimme zu lauschen und sie war eine fleißige Schülerin gewesen. Sie hatte immer geglaubt, dass er früher einmal Lehrer in einem reichen Handelshaus gewesen war, doch vor etwa einem halben Jahr hatte sie die Wahrheit erfahren.

Ein Vertreter der renommierten Akademie von Kallisto hatte bei ihrem alten Nachbarn angeklopft und gefragt, ob dieser nicht für einige Zeit aus dem Ruhestand zurückkehren könne. Offenbar war der aktuelle Professor für Astronomie bei einem tragischen Unfall zu Tode gekommen und es gab keinen passenden Nachfolger. Großvater Bernd hatte sich jedoch geweigert. Er hatte gesagt, er sei bereits viel zu alt und habe schon den Großteil seines Lebens damit verbracht, sich mit ‚liebestollen Hohlköpfen' herumzuschlagen. Er wolle seinen wohlverdienten Ruhestand genießen und habe nicht vor, diesen jemals wieder zu verlassen.

Stattdessen hatte er Rebecca als Nachfolgerin vorgeschlagen. Er hatte dem Vertreter gesagt, er habe ihr all sein Wissen beigebracht und sie sei mehr als ausreichend qualifiziert. Rebecca erinnerte sich, wie sie angesichts der Neuigkeiten völlig fassungslos in der offenen Tür gestanden und den Vertreter der Akademie einfach nur mit großen Kulleraugen angestarrt hatte.

Da sie ihre alte Großmutter jedoch nicht sich selbst überlassen wollte, hatte sie tatsächlich eine Weile darüber nachgedacht, ob sie das Angebot ausschlagen sollte. Zumindest solange, bis man ihr erklärt hatte, dass für einen kleinen Abschlag im Gehalt auch Familienmitglieder an der Akademie wohnen dürfen. Da das Einkommen für Rebeccas Verhältnisse ohnehin exorbitant hoch war, hatte sie nicht lange überlegen müssen.

So kam es, dass sie über den Sommer beinahe ihr gesamtes Hab und Gut verkauft hatten und Rebecca sich nun gemeinsam mit Großmutter Isabell auf dem Weg zur Akademie befand, um ihre neue Stelle als Professorin für das kommende Schuljahr anzutreten.

Irgendwie konnte sie ihr Glück immer noch nicht fassen. Nie wäre sie auf den Gedanken gekommen, bei Großvater Bernd könnte es sich um einen ehemaligen Professor der berühmten Akademie von Kallisto handeln. Und noch viel weniger hätte sie sich träumen lassen, dass er sie eines Tages auf außerordentlichem Weg als seine Nachfolgerin empfehlen würde. Aber sie vermisste ihn und die Stunden, in denen sie gemeinsam mit ihm in den Nachthimmel schaute, jetzt schon.

„Denkst du schon wieder an den alten Knacker?", fragte Großmutter Isabell. Sie schlief offenbar doch nicht.

„Du ziehst wieder mal so ein Gesicht."

Rebecca lächelte. Großmutter Isabell und Großvater Bernd waren sich nie besonders grün gewesen. Wenn sie ihnen zuschaute, dann hatte Rebecca oftmals das Gefühl, es mit zwei Dreijährigen zu tun zu haben. Sie schienen sich über alles streiten zu können.

„Ich vermisse ihn nur ein bisschen", antwortete sie. „Ich verdanke ihm so unendlich viel. Ich wünschte, er wäre mit uns mitgekommen."

Ihre Großmutter schnaubte.

„Na, das fehlte mir gerade noch", meinte sie, ehe sie einen etwas sanfteren Ton anschlug.

„Du kannst ihm ja einen Brief schreiben, sobald wir angekommen sind." Ein ungewöhnlich diplomatischer Vorschlag für die alte Dame.

Rebecca nickte und blickte erneut aus dem Fenster. Und dann – sah sie sie endlich. Die Akademie von Kallisto. Der Regen war zu einem feinen Nieselregen verklungen, die Wolken waren lichter geworden und zwischen ihnen ragten erhaben die gewaltigen Umrisse der schwebenden Felsen empor. Schon als kleines Kind hatte Rebecca von dem Augenblick geträumt, an welchem sie die Akademie zum ersten Mal sehen würde, ohne zu ahnen, dass ihr Traum eines Tages tatsächlich in Erfüllung gehen würde.

Es war ein gewaltiges Gebilde mehrerer fliegender Felsformationen, welche über der Stadt Kallisto in der Luft hingen. Diese waren über zahllose, schwindelerregende Treppen miteinander verbunden. Niemand wusste, wann oder wie die Akademie entstanden war, oder welche Magie die gewaltigen Felsbrocken in der Luft hielt. Selbst über den ursprünglichen Zweck der Akademie stritten sich die Experten. Fest stand nur, dass die Akademie seit etwa 800 Jahren als solche genutzt wurde und seither das Zentrum allen Wissens im gesamten Land darstellte. Seit ihrer Gründungszeit lebten und arbeiteten Gelehrte aller bekannten Wissenschaften, ob magisch oder nicht, an der Akademie. Rebecca hatte gehört, dass es in der riesigen Bibliothek der Akademie mehr Bücher gab, als man in seinem ganzen Leben lesen konnte – selbst dann, wenn es einem gelänge, jeden Tag mindestens eines zu lesen, was angesichts des Umfangs einiger Bücher ohnehin unmöglich war.

Nur kurze Zeit später passierten sie die gewaltigen Stadtmauern von Kallisto und rollten über die Pflastersteine der Straße. Die Hufe der Pferde klapperten laut, auch sie schienen froh zu sein, die schlammigen Wege hinter sich zu haben. Die Häuser wirkten klein und gepflegt, aufgrund des Wetters war nicht viel los. Eine breite Straße führte sie auf direktem Weg zur Akademie. Da Kallisto hauptsächlich für diese bekannt war, war dies nicht weiter verwunderlich.

Den Eingang zum Akademiegelände markierte ein großes, schmiedeeisernes Tor, umringt von einer weiteren gewaltigen Mauer. Diese war sogar noch größer als die Mauer der Stadt. Für einen Moment fragte Rebecca sich, warum eine fliegende Akademie Mauern brauchte, verwarf die Frage dann jedoch schnell wieder. Alle paar Meter, immer auf den Stehern zwischen den einzelnen Mauerteilen, prangte die fünfblättrige Blume. Das Symbol der Akademie von Kallisto.

Jedes Blütenblatt stand für eine der anerkannten Magierichtungen, in die man die Magie schon seit Jahrtausenden einteilte. Jeder Magister wurde mit einer Begabung für mindestens einer dieser Kategorien geboren.

Die erste war die Ritualmagie, deren Nutzer in der Lage waren, mit Hilfe gewisser Gegenstände, Zeichnungen, Worte und Gesang oftmals unglaubliche Dinge zu tun. Es war auch die vielfältigste Kategorie für deren Anwender, deren Nutzung im Grunde genommen keinerlei Grenzen kannte.

Dann gab es die Kampfmagie, eine Richtung, in der man, so sagte man zumindest, die Magie in ihrer reinsten Form nutzte und als reine Energie zurechtschob und wob, bis man sie als Waffe einsetzen konnte.

Die dritte Kategorie war die Heilmagie, deren Anwender sich zumeist früher oder später in irgendeine Richtung spezialisierten, da das weite Feld der Medizin so unglaublich vielfältig war. Man sagte auch, dass dies die Magie war, bei der es die meisten Frauen gab. Ob dies wirklich stimmte, wusste Rebecca nicht, aber wenn sie die Wahl gehabt hätte, so hätte sie diese Fähigkeit gewählt. Sie kam ihr mit Abstand am nützlichsten vor.

Mentalmagie war die seltenste unter den bekannten Magieformen, mit denen Magister geboren werden konnten.

Die meisten zeigten eine Hauptbegabung in einer Kategorie und noch eine etwas schwächere Nebenbegabung in einer zweiten, der sogenannten Subkategorie. Nicht jedoch Mitglieder der vierten Kategorie, diese wurden immer nur mit einer einzigen Form der Magie geboren. Umgekehrt war es auch noch nie vorgekommen, dass sich die Mentalmagie bei jemandem als Subfertigkeit manifestiert hätte. Man munkelte, dies liege an der Natur der Magie und sei eine Art ausgleichende Gerechtigkeit. Niemand ließ gerne jemand Fremden in seinem Kopf herumpfuschen.

Rebecca erschauerte kurz bei dem Gedanken, dass sie an der Akademie auch Studenten dieser Magierichtung würde unterrichten müssen.

Und dann gab es noch die fünfte, die Sonderkategorie. Diese war mehr eine Art Sammelsurium an unterschiedlichsten Fähigkeiten, die nirgendwo sonst so richtig reinpassten. Viele glaubten, dass die einzigartigen Fähigkeiten, die in den sechs Häusern weitervererbt wurden, ursprünglich auf diese Kategorie zurückgingen. Mitglieder der Häuser wurden beinahe so sehr verehrt wie die Königsfamilie selbst, welche das erste Haus der sechs Familien darstellte.

Doch andere widersprachen dieser Theorie mit dem Argument, dass Fähigkeiten der fünften Kategorie niemals weitervererbt wurden. Sie konnten immer nur von einer Person benutzt werden, die Nachkommen hatten zumeist vollkommen andere Fähigkeiten.

Hinter der großen Mauer gab es keine Häuser mehr, nur noch einige Sträucher säumten den gepflasterten Weg. Die Straße machte einen kleinen Bogen und endlich konnte Rebecca die Akademie aus der Nähe sehen. Oder zumindest deren Eingang.

Am Ende der breiten, gepflasterten Straße befand sich eine kreisrunde Gasse, sodass die ankommenden Kutschen problemlos umkehren konnten. Etwas seitlich dahinter befanden sich mehrere schöne Stallungen, was durchaus Sinn ergab, denn die nächsten magischen Portale gab es erst in Osmak.

Von hier aus führte eine gewaltige marmorne Treppe in den Himmel. Auch hier prangte auf jeder einzelnen Stufe das Symbol der Akademie. Sie musste mindestens 15 Meter breit sein. Und bis auf die erste Stufe, welche noch fest mit dem Boden verbunden war, schwebte alles von Magie gehalten in der Luft.

Die breite Treppe führte direkt hinauf zu dem großen, schwebenden Hauptgebäude auf dem größten Felsen, der das Zentrum darzustellen schien. Ein Gewirr von zahlreichen weiteren Treppen führte von dort aus zu anderen schwebenden Felsbrocken, einige von ihnen so weit oben, dass Rebecca sie aufgrund des schlechten Wetters nicht mehr sehen konnte.

Der Kutscher holte die zwei kleinen Koffer, welche derzeit ihr gesamtes Hab und Gut darstellten, aus dem Gepäckfach, während Rebecca ihrer Großmutter aus der schwankenden Kutsche half.

„Ihr wollt mich doch verarschen."

Mit einem entsetzten Blick musterte Großmutter Isabell das endlose Gewirr von schwebenden Treppen über ihnen. Sie griff ihren Stock etwas fester, ihr Gesicht war tatsächlich etwas blass.

„Das kann doch nicht deren Ernst sein!"

Zur selben Zeit, viele hunderte Kilometer entfernt, stand Andreas Winter am Rande einer Straße und betrachtete nervös das Backsteinhaus vor sich. Es machte von außen nicht viel her, die meisten Leute übersahen es einfach, wenn sie die Straße entlangeilten. Sofern es sie überhaupt in diese kleine Seitengasse verschlug, denn die meisten hielten sich auf der großen Hauptstraße auf, ohne dem kleinen Gässchen weitere Beachtung zu schenken. Ein unscheinbares Reihenhaus, welches sich in seine nichtssagende Umgebung einfügte. Nur wenige Zivilisten wussten, dass sich hier das Hauptquartier der Kriminalpolizei von Narvik, der nordischen Hauptstadt des Landes, befand.

Die meisten hielten das große Gebäude mit seinen hunderten Polizisten am Eisenring für eben jenes Hauptquartier. Und für den meisten belangloseren Kram, welcher gut 90 Prozent der Polizeiarbeit ausmachte, stimmte das auch. Doch die wahren Schalthebel der Macht innerhalb der Militärpolizei befanden sich hier, in diesem kleinen, gewöhnlichen Backsteinhaus in einer Nebenstraße.

Die wenigsten bekamen das Innere dieses Gebäudes je zu Gesicht, selbst als Beamter der Polizei. Wen es trotzdem hierher verschlug, hatte entweder ordentlich Karriere gemacht, durfte auf eine Beförderung hoffen – oder saß so richtig in der Tinte. Und Andreas hatte den schlimmen Verdacht, dass Letzteres auf ihn zutreffen würde. Er war in letzter Zeit zu vielen wichtigen Leuten auf die Füße getreten.

Andreas hatte, trotz seiner jungen Jahre, bereits eine steile Karriere hinter sich. Er war nach gerade einmal drei Jahren gewöhnlichem Wachdienst zur Kriminalpolizei gewechselt. Dort hatte er sich jedoch leider nicht nur Freunde, sondern auch etliche Feinde gemacht – auch innerhalb der Polizei. Er wusste, dass er aufgrund seiner direkten Art und der Tatsache, dass er sich aus Rang und Namen meist nichts machte, bereits seit geraumer Zeit auf der Abschussliste einiger hochrangiger Beamten stand. Daher hatte er besonders in den letzten Wochen versucht, sich möglichst nichts zuschulden kommen zu lassen. Eigentlich hatte er geglaubt, dies sei ihm auch gelungen.

Bis plötzlich vor zwei Tagen ein Brief mit der Weisung, sich unverzüglich im Hauptquartier zu melden, in seine Wohnung geflattert war. Ihm war das Herz in die Hose gerutscht. Er glaubte nicht, dass er nach dem heutigen Vormittag noch einen Job haben würde. Wehmütig dachte er kurz an seine kleine Schwester und an Großmutter Isabell. Sie brauchten das Geld.

„Verdammte korrupte Bande", murmelte er. Dann straffte er die Schultern und trat zu der kleinen, unscheinbaren Eingangstüre.

Das Innere des Hauses erwies sich als ebenso unspektakulär wie sein Äußeres. Ein freundlicher, offener Raum mit einem hölzernen Empfangstresen erwartete ihn. Der diensthabende Beamte wies ihn höflich an, für einige Minuten Platz zu nehmen, Kriminaloberst Schwarz habe bald Zeit für ihn. Andreas schluckte nervös, ehe er tat, wie ihm geheißen. Er versuchte, sich seine Anspannung nicht anmerken zu lassen. Hatte er zuvor draußen vor dem Gebäude die Sache so lange wie möglich hinausgezögert, so konnte er es jetzt plötzlich kaum abwarten, es endlich hinter sich zu bringen.

„Inspektor Winter?"

Die Stimme des Beamten hinter dem Tresen riss ihn aus seinen Gedanken.

„Der Kriminaloberst wäre jetzt bereit für Euch. Erster Stock, zweite Tür links."

Mit einem Nicken bedankte Andreas sich bei dem diensthabenden Kollegen, seine Kehle war wie zugeschnürt. Dann machte er sich auf den Weg nach oben. Die Treppe war alt und ausgetreten, sie knarrte bei jedem Schritt.

So viel zu einem unauffälligen Verschwinden im Falle einer Kündigung, dachte Andreas mit einem Anflug von Galgenhumor.

Der Gang vor ihm war breit und hell und auch hier gab der Dielenboden bei jedem seiner Schritte ein Geräusch von sich. Einen Moment stellte Andreas sich vor, wie Kriminaloberst Schwarz in seinem Büro schon lange vor seiner Ankunft jeden seiner Schritte mitverfolgen konnte. Dennoch klopfte er höflich. Er konnte ja trotzdem immer noch ein gewisses Maß an Manieren an den Tag legen, immerhin hatte Großmutter Isabell ihn erzogen.

„Herein", erklang eine tiefe Stimme von drinnen.

Das Büro war in hellen, freundlichen Farben gehalten und strahlte eine gewisse Gemütlichkeit aus, die Andreas nicht erwartet hatte. Rechts von ihm an der Wand standen etliche Bücherregale mit sauber beschrifteten Ordnern. Gegenüber auf der anderen Seite stand eine abgesessene Ledercouch, der man das Alter bereits ansah. Doch sie wirkte immer noch unglaublich bequem und sah aus, als würde sie regelmäßig für ein Nickerchen genutzt werden.

Andreas schüttelte über sich selbst den Kopf. Ein Nickerchen im Dienst? Immerhin befand er sich hier im

Büro von Kriminaloberst Schwarz, einem der mächtigsten Männer innerhalb der Militärpolizei. Er hatte Kontrolle über den gesamten Norden des Landes und musste nur noch den Leuten unten in Bornesko, der Hauptstadt des Reiches, Bericht erstatten.

Der Schreibtisch war aufgeräumt und sauber, nur eine kleine, etwas armselig aussehende Zimmerpflanze störte das Bild. Sie wirkte, als habe sie bereits bessere Tage gesehen. Offenbar verfügte Kriminaloberst Schwarz über keinen grünen Daumen.

Der Kriminaloberst selbst war ein breiter, kugelrunder Mann mit Glatze und einem gewaltigen Walrossbart. Sein letzter Einsatz im aktiven Dienst musste schon eine ganze Weile her sein, ansonsten hätte er sich niemals eine solche Leibesfülle zulegen können. Die Knopflöcher seiner Uniform waren bedenklich gespannt, als er aufstand, sich über den Tisch beugte und Andreas die Hand schüttelte.

„Wie schön Euch endlich einmal persönlich kennenzulernen, Inspektor Winter. Ich habe bereits viel von Euch gehört."

Das hatte Andreas befürchtet.

Er gehörte nicht gerade zu den Speichelleckern und war normalerweise auch nicht unbedingt auf den Mund gefallen. Eine Tatsache, die ihm bereits mehr als einmal Schwierigkeiten eingebrockt hatte und die ihn bei den Vorgesetzten nicht besonders beliebt machte. Doch im Moment klopfte ihm das Herz bis zum Hals und verhinderte jegliches Wort, sodass er nur höflich nicken konnte.

Der Kriminaloberst setzte sich wieder, und der Stuhl ächzte bedrohlich unter dessen Gewicht. Irgendwie entsprach Kriminaloberst Schwarz nicht so ganz Andreas' Erwartungen. Er hatte bereits viel vom Kriminaloberst gehört, er galt als äußerst fähig und kompetent. Außerdem war er bekannt als eine der wenigen Personen, welche seine Position nicht aufgrund sozialer Stellung oder Beziehungen, sondern allein aufgrund seiner Fähigkeiten erlangt hatte, weshalb man ihm auch von allen Seiten Respekt entgegenbrachte.

Der dickliche Mann lehnte sich entspannt in seinem Stuhl zurück und strich sich über den Bart, während er Andreas musterte. Kluge, graue Augen blitzten ihn über den Tisch hinweg an. Schlagartig wurde Andreas bewusst, dass die Gerüchte über die Art und Weise, wie der Kriminaloberst sich seine Stellung erarbeitet hatte, wahr sein mussten. Er tat vermutlich gut daran, den Mann nicht zu unterschätzen – selbst wenn dieser vermutlich doppelt so viel auf die Waage brachte wie er selbst und mehr einem gemütlichen alten Großvater ähnelte als einem Kriminalbeamten höchsten Ranges.

„Nun, Inspektor Winter, ich muss sagen, Euer Ruf eilt Euch voraus", eröffnete Kriminaloberst Schwarz das Gespräch.

„Es gibt kaum einen Beamten, über den ich so viele Beschwerden erhalten habe wie über Euch."

Andreas klappte bereits den Mund auf, um seinen Job noch irgendwie zu retten, doch der Kriminaloberst ignorierte ihn und sprach einfach weiter.

„Ihr fragt Euch sicher, warum ich Euch hierher bestellt habe und ich will auch gleich zur Sache kommen. Wie ich bereits…"

Doch in diesem Moment unterbrach ihn ein Klopfen an der Tür.

„Kriminaloberst Schwarz, es ist Zeit für den vom Arzt verordneten vormittäglichen Diät-Tee", tönte die Stimme des Beamten, den Andreas bereits am Empfang kennengelernt hatte, durch die Türe.

Der Angesprochene grunzte, während der Kollege mit einer dampfenden Tasse hereinkam.

„Ihr meint den von meiner Frau verordneten Tee? Stellt ihn einfach hierher."

Mit genervter Geste rieb Kriminaloberst Schwarz sich mit einer Hand über den kahlen Hinterkopf. Er wartete, bis der Beamte die Tasse auf dem Schreibtisch abgestellt und die Türe wieder hinter sich geschlossen hatte.

„Das Zeug schmeckt eklig, keine Ahnung, wie das irgendjemand trinken kann."

Ohne große Umschweife schüttete er die Flüssigkeit in den Topf der bereits kränkelnden Zimmerpflanze. „Nicht mal das Grünzeug da mag es."

Kriminaloberst Schwarz zog eine Grimasse.

„Wie auch immer. Wo waren wir nochmal? Ach ja." Seine grauen Augen blitzten Andreas freundlich über den beachtlichen Bauch hinweg an.

„Ihr müsst wissen, ich bin bereits seit vielen Jahren gut mit Kriminalleutnant Garner befreundet."

Andreas sank das Herz noch weiter als bisher in die Hose. Kriminalleutnant Garner hatte ihn ausgebildet, seit er zur Kriminalpolizei gewechselt war. Der alte Haudegen konnte kein gutes Haar an ihm lassen. Egal was er tat, Kriminalleutnant Garner hatte immer etwas daran auszusetzen.

„Seit er Euch vor rund sieben Jahren unter seine Fittiche nahm, liegt er mir beinahe pausenlos mit seinem Geschwafel über Euch, Euerem Talent und Instinkten in den Ohren. Vermutlich könntet Ihr mit dem Kopf in einem Goldfischglas steckend zu den Ermittlungen auftauchen, und Jack wäre immer noch begeistert von Euch."

Andreas blinzelte verdattert.

„Ihre bisherigen Erfolge sprechen jedoch für sich. Ihr leistet gute Arbeit."

Andreas fühlte sich wie in Trance. Diese Vorladung bei einem der mächtigsten Polizeibeamten entwickelte sich irgendwie vollkommen anders als erwartet.

„Ich – vielen Dank, Kriminaloberst Schwarz. Mir war nicht bewusst, dass Kriminalleutnant Garner eine solch hohe Meinung von mir hat", gelang es ihm schlussendlich zu sagen.

„Ah ja, der alte Brummbär versteckt seine Begeisterung immer recht gut, dabei ist er Euch in Wahrheit äußerst zugetan. Er war immer schon der Meinung, zu viel Lob sei Gift für die Entwicklung junger Menschen."

Der Kriminaloberst schüttelte sichtlich verständnislos den Kopf.

„Eine Einstellung, die ich absolut nicht teile. Es tut gut, hin und wieder auch ein Lob für gute Arbeit zu erhalten. Und ich persönlich bin der Auffassung, ein Kriminalbeamter, der bei seinen Ermittlungen nicht von Zeit zu Zeit jemandem auf die Zehen steigt, hat entweder selbst Dreck am Stecken oder ist schlicht und ergreifend unfähig."

Der Kriminaloberst Schwarz zwinkerte Andreas kurz zu. Dann stand er mit einem leisen Stöhnen mühsam auf und ging hinüber zu einem der Aktenschränke. Er suchte einen Moment, ehe er eine dünne, dunkelgrüne Mappe hervorholte. Der Stuhl ächzte etwas, als er sich wieder darauf niederließ. Das zuvor so freundliche, leicht verschmitzte Gesicht wurde ernst.

„Ich möchte Euch mit einem besonderen Auftrag betrauen, einem Auftrag mit Sicherheitsstufe fünf."

Erwartungsvoll blickte Kriminaloberst Schwarz ihn über den Tisch hinweg an. Die grüne Mappe lag unscheinbar zwischen ihnen. Andreas zögerte. Er war eigentlich nur für die Sicherheitsstufe drei freigegeben. War dies ein Test?

„Kriminaloberst Schwarz, dieser Auftrag übersteigt meine Sicherheitsfreigabe bei weitem und liegt somit über meinen Fähigkeiten. Ich bin sicher, es gibt Kollegen, welche weitaus qualifizierter sind als ich?"

Der letzte Satz klang mehr wie eine Frage. Nun lächelte der Kriminaloberst und sah dabei mehr denn je wie ein harmloser, freundlicher alter Großvater aus.

„Nun, da habt Ihr natürlich recht. Es gibt tatsächlich weitaus erfahrenere Beamte mit besseren Qualifikationen als Euch, welche diesen Job übernehmen könnten. Obwohl Jack Euch regelmäßig in höchsten Tönen lobt. Warum also glaubt Ihr, dass ich Euch für diesen Job will?"

Andreas entspannte sich endlich etwas, während er überlegte. Es schien, als wolle Kriminaloberst Schwarz ihm etwas auf den Zahn fühlen. Er fühlte sich an seine Anfänge unter Kriminalleutnant Garner zurückerinnert, dieser hatte ihn und seine Kombinationsgabe immer auf diese Weise getestet. Er beschloss, es einfach zu riskieren und die Wahrheit zu sagen.

„Ich halte drei Möglichkeiten für denkbar", begann er vorsichtig.

Er blickte Kriminaloberst Schwarz direkt in die Augen.

„Die erste halte ich für die wahrscheinlichste, und sie wäre nicht besonders angenehm für mich."

Sein Gegenüber blickte mit undurchdringlicher Miene zurück.

Ach, scheiß drauf, dachte Andreas.

„Es handelt sich bei dem Auftrag um einen unlösbaren Fall oder eine Art politische Bombe und Ihr braucht ein Bauernopfer. In diesem Fall – mich."

Das Gesicht von Kriminaloberst Schwarz zeigte keinerlei Regung, als er antwortete: „Und Eure zweite Theorie?"

Andreas holte tief Luft. Mit der schlimmsten war er ohnehin schon herausgerückt, jetzt konnte er es genauso gut zu Ende bringen.

„Meine Anwesenheit sorgt unter dem hiesigen Kollegium für immer mehr Probleme. Ihr habt in unserem bisherigen Gespräch darauf verwiesen, wie oft Euch Beschwerden über mich zugetragen werden. Ihr könntet also vorhaben, mir einen unlösbaren Auftrag zuzuweisen und mich auf diese Weise aus dem Weg zu räumen."

Nun lächelte der Kriminaloberst in seinen Bart hinein.

„Ihr seid sehr direkt. Kein Wunder, dass ich so viele Beschwerden höre. Tatsächlich gäbe es den einen oder anderen Beamten, der sich sehr über eine solche Vorgangsweise meinerseits freuen würde." Er kicherte kurz bei dem Gedanken daran, ehe er wieder ernst wurde. „Und Eure letzte Vermutung?", fragte er.

„Ihr wollt für diesen Auftrag jemand… Frisches. Jemanden mit einer neuen Denkweise, Perspektive und Arbeitsweise, der nicht bereits über die Jahre abgestumpft ist…"

Andreas wusste genau, wie festgefahren einige seiner älteren Kollegen sein konnten. Er überlegte weiter.

„Vielleicht auch jemanden, den man aufgrund seines Ranges oder seiner Sicherheitsstufe nicht erwartet?"

Die klugen, wachen Augen musterten Andreas über den Tisch hinweg.

„Wie ich sehe, hat Jack Euch gut ausgebildet. Ihr liegt in der Tat mit euren Vermutungen relativ nahe an der Wahrheit. Auch wenn ich betonen möchte, dass der leitende Beamte in dem Fall, mit dem ich Euch betrauen möchte, keinesfalls ein – wie sagtet Ihr so schön?" Er überlegte kurz. „Ein ,*über die Jahre hinweg abgestumpfter Kollege*' ist."

Andreas wand sich etwas auf seinem Stuhl. Doch Kriminaloberst Schwarz ließ ihm keine Zeit für Verlegenheit.

„Aber es gibt noch eine dritte Komponente, welche dafür gesorgt hat, dass man ausgerechnet Euch für diese Aufgabe vorgeschlagen hat." Er blinzelte Andreas freundlich an. „Ihr habt die richtige Art von Verbindung."

Er war verdutzt. Andreas hatte überhaupt keine Verbindungen. Er stammte aus einem kleinen Kuhdorf namens Doha mitten im Nirgendwo und hatte nur seine kleine Schwester Becca und Großmutter Isabell. Natürlich hatte er in der Stadt inzwischen einige Freundschaften geschlossen, doch nicht eine davon war mit jemandem in einer wichtigen oder bedeutungsvollen Position.

„Es tut mir leid, aber ich habe keinerlei Verbindungen von Relevanz", antwortete er daher wahrheitsgemäß.

Sein Gegenüber schmunzelte.

„Das denkt Ihr", meinte er. „Wie ich hörte, wurde Eure Schwester, Rebecca Winter, kürzlich auf außergewöhnlichem Weg zur Professorin an der Akademie von Kallisto ernannt?"

Andreas nickte vorsichtig. Der Brief seiner Schwester hatte ihn über alle Maßen gefreut. Natürlich war eine Position als Professorin an der besten magischen Akademie des Landes nicht zu verachten, doch es leuchtete ihm noch nicht wirklich ein, wie ihn diese zu einer Person mit besonderen Verbindungen machen sollte.

Kriminaloberst Schwarz strich sich über den gewaltigen Walrossbart. Seine grauen, wachsamen Augen ruhten auf Andreas, während er die nächste Frage stellte:

„Ihr habt bestimmt schon einmal von den geheimen Archiven der Akademie gehört, oder?"

Andreas fragte sich, ob es überhaupt irgendjemanden gab, der die Geschichte von den geheimen Archiven nicht kannte. Jedes Kleinkind wusste von der Existenz dieser Archive und dass sie irgendwo in der Akademie von Kallisto versteckt waren. Aber obwohl sich unendlich viele Gerüchte und Legenden um das geheime Archiv rankten, gab es nicht wirklich sehr viel mehr Informationen abseits des Fakts, dass diese höchstwahrscheinlich existierten. Er nickte.

„Die geheimen Archive der Akademie sollen bereits seit Jahrhunderten die gefährlichsten magischen Gegenstände und Zauber bergen, sowie eine ganze Menge an geheimem Wissen", spulte er herunter. „Niemand außer dem König und dem Direktor der Akademie haben Kenntnis darüber, wo sie sich genau befinden."

Kriminaloberst Schwarz öffnete die unscheinbare Mappe vor ihm und holte einige Papiere und Bilder heraus.

„Das ist vollkommen richtig."

Er verteilte die Zettel vor sich auf dem Schreibtisch, sodass Andreas sie lesen konnte.

„Der genaue Aufenthaltsort und wie man hineinkommt, ist eines der bestgehütetsten Geheimnisse unseres Landes. Nur das erste Haus und der amtierende Direktor der Akademie kennen die genauen Sicherheitsvorkehrungen. Noch nie zuvor ist es in der jahrhundertealten Geschichte der Akademie jemandem gelungen, unbefugt in die Archive einzudringen." Er lachte einmal kurz auf, doch es war kein echtes Lachen. „Ja, selbst ihren Standort herauszubekommen, war beinahe unmöglich. Bis jetzt."

Andreas starrte Kriminaloberst Schwarz einige Sekunden lang an.

„Wollt Ihr andeuten, dass…"

Kriminaloberst Schwarz nickte düster.

„Vor circa zwei Monaten gab es einen Einbruch und wir haben immer noch keinerlei Ahnung, wer es getan hat oder wie."

Abrupt stand Kriminaloberst Schwarz auf und begab sich zum Fenster, die Hände hinter dem Rücken verschränkt.

„Mir ist bewusst, dass Ihr kein Magister seid und daher über keinerlei magische Fähigkeiten verfügt. Der König hat zwei Hofmagister entsendet, die den Fall untersuchen sollen. Die Thurlin-Zwillinge, wenn ich mich recht entsinne, denn die an der Akademie lebenden Magister stehen derzeit immer noch allesamt auf der Liste der Verdächtigen. Die beiden Magister sind ein Teil der Ermittlertruppe, doch bisher waren die Ergebnisse überaus mangelhaft."

Er schüttelte den Kopf.

„Ich verstehe relativ wenig von Magie, aber bisher faselt der Direktor nur ständig irgendetwas von einer äußerst unheimlichen und seltsamen Energie, die am Tatort wenige Stunden später zu spüren gewesen sein soll. Leider konnten mir die Thurlin-Zwillinge dies nicht bestätigen, anscheinend hatte sich diese ‚Energie' zum Zeitpunkt ihrer Ankunft bereits verflüchtigt. Nicht, dass uns diese Information irgendwie weitergebracht hätte, keine Ahnung, was mit diesen Magistern teilweise los ist. Und die Tatsache, dass es zwischen dem Hof und der Akademie schon immer politische und magische Rivalitäten gab, hilft den Ermittlungen natürlich auch nicht wirklich."

Er seufzte laut, während Andreas wissend nickte. Sogar ihm waren die politischen Spannungen zwischen den beiden Lagern bekannt. Die Akademie war schon immer als Hochburg des Wissens und der Forschung bekannt, was bei den Magistern des Hofes nicht gut ankam. Ganz verstand er die Hintergründe jedoch nicht. Immerhin erhielt jeder, mit Ausnahme der Mitglieder der sechs Häuser, seine Grundausbildung an der Akademie. Also mussten sämtliche Mitglieder des elitären Hofes doch eigentlich selbst einmal die Akademie besucht haben? Die grimmige Stimme von Kriminaloberst Schwarz holte ihn zurück in die Gegenwart.

„Wir wissen aufgrund der schieren Größe der Archive noch nicht einmal, was der Eindringling überhaupt mitgenommen hat."

Der beleibte Mann blickte grimmig.

„Kommissar Bosch, der leitende Ermittler des Falles, hat um weitere Unterstützung für den Fall angefragt. Er möchte, dass ein zusätzlicher Ermittler unauffällig an der Akademie eingeschleust wird. Ein Ermittler, dessen Versetzung nicht weiter auffällt und der innerhalb der Akademie den Leuten auf den Zahn fühlen kann. Rechnet man die Professoren, die Bediensteten und die ansässigen Familien mit ein, so kommen wir derzeit auf über 250 Verdächtige – die Stadt Kallisto selbst noch gar nicht mitgerechnet. Theiron sei Dank, dass der Einbruch im Sommer stattfand, weshalb wir die meisten Studenten als Verdächtige ausschließen können, ansonsten wäre die Liste der Verdächtigen beinahe unendlich. Wir suchen auch so schon die Nadel im Heuhaufen."

Er drehte sich wieder um und fixierte Andreas mit stechendem Blick, die Hände weiterhin hinter dem Rücken verschränkt.

„An dieser Stelle kommt Ihr ins Spiel, Inspektor Winter. Ich will ganz offen zu Euch sein: Ihr müsst jemanden ganz gewaltig verärgert haben. Die Stimmen jener Kollegen, die Euch aus dem Weg haben wollen, werden immer lauter. Und abgesehen von der Tatsache, dass ich Euch lieber außerhalb der Schusslinie gewisser Personen wüsste, wärt

Ihr in meinen Augen tatsächlich für diese Ermittlung geeignet."

Kriminaloberst Schwarz' Blick schien Andreas regelrecht festzunageln, während er dessen Eigenschaften an den Fingern abzählte.

„Ihr seid jung, klug, und niemand würde weiter Verdacht schöpfen, wenn Ihr an der Akademie etwas herumschnüffelt. Euren zukünftigen Vorgesetzten, Kommissar Bosch, kenne ich zwar nicht persönlich, habe aber nur Gutes über seine Ermittlungsarbeit gehört – man sollte nur seiner Karriere niemals im Wege stehen. Ich werde Euch als Wachposten an die Akademie von Kallisto versetzen. Offiziell wird dies eine Degradierung sein, und gewisse Leute werden sich insgeheim mit Champagner zuprosten."

Kriminaloberst Schwarz begann im Raum auf und abzugehen. Seine Augen hatten einen beinahe fiebrigen Glanz, wie bei einem Jäger, der eine frische Spur aufgenommen hat. In diesem Moment sah er ganz und gar nicht mehr wie der freundliche Großvater von vorhin aus. Jetzt konnte Andreas sich gut vorstellen, wie Kriminaloberst Schwarz in jungen Jahren wohl so gewesen sein musste.

„Ich weiß, dass Ihr Euch mit Eurem Charakter nicht unbedingt als verdeckter Ermittler eignet, doch Eure Verbindung zu Eurer Schwester ist ein Vorteil, den wir nutzen müssen – und Narvik könnte in nächster Zeit ein äußerst unangenehmes Pflaster für Euch werden. Inoffiziell werdet Ihr Augen und Ohren offenhalten, und ich erwarte nicht, dass Ihr uns sofort Ergebnisse liefern könnt. Aber in den geheimen Archiven werden bereits seit Jahrhunderten die gefährlichsten Zauberbanne und magischen Gegenstände unseres Landes gehortet. Was auch immer der Täter dort gestohlen hat – laut

Einschätzung unserer magischen Experten ist es noch nicht vorbei. Ansonsten hätten wir irgendwo bereits einen großen Krach gehört. Früher oder später werdet Ihr also auf eine Spur treffen, Inspektor Winter."

Der Mann blickte ihm eindringlich in die Augen.

„Und dann will ich, dass Ihr diese aufnehmt – wie ein verdammter Bluthund!"

Kriminaloberst Schwarz deutete auf eine lange Liste mit Namen, die Andreas zuvor übersehen hatte.

„Jeder, der jemals in seinem Leben die Archive betreten hat, wird mit einer unlösbaren Seelen-Marke versehen", führte er weiter aus.

„Sobald die Person die Stadtmauern von Kallisto überquert, kann man sie immer und überall magisch aufspüren. Selbst der König wurde bei seinem letzten Besuch automatisch damit versehen. Diese Marke ist unlösbar, es sei denn, man wäre in der Lage, die Signatur seiner eigenen Seele zu verändern. Leider aktiviert sich diese Marke erst mit Verlassen der Stadt, da man sich in einer gewissen Entfernung zu den Archiven befinden muss. Deshalb wissen wir nicht, ob sich der Eindringling noch in der Akademie aufhält oder unten in der Stadt selbst."

Daher waren sie sich also so sicher, dass der Eindringling noch nicht über alle Berge war. Mit interessiertem Blick musterte Andreas die Liste, auf welche der Kriminaloberst zuvor verwiesen hatte. Es schien sich um eine Aufzählung aller Personen zu handeln, die ganzjährig die Akademie bewohnten. Und das waren eine ganze Menge Verdächtiger.

„Natürlich seid Ihr nicht vollkommen auf Euch allein gestellt. Die Hauptverantwortung für den Fall liegt bei Kommissar Bosch – er wurde eigens aus der Hauptstadt Bornesko nach Kallisto entsandt, gemeinsam mit einigen weiteren Kollegen. Zusammen mit den übrigen Ermittlern wird er sich vorwiegend unten in der Stadt aufhalten, da sich dort der Großteil unserer Verdächtigen befindet. Innerhalb der Akademie würde eine offizielle Ermittlung derzeit zu viel Staub aufwirbeln – zumindest zum aktuellen Zeitpunkt."

Sein Blick nagelte Andreas regelrecht fest.

„Solltet Ihr nach einem ganzen Jahr noch über keine Spur verfügen – was ich wie bereits erwähnt für äußerst unwahrscheinlich halte –, so werdet Ihr wieder zurück in den aktiven Ermittlerdienst berufen. Gelingt es Euch aber, den Dieb oder worauf auch immer er es abgesehen hat zu identifizieren, so könnt Ihr Euch auf Eure neue Position als Kriminalbezirksinspektor von Narvik freuen. Gemeinsam mit einer Auszeichnung des Königs für besondere Dienste."

Andreas hatte also nichts zu verlieren, wenn er den Auftrag annahm. Und wenn er es richtig anstellte, winkte ihm sogar eine Beförderung. Es schien, als würde Kriminalleutnant Garner tatsächlich Lobeshymnen auf Andreas und dessen Fähigkeiten singen. Vor seinem geistigen Auge sah er sich bereits als Bezirksinspektor von Narvik.

„Inspektor Winter, nehmt Ihr diesen Auftrag an?"

Andreas musste nicht lange überlegen.

Seit jenem Moment, in dem ihm klar geworden war, dass es sich bei diesem Gespräch nicht um seine Kündigung, sondern vielmehr um eine Chance handelte, wusste er bereits, was er tun würde.

Die Tatsache, dass er dabei auch noch seine kleine Schwester Becca an der Akademie sehen konnte, war ein unerwarteter Bonus.

„Wann darf ich anfangen?"

Ein Lächeln breitete sich auf Kriminaloberst Schwarz'
breitem und gutmütigem Gesicht aus.

Ihr Körper krümmte sich, wand sich unter Schmerzen.
Sie machte sich so klein wie möglich, um weniger
Angriffsfläche zu bieten. Doch sie konnte dem Schmerz
nicht entkommen, denn er kam aus ihrem Inneren.

„Komm schon, lass mich raus…", schnurrte die Stimme
verführerisch in ihrem Kopf. *„Es ist ganz einfach… nur
einmal kurz nachgeben."* Wellen von Schmerz rollten durch
ihren Körper. *„Lass mich einfach gehen, und schon hast du
deine Ruhe… Dann ist alles vorbei…"*

„NEIN!" Sie schrie das Wort laut hinaus.

„Gib einfach auf… dann hättest du endlich deinen Frieden",
umschmeichelte die Stimme sie weiter. *„Das will ich doch
auch… du musst einfach nur nachgeben."*

Tränen liefen über ihr Gesicht. Die Stimme war so sanft,
so wohlklingend. Sie spürte, wie ihre inneren Schilde
nachzugeben drohten. Sie wollte, dass alles endlich vorbei
war, wollte ihn aus seinem Käfig lassen. Wollte, dass die
Schmerzen aufhörten, ihr Kopf wieder ihr allein gehörte.
Sie war des Kämpfens und Leidens so müde.

„So ist es gut, gib einfach nach und lass mich raus…",
schnurrte die schöne Stimme.

Sie holte aus und verpasste sich selbst eine Ohrfeige.
Beinahe hätte er gewonnen, hätte sie eingelullt. Und dabei
kannte sie ihn. Sie konnte nicht nachgeben, konnte ihn
nicht rauslassen. Sie wusste, was dann passieren würde.
Sie hatte es erlebt. Das Grauen. Das Schlachten. In ihrem
Kopf brüllte es. Zornig schlug er von innen gegen ihre
Schilde, suchte nach Schwachstellen, nach kleinen Ritzen
und Brüchen. Er fand keine.

„LASS MICH RAUS!"

Jetzt war seine Stimme vollkommen anders, nicht mehr wohlklingend und sanft. Gefühle, die nicht ihre eigenen waren, durchfluteten ihren Geist. Hass, Wut, Mordlust. Vor ihrem geistigen Auge flackerten Bilder von unnatürlich verdrehten Gliedmaßen, Blutlachen, Folter und Tod auf. Ein irres Lachen gackerte durch ihren Kopf.

„Komm schon, du kannst das hier sofort beenden", erklang die Stimme erneut in ihrem Inneren, höhnisch diesmal.

„Du musst einfach nur nachgeben."

Mit aller Gewalt drängte sie ihn zurück. Zurück in seinen Käfig, tief in ihrem Inneren. Das Letzte, was sie hörte, bevor es ihr endlich gelang, den geistigen Riegel erneut vorzuschieben, war sein irres Lachen, bevor er bedrohlich flüsterte:

„Irgendwann wirst du nachgeben... Irgendwann..."

Sie zitterte am ganzen Körper, war von oben bis unten schweißüberströmt. Sie konnte ihn nicht gewinnen lassen. Sie *durfte* es nicht. Aber sie wusste, dass sie schon bald am Ende ihrer Kräfte angekommen war. Seit Jahren focht sie täglich einen Kampf und sie war dabei, diesen zu verlieren. Insbesondere, seit sie die geheimen Archive betreten hatte, hatte sich etwas verändert, er schien so viel mächtiger geworden zu sein. Dabei hatte sie doch nur einen winzigen Teil seiner Kräfte verwendet, die Verlockung war einfach zu stark gewesen. Aber sie war bereits so weit gekommen, das Ziel lag in greifbarer Nähe. Sie würde nicht aufgeben. Sie konnte nicht.

Mit langsamen, ungelenken Bewegungen richtete sie sich wieder auf und klopfte den Staub von ihren Kleidern. Dann betrachtete sie das Diebesgut vor sich auf dem Tisch. Nur noch ein kleiner Schritt. Dann wäre sie endlich frei. Ihr war egal, wessen Leben sie dafür würde opfern müssen.

DIE AKADEMIE VON KALLISTO

Die ersten Sonnenstrahlen des Tages kitzelten Rebeccas Gesicht und sie räkelte sich behaglich unter der wohlig warmen Bettdecke. Mit einem glücklichen Lächeln drehte sie sich auf die Seite und ließ die gestrige Ankunft noch einmal Revue passieren.

Mit dem Gefühl, sich vor einer unüberwindbaren Aufgabe zu befinden, hatten Großmutter Isabell und Rebecca das wenige Gepäck, welches sie besaßen, tapfer geschultert, um sich über die große Eingangstreppe auf den Weg nach oben zu machen. Doch kaum hatten sie den ersten Fuß auf die unterste Stufe gesetzt, war ihnen das erste von zahlreichen magischen Wundern widerfahren.

Der Regen hatte sofort aufgehört. Es musste eine Art unsichtbaren Schutzschild auf dem gesamten Akademiegelände geben, der das Wetter draußen hielt. Es war ein seltsames Gefühl gewesen, im Freien zu stehen, den Regen zu sehen und trotzdem nicht nass zu werden. Auch die Temperatur hatte sich verändert und es war angenehm warm geworden, so als befänden sie sich mitten in einem beheizten Raum.

Als sie den scheinbar langen Weg nach oben zum Hauptgebäude in Angriff genommen hatten, war Großmutter Isabell dabei wie ein Rohrspatz am Schimpfen gewesen. Doch dann hatten sie festgestellt, dass die Treppe offensichtlich auf irgendeine seltsame Art in der Lage war, Distanzen zu verringern. Sie waren nur ein oder zwei Schritte gegangen, bevor Rebecca sich verdutzt umgesehen hatte. Sie waren von Wolken umgeben gewesen, und nur noch in der Ferne, ganz klein, hatte sie die Kutsche davonfahren sehen können.

Trotzdem hatten die schwebenden Treppen sich völlig normal angefühlt. Es war etwas eigentümlich gewesen, einen einzelnen Schritt zu tun und sich sofort etliche Meter höher wiederzufinden.

„Also, daran könnte ich mich gewöhnen", hatte Großmutter Isabell anerkennend die magischen Treppen kommentiert, so als wäre ihre Schimpftirade gerade eben nie passiert. Schon nach wenigen Sekunden hatten sie den gewaltigen schwebenden Felsen, der von unten wie das Zentrum der Akademie ausgesehen hatte, erreicht. Auch dieser hatte sich vollkommen normal angefühlt, so als stünden sie auf festem Boden. Hätte sie nicht gewusst, dass sie sich mehrere hundert Meter in der Luft befanden, sie hätte es tatsächlich nicht bemerkt.

Von hier aus hatte Rebecca zahllose weitere Treppen gesehen, die direkt von der Felsinsel aus in das riesige schwebende Akademiegelände führten. Etliche größere und kleinere Felsen waren über ihren Köpfen geschwebt, die sie von unten noch gar nicht gesehen hatten. Doch aufgrund des schlechten Wetters hatte Rebecca immer noch nicht das Ende des magisch geschaffenen Geländes erkennen können.

Das Hauptgebäude selbst war aus der Nähe mindestens so beeindruckend gewesen wie von unten, wo sie nur einen Teil seiner wahren Größe hatte erahnen können. Überwiegend aus weißem Marmor errichtet, ragte es hoch in den Himmel hinauf. Zahllose Türme und Spitzen, Balkone und große helle Fenster zierten das Gebäude. Auch hier gab es, in den oberen luftigen Stockwerken, weitere fliegende Treppen in den unterschiedlichsten Formen und Größen. Einige waren breit und massig, andere filigran und geschwungen wie elegante Wendeltreppen mitten in der Luft, sie wirkten jedoch allesamt etwas zarter als jene, die auf der Insel selbst verankert waren. Einige von ihnen führten zu kleineren schwebenden Inseln, gerade mal groß genug, um zwei bis drei Leuten und einem kleinen Bänkchen Platz zu bieten. Andere Felsen waren größer und beherbergten eigene Klassenzimmer oder sogar ganze Gebäude. Viele Treppen schienen auch einfach nur geradewegs ins absolute Nichts zu führen und verschwanden zwischen den grauen Regenwolken.

Für einen Moment hatte Rebecca sich beeindruckt gefragt, wie viele Tonnen marmornen Gesteins hier wohl magisch in der Luft schwebten.

Sie hatte es gar nicht erwarten können, die Akademie bei Sonnenschein und schönem Wetter erkunden zu können. Doch beim Anblick einiger schmalerer Treppen hatte sich ihr zum ersten Mal auch eine Sorge aufgedrängt. Sie hatte bei keiner der Treppen ein Geländer ausmachen können.

Der Felsen selbst war mit grünem Gras, zahlreichen Büschen und etlichen Bäumen bepflanzt gewesen, hinter dem imposanten Hauptgebäude der Akademie hatte sie tatsächlich auch einen kleinen Wald erkennen können. Rebecca hatte sich gefragt, woher die Pflanzen das Wasser zum Wachsen nahmen, nachdem das Wetter doch offensichtlich magisch draußen gehalten wurde. Doch dann hatte sie beschlossen, auch dieses kleine Wunder einfach der Magie zuzuschreiben.

Und immerhin war die Akademie ein Ort, an dem schon seit Jahrhunderten nicht nur gelehrt, sondern auch magische Forschung betrieben wurde. Vermutlich würde sie in ihrer Zeit als Professorin noch viele unglaubliche Sachen erleben.

Mehrere kleine Schotterwege hatten von der großen Eingangstreppe, über die sie gekommen waren, weggeführt, durch ein parkähnliches Gelände mit zahlreichen Bänken, Büschen und Bäumen. Schilder hatte es jedoch keine gegeben. Alles war verlassen dagelegen, das Hauptgebäude selbst war jedoch hell erleuchtet gewesen. Der breiteste Weg hatte sie durch den weitläufigen Park direkt zu der großen Eingangstüre geführt.

Sie waren nicht einmal dazu gekommen zu klopfen, da hatte sich die gewaltige hölzerne Tür bereits wie von Zauberhand geöffnet. Dahinter hatte sich eine große, marmorne Eingangshalle mit einem Empfangstresen auf einem erhöhten Podest verborgen. Eine riesige Adlerstatue hatte ihre Flügel wie schützend um den Tresen gelegt und schien die Besucher streng anzusehen. Rebecca hatte noch nie eine solch fein gearbeitete Statue gesehen, der Vogel wirkte beinahe, als würde er jeden Moment anfangen, sich zu bewegen.

Das Podest war leer gewesen, als die beiden hereinkamen, doch eine kleine, ältere Dame mit molliger Statur und krausen Locken war bereits von der anderen Seite der Halle auf sie zugeeilt, noch bevor die Türe hinter ihnen ins Schloss gefallen war. Sie hatte sich erst hoheitsvoll hinter dem Tresen positioniert, ehe sie sich Rebecca und Großmutter Isabell als Frau Preston vorgestellt hatte, Sekretärin des Direktors und Empfangsdame der Akademie. Sie hatte sich mehrmals wortreich entschuldigt, dass der Direktor leider gerade in einer wichtigen Besprechung sei und sie daher nicht persönlich empfangen könne.

Da Rebecca ohnehin äußerst müde und zerschlagen von der langen Anfahrt und den vielen neuen Eindrücken gewesen war, war sie über diese Neuigkeiten eher erfreut gewesen.

Stattdessen hatte Frau Preston Rebecca einen kleinen Lageplan in die Hand gedrückt und ihr die wichtigsten Gebäude und schwebenden Felsen erklärt. Offenbar war das gesamte Akademiegelände in mehrere Bezirke aufgeteilt. Sie hatte Rebecca den Weg zu der ihnen zugewiesenen Unterkunft auf der Karte gezeigt, ihr alles Gute gewünscht und sie im Kollegium willkommen geheißen, ehe sie ihr noch einen Termin beim Direktor am nächsten Tag gegeben hatte. Und schon waren Rebecca und Großmutter Isabell wieder draußen am Weg zu ihrem zukünftigen Quartier gewesen.

Dieser hatte die beiden über eine der etwas breiteren Treppen, die direkt auf der Insel verankert gewesen war, geleitet und weiter nach oben in den grauen Himmel geführt. Es war seltsam gewesen, durch den dicken Nebel zu gehen, fast ein bisschen, als würden sie durch das graue Nichts schweben. Je höher sie gekommen waren, desto schwieriger war es gewesen, sich zu orientieren, da sie aufgrund der dichten Wolken kaum noch etwas gesehen hatten. Rebecca hatte dies gestern ein bisschen bedauert, die Aussicht musste an klaren Tagen phänomenal sein. Andererseits war sie jedoch auch ein kleines bisschen froh gewesen, denn Großmutter Isabell und sie hatten sich stets sorgsam vom Rand der magischen Treppen ferngehalten.

Sie waren an zahlreichen weiteren schwebenden Felsen vorbeigekommen, einige hatten sie nur als Schemen in der dicken Nebelsuppe erkennen können. Manchmal waren auch kleinere Stiegen von ihrem Weg abgezweigt, hatten in die eine oder andere Richtung geführt und waren zwischen den dicken Wolken verschwunden. Hin und wieder hatte sich der Weg auch gegabelt, und Rebecca war froh über die Karte in ihrer Hand gewesen, ohne die sie sich heillos verlaufen hätten.

Einmal hatten sie eine größere Insel durchquert, die offenbar das Herz des Wohnbezirkes darstellte. Tatsächlich gab es zahlreiche Häuser und Marktbuden in der Mitte des Felsens sowie einen kreisrunden Marktplatz, doch das Gelände war wie ausgestorben gewesen. Zwar war auch hier kein Tropfen Regen auf den Boden gefallen, trotzdem hatten die Bewohner die Behaglichkeit ihrer inneren Räumlichkeiten wohl vorgezogen. Vielleicht gab es auch nur bestimmte Markttage, an denen hier etwas los war.

Zum ersten Mal hatte Rebecca eine Vorstellung davon bekommen, wie riesig die Akademie eigentlich war. Sie war heilfroh über die magische Eigenschaft der Treppen, große Entfernungen zu überbrücken, gewesen, ansonsten wären sie gestern vermutlich tagelang durch die Wolken gewandert. Großmutter Isabell war während des gesamten Weges recht schweigsam gewesen, was recht ungewöhnlich für sie war. Aber auch Rebecca war nicht sonderlich nach Reden zumute gewesen, zu beeindruckend war dieser magische Ort mitten in den Wolken.

Ursprünglich hatte Rebecca erwartet, ein kleines Zimmer in irgendeinem Wohnhaus zugeteilt zu bekommen, welches sie sich mit ihrer Großmutter teilen müsste. Doch als sie schließlich den auf der Karte eingezeichneten kleinen Felsen erreicht hatten, war ihr beinahe die Kinnlade heruntergeklappt.

Er beherbergte nur ein einzelnes Häuschen, bei dessen Anblick Rebecca förmlich dahingeschmolzen war. Wäre sie nicht von der Fahrt und der Aufregung bereits so müde gewesen, hätte sie vermutlich etliche Minuten verzückt das kleine Haus angestarrt.

Es war in rustikalem Stil mit Naturstein und Holz erbaut und besaß ein etwas schiefes, dreieckiges Dach das Rebecca an eine Zipfelmütze erinnerte. Es gab mehrere kleine Sträucher auf der ihnen zugeteilten Insel, einige davon trugen sogar Beeren. Rebecca hatte eine Schar kleinerer Singvögel darin herumwuseln sehen können. Sie hatten hier oben offenbar ein etwas ungewöhnliches, aber herrliches Habitat gefunden.

Sie war zuvor noch nie viel mit Magie in Berührung gekommen. Für normale Leute, wie der Familie Winter, war diese zu teuer. Doch sie hatte zugeben müssen, dass sie sich bisher als äußerst praktisch und vielfältig erwiesen hatte.

Rebeccas Magen knurrte und holte sie wieder zurück in die Gegenwart. Mit einem Stöhnen drehte sie sich in dem gemütlichen Bett auf die andere Seite, doch ihr Magen gab ihr recht unmissverständlich zu verstehen, dass er Hunger hatte. Es schien, als müsse sie langsam wirklich aufstehen.

Sie schlug die Bettdecke zurück und streckte sich. Dann fiel ihr Blick auf das Fenster und die dahinter liegende Aussicht, und ihr klappte der Mund auf. Der Anblick war spektakulär.

Die Sonne war soeben erst aufgegangen und vom gestrigen Regen waren nur noch wenige weiße Wölkchen übrig. Unter ihr breitete sich ein unglaubliches Bild aus: Felder und Wiesen, soweit das Auge reichte, unterbrochen von dem einen oder anderen kleinen Dorf oder Städtchen. Dazwischen lagen immer wieder kleinere Wäldchen. Nun, da sie merkte, in welcher Höhe sich die Akademie wirklich befand, wunderte Rebecca sich, dass sie die Akademie nicht schon Tage zuvor aus der Ferne hatte sehen können.

Zwar hatte es die meiste Zeit ihrer Reise geregnet, trotzdem hatte es dazwischen auch immer wieder ein-, zwei Tage aufgeklart. Die entfernten Häuser waren winzig klein und gerade noch erkennbar. Der Horizont vor dem Fenster schien sich in endloser Weite zu erstrecken.

Mit schnellen Schritten lief Rebecca aus ihrem Zimmer, die etwas schiefe Treppe hinunter, und durchquerte das Wohnzimmer mit der offenen Küche. Der Hunger war erstmal vergessen. Sie zog sich ihre Jacke, die sie gestern achtlos auf einen Stuhl geworfen hatte, über und lief nach draußen. Wesentlich mutiger als gestern, ging sie zum Rand des Felsens und spähte nach unten. Die Aussicht war schwindelerregend, doch zugleich auch atemberaubend.

Die Sonnenstrahlen erhellten die satten Wiesen, welche gegen Osten hin zunehmend flacher wurden, ehe sie sich am Ende des Horizonts wieder zu kaum noch sichtbaren Hügeln formten. Es war ein Gefühl, als würde einem die ganze Welt zu Füßen liegen. Rebecca wusste nicht, wie lange sie am Rand der schwebenden Insel stand, wie gebannt von dem Anblick, der sich ihr bot. Sie meinte sogar, im Nordwesten die ersten Ausläufer des Inselreiches Tekatoba zu erspähen, aber vielleicht machte sie sich auch etwas vor. Trotz der frühen Stunde war die Temperatur immer noch angenehm warm, sodass sie trotz ihrer spärlichen Kleidung nicht fror. Magie war wirklich praktisch.

Schließlich wurde das nagende Gefühl des Hungers in ihrem Magen doch zu stark und sie beschloss, wieder nach drinnen zu gehen. Mit jähem Schreck stellte sie fest, dass sie gar nicht wusste, ob sich etwas Essbares im Haus befand.

Großmutter Isabell und sie waren gestern einfach nur noch ins Haus gegangen, hatten sich kurzerhand für jeweils ein Zimmer entschieden und waren ins Bett gefallen. Es war himmlisch gewesen, endlich wieder in einem weichen Bett ohne nächtliche Blutsauger-Besucher zu schlafen, wie es oftmals auf den Strohmatten der Herbergen auf ihrer Reise der Fall gewesen war. Die Akademie von Kallisto war Rebecca immer mehr wie der Inbegriff von Luxus vorgekommen.

Es stellte sich heraus, dass irgendjemand für ihre Ankunft vorgesorgt hatte. Die nötigsten Küchenutensilien und Zutaten wie Salz, Butter und Brot waren vorhanden. Rebecca dankte der unbekannten guten Seele still und machte sich daran, zu frühstücken. Sogar etwas Tee fand sie in einem der Regale sowie einen Eimer mit frischem Wasser. Sie fragte sich, woher dieses auf einem fliegenden Felsen stammte, beschloss dann aber, dies später herauszufinden. Leider schaffte sie es jedoch nicht, das Wasser auf dem Herd zu erwärmen. Er wurde offensichtlich nicht mit Feuer beheizt und stellte Rebecca somit vor ein Rätsel.

Nach einer Weile gab sie auf und beschloss, nach Großmutter Isabell zu sehen. Es war sehr ungewöhnlich, dass die ältere Dame nicht vor ihr munter war und überall herumwuselte. Sie schmierte ein weiteres Brot und ging damit nach oben in den ersten Stock, um vorsichtig an der Türe zu klopfen. Aus dem Inneren des Zimmers drang ein leises Stöhnen, anschließend ein lautes Husten. Alarmiert öffnete Rebecca die Tür.

Großmutter Isabell saß halb aufgerichtet im Bett, ein gehäkeltes Wolltuch um ihre Schultern gewickelt, obwohl es im Raum angenehm warm war. Ihr Gesicht wirkte seltsam eingefallen und müde, ihre Augen glänzten fiebrig.

„Großmutter, wie geht es dir?", rief Rebecca, während sie an die Seite des Bettes lief, um ihr beim Aufsetzen behilflich zu sein. „Du siehst ja schrecklich aus!"

„Danke der Nachfrage, mit Komplimenten konntest du immer schon hervorragend umgehen", antwortete Großmutter Isabell krächzend.

„Wie dreimal ausgekotzt, wieder verdaut und nochmals ausgeschissen, was glaubst du denn?"

Das war mal wieder typisch. Rebecca war etwas erleichtert, denn so schlecht konnte es der alten Dame nicht gehen, wenn sie solche Töne anschlug. Auch wenn ihre Stimme wirklich schauerlich klang.

„Großmutter, bitte, könntest du dich nicht ein bisschen zusammenreißen? Immerhin sind wir jetzt an der Akademie", versuchte sie gleich mal die Weichen für ihr zukünftiges Zusammenleben in ihrem neuen Zuhause zu stellen. „Außerdem sollte ich als Professorin eine Respektsperson und ein gutes Vorbild für die Studenten sein."

„Na und? Meine Ausdrucksweise hat doch wohl nichts..." – sie hustete einmal kurz und intensiv – „...mit deinem Beruf zu tun. Außerdem fühle ich mich wirklich beschissen."

Vorsichtig befühlte Rebecca die Stirn von Großmutter Isabell und verglich die Temperatur mit ihrer eigenen.

„Du hast Fieber, wir müssen einen Heiler holen", stellte sie fest.

„Aaach, Papperlapapp. Ich bin 74 Jahre alt, ich brauche keinen..." – die alte Dame hustete erneut – „...ich brauche keinen Heiler. Etwas Hühnersuppe und ein Erkältungstee mit Honig und schon hat sich die Sache. Außerdem können wir uns vermutlich keinen Heiler leisten, die sind sicher sündhaft teuer."

Zweifelnd sah Rebecca ihre Großmutter an.

„Aber…"

„Nichts aber. Und jetzt gib mir meinen Überwurf und hilf mir auf, ich möchte mir unsere neue Bleibe mal bei Sonnenschein ansehen."

Rebecca gab auf. Sie wusste, dass sie keine Chance gegen ihre Großmutter hatte. Also reichte sie ihr den warmen Überwurf und half der alten Dame anschließend nach unten in den großen Wohnraum mit der Küche.

„Bleib einfach hier sitzen", wies sie ihre Großmutter an.

„Ich frage einmal schnell bei unseren Nachbarn, ob sie vielleicht ein paar Hausmittel oder Medizin gegen Erkältungen übrighaben. Die Häuser wirkten gestern alle bewohnt. Ich bin mir sicher, irgendjemand wird schon da sein. Und vielleicht kann mir ja einer erklären, wie man diesen Herd in Gang bringt, damit ich uns einen netten Tee aufbrühen kann."

Mit diesen Worten eilte sie nach draußen. Sie würde sich beeilen müssen. Auch wenn es Großmutter Isabell eindeutig nicht gut ging, so glaubte Rebecca keine Sekunde, dass sie brav am Küchentisch sitzen bleiben würde.

Die Sonne war inzwischen weiter aufgegangen und es schien Leben in den einen oder anderen Nachbarfelsen zu kommen. Rebecca lief schnurstracks zurück zur Treppe, ging weiter nach oben und nahm bei der nächsten Kreuzung einfach die nächstbeste Abzweigung. Die Stufen führten zu einer etwas abgelegeneren Insel, welche nur ein einzelnes Haus beherbergte. Doch die magischen Treppen verkürzten die Distanz auf wenige Schritte.

Zwei Bäume ragten hinter dem Haus auf und auf einem davon saß eine Krähe, welche bei ihrem Näherkommen ein Krächzen ausstieß. Vor dem Haus gab es einen kleinen, gepflegten Vorgarten mit diversen Blumen und Kräutern, der von Insekten nur so summte. Vorsichtig klopfte Rebecca.

Einen Moment war es still, dann öffnete sich die Türe und Rebecca blickte in die blauesten Augen, die sie je gesehen hatte.

„Hallo?"

Die fremde Frau sah Rebecca mit fragender Miene an.

Sie sah umwerfend und exotisch aus. Sie war winzig, fast einen ganzen Kopf kleiner als Rebecca. Ihre Augen waren ein fast schon unnatürliches, strahlendes Saphirblau in einem herzförmigen Gesicht, umrahmt von grauen Haaren. Rebecca hatte schon oft gehört, dass es Leute gab, welche recht früh ergrauten, doch noch nie hatte sie jemanden gesehen, der so jung war. Die Fremde musste in etwa in ihrem Alter sein und doch hatte sie die Haare einer alten Frau. Rebecca konnte nicht eine Spur der ursprünglichen Haarfarbe erkennen. Sogar die Augenbrauen waren grau.

Rebecca überlegte, ob ihr Gegenüber seine Haare vielleicht mit einem Zauber färbte, glaubte es aber nicht wirklich. Falls es solch einen Zauber überhaupt gab. Die ungewöhnliche Haarfarbe brachte die blauen Augen nur umso mehr zur Geltung und bildete einen seltsamen Kontrast zu dem jungen Gesicht mit der braungebrannten Haut.

Einen Moment lang konnte Rebecca nicht anders, als die Frau anzustarren, doch dann riss sie sich zusammen und besann sich wieder, warum sie hier war.

„Hallo, mein Name ist Rebecca. Ich bin gestern mit meiner Großmutter in dem Haus gegenüber eingezogen." Sie machte eine vage Handbewegung in die Richtung, aus der sie gekommen war.

„Meine Großmutter scheint sich bei der Anreise etwas verkühlt zu haben und wir haben noch keine Medikamente oder Sonstiges im Haus. Daher dachte ich, ich frage einmal, wo man hier einen Heiler und Medikamente bekommt oder ob mir jemand in der Nachbarschaft etwas leihen könnte. Und ich habe ehrlich gesagt auch keine Ahnung, wie man den Ofen in Betrieb bekommt, vielleicht…?"

Jetzt lächelte die schöne Frau verständnisvoll und unterbrach damit ihren Redeschwall.

„Natürlich, der Ofen. Ich bin damals, als ich ihn das erste Mal sah, auch recht ratlos gewesen. Einen Moment, ich komme gleich wieder."

Die Tür ging zu. Rebecca wartete ungeduldig. Nur wenige Augenblicke später kam die Frau zurück, in der Hand hielt sie ein Päckchen.

„Hier, das ist meine eigene kleine Mischung gegen Erkältungen, sie wirkt wahre Wunder", erklärte sie mit freundlichem Tonfall. „Ihr könnt es gerne behalten."

Rebecca stieg der Duft von Thymian, Salbei und noch etwas anderem in die Nase als sie das Papiertütchen entgegennahm.

„Der Herd wird mit Hilfe von Energiesteinen betrieben. Ihr solltet eigentlich welche neben dem Ofen liegen haben, aber wenn nicht, kann ich Euch gerne meine leihen. Ihr müsst einfach nur einen der Steine in das kleine Türchen unter der Herdplatte schieben, dann funktioniert er wie ein ganz normaler Ofen. Aber wenn Ihr wollt, so komme ich gerne mit und zeige es Euch."

Die Fremde lächelte freundlich.

„D-das wäre wirklich super nett von dir, aber das musst du wirklich nicht. Ich bin sicher, du hast viel zu tun", meinte Rebecca – zu überrumpelt von der Freundlichkeit der Frau, um noch weiter an der steifen Höflichkeitsform festzuhalten. Theiron sei Dank, dass sie das nicht zu stören schien.

„Okay, solltest du mit dem Ofen doch nicht zurechtkommen, dann gib mir Bescheid. Ich bin übrigens Meredith Argentum, Vizedirektorin und Professorin für Mathematik, aber du kannst mich gerne Meredith nennen."

Oh verdammt.

Die Vizedirektorin, ausgerechnet.

Warum hatte sie nicht eines der anderen Häuser nehmen können? Rebecca schüttelte die Hand, die ihr entgegengestreckt wurde.

„Ich heiße Rebecca Winter", stellte sie sich nochmals vor.

„Ich fange dieses Jahr als Professorin für Astronomie an."

Dann bedankte sie sich, bevor sie sich höflich verabschiedete und auf den Weg zurück machte.

Großmutter Isabell war in der Zwischenzeit offenbar fleißig gewesen und hatte trotz ihres Zustandes den gesamten Kücheninhalt inspiziert. Ausnahmslos alle Schranktüren standen offen und sie war dabei, sämtliche Töpfe, Teller und Tassen nach eigenem Gutdünken hustend umzuräumen.

„Na, was hast du denn da wieder angeschleppt?", begrüßte Großmutter Isabell sie, kaum dass Rebecca zur Tür hereingekommen war.

„Ich hoffe doch, dass du dafür kein Geld ausgegeben hast, oder?"

„Nein, das habe ich nicht, Großmutter. Es ist ein Geschenk einer netten Nachbarin", sagte Rebecca, während sie ihre Jacke wieder auszog und an der Garderobe aufhängte.

„Bitte setz dich wieder hin, du bist offensichtlich krank und brauchst Ruhe."

Doch Großmutter Isabell schnaufte nur.

„Phh, so eine läppische kleine Erkältung macht mir doch nichts aus."

Wie aufs Stichwort schüttelte sie ein weiterer Hustenanfall durch. Rebecca nutzte die Gelegenheit, um die alte Dame geschickt an den Küchentisch zu schieben und sie auf die Bank zu drängen. Damit würde sie sich vermutlich zufriedengeben müssen, Großmutter Isabell müsste schon halbtot sein, um das Bett zu hüten.

Sie fand neben dem Herd einen kleinen Stapel grauer, unscheinbarer Steine, bei denen es sich um die Energiesteine handeln musste, die Meredith erwähnt hatte. Tatsächlich befand sich am Herd ein kleines Fach und kaum, dass sie einen der Steine dort hineingeschoben hatte, begann der gesamte Herd augenblicklich Wärme abzugeben.

Rebecca fand in einer der offenen Küchenschränke eine Teekanne und machte sich daran, die Kräutermischung, die Meredith ihr gegeben hatte, zu kochen.

„Wieso muss selbst der Ofen mit solchem magischen Schnickschnack funktionieren?", maulte Großmutter Isabell derweil. Sie thronte am Küchentisch wie die Königin höchstpersönlich und überwachte jeden Handgriff ihrer Enkelin.

„Was spricht denn eigentlich dagegen, einen einfachen, stinknormalen Ofen, den jeder bedienen kann, einzubauen?"

Rebecca fand nun, da sie wusste, dass der Ofen mit magischen Steinen betrieben wurde, das Ganze eigentlich recht praktisch. Es ging ungemein schnell und schien im

Gegensatz zu Holz auch keinen Rauch zu produzieren. Kein Wunder, dass es im Haus keinen Kamin gab.

„Räum die Teller doch bitte in den Schrank rechts oben ein, da passen sie viel besser rein und außerdem gehören Teller dorthin. Und die Tassen bitte gleich daneben", dirigierte Großmutter Isabell sie vom Küchentisch aus. Mit einem kleinen Seufzer machte Rebecca sich an die Arbeit. Es sah aus, als würde zwischen ihnen beiden alles wie immer bleiben, egal ob sie nun eine Professorin war oder nicht.

Der Vormittag verging wie im Fluge. Nachdem Rebecca mit der Küche fertig war, scheuchte Großmutter Isabell sie noch durch das halbe Haus, unterbrochen von etlichen Hustenanfällen. Aber die schienen für sie kein Problem darzustellen. Als es endlich Zeit für Rebeccas Termin bei dem Direktor wurde, war diese ziemlich erleichtert. Sie machte ihrer Großmutter noch einen zweiten Tee und empfahl ihr dringend, sich etwas hinzulegen, ehe sie sich auf den Weg machte.

Die Aussicht traf sie erneut wie ein kleiner Schock und Rebecca war froh, nicht unter Höhenangst zu leiden. Kurz bevor sie die schwebenden Stufen, die von ihrer kleinen privaten Insel führten, erreichte, zögerte Rebecca. Sie hatte noch etwas Zeit. Vorsichtig ging sie zum Rand des Felsbrockens, noch näher als heute Morgen, und streckte die Hand aus.

Theiron sei Dank, dass sie niemand dabei sah, wie sie die Barriere erkundete, denn sie musste dabei absolut lächerlich aussehen.

Genau in dem Moment, als sie ihre Finger über den Rand des Felsens in die Luft strecken wollte, traf sie auf eine unsichtbare Barriere. Etwas mutiger geworden, trat sie einen weiteren Schritt auf den Abgrund zu und tastete nun auch mit der zweiten Hand in der Luft.

Es schien, als müsse sie sich über einen Absturz keine Sorgen machen. Auch an der Treppe konnte sie links und rechts eine Barriere ertasten, nun, da sie sich endlich einmal Zeit nahm, sich genauer umzusehen. Nachdem sie den herrlichen Ausblick eine Weile hatte auf sich wirken lassen, machte Rebecca sich auf den Weg in Richtung des Zentrums des Wohnbezirkes, welches sie auch gestern schon auf ihrem Weg passiert hatten.

Da die Sonne schien und die Regenwolken vertrieben waren, konnte sie die Akademie und deren riesiges Gelände so richtig in Augenschein nehmen. Überall schwebten Felsen, auf denen Familien lebten. Einige der Inseln beherbergten mehrere Häuser, andere nur ein einzelnes. Es gab auch Inseln, welche nur einen kleinen Gemüsegarten trugen, verbunden über einige schwebende Trittsteine. Auf anderen wiederum konnte sie sogar Spielplätze oder ganze Wohngemeinschaften erkennen. Überall war es angenehm warm, die Luft klar und frisch. An allen Ecken und Enden konnte Rebecca Vögel sehen, die ungehindert von einer Insel zur nächsten flogen, für sie gab es offenbar keine unsichtbare Barriere.

Dann kam auch schon die Hauptinsel des Wohnbezirkes mit dem Marktplatz in Sicht. Gestern hatte der runde Platz völlig verlassen dagelegen, doch heute war er brechend voll. Da Rebecca von oben kam, hatte sie einen guten Blick auf mehrere Marktstände in der Mitte, die am Tag zuvor noch nicht da gewesen waren. Sie schienen so ziemlich alles anzubieten, was man zum täglichen Leben brauchte. Sie würde der Stadt Kallisto unterhalb der Akademie offenbar nicht allzu oft einen Besuch abstatten müssen.

Zu ihrer rechten Seite erkannte sie eine weitere, etwas breitere schwebende Treppe, die von unten zu kommen schien. Neugierig beugte Rebecca sich etwas weiter vor und spähte über den Rand nach unten. Die Stufen führten zu einem besonders flachen und großen Felsen, auf dem Rebecca ein Spielfeld samt kleiner Tribüne erkennen konnte. Darauf tummelten sich mehrere johlende und schreiende Kinder, die sich eine beherzte Partie zu liefern schienen, angefeuert von begeisterten Zuschauern. Es musste sich um die Familien der ansässigen Professoren und Bediensteten handeln. Rebecca konnte nicht erkennen, was genau gespielt wurde, doch eine große, fliegende Tafel verkündete den aktuellen Punktestand. Es stand 4:3 und die Zuschauer schienen außer Rand und Band zu sein.

Mit einem Lächeln auf den Lippen erreichte Rebecca den großen runden Marktplatz. Er war zum Bersten voll. Nie hätte sie erwartet, dass so viele Menschen in der Akademie wohnten, zumal im Moment noch Ferien waren und die Studenten erst in zwei Wochen anreisen würden. Sie hoffte, dass der Markt später auch noch offen sein würde, sodass sie weitere Vorräte besorgen konnte. Die Inventur des Hauses, welche sie heute Morgen mit ihrer Großmutter gemacht hatte, hatte gezeigt, dass sich nur das Allernötigste im Haus befand. Aber im Moment musste sie weiter zu ihrem Termin beim Direktor, sie wollte auf keinen Fall zu spät kommen und einen schlechten ersten Eindruck hinterlassen.

Ein höfliches Klopfen an der Türe riss Magister Macus Roth, Direktor der Akademie von Kallisto, aus seinen Gedanken. Er war so vertieft in den neuesten Bericht von

Kommissar Bosch über den Fortschritt der Ermittlungen gewesen, dass er die Zeit völlig übersehen hatte. Oder vielmehr den Bericht über den Mangel an Fortschritten.

Aber wenn er ehrlich war, hatte er auch keine besonders tollen Ergebnisse erwartet.

Wer auch immer der Eindringling gewesen war, er musste über gewaltige magische Fähigkeiten verfügen und war vermutlich nicht nur geübt darin, diese einzusetzen, sondern auch darin, seine Spuren danach zu verwischen. Macus' persönliche Theorie war, dass der Täter über eine noch gänzlich unbekannte, spezielle magische Fähigkeit der fünften Sonderkategorie verfügte.

Nur leider passte diese Theorie nicht gänzlich zu den Fakten, wie er selbst zugeben musste. Um in die Archive einzudringen, musste der Täter eine magische Ausbildung genossen haben. Und die gab es – mit Ausnahme der sechs Häuser, die ihre Fähigkeiten innerhalb der Familie weitervererbten – nur an der Akademie von Kallisto. Selbst Magister, die später an den Hof wechselten, erhielten zumindest ihre Grundausbildung an der Akademie und sollten somit irgendwo in den Stapeln von Dokumenten mit ehemaligen Studenten aufscheinen.

Macus wusste, dass diese Listen von Studenten der fünften Kategorie, sowohl ehemalige als auch jene, die sich noch in der Ausbildung befanden, eines der ersten Dinge gewesen waren, die die Ermittler überprüft hatten. Doch es hatte keinerlei passenden Übereinstimmungen zwischen den Fähigkeiten und denjenigen gegeben, die sich zum Zeitpunkt auch nur in der Nähe der Akademie oder der Stadt Kallisto befunden hatten.

Zuerst hatten sie auch einen Täter der vierten Kategorie, der Mentalmagie, in Betracht gezogen. Jemanden, der vielleicht gleich eine ganze Gruppe von Magistern kontrollierte, möglicherweise sogar, ohne dass diese davon wussten. Die vierte Kategorie an Magistern wurde nicht grundlos immer mit einem gewissen Argwohn behandelt und in der Regel genauestens beobachtet. Doch bisher hatte sich auch dieser Verdacht nicht erhärtet.

Wenn man davon ausging, wie schwierig ein Eindringen in die geheimen Archive war – immerhin befanden sich diese sich in einer anderen Dimension, deren einziger Ankerpunkt sich an der Akademie befand –, so kamen natürlich auch die sechs Familien in Betracht, deren Mitglieder die einzigen waren, die ihre Kräfte schon von Kindesbeinen an trainierten, während alle anderen dies erst als Studenten an der Akademie taten. Diese sechs Familien stellten in der Welt der Magie, die sich in fünf verschiedene Kategorien einteilen ließ, eine Anomalie dar, die immer noch nicht zur Gänze erforscht war. Doch die Fähigkeiten dieser Familien waren hinlänglich bekannt und keine von ihnen passte so recht ins Bild, zumal sich zum Zeitpunkt des Einbruchs kein Mitglied der Familien an der Akademie befunden hatte.

Von der Seelenmarke, die den Täter nach Eintritt in die Archive nun kennzeichnete und sich aktivieren würde, sobald der Täter Kallisto verließ, ganz zu schweigen. Nein, der Täter befand sich immer noch irgendwo hier in der Stadt oder sogar an der Akademie selbst.

Macus grunzte resigniert. Die Tatsache, dass der magische Hof, der als einzige andere existierende magische Institution naturgemäß in einer gewissen Rivalität zur Akademie von Kallisto stand, ausgerechnet die Thurlin-Zwillinge zu den Ermittlungen entsandt hatte, machte die Sache auch nicht besser. Zwar waren die beiden ausgezeichnete Ritualmagister und somit eine hervorragende Ergänzung zu Macus' eigenen Fähigkeiten, aber dennoch: Der Umgang mit ihnen war nicht gerade leicht.

Es klopfte erneut an der Türe und ein schüchternes „Hallo?" drang durch das Holz.

Das musste die neue Astronomie-Professorin sein. Wenn er sich richtig erinnerte, war sie gestern angekommen und Frau Preston, seine Sekretärin und Empfangsdame, hatte ihr für heute einen Termin bei ihm gegeben.

„Einen Moment, bitte!", rief er in Richtung der verschlossenen Bürotüre.

Hastig räumte er die wichtigsten Dokumente von seinem überquellenden Schreibtisch. Von ordentlich war sein Büro zwar himmelweit entfernt, aber daran würde Rebecca Winter sich gewöhnen müssen, wenn sie an der Akademie arbeiten wollte. Es war nicht sein Problem, dass er den Erwartungen der meisten Menschen, wie er als Direktor zu sein habe, nicht gerecht wurde. Daher zerstörte er ihre Vorstellungen immer möglichst früh. Schnell schob er den letzten Bericht über die andauernden Ermittlungen in das kleine Fach unter seinem Schreibtisch und versperrte dieses, ehe er die angehende Professorin hereinbat.

Rebecca Winter entpuppte sich als hübsche junge Frau mit lockigen, brünetten Haaren und grünen Augen, welche ihn und sein chaotisches Büro verwirrt betrachteten. Macus konnte es ihr nicht ganz verdenken. Er bevorzugte es, Dokumente nach seinem ganz persönlichen System zu ordnen.

Auch er selbst entsprach nicht ganz dem Bild, das die meisten Leute vom Direktor der Akademie hatten. Die meisten erwarteten eine dürre, lange Bohnenstange mit der Aura eines Gelehrten – wie etwa seinen alten Freund Magister Ian Hunt, der es inzwischen zum obersten Heiler der Akademie gebracht hatte. Macus hingegen war breit gebaut wie ein Stier, seine langen schwarzen Haare waren meist in einem unordentlichen Pferdeschwanz zusammengebunden und sein Gesicht zierte der Schatten eines mehrere Tage alten Bartes. Es half auch nicht gerade, dass er über dem Auge eine lange, breite Narbe trug, die er sich bereits als Kind beim Sturz von einem Baum zugezogen hatte. Die meisten Leute, die ihn sahen, glaubten es entweder mit einem Schläger oder einem Bordellbesitzer zu tun zu haben.

„Entschuldigung, ich suche das Büro des Direktors", begann Rebecca vorsichtig, offenbar im Glauben, sich in der Tür geirrt zu haben.

„Dann seid Ihr hier genau richtig", lächelte er und breitete die Arme aus. „Willkommen an der Akademie."

Er musste ihr zugutehalten, dass sie nur einen Moment brauchte, um ihre Überraschung zu verbergen. Sie blinzelte einmal fast unmerklich, dann trat sie auch schon um einen Bücherstapel am Boden herum und bot ihm ihre Hand an.

„Ich bin Rebecca Winter, erfreut, Euch kennenzulernen, Direktor Roth."

Sie würde hervorragend mit dem stressigen Alltag als Professorin zurechtkommen. Macus räumte einen Stuhl vor seinem Schreibtisch frei, indem er die darauf gestapelten Dokumente sorgsam auf den Boden stellte, dann setzte er sich ebenfalls wieder.

„Ich hoffe, Ihr seid mit Ihrer Großmutter gut angekommen und hatten eine angenehme Reise?", eröffnete er die übliche höfliche Konversation.

Sie unterhielten sich eine Weile über den langen Anfahrtsweg der Familie, die Unterkünfte und über das miese Wetter der letzten Tage. Dabei bedankte sich

Rebecca ausführlichst für die Tatsache, dass ihre Großmutter ebenfalls an der Akademie wohnen durfte. Doch Macus winkte nur ab. Es gab so unglaublich viele nachgezogene Familien in der Akademie, dass diese bereits einer Kleinstadt in den Wolken glich. So war es schon immer und es schien, als würde die unbekannte Magie der Akademie für jede neue Familie einfach einen weiteren Felsen erschaffen, sodass das Gelände wuchs und wuchs.

Anschließend erledigten sie den wichtigsten Papierkram, der bei der Ankunft eines neuen Professors halt so anfiel. Macus hatte diesen Teil seines Jobs schon immer gehasst, aber leider kam er nicht ganz darum herum. Er informierte Rebecca über das kommende Schuljahr und wann die erste Besprechung aller Professoren sein würde, sodass sie das Kollegium kennenlernen konnte. Außerdem zahlte er ihr gleich die Hälfte ihres ersten Monatslohns als Vorschuss, damit sie sich mit ihrer Großmutter in der neuen Bleibe einrichten konnte.

„Ich habe Euch und Eurer Familie Ihnen einen der Einfamilien-Felsen zugewiesen, Ihr Bruder sollte ja bald eintreffen."

Er schob ihr das Formular zur Unterschrift entgegen.

„Ich hoffe, das ist in Ordnung?", erkundigte er sich. „Oder wäre es Euch lieber, wenn Inspektor Winter bei den anderen Sicherheitskräften untergebracht würde?"

Die junge Frau schaute recht verdutzt.

„Mein Bruder? Wieso sollte er an der Akademie wohnen?"

Diesmal war es an Macus, verdutzt zu sein.

„Oh, Entschuldigung", meinte er. „Ich dachte, Inspektor Winter hätte bereits mit seiner Familie Kontakt aufgenommen und Euch über seine Versetzung informiert?"

Hoffentlich hatte der junge Mann nicht geplant, seine Familie zu überraschen und Macus hatte es jetzt ruiniert.

Für einen Moment flog sein Blick zu dem Bild auf seinem Schreibtisch. Darauf waren drei junge Erwachsene in förmlichen Roben zu sehen, die den Betrachter mit einem breiten Grinsen anstrahlten. Das Bild war bei seinem Abschluss an der Akademie entstanden und zeigte ihn, seinen besten Freund Magister Ian Hunt und seine beste Freundin Meredith Argentum. Meredith hätte ihm in diesem Moment vermutlich wieder mal eins übergebraten, sie war die Einzige ohne magische Begabung in ihrem Dreierbündnis und somit ohne Titel, dafür jedoch weitaus geschickter im Umgang mit Menschen, als er und Ian es je sein würden.

„Soweit ich weiß, wurde Ihr Bruder erst kürzlich versetzt und wird voraussichtlich in drei Tagen an der Akademie ankommen. Da das Schuljahr bereits in weniger als anderthalb Wochen beginnt, haben seine Vorgesetzten beschlossen, ihm eine Reise durch die magischen Portale zu ermöglichen."

Er konnte nur hoffen, dass diese Erklärung ausreichen würde, um etwaige Fragen gar nicht erst aufkommen zu lassen – etwa warum ein einfacher Polizist, der lediglich als Wachmann an die Akademie versetzt worden war, durch die teuren magischen Portale reisen durfte.

Macus konnte spüren, wie sehr die Aussicht, ihren Bruder wieder zu sehen, die junge Frau begeisterte. Hoffentlich würde dieser Andreas Winter den Erwartungen seiner Vorgesetzten tatsächlich gerecht werden und etwas Licht in den Fall mit den magischen

Archiven bringen. Ihm persönlich kam dessen Versetzung mehr wie eine Verzweiflungstat als sonst etwas vor.

Sie unterhielten sich noch eine Weile zwanglos über dieses und jenes, ehe Rebecca sich schließlich verabschiedete. Macus war sich sicher, dass sie eine gute Lehrerin abgeben würde.

In den darauffolgenden Stunden ordnete er Rebeccas Unterlagen gewissenhaft in sein eigenes, privates ‚System' ein, indem er die Papiere entweder auf den einen oder anderen Stapel legte. Außerdem suchte er eine kleine Ewigkeit nach der Liste, in der er die Zuteilung der Wohn-Felsen dokumentierte und in welcher er Rebecca Winter noch nicht eingetragen hatte. Jemand musste das Blatt tatsächlich auf den falschen Stapel gelegt haben.

Als er endlich mit der lästigen Bürokratie fertig war, lehnte er sich zufrieden in seinem Sessel zurück und betrachtete mit einem kleinen Lächeln auf dem Gesicht erneut das Bild auf seinem Schreibtisch. Meredith stand zwischen ihm und seinem besten Freund, ihre silbrig grauen Haare schimmerten im Licht der Sonne. Schon damals hatte sie diese seltsame Haarfarbe gehabt. Der genetische Defekt, der die Mitglieder ihrer Familie so früh ergrauen ließ, musste wirklich heftig sein. Aber das hatte ihre Mitstudenten damals in keinster Weise in die Flucht geschlagen, eher im Gegenteil. Gemeinsam mit ihren unglaublichen Augen hatte sie eine solch exotische Wirkung, dass die Studenten ihr reihenweise verfallen waren.

Auch Ian hatte es erwischt, aber er hatte bis heute nicht den Mumm gefunden, Meredith um eine Verabredung zu bitten, zumal Meredith nie wirklich Interesse an irgendjemandem gezeigt hatte. Auch auf dem Bild verweilten Ians, durch die Brillengläser unnatürlich vergrößerten Augen, auf Meredith, während sein Laborkittel es selbst am Tag ihres gemeinsamen Abschlusses irgendwie schaffte, schmuddelig zu wirken.

Macus vertraute den beiden mehr als jedem anderen auf der Welt. Ian hatte sich inzwischen von dem schmutzigen und zerstreuten Studenten zum obersten Heiler der Akademie gemausert, auch wenn dies an seiner Ausstrahlung nichts geändert hatte. Meredith hingegen war zu seiner engsten Vertrauten und Vizedirektorin der Akademie aufgestiegen.

Nicht zum ersten Mal verfluchte Macus die Tatsache, dass Meredith keine Magistra war. Zwar war sie ihm auch so eine unglaubliche Stütze bei den Ermittlungen, doch wenn sie über Magie verfügen würde, dann hätte er eventuell nicht beim Hof um Unterstützung bitten müssen. Er hätte wissen müssen, dass dieser ihm keine normalen magischen Ermittler schicken würde, aber die Thurlin-Zwillinge waren schlimmer als alles, was er sich hätte ausdenken können.

Eigentlich war Macus die seit Jahrhunderten andauernde Rivalität zwischen der Akademie von Kallisto und den Magistern vom Königshof herzlich egal, was in seiner derzeitigen Position recht ungewöhnlich war. Man könnte meinen, als Direktor der Akademie würde er sich mehr aus seinen Erzrivalen vom Hof machen.

Doch wenn er ehrlich war, hatte er schon als Student die Auffassung vertreten, dass diese Feindschaft zwischen den beiden Magier-Höfen vollkommen unnötig und sinnlos war. Zumal die beiden Institutionen einen recht unterschiedlichen magischen Schwerpunkt vertraten. Während die Akademie von Kallisto als Hort des Wissens und der Forschung galt, fokussierten die Magister des Hofes sich hauptsächlich auf die Kampfmagie, deren strategische Anwendungen und das Militär. Sie beschäftigten sich den lieben langen Tag damit, wie man mithilfe der Magie jemanden noch schneller und effizienter umbringen konnte. Die Thurlin-Zwillinge waren als Ritualmagister eine auffällige Ausnahme in diesem kriegerischen Haufen der zweiten Kategorie. Tatsächlich hätte Macus rein von seiner Veranlagung her besser zum Hof gepasst als zur Akademie, doch allein schon der Gedanke ließ ihn schaudern.

Aber er musste zugeben, dass die Thurlin-Zwillinge wahre Meister ihres Faches waren. Noch nie hatte er jemanden gesehen, der so schnell solch gewaltige Mengen an Magie verwob, teilweise ohne auch nur einen einzigen Gegenstand zu benutzen. Sie schienen einander dabei die Magie wie einen Ball zuzuwerfen und bauten damit eine seltsame Synergie zwischen sich auf, welche die Magie immer weiter verstärkte. Die Art und Weise, wie die Zwillinge ihre Magie verwendeten, erinnerten ihn tatsächlich mehr an Kampfmagie als an Ritualmagie. Was nur bewies, dass die unterschiedlichen Richtungen, in die man die Magie eingeteilt hatte, nichts weiter als menschliche Konstrukte waren. Die Grenzen waren in der Realität – wie so oft – fließend.

Macus warf einen resignierten Blick auf einen kleinen, aber stetig wachsenden Stapel an Papieren, den er ganz in einer Ecke, möglichst außerhalb seines täglichen Blickfeldes, begonnen hatte. Er war sich inzwischen beinahe sicher, dass ihm der Hof die Zwillinge einzig und allein aus dem Grund geschickt hatte, um sich nicht selbst mit den am laufenden Band hereinkommenden Beschwerden über die beiden auseinandersetzen zu müssen.

Er verfügte über einen schier unendlich langen Geduldsfaden, trainiert und erprobt durch seine jahrelange Arbeit als Professor, doch er musste zugeben, die beiden alten Tattergreise hatten diesen bereits zum Zerreißen gespannt.

Macus schnaubte leise, rieb sich über das Gesicht und blickte nach draußen. Vor dem Fenster dämmerte es bereits. Vielleicht sollte er endlich Feierabend machen und mit seinen beiden alten Schulfreunden etwas trinken gehen.

Meredith Maynard, bekannt unter dem falschen Namen Meredith Argentum, lehnte sich entspannt in ihrem Stuhl zurück. Der Dämon in ihrem Inneren war ausnahmsweise einmal ruhig. Diese Zeit der Ruhe in ihrem Kopf musste sie nutzen, denn in den vergangenen Wochen hatte er immer wieder äußerst heftig an seinen Ketten gezerrt und jeglichen sinnvollen Gedanken im Keim erstickt.

Seit sie in die geheimen Archive eingedrungen war…

Dabei hatte sie doch nur ein Fitzelchen seiner Kraft verwendet, um verborgen zu bleiben. Hatte sie sich vielleicht überanstrengt, als sie gewaltsam die Tür zu der verborgenen Dimension geöffnet hatte? Dimensionsmagie war eigentlich eine der angeborenen Fähigkeiten der Maynards. Immerhin hatten ihre Vorfahren die Dämonen, die sie kontrollierten, aus einer anderen Dimension geholt. Nur Meredith konnte dies nicht tun, da beinahe all ihre magische Kraft durch das Aufrechterhalten des Käfigs in ihrem Inneren verbraucht wurde.

Irgendetwas war mit diesem Käfig, für dessen Erschaffung ihr Vater das letzte bisschen seiner

Lebenskraft verwendet hatte, passiert. Etwas hatte sich gelockert, als sie in die Archive eingedrungen war.

Zum gefühlt hundertsten Mal betrachtete sie den unscheinbaren Stein vor sich, den sie gemeinsam mit den Informationen über das Kringal-Ritual gestohlen hatte. Endlich hatte sie ihn in die Finger bekommen. Es hatte sie Jahre gekostet, einen magischen Gegenstand mit seinen Eigenschaften zu finden. Und noch viel länger hatte es gebraucht, bis sie endlich herausgefunden hatte, wo die geheimen Archive versteckt waren und wie sie hineinkommen konnte.

Doch nun war sie fast am Ziel. Sie würde nicht aufgeben. Sie hatte bereits so viel geopfert, unter anderem ein Menschenleben.

Kurz durchzuckten Meredith Schuldgefühle bei der Erinnerung an den früheren Astronomie-Professor. Professor Russels Tod war nicht geplant gewesen und er würde ihr vermutlich noch lange auf dem Gewissen liegen. Alle außer ihr hielten sein Ableben für einen seltsamen Unfall.

Sie tippte sich auf die Lippen, während sie nachdachte. Für das Kringal-Ritual brauchte sie nur noch ein weiteres Opfer, nur noch eines, dann wäre sie den Dämon endlich für immer los. Doch im Moment wusste sie noch nicht wirklich, wer dafür in Frage kommen könnte. Vielleicht einer der Schüler?

Sie überlegte. Vielleicht könnte sie einfach einen der Außenseiter verwenden, um den sich niemand allzu sehr kümmern würde… Herr Weber aus dem vierten Semester? Nein, sie sollte keinen Studenten aus ihren eigenen Kursen wählen.

Außerdem würde sich das Kringal-Ritual über Wochen und Monate hinstrecken, vielleicht auch länger, je nachdem, wie stark die Seele ihres Opfers sein würde. Vermutlich wäre es etwas zu auffällig, wenn ein junger, kerngesunder Student plötzlich über Monate hinweg mit seltsamen Symptomen krank wäre. Sie konnte keine Horden von übereifrigen Heilern gebrauchen, die sich alle mit ihrem Opfer auseinandersetzten. Zumal ihr ohnehin schon die Ermittler im Nacken saßen.

Sollte sie vielleicht einfach irgendein ahnungsloses Opfer von unten aus der Stadt schnappen? Doch was sollte sie tun, wenn es plötzlich die Stadt verließ? In diesem Falle könnte sie das Opfer aufgrund der Seelenmarke, die sie nun zeichnete, nicht verfolgen, um das Ritual zu beenden. Meredith konnte Kallisto von nun an nicht mehr verlassen, denn sobald sie dies tat, würde man sie aufspüren können. Doch sie hatte ohnehin nicht vor, die Akademie zu verlassen, sobald sie den Dämon los war. Das hier war ihr Zuhause geworden.

Vor Merediths innerem Auge blitzte die Begegnung von heute Morgen wieder auf. Rebecca Winter. Das war also die neue Professorin für Astronomie. Süß hatte sie ausgesehen, irgendwie unschuldig. Meredith konnte nur hoffen, dass sie nicht so neugierig sein würde wie ihr Vorgänger. Hatte sie nicht gesagt, ihre Mutter sei krank? Meredith tippte sich wieder auf die Lippen, dann breitete sich ein Lächeln auf ihrem Gesicht aus. Nein, es war die Großmutter, aber das war sogar noch besser.

Das könnte funktionieren, überlegte sie.

Niemand würde sich allzu viel dabei denken, wenn eine alte Dame, die noch dazu kaum jemand kannte, nach einer anstrengenden Reise an einer seltsamen Krankheit litt. Erst recht nicht, wenn sie zuvor bereits angeschlagen gewesen war. Sie würde sich beeilen müssen, denn die Heilkräuter, die sie der jungen Professorin mitgegeben hatte, waren äußerst effektiv. Immerhin war sie bereits seit Jahren mit dem obersten Heiler der Akademie befreundet, da schnappte man schon das eine oder andere auf. Es wäre weit weniger verdächtig, wenn die alte Frau nicht erst wieder gesund wurde, um kurz darauf eine weitere seltsame Krankheit zu bekommen.

Meredith stand auf und ging zum Fenster, um hinauszuschauen, während sie weiter nachdachte. Sie würde auf Nummer sicher gehen müssen. Ian war immer fürchterlich engagiert, egal um welchen Patienten es ging. Besonders wenn es um eine Krankheit ging, die er noch nie zuvor gesehen hatte. Und früher oder später würde er sicher von der alten Dame und ihren seltsamen Symptomen hören.

Vielleicht wäre es also besser, Ian gleich von Anfang an in ihre Überlegungen miteinzubeziehen. So besorgt, wie diese Rebecca Winter heute wegen einer kleinen Erkältung vor Merediths Tür gestanden hatte, war es ziemlich wahrscheinlich, dass sie bald einen Heiler der Akademie hinzuziehen würde. Und dieser würde angesichts der seltsamen Symptome sicherlich Ian sein.

Aber vielleicht kann ich genau das ja nutzen?

Ihre Gedanken überschlugen sich, während sie weiter nachdachte.

Zuerst würde das Opfer des Rituals unheimlich müde werden und viel schlafen. Doch im Laufe der Zeit würde sich das wieder legen und stattdessen durch weitere Symptome ersetzt werden. Leider kam es auf die betroffene Seele selbst an, welche Merkmale sich genau zeigten, Meredith würde also auf alles gefasst sein müssen. Zu ihrem Glück war schwarze Magie in ihrem Land inzwischen so selten, dass sich kaum noch jemand damit auskannte. Und das Kringal-Ritual gehörte zur

Seelenmagie, die so tief im schwarzmagischen Bereich angesiedelt war, wie es nur ging.

Meredith blickte aus dem Fenster, ohne wirklich etwas zu sehen, mit den Fingern leicht an ihrer Unterlippe zupfend. Wenn sie die Symptome als Krankheit tarnen wollte, musste sie irgendwie Hinweise für diese seltsame Krankheit streuen. Und am besten wäre es, wenn die Hinweise nicht direkt von ihr kamen. Meredith überlegte. Dann kam ihr ein Geistesblitz. Wenn alles gut ging, würden Ian und Rebecca der alten Dame die benötigten Kräuter, die das Ritual aufrechterhielten, sogar selbst verabreichen. Sie lächelte, während ihr Plan immer weiter Gestalt annahm.

Der Dämon in ihr kicherte.

„Und ihr Menschen haltet uns Dämonen für böse."

Meredith ignorierte ihn. Was das verdammte Ungeheuer zu ihr und ihren Plänen zu sagen hatte, interessierte sie nicht. Zumal sie so kurz vor dem Ziel stand. Wie hieß nochmals dieses Buch, welches Ian immer konsultierte, wenn er nicht mehr weiterwusste oder sich in seinen Behandlungen nicht sicher war?

Vor ihrem inneren Auge sah sie ihren alten Freund, wie er das Buch mit dem grünen Einband in der Hand hielt. *‚Magische Krankheiten und Kräuter'*, das war's. Er brachte es immer gewissenhaft zurück in die Bibliothek, wenn er es gerade nicht brauchte. Er meinte, die Studenten könnten ebenfalls etwas daraus lernen, was bedeutete, dass es fast immer dort stand. Es wäre ein Leichtes, das Buch unauffällig auszutauschen, besonders jetzt, da sich noch keine Studenten auf dem Gelände befanden.

Sie würde es über Nacht machen müssen, denn Herr Kearson, der Bibliothekar, hatte ein zu genaues Auge auf die Bücher, die seine Bibliothek verließen. Und sie würde lieber keine Spur hinterlassen, die man nachverfolgen könnte, indem sie das Buch offiziell auslieh.

Meredith lächelte. Da die Rezeptur für das Kringal-Ritual nur einmal pro Woche verabreicht werden musste, könnte es tatsächlich hervorragend funktionieren und würde zugleich das Risiko ihrer Entdeckung minimieren. Sie müsste die Rezeptur nur ein einziges Mal selbst verabreichen, um das Ritual in Gang zu setzen. Der Rest würde von selbst funktionieren, ohne dass sie in irgendeiner Weise damit in Verbindung stünde. Zumindest sofern alle sich verhielten, wie Meredith es erwartete. Aber die erste Dosis würde etwas länger halten als die darauffolgenden, sie würde fast zwei Wochen Zeit haben, um sicherzustellen, dass Ian involviert wurde.

Sie setzte sich erneut in den gemütlichen Sessel.

Die Fälschung des Buches musste gut sein. Das würde nicht billig werden, aber diese Investition lohnte sich sicher. Theiron sei Dank, dass sie noch einen ganzen Brocken ihres Vermögens hatte, welches sie damals aus der Familienresidenz hatte sicherstellen können.

Sie musste schnell agieren, wenn sie die derzeitige Verfassung der Großmutter als Tarnung für die ‚Krankheit' ausnutzen wollte. Mikes, der alte Sack, würde das sicher extra berechnen.

Er hatte ihr schon damals, als sie gefälschte Papiere brauchte, um als Studentin an die Akademie gehen zu können, eine wahrhaft exorbitant hohe Summe abverlangt. Aber seine Arbeit war gut. Selbst heute, 13 Jahre später, kam niemand auf den Gedanken, sie sei nicht die, die sie vorgab zu sein. Eine ganz normale junge Professorin ohne Magie namens Meredith Argentum.

Ein Klopfen ertönte und hallte im gesamten Haus wider. Meredith sprang auf und blickte aus dem Fenster. Ihr Herz machte einen kleinen Hüpfer.

Dort draußen standen die einzigen zwei Menschen, die ihr seit dem Tod ihrer Familie noch etwas bedeuteten. Sie hatte es nicht geplant, hatte nicht vorgehabt, jemals wieder irgendjemanden in ihr Herz zu lassen, denn sie wusste, wie schlimm es war, geliebte Menschen zu verlieren. Doch diese beiden hatten es trotzdem geschafft. Meredith beeilte sich, nach unten zu gehen, um ihren zwei alten Freunden zu öffnen.

„Hey, Zwerg, wie war dein Tag?", fragte Macus.

Sie verschwand beinahe in seiner Umarmung, als er sie kurz und herzlich in die Arme nahm. Hinter ihm stand Ian, dessen Begrüßung etwas vorsichtiger ausfiel, als hätte er Angst, sie zu zerbrechen. Sein fleckiger Laborkittel, wie immer viel zu groß, flatterte um ihn herum, und die dicke Brille, die seine Augen unnatürlich vergrößerte, hing ihm etwas schief auf der Nase. In den Händen hielt er eine Weinflasche.

Ah, darum sind die beiden also hier, dachte sie belustigt.

Niemals hätte sie es für möglich gehalten, dass ihre beiden Studienfreunde eines Tages solch hohe Stellungen innerhalb der Akademie bekleiden würden oder dass sie selbst eines Tages einmal Vizedirektorin sein würde. Sie erinnerte sich noch gut, wie die beiden schlaksigen, pickeligen Jungen sie das erste Mal angesprochen hatten. Warum sich die beiden ausgerechnet Meredith, die sich damals aus Furcht vor Entdeckung von allem und jedem ferngehalten hatte, als Freundin ausgesucht hatten, war ihr bis heute ein Rätsel. Doch inzwischen war sie äußerst froh darüber.

Und das nicht nur, weil ihre alte Freundschaft es ihr ermöglichte, unauffällig Einfluss auf die Ermittlungen bezüglich des Einbruchs zu nehmen – von ihrer Position als Vizedirektorin ganz zu schweigen. Sie wusste immer Bescheid über den aktuellen Stand und sie hatte es sogar geschafft, sich die gefährlichen Hofmagister vom Leib zu halten, indem sie die Thurlin-Zwillinge mit dem sinnlosen Reenactacent-Ritual beschäftigte.

„Nenn mich nicht Zwerg!", zischte sie Macus zum vermutlich vielleicht hundertsten Male an. „Du weißt, wie sehr ich das hasse!"

Doch er lachte nur.

Das Problem war, dass sie im Vergleich zu ihren beiden Freunden tatsächlich ein Zwerg war. Das war sie schon zu ihrer Studienzeit gewesen und über die Jahre hinweg war es nur noch schlimmer geworden. Was musste man nur essen, um so groß zu werden? Sie hasste es, dass sie die Körpergröße ihrer Mutter geerbt hatte.

„Wir dachten, vielleicht hast du Lust, eine Runde mit uns zu trinken?" Macus grinste wie ein kleiner Junge.

„Du weißt schon, um der guten alten Zeiten willen, bevor die Studenten wiederkommen und uns das Leben wie jedes Jahr zur Hölle machen…"

Meredith konnte nicht anders, sie grinste die beiden breit an. Vergessen waren ihre Überlegungen und Pläne, es war, als hätte man ihr ein Gewicht von den Schultern genommen.

„Wann konnte ich denn je Nein sagen zu euch zweien?"

GETAUSCHTE BÜCHER

Mit einem leisen ‚*Klong*‘ schob sich der kleine Zeiger der Uhr auf die Zwölf. Mitternacht. Macus rieb sich müde über das Gesicht, während er mit leichter Verzweiflung auf den nicht kleiner werdenden Papierstapel vor sich blickte. Er hätte gestern Abend nicht mit Ian und Meredith ausgehen sollen.

Das Ganze war etwas ausgeartet und sie waren tatsächlich im *Krähennest* unten in der Stadt gelandet. Erst als es bereits wieder zu Dämmern begonnen hatte, waren sie nach Hause gewankt. Heute zahlte er den Preis dafür.

An seine Forschung über Kommunikationskristalle, einer Magie, die zukünftig die direkte Kommunikation zweier Parteien über große Entfernungen bewerkstelligen sollte und deren Materialien im Keller des Hauptgebäudes langsam von einer immer dicker werdenden Staubschicht bedeckt wurden, wollte er gar nicht erst denken. Es war ihm bereits gelungen, eine Kommunikation über fast zehn Meter herzustellen, danach riss jedoch die Verbindung. Eigentlich hatte er vorgehabt, seine Forschungen über den Sommer während der Ferien etwas weiter voranzutreiben, aber dann war der Einbruch passiert. Und nun stand bereits wieder das nächste Schuljahr vor der Tür, welches er vorbereiten und organisieren musste.

Was um alles in der Welt hatte ihn geritten, sich vor drei Jahren für den Posten als Direktor an der Akademie zu bewerben? Er musste verrückt gewesen sein. Stöhnend fuhr er sich mit den Fingern durch die langen Haare. Sein Pferdeschwanz hatte sich irgendwann im Laufe des Tages gelockert und hing nun schlaff an der Seite herunter.

Das wird heute nichts mehr.

Kurzentschlossen stand er auf und packte den Stapel Papiere wieder zurück auf ihren angestammten Platz am Boden neben dem Sessel. Er würde sich morgen darum kümmern müssen, er benötigte dringend etwas Schlaf.

Er griff nach seinem langen, ledernen Mantel, der an der Türe hing, und war gerade im Begriff hinauszugehen, als sein Blick auf das Buch ,*Die seltensten und obskursten Fähigkeiten'* fiel, welches auf einem der zahlreichen Papierstapel lag. Er hatte es aus der Bibliothek mitgenommen, in der Hoffnung, darin einen Hinweis zu finden, wie zur Hölle der Eindringling es geschafft haben mochte, in die geheimen Archive einzudringen. Leider hatte ihn kein Geistesblitz getroffen, er war genauso ratlos wie zuvor.

Er nahm das Buch in die Hand. Er konnte es genauso gut zurück in die Bibliothek bringen, ehe Herr Kearson sein fehlen noch bemerkte und einen Herzinfarkt mit Schnappatmung bekam. Er hatte es ohnehin schon länger als geplant ausgeliehen, und zwar ohne es auf die Liste der ausgeliehenen Bücher zu schreiben.

Also machte er sich auf den Weg zur großen Bibliothek, anstatt direkt ins Bett zu gehen, wie er es gerne getan hätte. Vielleicht sollte er zukünftig im Büro schlafen? Das würde ihm einiges an Zeit ersparen. Aber vielleicht wäre es selbst für ihn etwas zu viel, in seinem ohnehin schon unordentlichen Büro auch noch ein Bett aufzustellen.

Normalerweise machte er sich nicht viel daraus, was andere Leute von ihm hielten, doch der herablassende Blick der Thurlin-Zwillinge, als sie letztens in seinem Büro gestanden und sich umgesehen hatten, ging ihm nicht so recht aus dem Kopf.

Vielleicht könnte er stattdessen ein Feldbett unten in seinem verwaisten Forschungsraum aufstellen? Dann würde der Raum endlich wieder mal benutzt.

In Gedanken das Für und Wider debattierend ging er die dunklen Korridore entlang. Das Hauptgebäude lag still und verlassen da. Kein Wunder, es war ja auch nach Mitternacht und das Schuljahr hatte noch nicht begonnen, weshalb man sich auch noch keine Gedanken um herumstreunende, liebestolle Studenten machen musste. Oder Schüler, die die Ausgangssperre missachtet hatten und unten in der Stadt versumpft waren, so wie er es selbst, damals in seiner eigenen Studienzeit, unzählige Male getan hatte. Nun gut, im Lichte der gestrigen Ereignisse musste er zugeben, an dieser Gewohnheit hatte sich nicht allzu viel geändert, auch wenn sie alle nun erwachsen waren. Macus machte auf seinem Weg zur Bibliothek kein Licht. Der Mond schimmerte groß und voll draußen am Nachthimmel.

Er bewegte sich für seine große Gestalt außerordentlich leise. Macus liebte es, auf diese Art und Weise durch die Akademie zu streifen. Es war ein seltsamer Kontrast, die Gänge, die normalerweise mit lauten Studenten überfüllt waren, so ruhig und verlassen da liegen zu sehen.

Er bog um eine Ecke – und erstarrte mitten in der Bewegung. In der Bibliothek war Licht.

Was um alles in der Welt?

Es war nur ein kleines Licht, wie von einer einzelnen Kerze. Mit einem Stirnrunzeln und auf leisen Sohlen schlich Macus näher. Wer auch immer sich hier gerade in der Bibliothek aufhielt, tat dies verbotenerweise. Und offensichtlich wollte diese Person auch nicht entdeckt werden. Es war ruhig, nur gelegentlich war das Rascheln einer Seite zu hören.

Der Besucher, der hier zugange war, konnte nichts Gutes im Schilde führen. Sonst wäre er zu den gewöhnlichen Öffnungszeiten untertags gekommen. Macus schlug das Herz bis zum Hals. Könnte dies hier vielleicht etwas mit dem Einbruch in die Archive zu tun haben?

Langsam und unauffällig begann er, die magischen Energien anzuziehen. Er war ein ausgezeichneter Kampfmagier mit einer mäßigen Begabung als Ritualmagister in der Subkategorie und er hatte nicht vor, diese Person davonkommen zu lassen.

Mit klopfendem Herzen legte Macus das Buch, welches er ursprünglich hatte zurückbringen wollen, auf eine Kommode neben dem Eingang, stellte sich aufrecht hin und begann, mit seinen Händen komplizierte Zauberbanne um den gesamten Raum vor sich zu weben.

Immer dichter zog er die magischen Energien um die Bibliothek und ließ dabei keinerlei Lücken. Knüpfte die einzelnen Energiefäden zu einem dichten, festen Netz, einem unverwundbaren Schild. Nicht einmal eine Motte konnte den Raum nun ohne seine Erlaubnis mehr verlassen.

Ein seltsames ‚Ratsch‘ ertönte, wie von einer Seite, die aus einem Buch gerissen wurde. Nun begann Macus, Schutzzauber um sich selbst herum zu weben und sich auf einen Angriff vorzubereiten. Die magischen Energien knisterten und seine langen schwarzen Haare flogen wie elektrisiert um seinen Kopf.

Ein Nachtfalter, vom Licht in der Bibliothek angezogen, kitzelte seine Schilde von außen, während Macus ganz und gar auf die fremde Lichtquelle vor sich konzentriert nach vorne trat; die Magie, bereit zum Schlag, brutzelte bereits in der hohlen Hand.

„Herr Kearson, unser Bibliothekar, ist zu solch später Stunde bereits außer Haus", sagte er laut. „Aber vielleicht kann ich Euch ja weiterhelfen?"

Die schmale Gestalt vor ihm, in einen dunklen Umhang gehüllt, zuckte zusammen.

„Macus?", fragte eine ihm sehr bekannte Stimme.

„Meredith?!" Ungläubig ließ er die Magie in seiner Hand verpuffen.

„Was zur Hölle machst du denn hier?", fragte er, während Meredith sich mit einem Buch in der einen und einer altmodischen Laterne in der anderen Hand zu ihm umdrehte.

Verdammt, verdammt, verdammt!!!

Meredith fluchte innerlich, während sie versuchte, möglichst entspannt zu wirken. Theiron sei Dank das sie inzwischen eine Menge Übung darin hatte, so zu tun, als wäre alles bestens und normal, während sie innerlich in Panik geriet oder Schmerzen litt.

Der Dämon in ihr gackerte, verhielt sich ansonsten jedoch still. Meredith war mehr als froh darum, eine weitere Attacke seinerseits hätte sie jetzt wirklich nicht gebrauchen können.

Aber verdammt nochmal, ausgerechnet Macus hatte sie heute in der Bibliothek entdecken müssen. Sie hatte ihren Plan so schnell wie möglich umsetzen wollen und hatte vorgehabt, das benötigte Buch, welches Ian immer konsultierte, sofort mitgehen zu lassen, um die entsprechenden Hinweise einzufügen. Eigentlich hatte sie das ja gleich gestern erledigen wollen, doch nachdem Macus und Ian mit der Flasche Wein vor ihrer Tür aufgetaucht waren, war dieser Plan ins Wasser gefallen.

Stattdessen hatte sie fast den ganzen Tag verschlafen und war erst jetzt dazu gekommen. Nie und nimmer hatte sie damit gerechnet, so spät noch jemanden in der Bibliothek anzutreffen, zumal das Schuljahr erst in etwas mehr als einer Woche beginnen würde.

Es schien, als habe Macus das Gebäude seit heute Früh gar nicht mehr verlassen. Was zur Hölle machte er noch hier, um diese Uhrzeit?

Jetzt, da sie darauf achtete, konnte sie die Magie, die in der Luft um sie herum waberte, wahrnehmen. Wie hatte sie dies nur übersehen können?

Ganz ruhig bleiben, du bist keine Magistra und kannst daher die Magie nicht spüren, flüsterte sie sich selbst in Gedanken zu.

Mit einer unauffälligen Bewegung ließ sie die Seite, die sie zuvor aus dem Buch gerissen hatte, in ihrer Tasche verschwinden. Es handelte sich um die Beschreibung für eine besonders seltene Zutat, die Brechrahm-Wurzel, welche sie für das Ritual benötigte. Sie hatte noch nie zuvor davon gehört. Die restlichen Zutaten kannte sie dank ihrer jahrelangen Freundschaft mit Ian bereits. Aber das Wichtigste, was sie heute Abend vorgehabt hatte, war noch nicht erledigt.

Der Dämon in ihr kicherte bösartig. Er amüsierte sich offenbar königlich über ihre Lage.

„Soll ich ihn für dich töten?", schnurrte er. *„Dein Freund sieht leeecker aus... Es ginge auch ganz schnell."*

Der Dämon zog das Wort ,lecker' genüsslich in die Länge. Meredith ließ sich nichts anmerken. Sie blieb seelenruhig, als wäre sie nicht gerade mitten in der Nacht von einem ihrer besten Freunde, der zugleich einer der wohl gefährlichsten Kampfmagistern ihrer Zeit war, überrascht worden. Nun, sie war ebenfalls eine äußerst mächtige Magierin des siebten Hauses, nur wusste das keiner. Und der Großteil ihrer Fähigkeiten wurde von dem Siegel, welches den Dämon in ihrem Inneren gefangen hielt, verbraucht. So viel zur großen und gefährlichen Magistra. Verdammt.

„Machst du etwa jetzt bereits Überstunden, Macus? Das Schuljahr hat doch noch nicht mal begonnen?"

Sie lachte fröhlich.

„Ian und ich müssen uns mehr anstrengen, um dich endlich zu verkuppeln. Deine Arbeitswut scheint ja keine Grenzen zu kennen. Es gibt noch ein Leben außerhalb der Akademie, weißt du?"

Erleichtert sah sie, wie ihr alter Freund sich entspannte, während sich die magischen Banne um sie herum wieder zurückzogen. Das war knapp gewesen.

„Ich bin schon gespannt, welche Ausrede du ihm auftischen willst, warum du mitten in der Nacht heimlich in der Bibliothek rumschleichst."

Der Dämon klang ungemein hämisch. Sie spürte, dass ihn die Situation aufs Äußerste belustigte. Wenigstens war er im Moment beschäftigt und versuchte nicht, gegen seine geistigen Fesseln zu kämpfen. Das hätte sie in dieser Situation so gar nicht gebrauchen können.

„Halt deine Klappe", zischte sie ihm innerlich zu.

Aber der Dämon hatte recht. Sie sollte sich wirklich dringend etwas einfallen lassen. In ihrem Kopf ratterte es.

„Bitte, verschont mich mit weiteren Verkupplungsver-suchen", meinte Macus gerade lachend, während er entspannt auf sie zuschlenderte.

„Was ihr da gestern Abend in der Bar abgezogen habt, war mehr als gemein." Empört blickte er sie an. „Wie konntet ihr mir das antun?"

Meredith grinste, und dieses Mal war es echt.

„Ach, ich habe keine Ahnung, wovon du redest", spielte sie die Unschuldige.

„Bei Theiron, Meredith! Die Frau hätte meine Großmutter sein können!"

Sie zuckte mit den Schultern.

„Es spricht doch nichts gegen etwas reifere Frauen, oder? Und sie fand dich offenbar äußerst attraktiv. Wie sie da auf dich zukam – rrarww."

Offenbar fand Macus, es sei an der Zeit, das Thema zu wechseln.

„Wieso hast du nicht das Licht angemacht? Ich habe dich bereits für wer weiß wen gehalten. Gott, Meredith, ich war kurz davor, dich anzugreifen!"

Nun, *das* war ihr klar. Noch immer surrte die Luft nur so vor Energie. Macus war wirklich ein mächtiger Magister. Sie war sich nicht sicher, ob sie es mit ihm würde aufnehmen können, sollte er ihr je auf die Schliche kommen und es zu einem offenen Kampf ausarten. Selbst mit ihren vollen Fähigkeiten.

Ganz ruhig bleiben, Meredith. Ganz ruhig.

Der Dämon in ihr kicherte erneut. Egal. Mit schiefem Lächeln blickte sie zu Macus hinauf.

„Na, da hatte ich wohl nochmals Glück, dass du mich rechtzeitig erkannt und nicht gegrillt hast, oder?" Spielerisch klopfte sie ihm auf die Schulter. „Das wäre wirklich traurig für dich ausgegangen, einen der wenigen Freunde, die du hast, zu verlieren. Wenn du so weitermachst, wirst du am Ende noch einsam und alleine im hohen Alter dahinscheiden."

„Nun ja, wenn Ian und du mir nicht ständig irgendwelche alten Omas oder völlig verrückte Frauen vorstellen würdet, welche bereits beim ersten Kennenlernen auf mich losgehen, dann würde mir dieses Schicksal vermutlich erspart bleiben."

Empört stemmte Meredith die Hände in die Hüften.

„Hey, das war nur ein einziges Mal! Wie lange willst du uns diese Geschichte noch vorhalten? Und nachdem, was ich von Natalie gehört habe, hast du diese Reaktion auch voll verdient."

Wie beiläufig stellte sie das Buch *'Das große Lexikon der Giftpflanzen'* wieder zurück ins Regal. Hoffentlich hatte er den Titel nicht gesehen. Doch Macus schien völlig fixiert auf die Ungerechtigkeiten der Kuppelversuche von Ian und ihr zu sein. Dabei hätte Natalie tatsächlich hervorragend zu ihm gepasst, *dieser* Versuch war vollkommen ernst von Meredith gewesen. Sie wollte, dass ihre Freunde glücklich wurden.

„Meredith, diese Frau war völlig durchgedreht. Sie ist mit einem Mal total ausgerastet, völlig grundlos! Und wir waren noch nicht mal beim Nachtisch!"

Sie verdrehte die Augen. Diese Geschichte würde ihm wohl nie Ruhe lassen. Frustriert warf sie die Hände in die Luft.

„Erst bist du ganze fünfzehn Minuten zu spät gekommen", begann sie.

„Hey, du weißt so gut wie ich, dass es den Studenten des fünften Semesters gelungen ist, das Forschungslabor in die Luft zu jagen, das war nicht mein Fehler!"

„Dann warst du, obwohl ich es dir schon x-mal gesagt habe, dass du bei deinen Verabredungen gut aussehen sollst, über und über mit Ruß bedeckt", zählte sie weiter auf.

„Ja, weil diese verdammten, hirnlosen Jugendlichen ein Gebäude gesprengt haben! Wie soll ich da nicht voll mit Ruß sein? Außerdem waren es nur ein paar Flecken."

„Als nächstes", fuhr Meredith unerbittlich mit ihrer Auflistung fort, „hast du dich nur darüber geredet, wie froh du nicht bist, dass ich dir als deine ach so gute alte Freundin ständig zur Seite stehe."

„Ja, was soll ich denn sonst tun, etwa über dich schimpfen?"

Meredith verdrehte die Augen. Er war einfach ein hoffnungsloser Fall.

„Macus."

Sie rieb sich die Stirn.

„Bei einem ersten Date redet man nicht stundenlang über seine beste Freundin, erst recht nicht, wenn der erste Eindruck bereits in die Hose gegangen ist."

„Na schön, das leuchtet mir ja ein", antwortete er, „aber das ist noch lange kein Grund, mit einem Messer auf mich loszugehen!"

„Es war ein Buttermesser! Außerdem hast du dich negativ über den vergangenen Kreos-Krieg ausgelassen und jeden einzelnen Fehler, den der damalige Feldherr gemacht hat. Dabei wusstest du, dass sie aus Marr stammt und wie stolz dieses Volk ist!"

Wie beiläufig zog Meredith während ihres kleinen Geplänkels ein Buch aus dem Regal und schlug es in der Mitte auf. Es trug einen wesentlich harmloseren Titel als das Buch zuvor und sie konnte nur hoffen, dass Macus nicht gesehen hatte, welches sie zuvor in den Händen gehalten hatte.

„Woher sollte ich denn wissen, dass sie darauf so empfindlich reagieren würde?!", verteidigte ihr alter Freund sich. „Du hast mir gesagt, sie hätte Interesse an Geschichte!"

Mit einem Schnauben schlug Meredith das Buch wieder zu.

„Ich bitte dich, Macus. Sie ist aus Marr! Jedes Kind weiß, dass die Leute aus Tekatoba ihre Niederlage vor 50 Jahren gegen Marr noch nicht überwunden haben. Was dachtest du denn, was passiert? Dass sie fröhlich plaudernd über die anschließende Zerstörung des Kreos-Tempels mit dir ins Bett hüpft?"

„Naja, ich…" Hilflos mit den Schultern zuckend, sah Macus sich um.

„Was machst du eigentlich um diese Uhrzeit noch hier? Und wieso schleichst du im Dunkeln herum wie ein Dieb auf der Suche nach Beute?"

So viel zu ihrem Ablenkungsmanöver.

Hastig, als müsse sie das Buch in ihren Händen etwas zu verstecken, stopfte Meredith den Band zurück ins Regal.

„Ich, äh… nichts?", sagte sie mit übertrieben harmloser Stimme. „Ich recherchiere nur ein bisschen."

Die meisten ehrlichen Menschen, die etwas zu verbergen hatten, waren darin sehr schlecht. Noch bevor sie das Buch ganz ins Regal zurückschieben konnte, schnappte Macus es sich.

„Mitten in der Nacht?", fragte er belustigt, während er ihre Bemühungen ignorierte, das Buch aus seinen Händen zu reißen.

„Was haben wir denn da? *Für immer jung mit Kräutertinkturen'*."

Er lachte.

„Wirklich, Zwerg?" Er streckte ihr das Buch wieder entgegen.

Was für ein Glück, dass sie dieses Buch erwischt hatte. Sie hatte nicht wirklich gesehen, welches sie genommen hatte, sondern sich einfach das erstbeste gegriffen. Schlimmer als ein Buch über seltene Giftpflanzen konnte es ja kaum sein.

„Du verdrehst doch ohnehin schon so ziemlich jedem Mann in deinem Umfeld den Kopf. Ich glaube nicht, dass ausgerechnet du irgendwelche Kräutertinkturen nötig hast."

Leise vor sich hin lachend ging er zurück Richtung Bibliothekseingang.

Gut, dachte Meredith erleichtert, während sie sich einen kleinen erleichterten Seufzer gestattete.

Er hat es geschluckt.

In Zukunft würde sie wesentlich vorsichtiger sein müssen bei der Ausführung ihrer Pläne. Sie hatte nicht all die Jahre als harmlose Professorin an der Akademie gelebt, um so kurz vor ihrem Ziel aufzufliegen.

Sie hörte, wie Macus die Regale entlangging, als suche er etwas. Sofort nutzte sie die Gelegenheit, um fieberhaft zu tun, was sie *eigentlich* hatte tun wollen. Sie hatte zuvor nur noch schnell die wichtigsten Zutaten für das Kringal-Ritual nachschlagen wollen. Es waren einige recht seltene Pflänzchen notwendig und insbesondere von der Brechrahm-Wurzel hatte sie noch nie zuvor gehört. Und das wurde ihr nun zum Verhängnis. Sie verfluchte sich innerlich dafür, dass sie sich so viel Zeit gelassen hatte, als sie noch alleine gewesen war.

„Jaja, lach du nur", sagte sie zu Macus, der ein paar Regale weiter war. „Wir werden ja sehen, wer in ein paar Jahren um Tipps bettelnd angerannt kommt, weil sein Gesicht alt und schrumpelig wird. Was machst *du* eigentlich noch hier um diese Zeit?", fragte sie beiläufig, während sie angespannt die Buchrücken vor sich nach dem richtigen Titel durchsuchte.

„Ach, ich habe mir nur vor einigen Tagen ein Buch ausgeliehen und wollte es zurückbringen, ehe der gute alte

Herr Kearson einen Anfall bekommt, weil er das Buch nicht mehr findet."

Meredith musste trotz der angespannten Situation lachen.

„Wie, hast du deinen Namen tatsächlich nicht in die Liste eingetragen? Bist du lebensmüde?"

Von drei Regalen weiter vorne erklang ein Schnauben.

„Das musst gerade du sagen", meinte er. „Habe ich dich nicht gerade bei derselben Tat erwischt, nur weil dein Ego es dir nicht erlaubt, das Buch über offizielle Wege auszuleihen?"

Meredith beließ es bei seinen Schlussfolgerungen, denn sie kamen ihr äußerst gelegen.

Macus hatte offenbar erledigt, wofür er gekommen war. Schritte näherten sich ihr wieder, sie musste sich beeilen. Dann fand sie endlich, wonach sie gesucht hatte. Schnell zog sie das Buch ‚Magische Krankheiten und Kräuter' aus dem Regal. Dann suchte sie hektisch nach einem weiteren Buch mit unverfänglichem Titel, welches in etwa dieselbe Form und Größe hatte. ‚Rezepte gegen Falten und sonstige Hautprobleme' fiel ihr ins Auge. Das passte. Rasch befreite sie es aus seinem Schutzumschlag, tauschte diesen mit dem jenes Buches, welches Ian immer für seine Nachforschungen zu Rate zog, und stellte es wieder zurück.

Dann versah sie ‚Magische Krankheiten und Kräuter' mit seinem neuen Umschlag. Gerade noch rechtzeitig, denn im nächsten Moment kam Macus um die Ecke. Sein Blick fiel auf den Titel.

„Du hast doch gar keine Probleme mit deiner Haut."

Mit einem fröhlichen Lachen hielt Meredith das Buch in die Luft.

„Ja, was glaubst du denn, wieso?"

Mit einem Kopfschütteln geleitete Macus sie hinaus.

„Frauen und ihre Eitelkeit, das werde ich wohl nie verstehen. Lass dich nur nicht von Herrn Kearson erwischen, wenn du es wieder zurückbringst. Wenigstens wird keiner der Studenten das Buch vermissen."

Meredith lächelte.

„Keine Sorge, *nächstes Mal* wird mich niemand sehen."

Am nächsten Morgen blickte Andreas sich ein letztes Mal in der fast leeren Wohnung um. Das Licht fiel schräg durch die Fenster und erhellte den Raum. Seit beinahe zehn Jahren lebte er nun hier und es war ein seltsames Gefühl, diesen Ort nun verlassen zu müssen. Doch es hatte keinen Sinn, ein ganzes Jahr Miete zu zahlen, wenn er doch viele hundert Kilometer entfernt an der Akademie leben würde.

Beim Gedanken daran, seine Schwester und Großmutter Isabell wiedersehen zu können, machte sein Herz einen kleinen Hüpfer. Sie hatten sich über die Zeit hinweg entfremdet, seit er nach Narvik gezogen war. Sein kleines Heimatdorf Doha war schlicht zu weit weg von der nördlichen Hauptstadt, als dass er seine Familie oft besuchen hätte können.

Mit einem leisen Seufzer ließ er sich auf das Bett fallen und schnappte sich das Bild, das immer auf seinem Nachtkästchen stand. Es zeigte ihn, als er gerade einmal 15 Jahre alt war und frisch an der Militärakademie aufgenommen worden war, seine kleine Schwester und Großmutter Isabell. Sein schmales, pickeliges Gesicht hatte vor Freude nur so gestrahlt, während er mit stolzgeschwellter Brust die Uniform zur Schau stellte.

Rechts von ihm stand Becca, damals war sie erst süße zwölf Jahre alt gewesen. Ihr Gesicht war noch kindlich und auch ihre Augen strahlten vor Stolz auf ihren großen Bruder. Hinter den beiden stand Großmutter Isabell. Streng wie immer, die Haare zu einem Dutt geformt, starrte sie nach vorne, als habe der Betrachter des Bildes Dreck unter der Nase.

Doch Andreas wusste, wie unheimlich stolz auch sie an jenem Tag gewesen war. Sie hatte ihre allerbeste, geblümte Schürze an und sogar die Kosten für ein Familienbild auf sich genommen, obwohl sie damals kaum über die Runden gekommen waren.

Mit einem kleinen Lächeln auf den Lippen wickelte er das Bild in einen dicken Schal und packte es in seinen Koffer. Es gab nur zwei Ausfertigungen dieses Motives, das andere war im Besitz seiner Schwester. Dieses Familienbild gehörte zu seinen wichtigsten Besitztümern. Erneut sah er sich im Raum um, ob er noch etwas vergessen hatte. Nur noch sein Schlafgewand und eine saubere Garnitur Kleidung für morgen früh lagen auf dem Stuhl neben dem Bett. Ansonsten war der Raum so gut wie leer.

Die meisten seiner Habseligkeiten hatte Andreas bei seinem besten Freund Sandro zwischengelagert. In Kisten verpackt warteten sie auf seine Rückkehr in die nördliche Hauptstadt, sobald er mit seinem Auftrag an der Akademie fertig sein würde. Zwar hatte er seinem Freund nicht verraten können, wieso er trotz seiner ‚Degradierung‘ mit einer baldigen Rückkehr nach Narvik rechnete, doch dieser war nicht auf den Kopf gefallen. Allein die Tatsache, dass er nach Andreas' Termin bei Kriminaloberst Schwarz mit keinem todunglücklichen

Schulfreund durch die Bars ziehen musste, hatten Sandro alles gesagt, was er wissen musste.

Als Andreas seinem alten Freund die Geschichte mit der Versetzung erzählt hatte, konnte er sehen, dass dieser ihm kein Wort abkaufte. Aber auch Sandro war nun seit fast zehn Jahren bei der Polizei und wusste inzwischen, wann er nicht weiter nachfragen sollte.

Sie hatten sich damals in ihrem ersten Jahr an der Militärakademie kennengelernt. Sandro stammte ähnlich wie Andreas aus ärmlichen Verhältnissen und die beiden hatten sich von Anfang an hervorragend verstanden. Zwar hatten sie im Laufe der Zeit unterschiedliche berufliche Laufbahnen eingeschlagen – Sandro war zur Abteilung für organisierte-Kriminalität gewechselt, während Andreas sich voll und ganz der Kriminalpolizei und dem Ermittlungsdienst verschrieben hatte – doch ihre Freundschaft war bis heute erhalten geblieben, hatte sich während der Jahre sogar vertieft.

Andreas nahm seinen Geldbeutel für später heraus und ließ den Koffer zuschnappen. Er freute sich bereits auf den nächsten Tag. Auf die Reise durch die magischen Portale und das anschließende Treffen mit seiner Familie. Es würde am Morgen früh losgehen und er hatte einen weiten Weg vor sich, auch wenn die Portale ihn gehörig abkürzen würden. Sie würden ihn direkt von Narvik zu dem kleinen Städtchen Osmak bringen, die nächste größere Stadt im Umkreis der Akademie. Von dort aus war es nur noch ein vierstündiger Ritt nach Kallisto. Leider konnte man nicht direkt an die Akademie reisen, denn etwas von der Magie, die dort herrschte, störte die magischen Portale. Trotzdem blieb ihm durch deren Nutzung eine mehrwöchige Reise durch das halbe Land erspart.

Andreas stellte den Koffer griffbereit neben der Türe ab. Dann nahm er sich die Mappe mit den Fallunterlagen und setzte sich auf das Bett, um diese gründlich zu studieren. Er wollte morgen, wenn er in der Akademie eintraf, bestmöglich auf das Treffen mit dem Direktor vorbereitet sein, genauso wie für seinen neuen inoffiziellen Vorgesetzten, Kommissar Bosch.

Andreas war sich aktuell nicht sicher, wie es ihm als Verdeckter-Ermittler gehen würde. Er hatte noch nie zuvor im geheimen ermittelt. In den letzten Tagen hatte er im Präsidium eine Schnelleinführung in Sachen geheimer Nachforschungen erhalten und recht schnell festgestellt, dass diese ihm eigentlich nicht wirklich lag. Doch er würde das Beste daraus machen müssen.

Später am Abend würde er sich mit seinen Freunden am Tissend-Fluss zum Angeln treffen. Doch bis es soweit war, hatte er noch Zeit. Sandro hatte beinahe alle seine Kollegen und Schulfreunde zusammengetrommelt, um Andreas gebührend zu verabschieden.

Er verzog das Gesicht. Hoffentlich würde sich das Bier in Grenzen halten, schon wenige Tropfen Alkohol reichten, dass er am nächsten Tag mörderische Kopfschmerzen bekam. Er hatte vor, ein bisschen zu schummeln und sich hauptsächlich an Wasser zu halten. Denn ansonsten würde der morgige Ritt von Osmak nach Kallisto die Hölle werden.

Meredith rieb sich die müden Augen. Die letzten zwei Nächte hingen ihr noch nach. Erst das Gelage mit Macus und Ian, dann in der darauffolgenden Nacht ihr Ausflug in die Bibliothek.

Es ärgerte sie immer noch, dass Macus sie entdeckt hatte, sie hätte vorsichtiger sein sollen.

„Er wäre ganz einfach zu beseitigen…", schnurrte der Dämon.

Er war heute bereits seit den frühen Morgenstunden bei bester Laune. Meredith war froh darüber, bedeutete es doch, dass er gewöhnlich nicht gegen sie und seine Fesseln kämpfte. Auch wenn sie gerne etwas Ruhe in ihrem Kopf gehabt hätte.

„Er wäre so ein nettes kleines Spielzeug. Ich bin mir sicher, er würde sich wehren."

Sie konnte spüren, wie bei dem Gedanken an einen um sein Leben kämpfenden Macus ein fremdes Glücksgefühl ihren Geist durchflutete, gemeinsam mit grausamen Bildern. Eine blutige Perversion nach der anderen tauchte vor ihrem inneren Auge auf.

„Lass das!", herrschte sie den Dämon in ihrem Geist an. Er kicherte.

„Ach komm schon, kleine Meredith. Es ist sooo lange her. Und ein Dämon hat auch seine Bedürfnisse."

Für einen Moment schloss sie die Augen. Sie versuchte, ihn wegzudrängen, doch es hatte keinen Sinn. Sie war zu müde. Also ignorierte sie den Dämon und die Bilder, mit denen er ihren Geist überflutete, so gut sie es eben vermochte.

„Es ist bereits 16 Jahre her, dass ich mich so richtig austoben konnte", meinte er.

„Auch wenn ich zugeben muss, dass deine Brüder damals wirklich unterhaltsam waren…"

Nein, nur nicht das. Er kannte wirklich ihre Schwachstellen. Es war schon eine ganze Weile her, dass er sie mit Bildern von jener Zeit gequält hatte. Lars und Adrian. Wie sie blutverschmiert und mit unnatürlich verdrehten Gliedmaßen dalagen. Nicolay und Clay, unter Trümmern begraben. Ned. Verbrannt, nur noch ein verkohltes Stück Fleisch.

Meredith schluckte.

„Ahhh ja, das waren noch Zeiten."

Der Dämon klang glücklich, während er sich nun in Erinnerungen an das damalige Blutbad suhlte. Aus Erfahrung wusste sie, dass er aufhören würde, sobald es ihm langweilig wurde. Und je weniger sie reagierte, desto eher würde dies eintreten. Er hatte sie, insbesondere in den ersten Jahren nach jenem blutigen Vorfall, immer und immer wieder jenen schrecklichen Alptraum durchleben lassen.

Sie dachte an gestern Nacht zurück. Obwohl ihr Besuch in der Bibliothek nicht ganz so glatt gelaufen war, wie sie sich das vorgestellt hatte, glaubte sie nicht, dass Macus irgendeinen Verdacht geschöpft hatte. Und sie hatte bekommen, was sie wollte.

Sie hatte das gestohlene Buch noch in derselben Nacht mit genauen Anweisungen an Mikes geschickt.

Sie wusste, dass er der Beste seines Faches war und zudem noch als äußerst verschwiegen galt. Sie hatte damals wirklich Glück gehabt, mit Hilfe ihrer Straßenkontakte ausgerechnet auf ihn zu treffen und auf keinen richtig üblen Betrüger. Sie hoffte, dass er sich mit dem Auftrag beeilen würde. Wenn alles gutging, so würde sie das Buch noch heute Abend in Händen halten, sodass sie es sofort zurückbringen konnte. Immerhin musste er nur eine einzige Seite fälschen und in das Buch einfügen. Bei dem Gedanken an den Preis, den Mikes ihr für die Fälschung abverlangt hatte, knirschte sie mit den Zähnen.

Der Dämon hörte auf, sie abwechselnd mit blutigen Visionen von Macus und Bildern ihrer Familie zu bedrängen, und lachte.

„Du kannst manchmal wirklich heimtückisch sein, kleine Meredith." Seine Stimme klang seltsam anerkennend.

„Die Symptome des Rituals als seltene Krankheit zu beschreiben und eben jene Kräuter, welche das Ritual in Gang halten, als Heilmittel zu empfehlen ..."

Ihr Kopf dröhnte von seinem Lachen.

„Du musst dir nicht mal die Finger schmutzig machen. Wirklich clever, kleine Meredith, wirklich clever. Du wirst mir immer ähnlicher, das gefällt mir."

Mit einer ruckartigen Geste schnitt Meredith dem Dämon das Wort ab.

„Ich bin dir überhaupt nicht ähnlich", knurrte sie laut.

Seine Antwort klang fast wie ein Schnurren, während er sich wie Rauch in ihrem Inneren kräuselte.

„Wie du meinst, kleine Meredith."

Dann war er verschwunden. Offenbar hatte er fürs Erste genug. Meredith seufzte und ging zum Fenster, um hinauszuschauen. Sie konnte nur hoffen, dass ihr Plan wirklich funktionieren und jeder sich so verhalten würde, wie sie es erwartete. Dass Rebecca Winter beim ersten Anzeichen einer seltsamen Krankheit ihrer Großmutter den Heiler der Akademie, ihren alten Freund Ian, holen würde. Wenn sie dies nicht tat, würde Meredith nachhelfen müssen. Leider kannte sie Rebecca nicht sonderlich gut, sie würde sich auf ihre erste Einschätzung von deren Charakter verlassen müssen.

Ian war kein Problem. Dieser würde angesichts der seltsamen Symptome wie immer die Bibliothek und vor allem das Buch ‚*Magische Krankheiten und Kräuter'* konsultieren. Und dort würde er eben jene Seite vorfinden, die Mikes gerade in das Buch einband.

Niemand würde die Symptome als das erkennen, was sie tatsächlich waren. Informationen über das Kringal-Ritual waren selten und schwer zu finden. Meredith glaubte nicht, dass irgendjemand außer ihr auch nur ahnte, dass es ein solches Ritual gab. Das Wissen um seine korrekte Durchführung hatte sie erst in den geheimen Archiven entdeckt. Sie erinnerte sich noch gut an das unglaubliche Glücksgefühl, nach all den Jahren den Schlüssel zu ihrer Freiheit in Händen zu halten. Genau deswegen hatte sie damals als Jugendliche beschlossen, unter gefälschtem Namen an die Akademie zu gehen. Es gab keinen Ort auf der Welt, an dem es mehr Wissen gab als hier.

Meredith blickte mit gerunzelter Stirn auf den Zettel, den sie gestern aus einem der Bibliotheksbücher gerissen hatte. Es handelte sich um die Beschreibung der Brechrahm-Wurzel, eine der rarsten magischen Zutaten. Sie konnte nur hoffen, dass sie die Wurzel tatsächlich bei einem Händler in der Stadt würde finden können. Da die Bewohner der Akademie ständig irgendwelche magischen Zutaten benötigten, war die Stadt hervorragend ausgerüstet und hatte selbst die seltensten Kräuter immer auf Lager. Kallisto war zu einem wahren Paradies für Händler und Sammler geworden.

Sie würde mit ihrer Anfrage vermutlich nicht einmal eine gehobene Braue von den Händlern erhalten, immerhin kamen die Forscher und Professoren der Akademie oft mit exotischen Wünschen an und Meredith war als Vizedirektorin überall bekannt.

Ein tiefer Seufzer entkam ihr. Eine weitere Nacht mit wenig Schlaf stand ihr bevor.

Sie würde, sobald sie alle Zutaten unten in der Stadt besorgt hatte, die Mischung noch heute über Nacht brauen und sie gleich morgen früh der alten Dame verabreichen, damit die Symptome des Rituals mit der Erkältung in Verbindung gebracht würden. Dies war einer der gefährlichsten Teile ihres Planes. Während Meredith sich ihren Mantel überwarf, um nach unten in die Stadt zu gehen, überlegte sie sich unterschiedlichste Szenarien, wie sie der alten Dame die Kräutermischung am unauffälligsten zukommen lassen könnte.

DAS FRÜHSTÜCK

Am nächsten Morgen war Meredith bereits recht früh auf den Beinen. Sie war müde und übernächtigt, hatte es gestern jedoch noch geschafft, das gefälschte Buch an seinen Platz in der Bibliothek zurückzubringen. Jetzt fehlte nur noch die Einleitung des Kringal-Rituals, welche die Verbindung zwischen Rebeccas Großmutter und ihr knüpfen würde, sobald die alte Dame die Kräutermischung einnahm. Sie hatte auch bereits einen Plan, wie sie die Mixtur der alten Dame unauffällig untermischen wollte.

Zu ihrem Glück musste jene spezielle erste Mischung, für die es ihr Blut brauchte, nur ein einziges Mal verabreicht werden. Danach reichte es, wenn das Opfer dieselbe Kräutermischung regelmäßig zu sich führte. Dadurch wurde die Seele immer weiter geschwächt und das Ritual nahm seinen Lauf. Nur ganz zum Schluss, wenn das Ritual beendet werden musste und der Dämon in sein neues Gefäß einzog, würde Meredith wieder persönlich Hand anlegen müssen. Danach wäre alles endlich vorbei und sie wäre frei.

Meredith betrachtete die Gegenstände vor sich auf dem Tisch. Fortuna, die Göttin des Glücks, war gestern freundlich zu ihr gewesen und sie hatte eine Brechrahm-Wurzel in einem der Kräuterläden gefunden. Sie hatte gewusst, dass es sich um eine wirklich seltene Zutat handelte, immerhin hatte sie zuvor noch nicht einmal von ihrer Existenz gehört. Aber wie selten, war ihr erst gestern so richtig klar geworden. Nur ein einziger Laden hatte die

Wurzel lagernd, ein Geschäft namens *Morgentau*. Ein überaus poetischer Name, wie sie fand.

Da man Meredith dort kannte und wusste, dass sie als Professorin an der Akademie arbeitete, hatte man nicht weiter nachgefragt, wofür sie eine solch seltene und zudem noch gefährliche Zutat brauchte, als sie mit der herausgerissenen Buchseite dort aufgetaucht war. Da das Ding sündhaft teuer war, hatte Meredith nur die Hälfte mitgenommen, zumal Rebecca bald dieselbe Zutat für die ‚Medizin' benötigen würde. Zumindest sobald Ian involviert war und das Buch aus der Bibliothek konsultiert hatte.

Und es wäre ziemlich ungünstig für das Ritual, wenn die alte Frau die Mischung nicht rechtzeitig einnahm, nur weil Rebecca nirgends eine Brechrahm-Wurzel fand. Außerdem brauchte Meredith ohnehin keine ganze Wurzel, sondern nur ein paar Gramm. Wenn sie noch zusätzlich Glück hatte, dann hatte die Verkäuferin ihren Besuch heute Morgen bereits wieder vergessen.

Die Zubereitung der Kräutermischung war nicht weiter schwierig. Meredith hatte zwar nicht viel Erfahrung, was das Brauen von Tränken und Tinkturen betraf, doch es schien, als wäre es nicht viel anders als Kochen.

Die für das Ritual nötige Magie war schon eher ein Problem, fiel es doch in den Bereich der Ritualmagie, für die Meredith eigentlich kein Talent besaß. Doch glücklicherweise war das Kringal-Ritual von schwarzmagischer Natur, was bedeutete, dass die dafür benötigte Kraft nicht unbedingt von ihr kommen musste. Meredith war sich nicht sicher, wie genau das Ganze funktionierte, immerhin war Seelenmagie verboten und sehr schwer zu recherchieren. Doch irgendwie wurde die für das Ritual benötigte Energie vom Opfer bereitgestellt, selbst, wenn dieses eigentlich über gar keine Magie verfügte. Was auch genau der Grund war, warum Seelenmagie unter schwarze Magie fiel und verboten worden war.

Trotz ihrer Unerfahrenheit nahm der Trank schon kurze Zeit, nachdem Meredith das Ritual begonnen hatte, die gewünschte klare, fast durchsichtige Farbe und die Konsistenz an, die in der Anleitung beschrieben wurde.

Meredith schöpfte einen kleinen Teil der Flüssigkeit in ein kleines Fläschchen ab. Dieses stellte sie anschließend gemeinsam mit dem Stein, den sie aus den Archiven gestohlen hatte, in die Mitte eines Pentagramms. Das hier war schon eher etwas, mit dem sie vertraut war. Meredith war froh, dass das Pentagramm nicht besonders groß sein musste, denn die Anleitung schrieb vor, dass es mit ihrem eigenen Blut, anstatt wie üblich mit Kreide, gezeichnet werden musste. Blöde schwarze Magie.

Sie zupfte sich ein loses Haar aus der Frisur und gab es in die kleine Phiole mit der klaren Flüssigkeit. Dann sprach sie die rituellen Worte gemäß der Anleitung. Auf dem unscheinbaren Stein leuchteten gleißend einige zuvor unsichtbare Runen auf, dann sah er wieder vollkommen normal aus.

Zufrieden betrachtete sie ihr Werk. Die Flüssigkeit in der Phiole hatte nun die silbrig-graue Farbe ihrer Haare angenommen. Nur wenige Tropfen würden genügen, um die Verbindung zu schließen.

Meredith blieb ohnehin kein anderer Ausweg. Die Zeit lief ihr davon, denn sie spürte, wie der Dämon in ihrem Inneren mit jeder Minute stärker wurde. Das Siegel, das ihn in seinem Käfig hielt, bröckelte mit atemberaubender Geschwindigkeit, jeden Tag bisschen mehr. Lange würde es nicht mehr halten, egal wie oft Meredith den Käfig flickte. Und sie wusste genau, was passierte, wenn der Dämon freikam.

Mit einem Schauer wandte Meredith sich ab.

Der Dämon kicherte gehässig, sagte aber kein Wort. Für einen kurzen Moment hielt sie inne. Der Dämon war insbesondere in letzter Zeit erstaunlich still gewesen. Es war zwar schön, nicht unter ständigen Schmerzen zu leiden und dauernd um Kontrolle ringen zu müssen, trotzdem bereitete ihr diese anhaltende Stille Angst. Sie fühlte sich an wie die Ruhe vor dem Sturm.

„Was hast du vor?", fragte sie den Dämon in ihrem Inneren misstrauisch.

Doch er antwortete nicht.

Mit einem Schulterzucken verkorkte Meredith die kleine Phiole und verbarg sie in ihrem Ärmel. Es hatte keinen Sinn, sich den Kopf zu zerbrechen. Dann ging sie nach draußen, um ihren Plan umzusetzen.

Die letzten drei Tage gehörten vermutlich zu den aufregendsten, die Rebecca je erlebt hatte. Nach ihrem Gespräch mit Direktor Roth war sie zurück zu Großmutter Isabell geeilt, um dieser die tollen Neuigkeiten über die baldige Ankunft von Andreas an der Akademie zu erzählen. Großmutter Isabell hatte wie so oft getan, als würden sie die Nachricht nicht weiter berühren, doch Rebecca konnte die Freude in ihren Augen sehen.

Gemeinsam hatten sie gleich das dritte Schlafzimmer im Haus hergerichtet, obwohl ihr Bruder erst in einigen Tagen ankommen sollte – beziehungsweise hatte Großmutter Isabell, noch leicht hustend, Anweisungen erteilt und Rebecca hatte diese ausgeführt. Sie konnte nur hoffen, dass es ihrem Bruder gefallen würde. Sein Brief, in dem er sie über seine Versetzung unterrichtete, war tatsächlich gleich am nächsten Morgen bei ihnen über den akademieinternen Postservice angekommen.

Nachdem Rebecca das Zimmer entstaubt und auf Vordermann gebracht hatte, war ihr nicht mehr viel Zeit geblieben, um zumindest die dringendsten Einkäufe zu tätigen. Die Verkäufer waren bereits dabei gewesen, ihre Waren einzupacken. Doch die wichtigsten im Haushalt fehlenden Lebensmittel hatte sie noch ergattert.

Den restlichen späten Abend ihres ersten vollen Tages an der Akademie hatte Rebecca damit verbracht, sich im Licht der untergehenden Sonne das hübsche Gartenparadies hinter dem Haus anzusehen. Ihre kleine schwebende Privatinsel schien in letzter Zeit etwas verwildert zu sein, doch mit etwas Arbeit würde sich der Garten im Handumdrehen in ein Schlaraffenland verwandeln lassen. Es gab etliche Ribiselstauden, Himbeeren und auch einige Stachelbeeren, allesamt voller reifer Früchte vom vorangegangenen Sommer und bereit zur Ernte.

Unter dem Gestrüpp vor sich hin wuchernder Zierpflanzen hatte sie außerdem mehrere Reihen sorgfältig angelegter Beete entdeckt, in denen es sogar noch etliche Kartoffeln und Rettiche gab. Sie entdeckte auch noch die Reste von anderen essbaren Pflanzen, doch diese hatten die Zeit ohne regelmäßige Pflege durch menschliche Hand offenbar nicht überstanden. Wer auch immer hier vor ihnen gelebt hatte, er musste ein begnadeter Gärtner gewesen sein.

Außerdem hatte Rebecca versucht, Großmutter Isabell dazu zu bringen, noch etwas von dem Erkältungstee, den sie von Meredith erhalten hatten, zu trinken, was sich als echte Schwerarbeit erwies. Der Husten der alten Dame war auch tatsächlich besser geworden und es schien, als sei sie bereits über das Schlimmste hinweg. Was Rebecca gerne dafür nutzte, die folgenden zwei Tage mit der Erkundung der Akademie zu verbringen. Auch wenn sie ihre Großmutter über alles liebte, so war die halb genesene, grantige alte Dame doch etwas anstrengend.

Das Gelände der Akademie war atemberaubend und erstreckte sich über ein schier unendlich großes Gebiet. Doch die magischen Treppen ließen die Distanzen oftmals zu einigen wenigen Schritten zusammenschrumpfen. Aufgrund der unglaublichen Größe der Akademie war diese in verschiedene Bezirke aufgeteilt.

Rebecca hatte keine Ahnung, wie viele dieser schwebenden Felsen es gab, aber es mussten hunderte sein. Sie hatte neben dem Hauptgebäude bereits den Magie-, Forschungs-, Unterrichts-, Heiler-, Schüler- und den Wohnbezirk besucht. Ihr eigenes Klassenzimmer für Astronomie lag im Forschungsbezirk auf einem der vermutlich höchsten Felsen des gesamten Geländes. Die Luft war hier oben bereits etwas dünn und Rebecca vermutete, dass sie fast jede Nacht klare Sicht haben würde.

Die Ausstattung des Klassenzimmers war phänomenal. Als sie zum ersten Mal dort hinaufgestiegen war, hatte sie sich kaum losreißen können von den riesigen Teleskopen. Sie waren besser als alles, was Rebecca je gesehen hatte. Außerdem hatte sie ein Heft mit den persönlichen Notizen ihres Vorgängers, Professor Russel, gefunden. Darin war der Wissensstand jeder einzelnen Jahrgangsstufe, der bereits durchgenommene Unterrichtsstoff und sogar jeder einzelne Student beschrieben. Für Rebecca waren diese Mitschriften Gold wert.

Zwar hatte sie Großvater Bernd in einem Brief um Hilfe gebeten, doch zum einen war dieser bereits seit etlichen Jahren im Ruhestand, zum anderen wusste er natürlich nicht, was Professor Russel seinen Schülern bereits vermittelt hatte und wo diese noch Wissenslücken aufwiesen.

Es schien, als habe Professor Russel bei dem generellen Aufbau seines Unterrichts nicht viel verändert und diesen von seinem eigenen Vorgänger, Großvater Bernd, übernommen. Daher ähnelte er der Art, wie Rebecca selbst unterrichtet worden war, stark.

Laut den Listen und den Informationen, welche sie von Direktor Roth erhalten hatte, würde Rebecca fünf Klassen unterschiedlicher Jahrgänge unterrichten. Jede Gruppe hatte zwischen fünf und neun Studenten, nur die Anzahl der neuen Erstklässler war noch nicht sicher. Astronomie gehörte zu einem der Wahlfächer und sie mussten erst abwarten, wie viele sich dafür entscheiden würden. Rebecca freute sich bereits auf den Unterricht und war die letzten Tage bereits mit Feuereifer dabei gewesen, diesen vorzubereiten.

Andreas würde heute im Laufe des Tages an der Akademie ankommen und sie konnte es kaum erwarten, ihren Bruder wiederzusehen. Doch nach der ersten Euphorie über die Nachricht war Rebecca in den letzten Tagen auch etwas mulmig geworden. Sie kannte ihren Bruder kaum noch und jetzt würden sie plötzlich für mindestens ein Jahr zusammenleben.

Da sie nicht genau wusste, um wieviel Uhr Andreas ankommen würde, hatte sie heute Morgen begonnen, eine seiner Lieblingsspeisen, Eintopf mit Speck, zu kochen. Der wurde immer besser, je länger er vor sich hin köchelte.

Großmutter Isabell kam anerkennend schnüffelnd die Treppe herunter, die Haare noch etwas zerzaust von der Nacht, ihre Nase war seit heute früh wieder fast vollkommen frei.

„Etwas mehr Petersilie könntest du noch verwenden", meinte sie, ehe sie sich ans Kopfende des Küchentischs verpflanzte und eine Stickarbeit herausholte.

Gehorsam schnippelte Rebecca noch eine weitere Petersilienwurzel in den Topf, dann legte sie den Deckel darauf und wischte die Arbeitsplatte sauber.

Es klopfte.

Erstaunt hob Rebecca den Kopf. Das konnte noch nicht ihr Bruder sein, es war viel zu früh. Auch wenn er für seine Reise die magischen Portale benutzen durfte, so musste er doch noch den Weg von Osmak nach Kallisto zurücklegen. Sie warf das Geschirrtuch auf die Anrichte, ehe sie zur Eingangstüre ging, um zu öffnen.

„Meredith?", fragte sie erstaunt.

Die junge Frau lächelte freundlich. In den Händen hielt sie mehrere Papiertüten, aus denen es verführerisch nach frischem Brot duftete. Rebeccas Magen knurrte sofort.

„Hallo, Rebecca.", Meredith umarmte sie einmal kurz.

„Ich habe dich die letzten Tage nicht gesehen und dachte mir, ich schaue vielleicht einmal mit einem Frühstück vorbei, um zu schauen, wie ihr euch eingelebt habt." Sie lächelte. „Wie geht es deiner Großmutter, ist die Erkältung bereits verschwunden?"

„Oh, das wäre doch nicht nötig gewesen!", rief Rebecca erfreut, während sie die Tür etwas weiter öffnete, um Meredith hereinzulassen.

„Wer ist es?", krähte Großmutter Isabell von ihrem Thron am Küchentisch aus. Sie kniff die Augen zusammen, um den Besuch besser sehen zu können.

„Um Theirons willen, Mädchen!", rief sie dann, sobald sie Meredith erkennen konnte. „Was zum Teufel hast du mit deinen Haaren gemacht?!"

Rebecca wäre am liebsten im Boden versunken. Doch Meredith lächelte nur liebenswürdig.

„Ein genetischer Defekt meiner Familie", antwortete sie relativ knapp. „Wir ergrauen alle äußerst früh."

„Großmutter, das ist meine Arbeitskollegin, Professor Meredith Argentum. Meredith, dies ist meine Großmutter. Vielen Dank für deine Medizin, wie du siehst, hat sie wirklich hervorragend geholfen."

Meredith winkte ab.

„Ach, nicht der Rede wert. Ich bin froh, dass es deiner Großmutter wieder besser geht."

Die junge Frau lächelte erneut.

„Ich habe die Mischung von einem Freund, Magister Ian Hunt, er ist der Heilmeister an der Akademie. Solltet ihr jemals einen Heiler benötigen, kann ich ihn euch wärmstens empfehlen."

Es schien, als würde Meredith den kritischen Blick von Großmutter Isabell gar nicht bemerken. Rebecca konnte ihre Nervenstärke nur bewundern, während sie Meredith mit einer Handbewegung einlud, sich gemeinsam mit ihr an den Küchentisch zu setzen.

„Ach, so eine kleine Erkältung steck ich doch mit links weg", musste Großmutter Isabell nun sogleich zum Besten geben. „Diesen Tee hätte es wirklich nicht gebraucht. Aber trotzdem vielen Dank, es scheint eine wirklich hervorragende Mischung zu sein."

Rebecca wollte bereits aufatmen, aber leider war ihre Großmutter noch nicht fertig.

„Auch wenn ich der Meinung bin, dass unsere Dorfheilerin Maggie damals weitaus effizientere Tees zubereiten konnte."

Das lief ja großartig. Vorsichtig linste Rebecca zu der jungen Professorin hinüber, welche so freundlich gewesen war und nun zum Dank von Großmutter Isabell angepampt wurde. Doch diese betrachtete die alte Dame nur mit einem milden Lächeln, was dazu führte, dass Rebecca sich ein kleines bisschen entspannte.

Demonstrativ schnüffelte Großmutter Isabell in Richtung der Papiertüten.

„Was hast du denn da mitgebracht, das riecht gar nicht so schlecht."

Auch Rebecca wandte sich den wunderbaren Gerüchen aus Merediths Tüten zu, nicht ohne der jungen Professorin noch kurz eine lautlose Entschuldigung mit den Lippen zu formen. Meredith lachte nur. Es duftete himmlisch nach frischem Gebäck und noch etwas anderem, das Rebecca nicht so recht identifizieren konnte.

„Das ist frisches Gebäck von Meister Lennartz. Er ist eine lokale Berühmtheit dank seiner köstlichen Brötchen und meistens ziemlich schnell ausverkauft. Ich dachte mir, dass ihr sicherlich noch keine seiner Spezialitäten kennt." Meredith verteilte ihre Mitbringsel. „Und das hier ist eine spezielle Teemischung, die ich selbst in meinem kleinen Garten angebaut habe."

Rebecca lief bei dem Geruch der Brötchen das Wasser im Mund zusammen. Es sprach doch nichts gegen ein nettes Frühstück unter Nachbarn, vielleicht konnte sie sich sogar mit der jungen Frau anfreunden. Meredith schien wirklich freundlich und herzensgut zu sein. Und sie hielt Großmutter Isabell irgendwie aus, ohne dabei die Nerven zu verlieren.

Meredith hatte auch noch etwas frischen Orangensaft, Marmelade und Speck vom Markt mitgebracht. Also richteten sie gemeinsam den Tisch her. Rebecca verteilte Teller und Besteck, während Meredith sich um die Getränke kümmerte.

„Saft oder Tee?", fragte ihr Gast in die Runde, während sie am Herd stand und im Schränkchen darüber nach den Tassen kramte.

„Für mich bitte etwas Tee", antwortete Rebecca, während sie die mitgebrachten warmen Brötchen in der Mitte aufschnitt.

Großmutter Isabell nickte.

„Für mich bitte ebenfalls, ich könnte noch etwas Warmes vertragen."

Meredith nickte und begann, den aufgekochten Tee umständlich in die drei bereitgestellten Tassen zu füllen.

„Ach, lass nur, ich habe eine ganz spezielle Teezubereitungsmethode", meinte Meredith zu Rebecca, als diese ihrem Gast am Herd zur Hand gehen wollte. „Da wird er richtig gut. Setz dich schon mal und genieß die Brötchen, ehe sie kalt werden, ich bin gleich bei euch."

Eigentlich widerstrebte es Rebecca, einem Gast, den sie noch dazu nicht wirklich gut kannte, die Arbeit zu überlassen. Und Meredith hatte ihnen zu allem Überfluss auch noch etwas mitgebracht. Doch da die Brötchen so hervorragend dufteten und noch immer warm waren, nahm Rebecca Meredith beim Wort und setzte sich wieder, während ihre neue Nachbarin noch eine ganze Weile am Tee herumwerkelte.

Dann saßen sie endlich alle am Tisch und ließen sich das Frühstück so richtig schmecken. Rebecca hatte das Gefühl, schon lange nichts gegessen zu haben, was so gut war.

Nur der Tee war, wie sie fand, etwas fade. Erst recht, weil Meredith einen solchen Wirbel um ihn gemacht hatte. Doch da sie ihre neue potenzielle Freundin nicht vor den Kopf stoßen wollte und diese offensichtlich so stolz auf ihre Kräutermischung war, sagte sie nichts.

„Schmeckt etwas seltsam", kommentierte Großmutter Isabell ihre eigene Tasse, trank das Gebräu jedoch anstandslos.

„Nun erzähl mal, wie ist es dir in den letzten Tagen ergangen?", fragte Meredith, nachdem die drei ihren größten Hunger gestillt hatten. „Hast du dich gut eingelebt?"

Also erzählte Rebecca, was sie in ihren ersten Tagen an der Akademie erlebt hatte. Meredith war eine gute Zuhörerin und berichtete ihrerseits von ihrer Erfahrung als Lehrerin. Die Zeit schien nur so dahinzufliegen, während sie sich angeregt unterhielten.

Sogar Großmutter Isabell begann sich für die junge, sympathische Frau zu erwärmen, auch wenn sie im Laufe des Gespräches immer müder zu werden schien. Offenbar war sie doch noch nicht ganz so fit, wie sie es Rebecca hatte glauben machen wollen.

Meredith erzählte von ihrer eigenen Studienzeit als Studentin an der Akademie, und Rebecca kam nicht umhin, sie deswegen ein kleines bisschen zu beneiden. Meredith schien dies zu bemerken und fragte sie ihrerseits nach ihrer Kindheit und Jugend. Also berichtete Rebecca davon, wie ihre Eltern früh verstorben waren und Großmutter Isabell sie und ihren Bruder aufgezogen hatte. Gespickt wurde das Ganze mit gelegentlichen spitzen Kommentaren von Großmutter Isabell, die sie trotz ihrer Müdigkeit nicht lassen konnte.

Als Rebecca von ihrem Bruder und dessen Aufnahme an der Militärakademie berichtete, fragte Meredith sie gespannt nach Einzelheiten. Stolz holte Rebecca das Familienbild, welches sie erst vor zwei Tagen auf der Kommode neben der Küche aufgestellt hatte. Es war am Tag von Andreas' Aufnahme an der Militärakademie entstanden, ihr Bruder besaß die einzige Kopie davon. Mehr hatten sie sich zum damaligen Zeitpunkt einfach nicht leisten können.

Dann erzählte Rebecca, wie Andreas nach Narvik gezogen war und welch steile Karriere er bisher dort gemacht hatte. Sie konnte nicht anders, als etwas mit ihrem älteren Bruder anzugeben. Gerade in dem Moment, als sie Meredith über die von der Versetzung ihres Bruders an die Akademie berichten wollte, schlug die Uhr mit einem lauten ‚Ding' zwölf Uhr mittags.

„Du meine Güte, schon so spät?", rief Meredith erschrocken.

„Ich sollte schon vor einer halben Stunde beim Direktor sein, um die Ankunft der Studenten nächste Woche vorzubereiten. Bitte richte deinem Bruder in Narvik schöne Grüße aus, zu schade, dass er so weit weg wohnt. Ich muss leider wirklich los, Macus wird sich schon fragen, wo ich bleibe."

Hastig raffte sie ihre Sachen zusammen. Dann half sie Rebecca noch schnell, die inzwischen leeren Teetassen wegzuräumen, ehe sie zur Tür hinauseilte.

Rebecca wusch die Teetassen ab und räumte das Geschirr weg. Großmutter Isabell war bereits am Küchentisch eingeschlafen, als sie fertig war. Der Besuch und die angeregte Plauderei mussten die alte Dame wirklich angestrengt haben. Rebecca half ihrer Großmutter nach oben ins Bett, dann ging sie wieder nach unten, um

die letzten Überreste des angenehmen Überraschungs-
besuches fortzuräumen.

Macus saß wie üblich in seinem Büro und arbeitete an
dem nicht und nicht kleiner werdenden Berg von
Dokumenten. Wie er diese verdammte Bürokratie hasste!
Eines schönen Tages würde er einfach die Fenster öffnen
und all diese Zettel, einen nach dem anderen, als
Papierflieger auf eine lange Reise nach unten Richtung
Stadt schicken. Bei dieser Vorstellung stahl sich kurz ein
Lächeln auf seine Lippen.

Er streckte sich und sein Nacken gab ein beunruhigend
lautes Knacken von sich, während er auf die Uhr blickte.
Es war kurz nach zehn, um halb zwölf würde Meredith
vorbeikommen, um in ihrer Funktion als Vizedirektorin
mit ihm gemeinsam die letzten Vorbereitungen für die
Ankunft der Studenten zu treffen. Es wäre gut, wenn er bis
dahin mit den Anmeldeformularen endgültig durch wäre.

Nicht zum ersten Mal, seit er seinen Posten als Direktor
angetreten hatte, wünschte Marcus sich, es gäbe eine
Magie, um Büroarbeiten schneller zu bewältigen.
Vielleicht sollte er lieber daran forschen als an der Magie
der Kommunikationskristalle.

Er schnaubte angesichts seiner eigenen Gedanken. Als
ob er in den letzten Jahren mit seinen Forschungen auch
nur einen Schritt weitergekommen wäre. Ehe er zum
Direktor befördert worden war, war er auch tatsächlich
kurz vor einem Durchbruch gestanden, und dass, obwohl
Ritualmagie nur seine schwache Zweitbegabung war.
Doch die letzten drei Jahre waren wie im Flug vergangen,
und er hatte nicht ein einziges Mal wirklich Zeit gehabt,
sich weiter mit dem Thema zu beschäftigen.

Letztes Frühjahr hatte er, in einem weiteren Versuch, endlich wieder Zeit für seine Forschungen zu finden, seine Befugnisse als Direktor missbraucht und all seine Materialien vom Forschungsbezirk in den Keller des Hauptgebäudes bringen lassen. Er hatte geglaubt, er würde vielleicht eher zu seinen Experimenten kommen, wenn er nicht erst extra den weiten Weg zum Forschungsbezirk gehen müsste. Aber Fehlanzeige. Stattdessen verstaubten die teuren Materialien der Kommunikationskristalle nun nur wenige Meter unter ihm im Keller, anstatt dies im Forschungsbezirk zu tun.

Marcus konzentrierte sich wieder auf die Liste der Anmeldungen für das kommende Studienjahr. Er musste sichergehen, dass er alle Studenten richtig kategorisierte, um ihnen anschließend, entsprechend ihres Ranges und Namens sowie der Studienrichtungen und entrichteten Gebühr, die Quartiere zuzuweisen. Irgendwie musste er seine Professoren und die Forschungen ja finanzieren.

Die Zeit verflog und er hatte es gerade endlich geschafft, einen Rhythmus zu finden und sich so richtig in die Arbeit zu vertiefen, als es plötzlich an der Türe klopfte. Verärgert blickte er auf. Kein Wunder, dass er zu nichts kam, wenn ihn ständig jemand unterbrach.

„Herein?"

Frau Preston hätte niemals jemanden zu ihm durchgelassen, der keinen guten Grund dafür hatte. Sie wusste, wie gestresst er so kurz vor Beginn des neuen Schuljahres immer war.

Ein hochgewachsener, gut gebauter junger Mann in Polizeiuniform betrat den Raum. Sein Gesicht war blass und er sah aus wie jemand, der seit Tagen nicht geschlafen hatte. Oder wie jemand mit einem ordentlichen Kater. Obwohl Marcus ihn noch nie zuvor gesehen hatte, wusste er sofort, wen er hier vor sich hatte. Er hatte genau dieselben grünen Augen wie seine Schwester und inspizierte damit das unordentliche Büro.

Lächelnd stand Marcus auf.

„Ihr müsst Inspektor Winter sein. Willkommen an der Akademie von Kallisto", begrüßte er ihn. „Ich bin Magister Roth, der Direktor dieser wundervollen Institution."

Der Angesprochene hörte auf sich umzusehen und trat zu Marcus, um ihm über den Tisch hinweg die Hand zu schütteln.

„Inspektor Winter, angenehm."

„Ich hoffe, Ihr hattet eine gute Anreise?", erkundigte sich Marcus weiter höflich. Der junge Ermittler sah aus, als würde er sich jeden Moment übergeben.

„Oh ja, vielen Dank der Nachfrage, die Reise durch die Portale hat vieles erleichtert", stöhnte dieser.

Marcus unterdrückte ein Schmunzeln. Er hatte eine ziemlich gute Vorstellung davon, was mit dem jungen Mann los war, immerhin war er seit Jahren von Studenten umgeben. Und seine eigenen ‚wilden Jahre' lagen auch noch nicht so lange zurück. Bei Theiron, wenn er ehrlich war, dann passierte es Meredith, Ian und ihm immer noch regelmäßig, dass sie ein klitzekleines bisschen über die Stränge schlugen. Der Inspektor vor ihm konnte nur wenige Jahre jünger sein als er selbst, vielleicht würde Marcus nochmal das genaue Alter nachschlagen. Bisher hatte er auf dieses nicht allzu sehr geachtet, da er keine großen Hoffnungen in den frisch hinzugezogenen Ermittler setzte.

Inspektor Winter blickte sich erneut im Raum um.

„Verdammt, das ist das unordentlichste Büro, in dem ich jemals war", murmelte er halblaut. Dann sprach er etwas lauter weiter: „Gibt es hier auch einen Platz, auf den man sich setzen kann?"

Dabei rieb er sich die Schläfen, so als würden ihn ordentliche Kopfschmerzen plagen. Für einen Moment hielt Marcus verblüfft inne. Er wusste nicht, ob es daran lag, dass der junge Mann eindeutig einen Kater hatte, oder ob dieser immer so direkt zum Punkt kam, aber bisher hatte noch nie jemand in seiner Gegenwart so offen das Chaos und die fehlenden Sitzmöglichkeiten angesprochen. Vielleicht war es auch eine Mischung aus beidem. Er begann schallend zu lachen.

Der junge Polizist zuckte angesichts des lauten Geräusches zusammen. Marcus räumte mit einer Hand einen der Stühle frei.

„Ihr seid sehr direkt, Inspektor Winter."

„Das hat man mir schon öfter vorgeworfen."

Kein Wunder, dass der junge Polizist bei seinen bisherigen Ermittlungen den Leuten links und rechts auf die Füße getreten war, zumindest laut seiner Akte. Marcus kicherte leise vor sich hin, während sein Gegenüber sich, immer noch mit einer Hand Schläfe reibend, setzte. Marcus war der Ausdruck auf dem Gesicht des jungen Polizisten nur zu bekannt.

Er war ursprünglich nicht besonders begeistert gewesen, einen solch jungen Ermittler geschickt zu bekommen. Und er glaubte auch jetzt nicht daran, dass Inspektor Winter wirklich den Erfolg bringen würde, den sie sich so dringend erhofften. Andererseits – wenn er es trotz seiner direkten Art bereits in so jungen Jahren zum Inspektor gebracht hat, musste etwas dran sein an seinen Fähigkeiten als Ermittler. Auf jeden Fall mochte Marcus den jungen Mann bereits.

„Gestern eine harte Nacht gehabt?", fragte er mit und unterdrückte ein Grinsen.

Der Ermittler starrte ihn für einen Moment entgeistert an.

„Wie bitte?"

Marcus schüttelte den Kopf, ging um den Schreibtisch herum und holte eine kleine Phiole aus einem Kästchen an der Wand. Ian, Meredith und er trafen sich, genauso wie zu ihrer Studienzeit, immer noch regelmäßig unten in der Stadt und machten die Bars unsicher, weshalb er immer für den Fall der Fälle eine kleine Notfallmedizin auf Lager hatte.

„Nehmt", meinte er.

Nach kurzem Zögern griff Andreas Winter nach der Phiole und trank den Inhalt in einem großen Schluck. Als die Magie ihre Wirkung entfaltete, entkam ihm ein leises Stöhnen und er entspannte sich.

„Ihr seid ein verdammtes Genie, vielen Dank", murmelte er.

„Gern geschehen."

Dann straffte der junge Mann sich und nahm erneut seine militärisch-steife Körperhaltung ein, während Marcus zurück hinter seinen Schreibtisch ging. Andreas sah nun um einiges besser aus.

„Ich mache wohl nicht gerade den besten ersten Eindruck auf Euch, oder?"

Marcus winkte gutmütig ab.

„Ich denke, Euch ist Euer Fehler mehr als bewusst und solange das hier nicht zur Gewohnheit wird, verbuche ich es als einmaligen Ausrutscher."

Irgendwie mussten sie ja wieder zurück zum Geschäftlichen kommen. Marcus lächelte.

„Und immerhin seid Ihr mir in den höchsten Tönen empfohlen worden, Herr Inspektor. Außerdem brauche ich Euch."

Der Ermittler nickte.

„Ich habe mir gestern die Unterlagen zu dem Fall nochmals gründlich durchgelesen", sagte der Inspektor nun. „Wie es scheint, ist die Liste der Verdächtigen äußerst lang, ich muss also davon ausgehen, dass es unter Umständen etwas längere Ermittlungen geben wird. Gab es in der Zwischenzeit bereits weitere Erkenntnisse?"

Marcus entschlüpfte ein tiefer Seufzer, während er den neuesten Bericht hervorholte.

„Leider nein. Die Thurlin-Zwillinge sind gerade dabei, das Reenactacent-Ritual vorzubereiten, auch wenn…"

„Verzeihung, aber was ist ein Reenactacent-Ritual?", unterbrach sein Gegenüber ihn sofort.

Kurz war Marcus verblüfft.

„Ich dachte, man hätte Euch die neuesten Berichte zukommen lassen?"

„Das hat man, allerdings ist es von Euch zu Kriminaloberst Schwarz und über meinen Vorgesetzten bis zu mir ein durchaus langer Weg, zumal man mir zum Packen meiner Habseligkeiten einen Tag freigegeben hat", antwortete Inspektor Winter.

Marcus nickte müde. Die gute alte Bürokratie, er kannte sie zur Genüge. Er sollte wirklich seine Forschungen in Sachen Kommunikationskristalle vorantreiben, es würde so vieles vereinfachen, wenn man in Echtzeit über große Distanzen miteinander reden könnte.

„Das Reenactacent-Ritual ist äußerst kompliziert und zieht sich leider über einen Zeitraum von mehreren Monaten. Es kann nur von sehr wenigen mächtigen Ritualmagistern vollzogen werden."

An dieser Stelle konnte er nicht anders als kurz das Gesicht zu verziehen. Es war wirklich eine Schande, dass er deshalb die Thurlin-Zwillinge vom Hof hatte kommen lassen müssen, da all seine eigenen Vertrauten entweder über keine Magie verfügten oder selbst auf der Verdächtigenliste standen. Oder, wie in Ians Fall, über die falsche Art von Magie verfügten.

„Wenn der Zauber erfolgreich durchgeführt wird, so zeigt er die Geschehnisse der Vergangenheit an einem bestimmten Ort. Man ist also in der Lage, sich anzusehen, wer wann was dort getan hat."

Die Augen des jungen Ermittlers leuchteten sofort interessiert auf.

„Jedoch muss ich leider zugeben, dass mich angesichts der magischen Fähigkeiten unseres Einbrechers große Zweifel plagen, ob das Ritual von Erfolg gekrönt sein wird. Aber einen Versuch ist es natürlich allemal wert, immerhin sind wir bereits ziemlich verzweifelt."

Und außerdem waren die Thurlin-Zwillinge damit erst einmal beschäftigt, sodass ihm keine weiteren Beschwerden und Konflikte mit den Zwillingen zugetragen werden konnten. Diese Gedanken behielt Marcus aber wohlweislich für sich.

„Die restlichen Ermittler sind, soweit ich weiß, hauptsächlich in der Stadt tätig. Wir wollen nicht zu viel Staub aufwirbeln, was ja auch mit ein Grund dafür ist, dass Ihr nun hier vor mit steht."

Inspektor Winter runzelte die Stirn.

„Dieses Ritual hört sich nützlich an, auch wenn es schade ist, dass es so lange braucht, um durchgeführt zu werden. Können wir…"

Ein Klopfen an der Tür unterbrach ihn.

„Ja, bitte?", rief Marcus. Das konnte eigentlich nur eine Person sein, auch wenn sie sich gehörig verspätet hatte.

Meredith trat ein, die Haare verwuschelt, als wäre sie gelaufen. In dem Moment, in dem sie Inspektor Winter vor dem Schreibtisch erblickte, erstarrte sie und blickte den jungen Polizisten, wie es Marcus vorkam, mit erschrockenen Augen an. So als wäre er der letzte Mensch, den sie in seinem Büro erwartet hätte.

Nur wenige Minuten zuvor schloss Meredith zufrieden die Haustür der Winters hinter sich. Sie hätte nie gedacht, dass es so einfach werden würde. Doch Rebecca Winter und ihre Großmutter waren eine liebenswürdige, freundliche Familie ohne besonderen Argwohn, auch wenn die alte Frau etwas bärbeißig war.

Als Rebecca von der Berufswahl ihres Bruders erzählte – Andreas schien er zu heißen –, hatte sie einen kurzen Schreck bekommen. Doch anscheinend lebte er in Narvik und hatte nicht sonderlich viel Kontakt zu den beiden. Daher glaubte Meredith nicht, dass er ein Problem darstellen würde. Sie hoffte es zumindest. Denn nun war es zu spät, die alte Dame hatte die wichtige, initiale Dosis erhalten und die Verbindung war geknüpft. Jetzt musste Meredith nur noch dafür sorgen, dass diese dieselben Kräuter weiterhin regelmäßig einnahm, um die Wirkung zu verstärken. Was Ian und Rebecca hoffentlich für sie übernehmen würden. Alles war bereit und nun konnte sie sich endlich zurücklehnen.

Meredith blickte mit einem erleichterten Grinsen auf ihre kleine Taschenuhr, ehe sie weiter die Stufen hinunterlief. Sie musste sich wirklich beeilen. Kurz bevor sie im Zentrum des Wohnbezirkes angekommen war, rutschte sie auf einer der Treppen aus. Doch die Magie, welche auch den seitlichen Sturz in den Abgrund verhinderte, fing sie sanft auf und stellte sie zurück auf die Stufe. Meredith lief weiter.

Sie lebte nun schon so lange an der Akademie, dass sie solche Dinge bereits gar nicht weiter beachtete. Es war nur zu dumm für den neugierigen Professor Russel gewesen, dass sie bereits lang genug hier lebte, um einen Weg gefunden zu haben, diese Magie auch außer Kraft zu setzen. Die jahrelange Forschung in der vergessenen Magie hatte ihr zum Vorteil gereicht, es war erstaunlich einfach gewesen, besonders wenn man bedachte, dass diese Magie eigentlich nicht ihrer natürlichen Begabung entsprach und der Großteil ihrer eigenen Kraft vom Käfig in ihrem Inneren verbraucht wurde. Meredith wusste, dass sein ,Unfall' letztes Jahr Macus immer noch Kopfzerbrechen bereitete.

Kurz durchzuckte sie ein heftiger Anfall schlechten Gewissens. Sie hatte eigentlich nichts gegen den ehemaligen Astronomieprofessor gehabt, doch leider hatte er etwas gesehen, was er nicht hätte sehen sollen. Sie hatte ihn beseitigen müssen, ehe aufflog, dass sie nicht die war, die sie vorgab zu sein. Meredith konnte nur hoffen, dass Rebecca nicht so neugierig sein würde wie ihr Vorgänger und das Teleskop nur in Richtung Himmel halten würde.

Der Kies knirschte unter ihren Schuhen, als sie endlich den großen Hauptfelsen erreichte und eilig auf das Hauptgebäude mit dem darin befindlichen Büro des Direktors zuhielt.

Ursprünglich hatte Meredith sich nur höflich mit Rebecca unterhalten wollen, um jeglichen Verdacht von sich abzulenken und gleichzeitig etwas mehr über die beiden in Erfahrung zu bringen. Doch wider Erwarten hatte sie das Gespräch tatsächlich genossen und dabei vollkommen die Zeit übersehen. Sie musste aufpassen, dass sie Rebecca nicht zu sehr ins Herz schloss. Macus und Ian waren genug.

Für einen Moment stieg erneut die altbekannte Sorge in ihr auf. Der Dämon war in letzter Zeit äußerst friedlich. Irgendetwas stimmte da ganz und gar nicht. Doch sie hatte gerade leider keine Zeit, sich mit ihm zu beschäftigen.

Es war dumm von ihr gewesen, sich bei Rebecca so sehr gehen zu lassen, denn Macus würde sie fragen, wo sie gewesen war. Und eigentlich wäre es Meredith ganz recht, wenn möglichst niemand von ihrem Besuch bei Familie Winter Notiz nahm. Natürlich würde sie auch nicht lügen, wenn man sie direkt danach fragte, denn das würde erst recht Aufmerksamkeit auf ihr kleines nachbarschaftliches Treffen lenken. Und auf die Frage, warum sie dieses zu verbergen suchte. Aber je weniger Personen von ihrem Kontakt mit der Großmutter wussten, desto besser.

Als sie endlich vor Macus' Bürotür stand, strich Meredith sich einmal über die etwas zerzausten grauen Haare und nahm sich einen Moment Zeit zum Durchschnaufen. Sie konnte mehrere Stimmen von drinnen hören, also war er nicht allein. War etwa Ian bei ihm? Das Gespräch auf der anderen Seite verstummte augenblicklich, sobald sie anklopfte. Gleich darauf hörte sie Macus rufen.

„Ja, bitte?"

Sie betrat das Büro. Es war chaotisch wie immer. Schon in seiner Studienzeit hatte Macus das Zimmer, welches er sich damals mit Ian geteilt hatte, mit sämtlichen Unterrichtsmaterialien und sonstigen Krimskrams, den er als wichtig erachtete, zugemüllt. Ian war beinahe wahnsinnig geworden und Meredith war heilfroh gewesen, im Mädchenschlafsaal zu wohnen. Doch irgendwie schien Macus in diesem heillosen Durcheinander den Überblick zu behalten, obwohl Meredith sein System bis heute nicht durchblicken konnte. Zumindest wusste er immer, wo welches Dokument zu finden war solange niemand versehentlich einen Stapel anstieß oder – Gott bewahre – einen Zettel auf den falschen Stapel legte.

Inmitten des Raumes, neben einem Papierstapel, der sich bedenklich zur Seite neigte, saß in militärisch steifer Haltung ein junger Mann. Er hatte einen braunen Lockenkopf und einige Lachfalten um seine freundlichen, grünen Augen. Er wirkte in seiner Uniform Polizeiuniform eines Polizeibeamten seltsam deplatziert in dem unordentlichen Büro und bei seinem Anblick erstarrte Meredith mitten in der Bewegung. Sie kannte diesen Mann. Sie hatte nur wenige Minuten zuvor sein Bild gesehen.

Ihr rutschte das Herz in die Hose. Der Dämon begann, wie wild in ihrem Inneren zu gackern. Was um alles in der Welt machte Rebeccas Bruder hier an der Akademie von Kallisto?

DER ERMITTLER

„Meredith!"

Macus sprang auf, umrundete mit einer Anmut, die man ihm aufgrund seiner bärenartigen Größe nicht zutraute, sämtliche Papierstapel und umarmte sie einmal herzlich zur Begrüßung. Der junge Mann in der Polizeiuniform war bei ihrem Eintreten höflich aufgestanden und starrte sie mit einem seltsamen Gesichtsausdruck an.

„Wo warst du so lange, wir waren doch für halb zwölf verabredet?"

Tadelnd blickte Macus auf die Uhr.

Meredith riss sich zusammen. Nur nichts anmerken lassen.

„Tut mir leid", antwortete sie zerknirscht. „Ich weiß, ich bin zu spät dran, aber mir ist etwas dazwischengekommen."

„Ach, passt schon, ich war ohnehin beschäftigt", antwortete Macus mit einem kurzen Blick auf seinen Besucher.

Meredith lächelte den Fremden, bei dem es sich ohne Zweifel um Rebeccas Bruder handeln musste, freundlich an. Ihre Gedanken rasten.

Was hatte Andreas Winter hier zu suchen? Rebecca hatte doch erzählt, dass er in Narvik lebte? War er nur zu Besuch da? Was, wenn ihm etwas Seltsames an seiner Großmutter auffiel?

Beruhige dich, Meredith.

Selbst wenn er seine Familie besuchen würde, wäre es nicht weiter verdächtig, wenn eine ältere Dame etwas müde war. Erst recht, wenn diese gerade noch dabei war, sich von einer Krankheit zu erholen.

Sie ging mit zur Begrüßung ausgestreckter Hand auf den jungen Beamten zu, das freundliche Lächeln ins Gesicht gepflastert. Mit diesem Lächeln hatte sie Übung, es war ihr beinahe zur zweiten Natur geworden. Macus beeilte sich, sie einander vorzustellen.

„Meredith, dies ist Inspektor Andreas Winter, er wurde uns als verdeckter Ermittler bezüglich des Einbruchs in die geheimen Archive geschickt."

Verdammt.

Also doch nicht nur hier zu Besuch. Sie hätte es wissen müssen. Der Dämon lachte gehässig, ehe er weiter gespannt verfolgte, was passierte.

Macus wandte sich an den jungen Ermittler.

„Herr Inspektor Winter, dies ist Meredith Argentum, Vizedirektorin und Professorin für Mathematik, auch bekannt als meine rechte Hand."

Er trat einen Schritt zurück und ging hinter seinen Schreibtisch, während er weitersprach.

„Sie ist die Einzige an der Akademie, die über die aktuellen Vorfälle informiert ist, und sie war bei den bisherigen Ermittlungen bereits eine große Hilfe."

Inspektor Winter runzelte kurz die Stirn, so als störe ihn etwas, doch dann ergriff er ihre ausgestreckte Hand mit einem freundlichen Lächeln und blitzenden Augen. Irgendwie kam Meredith dieses Lächeln fast schon zu freundlich vor.

„Erfreut, Euch kennenzulernen, Professor Argentum. Ihr seid also mit dem Rest der Ermittlertruppe bereits bekannt?"

„Bitte, nennt mich doch Meredith."

Sie lächelte den jungen Inspektor an. Er lächelte zurück.

Oha.

„Gerne, aber nur, wenn du mich Andreas nennst."

War das ein Funken männliches Interesse, den sie da in seinen Augen sah? Es wäre nicht das erste Mal, Meredith wusste, welche Wirkung sie in der Regel auf das andere Geschlecht ausübte. Vielleicht konnte sie das nutzen.

Von Macus kam ein leises Schnauben.

Sie behielt ihr freundliches Lächeln bei, bis er endlich ihre Hand losließ. Einen weiteren Ermittler auf ihren Fersen konnte sie wirklich überhaupt nicht gebrauchen. Dabei war es ihr gerade erst gelungen, die Truppe mit sinnlosen Tätigkeiten zu beschäftigen.

Sie hatte Macus gegenüber vor einiger Zeit erwähnt, wie praktisch es wäre, wenn man sehen könnte, was genau in den geheimen Archiven passiert war. Wie von ihr geplant, hatte ihn dies auf die Idee gebracht, das Reenactacent-Ritual durchführen zu lassen, womit die beiden vom Hof entsandten Zwillinge nun bereits seit Wochen beschäftigt waren und auch noch eine ganze Weile beschäftigt sein würden. Nur sie allein wusste, dass das Ritual auch bei erfolgreicher Durchführung den Ermittlern nichts bringen würde. Falls sie es überhaupt schaffen würden, das Ritual erfolgreich zu beenden. Genau deshalb hatte sie ihrem alten Schulfreund auch diese Idee in den Kopf gepflanzt.

Danach hatte sie Macus unauffällig davon überzeugen können, dass der Rest der Truppe eher unten in der Stadt ermitteln solle. Zum einen, da sie und Macus sich ja bereits in der Akademie befanden. Zum anderen, weil es vermutlich besser wäre, den Täter in Sicherheit zu wiegen und keine Aufmerksamkeit darauf zu lenken, dass bereits eine ganze Gruppe an Ermittlern im Einsatz war. Und überhaupt sei es doch viel wahrscheinlicher, dass es sich bei dem Täter um einen der vielen Menschen handelte, die tagtäglich in der Akademie ein und aus gingen, während er sich ansonsten in der Masse der Stadt versteckte. Zu ihrer Erleichterung hatte er ihre Vorschläge allesamt aufgegriffen und an die Ermittler weitergetragen, ohne sie jemals direkt miteinzubeziehen. Es hätte eigentlich nicht besser laufen können.

Und jetzt hatte irgendjemand diesen genialen Einfall gehabt und Inspektor Winter hinzugezogen, der zu allem Überfluss auch noch der Enkel jener alten Dame war, die sie als Opfer für das Kringal-Ritual auserkoren hatte. Sollte sie vielleicht die Verbindung kappen, etwas warten und danach ein neues Opfer suchen? Doch die Nachwirkungen eines aufgelösten schwarzmagischen Rituals waren äußerst heftig, nicht nur für das Opfer, sondern vor allem auch für sie.

Der Dämon in ihr kicherte erneut gehässig. Er schien sich köstlich über die neueste Hürde, vor die das Schicksal sie stellte, zu amüsieren. Wenigstens schien dieser Ermittler eine Schwäche für ihr Äußeres zu haben, vielleicht konnte sie das nutzen. Sie hätte ein noch schlimmeres Problem gehabt, wenn man stattdessen eine weibliche Ermittlerin geschickt hätte.

„Leider hatte ich noch keine Gelegenheit, die Truppe persönlich kennenzulernen", antwortete sie wahrheitsgemäß und glättete dabei unauffällig ihr Haar.

Sie hatte bisher lieber aus dem Hintergrund heraus agiert, aber vielleicht musste sie nun, da es auch noch innerhalb des Akademiegeländes einen Ermittler gab, etwas mehr in den Vordergrund treten. Sie hatte wirklich wahnsinniges Glück gehabt, dass ausgerechnet Macus zum neuen Direktor der Akademie ernannt worden war.

„Bisher habe ich Macus von hier aus unterstützt und ihm geholfen, die Liste mit allen Verdächtigen innerhalb der

Akademie zu erstellen, sowie versucht, unauffällig herauszufinden, wer sich wann wo aufgehalten hat. Leider kennen wir ja immer noch nicht den genauen Zeitpunkt des Einbruches."

Sie seufzte absichtlich laut, so als würde ihr diese Tatsache Sorgen bereiten, und sah sich nach einer Sitzgelegenheit um.

Ein Papierstapel direkt vor dem Schreibtisch fiel ihr ins Auge, und kurzentschlossen hob sie die störende obere Hälfte an und stellte sie neben sich auf den Boden, ehe sie sich auf den restlichen Stapel niederließ.

„Hey, nicht der!", beschwerte Macus sich hinter seinem Schreibtisch.

Meredith blickte ihn nur stumm mit einer hochgezogenen Augenbraue an. Er grunzte, ließ das Thema dann aber ruhen. Warum musste er auch ständig alles vollräumen? Stattdessen blickte Macus den Inspektor an, der wieder auf seinem freigeräumten Stuhl Platz genommen hatte.

„Nun gut, wo waren wir, ehe wir so unhöflich unterbrochen wurden?"

„Was an meinem Hereinkommen war bitteschön unhöflich?", murrte Meredith halblaut.

„Bei diesem Reenactacent-Ritual", antwortete Andreas.

„Ach ja, richtig." Macus nickte. „Die Thurlin-Zwillinge konnten die Vorbereitungen für das Ritual beinahe vollständig abschließen. Mit etwas Glück haben wir also in zwei, drei Monaten ein genaues Bild desjenigen, der die geheimen Archive betreten hat, und auch, was er dort getan hat."

„So lange noch?", fragte Andreas, sichtlich schockiert. „Ich habe ja nicht viel Ahnung von Magie, aber ist das nicht ein verdammt langer Zeitraum? Lässt sich das wirklich in keinster Weise beschleunigen?"

„Leider ist das Reenactacent-Ritual äußerst kompliziert und benötigt auch eine gehörige Menge an Magie", antwortete Macus ihm.

„Wie so oft, wenn es um Ritualmagie geht, braucht auch diese hier ihre Zeit, um zu reifen und zu wachsen, ehe die Ergebnisse sichtbar werden."

„Wie hoch ist die Wahrscheinlichkeit einer erfolgreichen Durchführung?", fragte Meredith nun.

Meredith Maynard kannte natürlich die Antwort, doch Meredith Argentum, die gewöhnliche Professorin für Mathematik, wusste diese nicht.

Macus schnitt eine Grimasse.

„Nun, wenn ich ehrlich bin, die Thurlin-Zwillinge sind hervorragende Ritualmagister, auch wenn sie mir anderweitig ziemliche Probleme bereiten. Daher schätze ich die Wahrscheinlichkeit als ziemlich hoch ein, obwohl die versteckte Lage der geheimen Archive nicht gerade hilfreich ist. Nichtsdestotrotz", er nickte Andreas zu, „wäre ich sehr froh, wenn wir uns nicht auf die Ergebnisse des Rituals verlassen müssen. Ich würde keinesfalls fix davon ausgehen, dass der Fall nur durch dieses Ritual gelöst werden kann, es gibt Mittel und Wege, um Spuren magisch zu verwischen. Und wer weiß, vielleicht haben wir nun mit Ihrer Hilfe endlich den erhofften Durchbruch, noch bevor das Ritual überhaupt beendet wird."

Er grinste kurz bei diesem Gedanken. Meredith kannte die Thurlin-Zwillinge noch nicht persönlich, doch nach den Schilderungen von Macus konnte sie auch getrost auf ein Zusammentreffen mit den beiden Hofmagistern verzichten.

„Wann kann ich den Rest der Gruppe kennenlernen?", fragte Andreas. „Ich würde mich gerne mit den anderen Ermittlern über die aktuellen Erkenntnisse und über die weitere Vorgehensweise austauschen."

„Ich werde versuchen, mit Kommissar Bosch gleich für morgen einen Termin zu finden. Ich melde mich bei Euch", antwortete Macus.

„Außerdem müssen wir Euch mit den hiesigen Wachposten der Akademie bekannt machen, mit denen Ihr offiziell zusammenarbeiten werdet. Wir wollen ja nicht, dass Ihr in irgendeiner Weise verdächtig wirkt."

Macus kramte in seinen Unterlagen am Schreibtisch. Wortlos griff Meredith nach einem der Stapel und zog eines der Blätter hervor, um es ihm zu reichen.

„Ach ja, danke, Meredith."

Er überflog die Liste.

„Euer neuer Vorgesetzter, Wachhauptmann Felan hat Euch bereits mit Wachmann Kappel eingeteilt, er ist etwas rüpelhaft, aber dennoch äußerst beliebt. Frau Preston wird Euch die entsprechenden Informationen samt Lageplan zukommen lassen. Wachposten haben an der Akademie den Vorteil, dass sie so gut wie überhaupt nicht wahrgenommen werden. Es sollte Euch also nicht weiter schwerfallen, das eine oder andere Gespräch unauffällig zu belauschen."

Der Direktor stand auf, Andreas tat es ihm gleich.

„Ich muss mich jetzt leider gemeinsam mit Meredith um die Organisation des kommenden Studienjahres kümmern, ehe noch ein Student im Freien schlafen muss."

Andreas nickte verständnisvoll, während die beiden sich zum Abschied die Hände schüttelten.

„Vielen Dank, Herr Direktor, ich freue mich bereits auf die Zusammenarbeit."

Andreas lächelte Meredith direkt an und verbeugte sich leicht vor ihr.

„Es war schön, dich kennenzulernen, Meredith. Bis demnächst."

Damit verschwand er aus dem Büro.

„Wirklich, Zwerg?", fragte Macus hinter seinem Schreibtisch mit leicht säuerlicher Miene, sobald die Tür hinter dem jungen Polizisten geschlossen war.

„Und jemand wie du klaut in der Nacht Schönheitstipps aus der Bibliothek."

Er blickte sie kopfschüttelnd an.

„Ich fasse es nicht."

Am nächsten Tag saß Andreas mit voller Kaffeetasse auf einer kleinen Bank vor dem Häuschen, welches der Familie Winter zugewiesen worden war. Er hatte es geschafft, er war als verdeckter Ermittler an der Akademie. Voller Faszination betrachtete er die schwebenden Felsen mit den blühenden Wiesen vor sich. Emsig tummelten sich Bienen und Hummeln auf den spätsommerlichen Blüten und verrichteten ihre Arbeit. Ob es irgendwo auf der Akademie wohl eine kleine Imkerei gab? Oder kamen sie von ganz unten den weiten Weg herauf?

Er beschloss, diese Frage auf die stetig länger werdende Liste von Dingen, die er herausfinden wollte, zu setzen – auch wenn er diesem Thema nicht unbedingt die höchste Priorität einräumte, immerhin hatte er einen Fall aufzuklären.

Zwar hatte er bereits gestern bei seiner Ankunft und den Weg hinauf in den Wohnbezirk reichlich Zeit gehabt, sich umzusehen, doch er konnte sich an diesem mit Magie vollgesogenen Ort kaum sattsehen. Er war mitten auf dem Land aufgewachsen und hatte daher in seiner Kindheit nie besonders viele Berührungspunkte mit Magie gehabt. Dies hatte sich zwar ein bisschen geändert, seit er in die nördliche Hauptstadt Narvik gezogen war, doch die meisten Magister zogen den wärmeren Süden des Landes vor, weshalb er auch in seiner bisherigen Laufbahn als Polizist nicht besonders viel mit diesen zu tun gehabt hatte. Magie, und was man mit dieser so alles anstellen konnte, war ihm also immer noch äußerst fremd. Becca war immer die Belesene von den beiden Geschwistern gewesen. Es kam ihm beinahe unwirklich vor, hier oben so zwischen den Wolken zu leben.

Seine kleine Schwester trat durch die Eingangstüre nach draußen und setzte sich zu ihm auf die Bank. Schweigend blickten sie gemeinsam auf die unglaubliche Aussicht, die sich ihnen bot.

Ihr gestriges erstes Wiedersehen nach so langer Zeit war irgendwie komisch gewesen. Nachdem er sich von Frau Preston alle benötigten Informationen geholt hatte, hatte er sich voller Vorfreude, seine Familie endlich wiederzutreffen, auf den Weg in den Wohnbezirk gemacht.

Bei seiner Ankunft jedoch hatte Großmutter Isabell tief und fest geschlafen und war auch nicht zu wecken gewesen. Also hatten sie den Eintopf, den Becca gekocht hatte, zu zweit genossen. Die Stimmung seltsam gewesen. Ständig hatte er das Bild seiner süßen kleinen Schwester vor Augen, welches sich nicht so recht mit der Frau, die ihm gegenüber am Küchentisch gesessen hatte, decken wollte. Er war etwas verunsichert, wie er mit ihr umgehen sollte.

Es hatte auch nicht gerade geholfen, dass ihm immer wieder Meredith Argentum in den Sinn kam, während er gleichzeitig diverse mögliche Ermittlungsansätze im Fall der geheimen Archive durchging und wieder verwarf. Es war ein recht schweigsames Essen geworden, ganz anders, als er es sich vorgestellt hatte.

Wann immer er an seine bevorstehende Zeit an der Akademie dachte, wollte ihm Meredith, die er gestern kennengelernt hatte, nicht so recht aus dem Kopf gehen. Mit ihren grauen Haaren, die eher zu einer alten Frau gepasst hätten, den blauen Augen und diesem kurvigen, kleinen Körper hatte sie ihn gefühlt die halbe Nacht wachgehalten, und auch jetzt noch spukte sie ständig in seinen Gedanken herum. Ihr Anblick hatte ihn wie ein kleiner Schock getroffen. Sie hatte ihn einfach umgehauen. Und dabei sollte er sich dringend auf das heutige Treffen mit der Ermittlertruppe und auf den anstehenden Fall konzentrieren.

Nur mit Müh und Not hatte er sich gestern daran erinnert, was er hier eigentlich tat und weshalb er gekommen war. Meredith hatte etwas ungemein Anziehendes, Exotisches an sich. Sie schien völlige Gegensätze mühelos zu vereinen.

Sie hatte etwas Zartes an sich, strahlte jedoch auch eine unglaubliche Stärke aus. Sie wirkte fragil, so als müsse sie all ihre Kraft zusammennehmen, um nicht im nächsten Moment auseinanderzubrechen. Gleichzeitig erinnerte sie ihn an eine im Feuer gestählte Klinge – hart und unzerstörbar, wie aus Titan gefertigt. Es war eine äußerst faszinierende Kombination, die ihn beinahe unwiderstehlich anzog. Und dieser Mund... Er hatte gar nicht anders gekonnt, als mit ihr zu flirten.

„Alles in Ordnung bei dir?", holte ihn die Stimme seiner Schwester zurück in die Gegenwart. „Du schaust so komisch."

Andreas rieb sich den Hinterkopf.

Er sollte sich wirklich konzentrieren. Das Treffen mit den restlichen Ermittlern sowie seinem neuen, inoffiziellen Vorgesetzten, dem Fallleiter Kommissar Bosch, stand kurz bevor. Seinen offiziellen Vorgesetzten und Leiter der Wachmannschaft der Akademie würde er im Anschluss bei der Kaserne kennenlernen, doch dieses Treffen erachtete Andreas als nicht besonders wichtig. Immerhin war seine Stelle an der Akademie nur temporär und diente rein der Tarnung, auch wenn Wachhauptmann Felan dies nicht wusste. Für ihn war Andreas einfach nur ein weiterer neuer Rekrut, der warum auch immer an die Akademie versetzt worden war. Die einzigen, die die Wahrheit kannten, waren außer ihm nur die Ermittlertruppe, der Direktor, Meredith und Kriminaloberst Schwarz. Vermutlich würde dies auch noch eine ganze Weile so bleiben. Aber er musste zugeben, dass er heilfroh war, dass Meredith über seinen wahren Auftrag Bescheid wusste und somit nicht glaubte, er sei einer der zahllosen Wachmänner, die an der Akademie abgestellt worden waren und die keinerlei Chancen mehr auf eine gute Karriere hatten. Dieser Gedanke wäre ihm äußerst unangenehm gewesen, obwohl er normalerweise nicht viel auf sein Ansehen gab.

Auf der Agenda des heutigen Treffens mit den anderen Ermittlern stand ein erstes Kennenlernen und gegenseitiges Sich-Beschnuppern. Außerdem erwartete Andreas, dass Kommissar Bosch mit ihm einen gemeinsamen Arbeitsplan erstellen würde, wie zum Teufel er sich so schnell wie möglich durch die unglaublich lange Liste an Verdächtigen durcharbeiten könnte.

Er hatte sich gestern Abend, nachdem er sich mit der Begründung, er sei müde von der langen Reise, frühzeitig ins Bett verabschiedet hatte, nochmal die Unterlagen zum Fall angesehen. Zumindest in den Minuten, in denen er Meredith aus seinem Kopf verdrängen hatte können. Tatsächlich war Andreas nach dem Trank des Direktors, der ihm über seinen Kater hinweggeholfen hatte, immer noch überaus frisch und motiviert gewesen. Diese Motivation hatte sich angesichts des Standes der Ermittlungen jedoch recht schnell verflüchtigt.

Der aktuelle Bericht war nicht viel anders gewesen als der, den er bereits von Kriminaloberst Schwarz erhalten hatte. Der einzige Fortschritt, der zu verzeichnen war, war der Beginn des Reenactacent-Rituals. Ansonsten war der Bericht im Grunde genommen eine Auflistung von bereits bekannten Sackgassen, in denen die Ermittlungen sich befanden. Es war, als würden sie einen Geist suchen. Einen magischen Geist inmitten eines riesigen Heuhaufens an magisch begabten Verdächtigen.

Er konnte nur hoffen, dass Kriminaloberst Schwarz oder vielmehr dessen magische Experten recht behalten würden und sich früher oder später eine neue heiße Spur auftun würde, die irgendwie mit den gestohlenen Gegenständen aus den geheimen Archiven zu tun hatte. Welche auch immer das waren.

Andreas seufzte, während seine Gedanken wieder mal zu den eindringlichen, fast schon unnatürlich blauen Augen wanderten. Er brauchte einen klaren Kopf.

„Danke, alles ist gut, Schwesterherz. Ich war nur gerade in Gedanken."

Er lächelte sie verlegen an.

„Weißt du zufällig, wie lange man von hier aus hinunter in die Stadt und zum *Krähennest* braucht? Ich habe dort heute einen ersten Termin zwecks meines neuen Postens als Wachmann."

Rebecca sah ihn verwirrt an.

„Wieso treffen sich die Wachposten unten in der Stadt und nicht in der Garnison?", fragte sie berechtigterweise. „Ich dachte, die Akademie habe sogar ihre eigene?"

Andreas zuckte nur unverbindlich mit den Schultern.

„Keine Ahnung, woher soll ich das wissen? Ich kenne die Truppe ja noch nicht einmal", meinte er wahrheitsgemäß. Tatsächlich würde er die restlichen Wachposten im Anschluss an sein Treffen am Abend in der Garnison auf dem Akademiegelände treffen.

„Wozu braucht die Akademie von Kallisto eigentlich nicht-magische Wachposten?", fragte seine Schwester nun weiter. „Ich meine, nichts gegen dich, Bruderherz, aber immerhin sind die meisten Magister des Landes hier ganzjährig versammelt."

Erstaunt blickte er Becca an.

„Das weißt du nicht?"

Andreas lachte.

„Wir sind das Kanonenfutter, sollte eines unserer Nachbarländer endgültig beschließen, dass es die magischen Geheimnisse unseres Landes dringend haben möchte." Mit ihren magischen Pistolen konnten sie gegen voll ausgebildete Magister der ersten und zweiten Kategorie kaum etwas ausrichten. Und auch gegen die vierte Kategorie waren sie völlig machtlos. „Und wir sind ein paar zusätzliche Augen, da ihr Professoren ja nichts anderes im Kopf habt als eure Studien und die Sterne am Himmel." Neckisch zupfte er sie an den Haaren.

„Also, wie lange braucht man bis zu diesem *Krähennest*?"

Seine Schwester seufzte genervt.

„Keine Ahnung, zwanzig Minuten vielleicht?" Sie zuckte mit den Schultern.

„Ich war selbst noch nicht dort, aber einige Kollegen haben schon öfter davon gesprochen. Ich vermute mal, dass die Treppen die Strecke ganz schön verkürzen werden. Ich war seit unserer Ankunft nicht mehr unten in der Stadt."

Sie schien beinahe überrascht über ihre eigene Aussage. Andreas nickte dankbar, stand auf und streckte sich.

„Dann sollte ich mich vielleicht langsam mal auf den Weg machen, immerhin will ich nicht an meinem ersten Tag zu spät kommen."

Er küsste seine Schwester kurz auf die Wange und ging nach drinnen ins Haus, um sich noch die Jacke aus seinem Zimmer zu schnappen. Auf dem Weg nach draußen schaute er noch schnell ins Schlafzimmer von Großmutter Isabell.

Sie war immer noch nicht aufgewacht. Besorgt musterte er sie einen Moment. Doch ihre Wangen wirkten rosig und normal. Vermutlich war sie einfach nur erschöpft. Becca hatte erzählt, dass sie die letzten Tage mit einer ordentlichen Erkältung zu kämpfen gehabt hatte. Wahrscheinlich war es einfach der Schlaf der Genesung.

Schließlich machte er sich auf den Weg hinunter in die Stadt. Die Sonne schien und das Wetter war herrlich. Trotzdem wirkte die Akademie beinahe wie ausgestorben. Er hatte erfragt, dass dies im Sommer in den Ferien immer so war. Zwar lebten die meisten Professoren, Magister und Angestellten ganzjährig an der Akademie, doch die meisten schienen die studentenfreie Zeit zu nutzen, um ihre Forschungen voranzutreiben, weshalb all die restlichen Bezirke völlig still dalagen.

Am Hauptfelsen traf er auf den Direktor, der sich ebenfalls gerade auf den Weg zum Treffen machte. Nachdem Andreas sich kurz versichert hatte, dass niemand sie beobachtete – als einfacher Wachposten wollte er nicht unbedingt Aufmerksamkeit darauf lenken, dass er mit dem Direktor etwas zu tun hatte –, gingen sie gemeinsam weiter. Zumindest ersparte ihm das die Arbeit, herausfinden zu müssen, wo genau sich das *Krähennest* befand.

Angenehm plaudernd erreichten sie die Stadt.

„Die Bedienung ist hier äußerst verschwiegen, zumal das Hinterzimmer ständig für allerlei Treffen genutzt wird", verriet Direktor Roth Andreas, als er die Türklinke des Gasthauses hinunterdrückte und ihm den Vortritt überließ.

Im Hinterzimmer befanden sich bereits vier weitere Personen.

Kommissar Bosch, der leitende Beamte im Fall der geheimen Archive und ein drahtiger, kleiner Mann mit schwarzem Schnurrbart, stellte sich als Erster vor. Andreas hatte sofort das Gefühl, dass dieser Mann ganz genau wusste, was er tat. Vermutlich würde er einen hervorragenden Vorgesetzten abgeben.

Doch gleichzeitig meldete sich auch ein wohlvertrautes Bauchgefühl. Dieser hungrige Ausdruck in Kommissar Boschs Gesicht war ihm bestens bekannt, denn er hatte genügend Menschen von diesem Schlag in Narvik angetroffen. Dieser Mann würde absolut alles für seine Ziele und seine Karriere tun, da war Andreas sich bereits jetzt sicher.

Die restlichen drei Ermittler, allesamt vom Rang eines Inspektors, stellten sich ebenfalls der Reihe nach vor. Beim ersten handelte es sich um einen blonden Hünen namens

146

Ralph Husky, der mit einem leicht nordischen Akzent sprach. Andreas nahm sich vor, ihn bei Gelegenheit einmal zu fragen, woher genau er stammte, denn es musste irgendwo aus der Nähe von Narvik sein – was den Mann für ihn sogleich unheimlich sympathisch machte.

Nick Hale, ein eher kleinerer Mann mit fast schon jungenhaftem, breitem Gesicht und buschigen Haaren, schien sein genaues Gegenteil zu sein. Ein breites, freches Grinsen zierte sein Gesicht, während er Andreas freundlich die Hand schüttelte. Vincent Frey, der Dritte im Bunde, schien mit Abstand der Ruhigste zu sein. Er sprach mit dem schleppenden, langgezogenen Dialekt, der typisch war für Menschen aus Bornesko, der Hauptstadt des Landes.

„Sind wir bereits komplett?", fragte Andreas nach der ersten Vorstellungsrunde etwas perplex. Die Gruppe kam ihm, selbst für eine Operation, die so dringend verdeckt bleiben musste wie der Einbruch in die geheimen Archive, äußerst klein vor.

„Nein", antwortete Inspektor Ralph Husky mit säuerlichem Gesichtsausdruck.

„Einer der beiden hochwohlgeborenen Thurlin-Zwillinge wollte, glaube ich, auch noch vorbeikommen."

„Ich dachte, die beiden Gockel wären mit irgendeinem Ritual beschäftigt und würden uns für eine Weile in Ruhe lassen?", fragte Inspektor Hale nun.

„Seien wir doch froh, dass diese verdammten Magister beschäftigt sind, ich persönlich traue denen nicht", meinte Inspektor Frey.

Kommissar Bosch räusperte sich. Seine Augen blitzten gefährlich.

„Meine Herren", seine Stimme klang äußerst streng, „mir ist bewusst, dass die Zusammenarbeit mit den beiden

Magistern Thurlin sich als…", er zögerte einen Moment, *schwierig* gestaltet."

Er blickte jedem einzelnen Ermittler direkt in die Augen. Selbst Andreas, welcher bemerkte, dass Direktor Roth neben ihm aus irgendeinem Grund irritiert die Stirn runzelte.

„Dennoch muss ich bitten, professionell zu bleiben. Zumal jedem der hier Anwesenden klar sein sollte, dass es sich um einen äußerst brisanten und wichtigen Fall handelt."

Stille machte sich kurzzeitig im Raum breit. Kurz meinte Andreas zu sehen, wie Inspektor Frey dem Direktor einen Blick voll tiefster Abneigung zuwarf, doch dann war der Moment schon wieder vorbei. Dann nickte Kommissar Bosch Direktor Roth freundlich zu, der diese Geste offenbar als Aufforderung verstand, eine Frage zu stellen.

„Entschuldigt, Kommissar Bosch, aber ich war ebenfalls der Auffassung, die beiden Thurlin-Zwillinge wären mit dem Reenactacent-Ritual beschäftigt? Wie kommt es, dass einer der beiden nun doch am heutigen Treffen teilnehmen wird?"

„Weil wir keine solchen Stümper wie die Herrschaften von der Akademie sind", ertönte eine sonore Stimme von der Türe her.

Ein alter Mann mit langem weißen Bart und herablassender Miene hatte den Raum betreten.

„Mein Bruder kann die Vorbereitungen für das Ritual leicht alleine für ein paar Stunden übernehmen, *für uns* stellt das keinerlei Problem dar", informierte er nun den Direktor, während er sich seinem Alter entsprechend langsam auf ihren runden Tisch zubewegte.

„Das Ritual wird instabil, wenn es nicht von zwei Leuten gleichzeitig die Energie zugeführt bekommt und stattdessen magischen Schwankungen unterliegt", entgegnete der Direktor, die Stirn gefurcht. Kommissar Bosch merkte sofort auf.

„So etwas können wir uns zum gegenwärtigen Zeitpunkt nicht leisten." Seine Stimme klang dabei äußerst scharf. „Das Ritual muss ein Erfolg sein, wir greifen ja auch so schon nach Strohhalmen. Ich hätte Euch im Anschluss an die Besprechung persönlich aufgesucht und Euch und Euren Bruder informiert, Magister Thurlin."

Der alte Magister musterte die beiden nur herablassend.

„Keine Sorge, uns ist durchaus bewusst, was auf dem Spiel steht."

Dann wandte er sich mit blasierter Miene Andreas zu und ließ den Blick einmal abschätzig von oben nach unten über ihn gleiten.

„*Das* ist also der vielgelobte neue Inspektor, der extra den weiten Weg von Narvik hierher auf sich nehmen musste."

Andreas beschloss, den herablassenden Blick des Magisters zu ignorieren und streckte ihm stattdessen höflich die Hand entgegen.

„Inspektor Winter, angenehm."

Doch der alte Mann ignorierte die Hand völlig. Stattdessen schnaubte er nur.

„Magister Thurlin, Ihr solltet sofort zu Eurem Bruder zurückkehren und ihn bei dem Ritual unterstützen", sagte Direktor Roth nun. Kommissar Bosch nickte bekräftigend, der Rest des Tisches verfolgte das Geplänkel stumm und voller Aufmerksamkeit wie ein äußerst interessantes Theaterspiel.

„Wir sind keine Amateure, dass uns ein Fehler im Ritual unterlaufen würde, nur weil einer von uns beiden die Magie für einige Stunden alleine am Laufen halten muss."

Andreas reichte es jetzt.

„Nun, es wirkt auf mich jedenfalls ziemlich amateurhaft, wenn nur einer das Ritual durchführt, während sämtliche Profis der Meinung sind, es würde die Magie von zwei Magistern benötigen."

Für einen Moment war es mucksmäuschenstill. Man hätte vermutlich selbst eine Stecknadel fallen hören. Die überhebliche Miene des alten Magisters veränderte sich, zornig funkelte er den neuesten Ermittler in der Runde an. Direktor Roth wandte sich leicht ab, so als müsse er ein Kichern verstecken.

„Was habt Ihr mir soeben unterstellt?" Seine Stimme klang leise, bedrohlich.

Andreas blieb ruhig. Dies war nicht das erste Mal, dass er jemand Wichtigen mit seinen Ansichten verärgert hatte, auch wenn es sich hier um den ersten Magister handelte. Doch auf Gefühle und einen verletzten Stolz konnte man später noch Rücksicht nehmen, erst einmal ging es darum, die Ermittlungen im aktuellen Fall erfolgreich zu Ende zu bringen. Er wollte gerade eben den Mund aufmachen, als Kommissar Bosch ihn mit einem wütenden Blick wieder zum Schweigen brachte.

„Ich denke, worauf Inspektor Winter hinauswollte, war, dass es äußerst ungünstig aussehen würde, wenn das Ritual nach monatelanger Vorbereitung aufgrund instabiler magischer Energien fehlschlagen würde."

Der Direktor schenkte dem Kommissar einen bewundernden Blick für dessen diplomatische Worte, während der alte Magister mit einem wütenden Schnauben aus seinem Stuhl aufsprang.

„Nun, in diesem Fall empfehle ich mich, da meine Anwesenheit und Expertise so offensichtlich nicht erwünscht ist!"

Und damit rauschte er mit ungewöhnlich schnellem Tempo aus der Türe.

„Welche Expertise denn bitteschön?", fragte Inspektor Frey, der sich bisher eher im Hintergrund gehalten hatte, halblaut. „Er ist doch nur ein Magister, kein Polizist."

Andreas sah die zugeschlagene Tür etwas verdattert an.

„Nun, das ging aber schnell", sagte er dann.

Die Inspektoren Husky, Hale und Frey begannen gleichzeitig brüllend zu lachen. Kommissar Bosch vergrub stöhnend das Gesicht in den Händen.

„Theiron steh mir bei, Inspektor Winter, Ihr seid ja noch schlimmer als von Kriminaloberst Schwarz beschrieben!"

„Meine Achtung, Kollege!", dröhnte derweil Inspektor Husky und schlug ihm anerkennend auf die Schulter. Andreas fühlte sich, als habe ihn ein Baum erwischt. Der blonde Hüne musste fast so groß sein wie der Direktor. Aber nur fast.

Die restliche Stunde, bis Andreas zu seinem Treffen mit seinem neuen, offiziellen Vorgesetzten Wachhauptmann Felan musste, verbrachten sie mit der aktuellen Lagebesprechung und dem Durchgehen mehrerer Strategien, wie Andreas am unauffälligsten die Verdächtigenliste der Akademie verkürzen könnte. Direktor Roth erwies sich, obwohl er nur ein Zivilist war, hierbei als äußerst hilfreich und brachte eine Menge guter Ideen ein.

„Eines bereitet mir ziemliche Sorgen", meinte der Direktor schließlich, nachdem sie mit dem Gröbsten fertig waren.

Interessiert musterten die fünf Polizisten ihn.

„Ich weiß, dass die Thurlin-Zwillinge immer noch nicht ganz fertig sind mit der Untersuchung der geheimen Archive, immerhin müssen sie nun zusätzlich auch noch das Reenactacent-Ritual durchführen."

Stirnrunzelnd blickte der bärenhafte Mann nach oben in die Richtung, in der die Akademie liegen musste, so als ob die massiven Holzbalken des *Krähennestes* durchsichtig wären.

„Eine Leistung, die durchaus beachtlich ist."

Er klang ehrlich bewundernd. „Doch langsam mache ich mir Gedanken, dass wir immer noch keinen großen Knall erfahren haben. Der Einbruch ist fast zwei Monate her, und es hat sich absolut nichts getan."

Also glaubte auch der Direktor der Akademie, genau wie die Experten, die Kriminaloberst Schwarz befragt hatte, daran, dass bald etwas passieren würde.

„Was meint Ihr damit genau, Direktor Roth?", fragte Kommissar Bosch.

„Nun, das geheime Archiv ist quasi vollgestopft mit lauter hochgefährlichen magischen Gegenständen und Ritualen", sagte dieser mit leiser Stimme.

„Und ich persönlich finde es ziemlich beunruhigend, dass wer auch immer etwas aus den Archiven gestohlen hat, diesen gestohlenen Gegenstand noch immer nicht verwendet hat."

Er klopfte bedächtig mit einem Finger auf das Holz der Tischplatte.

„Das bedeutet in meinen Augen, dass derjenige einen ganz spezifischen Plan verfolgt. Wer auch immer in die geheimen Archive eingedrungen ist, es kann sich dabei um keinen Amateur handeln. Und vermutlich ist er dort aus einem ganz bestimmten Grund eingebrochen. Mir kommt es aktuell vor wie die Ruhe vor einem Sturm."

Für einen Moment war es wieder einmal still im Raum. Und dieses Mal hatte Andreas das Gefühl, als würde eine dunkle Vorahnung die Gruppe erfassen.

AUGE IN AUGE

Ian Hunt lehnte sich entspannt zurück. Er saß auf seinem Lieblingsplatz, einer kleinen, sonnigen Insel mit einem Apfelbäumchen und einer Holzbank, von der aus er das emsige Treiben auf dem Naturwissenschaftsfelsen beobachten konnte. Dieser lag gleich neben der Hauptinsel, nur leicht erhöht, sodass Ian von seinem Platz aus bequem beide Inseln beobachten konnte. Aufgrund seiner zentralen Lage und wegen des kleinen Weilers, der sich auf ihm befand, war der Naturwissenschaftsfelsen einer der Haupttreffpunkte der Studenten während des Schuljahres.

Es war noch recht früh am Morgen, aber aufgrund der bevorstehenden Konferenz heute Nachmittag herrschte ziemlicher Trubel. Auch für die Ankunft der Studenten musste noch einiges vorbereitet werden. Eigentlich sollte er ebenfalls im Heilerbezirk sein und dort die Vorbereitungen überwachen, immerhin war er der Großheiler der Akademie und als solcher für die Organisation zuständig. Es galt, die Vorräte an Heilkräutern aufzustocken, die Patientenbetten vorzubereiten (irgendwelche Idioten verletzten sich immer bei der Ankunft) und die Unterrichtsmaterialien zu überprüfen. Doch wenn er ehrlich war, er konnte sich nicht so recht dazu aufraffen. Außerdem war Lilliane, die zweite Heilerin, wesentlich besser in solchen Dingen als er. Eigentlich sollte sie den Platz des Großheilers innehaben, das sagte er schon seit Jahren.

Also saß Ian hier an seinem Lieblingsplatz und versteckte sich vor der Welt, während Lilliane vermutlich in seinem Büro saß und Anweisungen erteilte. Aber es war ohnehin schon mehr ihr Büro als seines.

Eine schwarze Amsel hüpfte auf den kleinen Picknicktisch und legte den Kopf schief. Ihre schwarzen, gelb umrandeten Knopfaugen blinzelten ihn freundlich an, während sie offenbar überlegte, ob es bei ihm etwas Fressbares zu holen gab.

Ian griff in seinen weiten, weißen Laborkittel, um in den unendlichen Tiefen seiner Taschen nach etwas Brot zu suchen, doch er hatte sich zu schnell bewegt. Mit raschen Flügelschlägen flog der Vogel davon und ließ ihn allein mit seinen brütenden Gedanken.

Eigentlich war er guter Dinge gewesen, als er heute früh aufgestanden war. Wie jeden Morgen hatte er sich als erstes in Richtung des *Rusty Lemon* aufgemacht, um bei Nicole sein Frühstück zu genießen. Er hatte keine Ahnung, wie das Geschäft auf den Namen gekommen war. Er wusste nur, dass sich die ehemalige Bar nun bereits seit drei Generationen im Besitz der Familie Faymore befand und dass irgendwer von Nicoles Vorfahren verdammt schlecht in Sachen Namensgebung gewesen war.

Ian liebte das gemütliche Lokal. Es lag inmitten des Wohnbezirks, in einer kleinen, sonnendurchfluteten Seitengasse. An der Seite des Gebäudes rankten sich Weinreben die Hausmauer entlang und rahmten die großen Fenster und den offenen Wintergarten auf malerische Weise ein. Über dem Eingang prangte ein großes, schief hängendes und grottenhässliches Schild mit einem Metkrug und einer Zitrone darauf. Früher musste es sich um eine reine Bar gehandelt haben, doch bereits Nicole's Mutter hatte es umgebaut. Jetzt konnte man dort morgens gemütlich frühstücken, mittags herzhaft essen und am Abend ein Bier heben.

Wann immer das Wetter es zuließ, saß Ian draußen auf der kleinen Terrasse des Hinterhofes. Das *Rusty Lemon* war so etwas wie ein Geheimtipp, nur wenige kannten das etwas verschlafene Lokal inmitten des Wohnbezirks der Akademie. Eine treue Stammkundschaft hielt den Laden über Wasser und Ian war einer von ihnen. Er hatte diesen Ort einmal zufällig während seiner Studienzeit entdeckt, als er einen ruhigen Ort zum Lernen gesucht hatte, und kam seither regelmäßig wieder zurück. Auch wenn er immer noch nicht so recht wusste, ob es sich bei *Rusty Lemon* nun um eine Teestube, ein Restaurant oder eine Kneipe handelte. Irgendwie war es von allem ein bisschen.

Als er heute Morgen wie immer seinen ersten Kaffee genippt, sein Brötchen mit Brombeermarmelade genossen und sich in Gedanken eine Liste für den Tag erstellt hatte, hatte Yvonne sich plötzlich zu ihm gesellt.

Ihre Miene war voller Gewitterwolken gewesen, was bei der Jugendlichen nicht allzu selten vorkam.

„Was ist los?", hatte er sie gefragt.

Yvonne war die Tochter von Nicole und eine der wenigen Studenten, die ganzjährig auf dem Akademiegelände lebten. Ian kannte sie, seit sie ein kleines Mädchen war, und hatte sich besonders gefreut, als sie sich in ihrem zweiten Jahr für das Studium der Heilkunst entschieden hatte. Auch wenn sie keine Magistra war. Dieses Jahr würde ihr letztes sein, ehe sie ihren Abschluss machte, und Ian konnte es kaum erwarten, sie als seine neue Kollegin im Heilertrakt begrüßen zu dürfen. Er war sich sicher, dass er dies bald würde tun können, denn die junge Frau war mit ganzem Herzen Heilerin.

In bester jugendlicher Manier einer heranwachsenden hatte Yvonne die Arme vor der Brust verschränkt.

„Kannst du das glauben?" Ihre Stimme hatte einen theatralischen Klang gehabt. „Meredith war vorhin bei mir. Und sie hat mir erzählt, dass die Großmutter der neuen Professorin krank ist und immer noch nicht im Heilerbezirk aufgetaucht ist!"

Oje. Das war eines von Yvonne's Lieblingssstreitthemen. Ian hatte ein Stöhnen unterdrücken müssen, er kannte diesen Tonfall.

„Niemand ist verpflichtet, zu uns zu kommen, Yvonne. Wenn jemand sich nicht von uns behandeln lassen will, sondern sich lieber zu Hause auskurieren möchte, so ist das sein gutes Recht."

Daraufhin hatte Yvonne die Hände in die Luft geworfen.

„Aber Meredith hat erzählt, dass es der alten Dame richtig schlecht geht! Sie hat gemeint, vielleicht traut sich die Familie Winter einfach noch nicht so recht, weil sie neu an der Akademie ist. Wieso dürfen wir nicht einfach hingehen und einmal nach dem Rechten sehen? Wir verlangen ja nicht einmal Geld dafür!"

Nun war Ian doch ein Seufzer entkommen. Yvonne war ein gutes Mädchen und bereits eine hervorragende Heilerin mit einem besonderen Talent in Kräuterkunde, doch sie hatte manchmal ein sehr aufbrausendes Temperament.

Wieso hatte Meredith ausgerechnet *ihr* von einer kranken Großmutter erzählen müssen?

„Weil es fürchterlich übergriffig wäre, einfach so vor ihrer Haustüre aufzukreuzen", hatte er Yvonne daraufhin geduldig erklärt.

„Es stimmt, dass unsere Behandlungen für alle, die in der Akademie leben, kostenlos sind. Aber trotzdem können wir niemanden dazu zwingen, zu uns zu kommen."

Trotzig hatte Yvonne ihn angeblickt. Sie hatten diese Diskussion tatsächlich bereits mehrere Male geführt.

Warum nur, Meredith, warum?, war ihm durch den Kopf geschossen.

Doch jetzt half auch kein Jammern mehr, die Katze war bereits aus dem Sack. Yvonne wusste von der alten Dame und kochte. Meredith hätte doch wissen müssen, was sie damit anrichtete. Immerhin hatte Ian ihr und Macus in den vergangenen Jahren bereits mehr als einmal sein Leid mit der jungen, ungestümen Yvonne geklagt.

„Es würde sämtlichen Grundsätzen des Heiler-Kodex zuwiderlaufen, jemanden ohne dessen Einverständnis zu behandeln. Notfälle ausgeschlossen."

„Aber das ist ein Notfall!"

Mit wild funkelndem Blick hatte sie ihn angesehen.

„Meredith hat mir erzählt, dass…"

Doch in diesem Moment war Nicole durch die Terrassentür zu ihnen getreten. In Hand ein Tablett mit einem zweiten Kaffee.

„Spätzchen, warum bist du hier draußen und hilfst du mir nicht bei der Arbeit?", hatte sie gefragt. „Belästigst du etwa schon wieder Magister Hunt?"

Mit strenger Miene hatte sie ihre Tochter von oben bis unten gemustert.

„Nenn mich nicht Spätzchen, du weißt, wie sehr ich das hasse!"

„Wir hatten doch ausgemacht, dass du mir in deiner Ferienzeit zur Hand gehst!"

„Ja, Mama. Aber es geht um…"

„Nichts aber!"

Mit der freien Hand hatte Nicole nach drinnen gezeigt.

„Du gehst sofort rein und machst einen schönen Kaffee mit

einer ordentlichen Portion Sahne für Herrn Grent und lässt mir den armen Magister Hunt in Ruhe!"

Yvonne hatte es noch ein letztes Mal versucht.

„Aber Mama, ich…"

„Schluss jetzt! Ich will nichts mehr hören!"

Mit einem wütenden Schnauben hatte Yvonne schließlich gehorcht und war auf dem Absatz herumgewirbelt. Doch kurz bevor sie die Terrassentüre erreicht hatte, hatte sie sich nochmals umgedreht und Ian eindringlich in die Augen geblickt.

„Bitte, Ian!"

Verdammt. Sie nannte ihn nur dann bei seinem Vornamen, wenn ihr etwas wirklich wichtig war. Ihre Stimme klang flehentlich.

„Meredith hat gesagt, der alten Dame geht es wirklich nicht gut. Vielleicht stirbt sie ja. Willst du das verantworten?"

Mit diesen Worten war sie nach drinnen verschwunden, nicht ohne ihrer Mutter noch einen letzten, wütenden Blick zuzuwerfen.

Diese war kopfschüttelnd dagestanden, eine Hand in die Hüften gestemmt, mit der anderen das Tablett balancierend.

„Tz, tz. Ich frage mich immer wieder, woher sie dieses Temperament hat. Und diese Dramatik immer! Kinder!"

Damit hatte sie ihm das Tablett auf den Tisch geknallt und war, wie das ältere Ebenbild ihrer Tochter, nach drinnen gerauscht, einen etwas nachdenklichen Ian zurücklassend.

Seither kämpfte er mit sich und seinen Idealen. Es widerstrebte ihm zutiefst, sich in irgendeiner Weise jemandem aufzudrängen. Niemals wäre Ian auf den Gedanken gekommen, einen Hausbesuch zu machen, wenn seine Gegenwart als Heiler nicht vorab angefragt worden war. Doch Yvonnes letzte Worte, bevor sie wieder nach drinnen verschwunden war, hallten in seinem Geist nach.

Was, wenn die unbekannte alte Dame tatsächlich etwas Ernstes hatte? Konnte er sie einfach so ihrem Schicksal überlassen? Oder sollte er vielleicht doch einmal kurz bei der Familie Winter vorbeischauen, einfach nur, um nach dem Rechten zu sehen?

Er wusste bereits, wo sie untergebracht war. Frau Preston hatte ihm bereitwillig Auskunft erteilt. Natürlich nicht, ohne ihm einen mehr als neugierigen Blick zu zuwerfen und mehrere Fragen zu stellen. Normalerweise passierte nichts auf der Akademie, ohne dass Frau Preston davon erfuhr. Und dass der Großheiler sich nach der Unterkunft der neuen Professorin erkundigte, waren richtig interessante Neuigkeiten.

Ian seufzte. Vermutlich würde bereits morgen die Gerüchteküche der Akademie heiß laufen. Nichts war schöner als der Mittelpunkt des neuesten Klatschs und Tratschs zu sein.

Mit besorgtem Blick betrachtete Andreas seine Großmutter. So hatte er sich die ersten Tage ihres neuen Zusammenlebens nicht vorgestellt.

Die alte Dame lag seit fast einer Woche bleich und still in ihrem Bett, nichts deutete mehr auf ihre normalerweise so starke und lebhafte Präsenz hin. Ihre Augen wirkten eingefallen, doch ansonsten schien ihr nichts zu fehlen. Sie schlief einfach nur ungewöhnlich viel, genauer gesagt tat sie nichts anderes.

Becca hatte ihm bei seiner Ankunft erzählt, dass Großmutter Isabell bereits seit einigen Tagen krank war, doch eigentlich hatte es gewirkt, als habe sie sich bereits erholt. Es hatte den Anschein gehabt, als hätte sie nach der Reise an die Akademie eine normale Erkältung erwischt, was aufgrund des Wetters und der Anstrengungen für eine solch betagte Dame nichts weiter Ungewöhnliches gewesen wäre.

Besorgt strich Andreas Großmutter Isabell vorsichtig eine weiße Locke aus der hohen Stirn. Für ihn sah das überhaupt nicht nach einer Erkältung aus. Vorsichtig fühlte er zum vielleicht hundertsten Mal die Stirn der alten Dame, doch sie fühlte sich vollkommen normal an. Er musste unbedingt einen Heiler holen. Welchen Sinn sollte es sonst haben, an der berühmten Akademie von Kallisto zu leben, die unter anderem für die Ausbildung von hervorragenden Heilern bekannt war, wenn er diese nicht einmal für seine eigene Großmutter heranziehen konnte? Irgendwie würden sie das Geld für eine Behandlung schon zusammenkratzen, auch wenn er aktuell keine Ahnung hatte, was das Kosten würde.

Er wusste, wenn Großmutter Isabell wach wäre, so würde sie sich mit Händen und Füßen gegen eine Behandlung wehren. Doch sie war nicht wach.

Er lebte nun schon seit einigen Tagen an der Akademie. In dieser Zeit hatte er es noch nicht geschafft, bis in den Heilerbezirk vorzudringen, doch er hatte bereits eine ganze Menge Leute kennenlernen können. Bis jetzt war ihm absolut niemand verdächtig vorgekommen, doch um ehrlich zu sein, hatte er auch nicht erwartet, nach so kurzer Zeit gleich auf eine heiße Spur zu treffen. Dennoch konnte er verstehen, warum Meredith dem Direktor vorgeschlagen hatte, sich auf Verbindungen außerhalb der Akademie zu konzentrieren.

Meredith.

Sie ging ihm immer noch nicht so wirklich aus dem Kopf, obwohl er eigentlich Besseres zu tun gehabt hätte. Es war ihm noch nicht gelungen, sie erneut zu treffen, doch er hatte fest vor, dies so bald wie möglich zu ändern. Spätestens heute Nachmittag hoffte er, sie endlich wiedersehen zu können.

Es stand eine wichtige Versammlung des gesamten Lehrerkollegiums sowie der Führungsriege der Stadt bevor und Andreas hatte es unauffällig geschafft, als Wachposten innerhalb des Sitzungssaales postiert zu werden. Vielleicht fiel ihm ja etwas ins Auge, was mit seinen Ermittlungen zu tun hatte. Und vielleicht, nur vielleicht, würde er es auch schaffen, Meredith in ein kurzes Gespräch zu verwickeln. Schon seit Tagen träumte er davon, sie um eine Verabredung zu bitten.

„Oh Mann, mich hat's wirklich erwischt, Großmutter", murmelte er halblaut, über sich selbst den Kopf schüttelnd.

Mit einem lauten Ächzen stand er auf, der Hintern tat ihm nach all der Zeit des Sitzens an Großmutter Isabells Bett weh. Er gab ihr einen Kuss auf die weißen Haare und ging leise nach draußen. Nicht, dass wirklich Gefahr bestand, die alte Dame zu wecken, denn sie schlief weiterhin wie eine Tote. Und falls doch, so hätte er sich liebend gern ihren Quengeleien gestellt, denn das hätte bedeutet, dass es ihr wieder besser ging.

Becca stand unten in der Küche und bereitete das gemeinsame Frühstück zu.

Seine Schwester war als neue Lehrerin natürlich ebenfalls zur Besprechung eingeladen, musste aber nicht ganz so früh los wie er. Immerhin musste er als Wachmann zuvor das Gelände überprüfen und die Anreise der Teilnehmer überwachen. Wobei das Wort ‚Anreise' in diesem Fall vielleicht etwas zu hoch gegriffen war, immerhin kamen alle Teilnehmer entweder aus der Akademie selbst oder aus der Stadt unter ihr.

„Schläft sie noch immer?", fragte Becca, während sie die Teller auf dem Tisch verteilte.

Er nickte nur.

„Ich möchte bei der Konferenz versuchen, ob ich nicht einen Heiler auftreiben kann", meinte er.

Sie setzte sich mit besorgt zusammengezogenen Brauen zu ihm an den Tisch.

„Können wir uns das leisten?" Ihre Stimme klang besorgt, während sie das Brot aufschnitt.

„Ich meine, ich verdiene jetzt als Professorin nicht schlecht und du wirst vermutlich auch ein ansehnliches Gehalt heimbringen – aber ein Heiler?"

Andreas zuckte mit den Schultern. Er verstand die Sorgen seiner Schwester nur zu gut und teilte sie, auch wenn er dies niemals laut zugeben würde. Wenn Großmutter Isabell nur ein paar Monate später erkrankt wäre, dann hätten sie sich aufgrund der neuen Anstellung von Becca vermutlich in einer besseren finanziellen Situation befunden. Doch aktuell waren sämtliche Ersparnisse der Familie aufgebraucht.

„Es wird schon irgendwie reichen", murmelte er.

Seine kleine Schwester biss sich auf die Lippen. Kurz machte sein Herz einen kleinen Sprung, offensichtlich hatte sie diese kleine, süße Angewohnheit aus Kindertagen beibehalten. Ihr unsicherer Blick schweifte von ihm zur Tür und dann nach oben in Richtung Großmutter Isabells Zimmer.

„Sollten wir Großvater Bernd mit einem Brief um Hilfe bitten?"

Entschieden schüttelte Andreas den Kopf.

Auch er hatte bereits an den alten Mann, der ihr Nachbar gewesen war und insbesondere Rebecca wie sein eigenes Enkelkind behandelt hatte, gedacht. Doch er wollte den ehemaligen Professor für Astronomie nicht behelligen. Das hier würden sie schon irgendwie als Familie hinbekommen.

Schweigend nahmen sie das restliche Frühstück ein.

Es war ein seltsames Gefühl der Distanz. Es war ein bisschen so, als säße er hier mit einer völlig Fremden, die eigentlich seine kleine Schwester hätte sein sollen, bei Tisch. Wäre Großmutter Isabell hier, dann hätte sie die Situation sicher schnell mit ihren bissigen Kommentaren aufgelockert. Doch sie war nicht hier. Sie schlief.

Nur ganz, ganz selten, zumeist nur wenige Minuten, war sie wach. In diesen kurzen, kostbaren Momenten wirkte sie jedoch äußerst müde und lethargisch. So, als wäre sie im Geiste gar nicht wirklich hier, sondern ganz woanders.

„Wann musst du los?", riss Beccas Frage ihn aus seinen Gedanken.

Andreas blickte auf die Uhr.

„Eigentlich jetzt schon", antwortete er. „Wir müssen noch das Gelände sichern und die Leute überprüfen, die aus der Stadt heraufkommen. Und du?"

„Ich möchte noch schnell in meinem neuen Klassenzimmer ein paar Unterrichtsmaterialien über-prüfen, ehe ich zur Konferenz gehe."

Das war dann doch wieder typisch für die Becca, die er kannte. Bei dem Gedanken an ihr neues Klassenzimmer leuchteten die Augen sichtlich auf. Sie wirkte wie ein kleines Kind, das aufgeregt von Weihnachten erzählte. Er musste unwillkürlich lächeln. Sie schien Feuer und Flamme für ihre neue Arbeit zu sein und konnte es gar nicht erwarten, dass das Schuljahr endlich begann. Vielleicht steckte doch viel mehr von seiner kleinen Schwester in dieser großen, wunderschönen Frau, als es zunächst den Anschein gehabt hatte.

Noch ehe er etwas erwidern konnte, klopfte es an der Türe.

Erstaunt wechselte er einen Blick mit Becca. Offenbar erwartete sie genauso wenig Besuch, denn sie schaute ihn mit großen Augen an. Sie waren neu an der Akademie, wer sollte sie schon besuchen kommen? Achselzuckend stand Andreas auf und ging zur Eingangstüre, um zu sehen, wer etwas von ihnen wollte.

Vor ihm stand ein hochgewachsener, schlaksiger Mann, dessen Augen von seiner runden Brille unnatürlich vergrößert waren. In der Hand hielt er einen alten Lederkoffer, der unschwer als Heilertasche zu erkennen war, da auf ihm das große Symbol des Baums des Lebens prangte, das allgemein gültige Zeichen für die Sparte jener Magister, die über Heilfertigkeiten verfügten. Er war in einen weißen, viel zu großen Labormantel gekleidet, auf dem bereits etliche Flecken prangten und der ihm einen fast schon schmuddeligen Anstrich verlieh. Trotzdem hatte der Mann die Ausstrahlung eines Gelehrten. Wenn man Andreas gefragt hätte, genauso hätte er sich einen Professor an der Akademie vorgestellt. Oder den Direktor derselbigen.

„Guten Tag, mein Name ist Magister Ian Hunt, ich bin der Heilmeister der Akademie", stellte er sich vor, während er Andreas die Hand zur Begrüßung hinstreckte. Leicht verdattert ergriff Andreas sie.

„Ich hoffe, ich komme nicht ungelegen?"

Unsicher trat der Mann von einem Fuß auf den anderen.

„Ich habe gehört, dass Ihr eventuell meine Hilfe gebrauchen könntet? Oder soll ich lieber wieder gehen?"

Er sah aus, als bereue er es schon wieder, hierhergekommen zu sein. Er strahlte ganz und gar aus, dass er sich im Moment nicht wohl in seiner Haut fühlte, wie er so dastand und Andreas anblinzelte. Dann legte er auch noch den Kopf schief. Wie eine Eule. Eine große, dünne Eule im Laborkittel.

„Wer ist es?", fragte Becca aus dem Inneren des Hauses und kam nun ebenfalls an die Türe. Als sie den Mann mit seinem fleckigen Mantel erblickte, wurden ihre Augen groß. Fast so groß wie die unmäßig vergrößerten Augen des Heilers. Für einen kurzen Moment musste Andreas fast ein bisschen an sich halten, um nicht zu lachen.

„Magister Hunt?", fragte sie ungläubig.

„Hallo, Professor Winter, ich habe das Gerücht gehört, Eure Großmutter sei krank, und ich wollte daher einmal nachfragen, ob ich helfen kann."

Er trat weiter unruhig von einem Bein auf das andere, ehe er sich an einem etwas schiefen, unsicheren Lächeln versuchte.

„Aber ich sehe schon, Ihr seid äußerst beschäftigt. Soll ich lieber ein anderes Mal wiederkommen?"

Er wandte sich bereits wieder zum Gehen. Endlich überwand Andreas seine Verblüffung.

„Nein, nein! Kommt bitte nur herein." Er riss die Türe so schnell auf, dass sie ihm fast ins Gesicht schlug, ehe der seltsame Mann ihm noch davonlaufen konnte.

Sie führten den Heiler schnurstracks nach oben in Großmutter Isabells Zimmer. Eigentlich hätte Andreas sich bereits fertig machen sollen für seine Schicht auf der Arbeit, doch das hier war wichtiger.

Großmutter Isabell lag wie immer in den letzten Tagen stumm und reglos in ihrem Bett. Ihre Atemzüge gingen tief und regelmäßig, nichts deutete darauf hin, wann sie das nächste Mal wieder aufwachen würde. Oder ob.

Magister Hunt stellte vorsichtig seinen Lederkoffer ab, ehe er Großmutter Isabells Hand nahm und ihren Puls tastete. Sein Benehmen war mit einem Mal ganz und gar geschäftsmäßig.

„Habt Ihr sonstige Symptome feststellen können?", fragte der Heiler, ohne die beiden anzusehen.

„Nein, bisher nicht. Sie liegt einfach nur so da und schläft, den ganzen Tag." Andreas war inzwischen äußerst besorgt. „Seit fast einer Woche."

Der Heiler warf ihnen einen leicht vorwurfsvollen Blick zu.

„Seit fast einer Woche?" Er schüttelte unwirsch den Kopf. „Warum zur Hölle seid Ihr nicht gleich zu mir gekommen?"

Offenbar war es mit seiner Schüchternheit vorbei, sobald es um das Wohl eines Patienten ging. Andreas wand sich etwas und konnte sehen, dass es seiner Schwester genauso ging.

„Wir haben nicht besonders viel Geld", murmelte er schließlich peinlich berührt. Doch der Heiler ignorierte ihn bereits wieder.

„Wie viele Stunden schläft sie in etwa am Stück? So im Durchschnitt?"

„Das schwankt, manchmal sind es nur vier oder fünf Stunden, aber oft ist es wirklich der ganze Tag", antwortete Rebecca.

„Zusätzlich zur Nacht?"

Der Heiler klang etwas ungläubig.

Rebecca nickte nur, während Andreas mit einem lauten „Ja" antwortete.

„Seltsam", murmelte der Heiler, dann begann er die Geschwister weiter nach Einzelheiten zu löchern: Wie oft und wie groß die Schwankungen waren, wie sich Großmutter Isabell verhielt, wenn sie wach war, wie lange der Wachzustand anhielt, ob sie in ihren Schlafphasen immer durchschlief oder ob diese Unterbrechungen hatten und nach weiteren Symptomen, dem genauen Verlauf der Erkältung und so weiter. Gleichzeitig untersuchte er die alte Dame mit sanften Berührungen. Seine Stimme war ruhig dabei, doch Andreas konnte an seinem Stirnrunzeln und seiner Körperhaltung erkennen, dass etwas nicht stimmte.

Geduldig warteten die beiden Geschwister, bis der Heilmeister der Akademie schließlich seine Untersuchungen beendet hatte.

„Und?", fragte Andreas, als der Heiler das letzte Gerät, einen seltsamen Apparat mit einer kleinen fliegenden Kugel an der Spitze, wegpackte. Seine Nerven lagen inzwischen ziemlich blank, das Stirnrunzeln von Magister Hunt war im Laufe der Untersuchung tiefer geworden.

„Was hat sie?"

Der Heiler schien seine Worte genau abzuwägen, ehe er sie aussprach.

„Ich habe bereits einige Vermutungen, der Fall Eurer Großmutter ist jedoch etwas ungewöhnlich."

Der Heiler stand auf und blickte mit besorgtem Blick auf die alte Dame hinunter.

„Ich möchte mich jedoch ungern nur auf diese Vermutungen verlassen und am Ende eine Therapie beginnen, die mehr schadet als nützt."

Er blickte erst Andreas, dann seiner Schwester in die Augen, ehe er bedächtig weitersprach.

„Ich würde meine Theorien gerne einmal kurz aus einer anderen Quelle überprüfen, ehe ich Euch ein Heilmittel zusammenmische. Nur um sicher zu gehen, dass ich nichts übersehe. Davor möchte ich noch keine voreiligen Schlüsse ziehen." Er begann seine Utensilien wieder einzupacken. „Seid Ihr heute Abend nach der Konferenz zuhause?"

Becca nickte eifrig.

„Wenn es für Euch in Ordnung ist, würde ich dann gerne nach dem Abendessen wieder vorbeischauen", meinte der Heiler. „Ich hoffe, dass ich bis dahin einen fertigen Therapieplan ausgearbeitet habe, möchte aber nicht zu viel versprechen."

„Müsst Ihr als Heilmeister denn nicht zur Konferenz?", platzte seine Schwester nun mit leicht verblüffter Stimme heraus.

Das hatte Andreas sich auch schon gefragt.

Der Heiler blickte nochmals auf die schlafende alte Dame.

„Es gibt Dinge, die wichtiger sind als eine Konferenz", antwortete der Mann leise. „Außerdem wird sich Lilliane darum kümmern."

Dann meinte er leise, mehr zu sich selbst:

„Ein wahrlich seltsamer Fall."

Und mit diesen Worten verabschiedete er sich, ein zutiefst beunruhigtes Geschwisterpaar zurücklassend.

„Gut, also wird Professorin Lang am Vormittag die Ankunft der Kutschen koordinieren, Professor Reynold wird sie dann am Nachmittag ablösen. Wir wollen kein solches Chaos wie im letzten Jahr."

Meredith sah, wie Marcus ein Häkchen hinter die beiden Namen auf der Liste machte. Die angesprochenen Professoren nickten.

Sie saßen im großen Konferenzraum und Marcus unterbreitete in seiner Rolle als Direktor dem Kollegium sowie den Stadträten von Kallisto den diesjährigen Plan für die Ankunft der Studenten. Es war – wie jedes Jahr – ein Großereignis.

Der Einzige, der fehlte, war Ian, doch da dieser ohnehin als etwas eigenbrötlerisch galt und solche Veranstaltungen in der Regel mied, fiel dies nicht weiter auf. Meredith konnte nur hoffen, dass er sich genau in diesem Moment bei Familie Winter befand. Es war eine gute Idee gewesen, die Großmutter Yvonne gegenüber *zufälligerweise* zu erwähnen. Das Mädchen hatte ein riesiges Herz und ein noch viel größeres Temperament. Und es vergötterte Ian geradezu, Meredith war sich sicher, dass die Jugendliche augenblicklich mit den Neuigkeiten zu ihm gerannt war.

Sie war langsam nervös geworden, denn es wurde Zeit, dass ihr Opfer die nächste Dosis der Kräutermischung einnahm. Und anders als von ihr erwartet, hatte Rebecca noch keinen Heiler hinzugezogen. Also hatte sie Ian mithilfe von Yvonne einen kleinen Stups gegeben, sodass dieser auf die Familie zuging. Sie wusste, sobald ihr alter Freund in die Sache involviert war, würde alles nach Plan verlaufen.

Meredith selbst saß als Vizedirektorin gleich neben dem großen Pult, an dem Marcus stand und mit einem großen Stab den skizzierten Schlachtplan erläuterte. Immer wieder machte sie sich rasch Notizen in ihren Unterlagen, wann immer ein Punkt geklärt worden war. Das Wort

‚Schlachtplan' traf in ihren Augen die Sachlage mit Abstand am besten. Marcus hatte, genau wie der Rest ihrer Kollegen und Kolleginnen, eine Miene aufgesetzt, als ginge es um Leben und Tod.

„Wäre es nicht besser, wenn wir noch einen zweiten Professor unten am Tor platzieren würden?", fragte Professor Farber nun, während er sich über seinen langen grauen Bart strich.

„Ich meine mich erinnern zu können, dass es einmal zu einer Massenkarambolage kam, weil einige der jungen Leute meinten, sich ein Wettrennen liefern zu müssen." Er hüstelte gekonnt. Mit Müh und Not gelang es Meredith, ihre Miene ausdruckslos zu halten.

„Das Ganze endete meines Wissens mit einigen schwerwiegenden Verletzungen."

Als müsste noch irgendjemand an das Desaster vom letzten Jahr erinnert werden. Professor Farber, ein halbes Fossil und das wohl älteste Mitglied in der Belegschaft, war bereits seit Jahren scharf auf den Posten des Direktors. Es hatte ihn hart getroffen, dass nicht er, sondern Marcus vor drei Jahren das Rennen gemacht hatte, zumal er diesen aufgrund seiner Jugend nicht einmal wirklich als Konkurrenten gesehen hatte – solange, bis er die Wahl verloren hatte. Seither machte er ihm das Leben schwer, wo er nur konnte. Er ritt ständig auf dem Standpunkt herum, Marcus sei zu jung und zu unerfahren. Als es bei der Anreise der Studenten letztes Jahr zu einem Unfall gekommen war, war das Wasser auf seinen Mühlen gewesen. Nicht, dass es der erste Unfall an einem der vergangenen Anreisetage fürs Schuljahr gewesen wäre. Es schien, als sei dieser Tag schon seit der Gründung der Akademie der mit Abstand chaotischste im gesamten Jahr.

Aber die Ankunft von über tausend Studenten an einem einzigen Tag war kein Klacks.

„Und wen bitte schlagt Ihr vor?", fragte Marcus nun.

„Alle Professoren werden bereits anderweitig gebraucht. Daher werden wir jeweils einen Wachposten an den Toren und einen an der Stadtmauer positionieren. Diese werden die Kutschen nur einzeln und nacheinander reinfahren lassen. Die Stadtwache wird uns dabei unterstützen."

Meredith bewunderte Marcus für dessen Geduld mit dem alten Knacker. Der Bürgermeister nickte ihm huldvoll zu, als der Direktor die Stadtwache erwähnte.

„Außerdem werden wir..."

In diesem Moment ergriff ein rasender Schmerz von Meredith Besitz, sodass sie die nächsten Worte ihres alten Freundes nicht mehr hörte. Stechend heiß bohrte er sich in ihre Brust, gleichzeitig schien sich ihr Blut in glühende Lava verwandelt zu haben. Mit einem Stöhnen kauerte sie sich auf ihrem Stuhl zusammen, ihr Gesichtsfeld wurde kleiner und verschwommen. Die Stimmen der anderen verklangen zu einem dumpfen Murmeln. Es tat so *weh!*

Sie krümmte sich. Doch sie konnte dem Schmerz dadurch nicht entkommen.

„Los, lass mich raus, kleine Meredith."

Die Stimme des Dämons war nur ein leises, böses Flüstern. Doch er hätte genauso gut laut schreien können. Er rannte gegen ihre inneren Barrieren, stemmte sich mit aller Kraft, stärker als je zuvor, gegen seine Fesseln. Schickte Welle um Welle des Schmerzes durch ihren Körper. Meredith presste die Augen zusammen, die Arme um ihren Oberkörper geschlungen, machte sich so klein wie möglich.

„HÖR AUF DAMIT!", schrie sie ihn an.

Doch es kam keine Antwort. Stattdessen ertönte nur ein irres Lachen in ihrem Kopf.

„Geht es Euch gut, Vizedirektorin?"

Eine Hand umfing sanft ihren Oberarm.

„Professor Argentum??"

Die Berührung fühlte sich an, als würde man ihr einen glühenden Schürhaken gegen die Haut drücken. Doch die Stimme brachte Meredith zurück in die Gegenwart.

Sie richtete sich trotz der unerträglichen Schmerzen kerzengerade in ihrem Stuhl auf und zwang sich zu einem Lächeln. Alle Augen waren auf sie gerichtet. Sogar Professorin Wexler, die normalerweise nichts aus der Ruhe bringen konnte, starrte sie besorgt an. Verdammt.

„Nun komm schon, kleine Meredith. Lass los. Lass mich frei."

Meredith ignorierte den Dämon.

„Vielen Dank, Frau Preston, ich habe nur etwas Magenkrämpfe", sagte sie, während ihr vorsichtig ihren Arm entzog. „Das passiert mir öfter, kein Grund zur Beunruhigung."

Die Stelle, an der sie berührt worden war, brannte wie die Hölle. Frau Preston runzelte besorgt die Stirn. Marcus war hinter seinem Rednerpult hervorgetreten und kam nun mit großen Schritten auf sie zu.

„Ich gehe wohl besser nach Hause und ruhe mich etwas aus."

Meredith warf ein zittriges Lächeln in die Runde. Niemand sah so recht überzeugt aus.

„Ihr seid ja ganz blass", stellte Frau Preston fest.

Von einem Moment auf den anderen, begann der Dämon in ihrem Inneren wie verrückt zu toben.

„LASS MICH RAUS! JETZT! SOFORT!!"

„Kommt, ich helfe Euch." Frau Preston wollte erneut nach Merediths Arm greifen, doch sie wich rasch aus. Auf noch mehr Schmerzen konnte sie getrost verzichten. Sie musste hier raus, raus aus diesem Raum, wo jeder sie sehen konnte!

„GIB ENDLICH NACH, DU DUMME KRÖTE!!"

Eine weitere Welle des Schmerzes rollte über Meredith hinweg und sie sank fast zu Boden. Nur mit äußerster Willensanstrengung gelang es ihr, auf den Beinen zu bleiben.

„Bist du sicher, dass es dir gut geht, Zwerg?", holte Marcus Stimme sie wieder zurück in die Wirklichkeit. Er stand nun direkt vor ihr, das Gesicht sorgenvoll verzogen.

„Du kannst mich nicht ewig einsperren, LASS MICH RAUS!"

Der Dämon tobte. Riss an seinen Ketten, schlug in ihrem Inneren mit aller Gewalt auf sie und seinen Käfig ein.

„Ja klar, alles gut", winkte Meredith ab. „Bitte macht einfach ohne mich weiter."

Sie lächelte, so gut sie konnte, in die Runde. „Ich gehe in der Zwischenzeit nach Hause und brüh mir etwas heißen Tee auf, dann wird es mir besser gehen. Nein, nein, bitte bleibt hier, Frau Preston, ich komme schon zurecht."

Meredith schüttelte die Frau ab, als diese sie erneut stützen wollte.

So schnell sie ihre zitternden Beine trugen, flüchtete Meredith aus dem Raum. Der Dämon wütete und rannte weiterhin mit aller Kraft gegen ihre geistigen Mauern an, gleichzeitig schrie er in ihrem Inneren so laut, dass sie kaum etwas hören konnte. Sie konnte die Blicke der anderen förmlich spüren, als sie den Raum durchquerte. Theiron sei Dank war Ian nicht hier, er hätte sie niemals alleine nach Hause gehen lassen.

Der Dämon schlug gegen seinen inneren Käfig und Meredith schwankte, gerade als sie es endlich durch die

173

Tür nach draußen geschafft hatte. Für einen kurzen Moment verdunkelte sich ihr Sichtfeld erneut, doch dann riss sie sich zusammen. Sie durfte hier nicht schlapp machen. Es wäre fast so schlimm, hier vor dem Besprechungsraum zusammenzuklappen, wie *im* Besprechungsraum zu kollabieren.

Also biss sie die Zähne zusammen und machte einen Schritt nach dem anderen. Sie musste es nur bis nach Hause schaffen. Ihre schleppenden Schritte hallten in den leeren Gängen wider. Unerträgliche Schmerzen wüteten in ihrem Inneren und stumme Tränen rannen ihr übers Gesicht, während sie sich mühsam vorwärts arbeitete. Der Dämon schlug mit aller Kraft um sich. Meredith schaffte es ein Stockwerk hinunter. Dann ein zweites.

Sie war gerade am Ende des Ganges angekommen und wollte die nächste Treppe in Richtung der Eingangshalle in Angriff nehmen, da brach sie endgültig zusammen. Ihre Beine versagten einfach den Dienst, ihr Körper wand sich unter den Schmerzen.

Nein! Nein! Nein! Nein! Nein!!

Sie konnte hier nicht sitzen bleiben. Mit tränennassem Gesicht blickte Meredith sich verzweifelt um. Die Sitzung würde bald vorbei sein, sie konnte nicht zulassen, dass man sie hier entdeckte. Dann sah sie die Toilette, nur zwei Türen weiter. Mit letzter Kraft richtete sie sich erneut auf. Halb ging sie, halb robbte sie, dann hatte sie ihr Ziel erreicht.

Endlich schloss sich die Tür hinter ihr und der Riegel schnappte zu. Meredith brach zusammen. Niemand konnte sie mehr sehen. Schmerz floss durch jede Faser ihres Körpers. Es wunderte sie, dass sie nicht aus tausenden Schnitten blutete. Es fühlte sich an, als würde ihr jemand bei lebendigem Leibe die Haut abziehen.

Dann warf der Dämon sich erneut gegen die inneren Mauern seines Gefängnisses. Etwas in ihr riss. Irgendeine Verankerung des Siegels, irgendein Band hatte nachgegeben. Das Wutgeheul in ihrem Inneren wurde zu einem triumphierenden, manischen Lachen. Und dann... *Stille.*

Gespenstische, allumfassende Ruhe trat ein. Das einzige Geräusch war das leise Tropfen des Wasserhahns, der offenbar nicht ganz dicht war. Unsicher blinzelnd betrachtete Meredith ihre zitternden Finger. Ihr geschundener Körper entkrampfte sich, in ihrem Kopf herrschte Leere. Sie war allein. Zum ersten Mal seit 16 Jahren.

Was, um alles in der Welt, ist passiert?

Mit weichen Knien stand sie auf, blickte sich um, dann wankte sie nach vorne zum Waschbecken. Meredith drehte den Wasserhahn auf und spritzte sich etwas kaltes Wasser ins Gesicht. Sie zitterte wie Espenlaub, als sie sich am Beckenrand abstützte und nach oben in den Spiegel blickte. Und erstarrte.

An den Rändern ihrer Augäpfel, dort, wo diese normalerweise weiß waren, krochen schwarze, schlierenartige Schatten hervor. Wie kleine, dunkle Flammen leckten sie nach innen und krochen unaufhaltsam weiter in Richtung Pupille. Dann hatten sie die Iris erreicht, krochen weiter. Nur Sekunden später war nichts Weißes mehr übrig, nur nachtschwarze Farbe. Bis auf ihre Pupillen, zwei helle, blaue Scheiben, die sich vom dunklen Untergrund seltsam unnatürlich abhoben.

Unfähig, auch nur einen Muskel zu rühren, starrte Meredith auf ihr fremdartiges, blasses Spiegelbild. Ihre Augen waren schreckgeweitet, sie kam sich vor, als wäre sie in einem Albtraum gefangen.

Und dann, plötzlich, verzog sich der Mund ihres Spiegelbildes zu einem Lächeln. Es war kein hübsches Lächeln. Kein Lächeln, wie Meredith es immer einsetzte, um andere Menschen um den Finger zu wickeln. Das hier war ein böses, hämisches Lächeln. Und sie hatte es bereits einmal gesehen, jedoch war es damals nicht in ihrem eigenen Gesicht gewesen.

„Hallo, kleine Meredith, wie schön, dich wiederzusehen." Sie hörte, wie ihre eigene Stimme sprach. „Du bist groß geworden."

Sie sah, wie ihre Lippen sich bewegten.

Doch sie konnte es nicht glauben.

„Was tust du hier?", fragte sie mit einem leisen Flüstern.

Im nächsten Moment entkam denselben Lippen, mit denen sie soeben ihre Frage gestellt hatte, ein böses Kichern.

„Oh, kleine Meredith, das hier war nur eine Frage der Zeit." Ihr Mund verzog sich zu einem Grinsen. „Du hättest meine Kräfte niemals verwenden dürfen, um in diese Archive zu kommen. Nicht mal ein kleines bisschen. Das war äußerst dumm von dir."

Mit einem hasserfüllten Schrei ballte Meredith die eine Hand zur Faust und schlug in die Mitte des Spiegels, zielte genau auf ihr eigenes, schreckliches Spiegelbild. Mit einem Klirren zersprang ihr Abbild in tausend Scherben. Blut sickerte zwischen ihren Fingerknöcheln hervor.

Doch die schwarzen Augen mit den leuchtenden, blauen Pupillen reflektierten weiterhin in den Bruchstücken des Spiegels. Und sie sah, wie sich ihre eigenen Lippen zu dem wahnsinnigen, hysterischen Lachen verformten, welches von den Fliesen des engen Raumes widerhallte und in ihren Ohren gellte.

VERSCHWUNDEN

Der Morgen der großen Ankunft brach an und Rebecca war mit einem Mal mitten im Chaos gelandet. Seit Tagen bereitete sich die gesamte Akademie auf die Anreise der Studenten vor, dennoch hatte Rebecca ängstlichen Blicke ihrer Kollegen nicht so richtig ernst genommen. Aber wenn dieser Trubel hier bezeichnend für den Rest des Schuljahres war, dann sollte sie vermutlich ganz schnell die Beine in die Hand nehmen.

Niemals hätte sie es für möglich gehalten, dass ein Haufen Jugendlicher einen solchen Lärm veranstalten könnte, von herumfliegenden Jacken, Koffern und sonstigen Utensilien einmal ganz zu schweigen. Rebecca stand mitten im Wohntrakt C3 der Mädchen und versuchte irgendwie, den Überblick zu bewahren und gleichzeitig an ihrem ersten Tag als Lehrerin nicht die Nerven zu verlieren, was sich als äußerst schwierig erwies.

„Professor, ich will mir kein Zimmer mit Lisa teilen, könnt Ihr mich nicht woanders unterbringen?"

„Habt Ihr meine Pinke Umhängetasche gesehen, Professor? Ich habe die nur ganz kurz abgelegt."

„Seid Ihr die neue Lehrerin für Astronomie?"

„Frau Professor, Lena hat mich an den Haaren gezogen!"

„Habt Ihr meine Sportschuhe gesehen?"

„Professor, ich kann den Raum 318 nicht finden…"

Alle schienen gleichzeitig etwas von ihr zu wollen und schrien durcheinander. Rebecca fühlte sich wie von einer Schar kreischender und zwitschernder Vögel umringt, einer lauter als der andere. Oder vielleicht sollte sie sie eher als Harpyien bezeichnen.

Und das waren nur die Mädchen, die direkt etwas von ihr wollten. Die restlichen rennenden, schreienden, lärmenden Jugendlichen, die inzwischen die große Eingangshalle des Wohntraktes C3 bevölkerten, blendete sie ihrer geistigen Gesundheit zuliebe bereits erfolgreich aus.

Rebecca hatte, seit die ersten Studenten in aller Herrgottsfrüh eingetrudelt waren, nicht einen Moment zum Verschnaufen gehabt. Inzwischen war es Mittag und sie hatte das Gefühl, einen Marathon gelaufen zu sein. Sie starb vor Hunger. Sollte sie diesen Job nächstes Jahr immer noch machen, so würde sie sich zukünftig definitiv eine Jause mitnehmen. Warum hatte ihr niemand einen solchen Tipp gegeben? Und wann kam endlich ihre Ablöse? Sehnsüchtig lugte Rebecca zu der großen Eingangstüre, doch statt der erhofften Hilfe purzelten nur immer weiter Unmengen von jungen Frauen herein.

Jemand zupfte sie vorsichtig am Arm. Es war ein relativ kleines, blondes Mädchen mit wässrigen Augen. Vermutlich eine der neuen Erstsemester.

„Professor, ich kann meinen Namen nicht an der Anschlagtafel finden."

„Dann bist du vermutlich im falschen Wohntrakt. Was stand denn in deinem Brief mit den ersten Vorabinformationen?", fragte Rebecca.

„Ich weiß es nicht." Das Mädchen schniefte. „Aber ich glaube, es war C3."

Rebecca konnte einen leisen Seufzer nicht unterdrücken, ehe sie antwortete:

„Nun, wenn dein Name nicht auf der Anschlagtafel steht, dann wird es vermutlich einer der Wohntrakte auf einem der anderen Felsen sein. Am besten gehst du zurück nach unten in das Hauptgebäude und fragst dort die Empfangsdame, wo genau du untergebracht bist."

Aufmunternd lächelte sie das Mädchen an. „Frau Preston hat die Listen für alle Studenten."

„Aber ich weiß nicht mehr, welche der Treppen ich zum Hauptgebäude nehmen muss!"

Die Stimme des Mädchens klang weinerlich. Sie sah aus, als wäre sie kurz davor, laut nach ihrer Mama zu rufen.

Die einzelnen Wohnfelsen waren alle miteinander verbunden, wohl um den Austausch zwischen den Studenten zu erleichtern, was zu einem komplizierten Knäuel Stiegen geführt hatte. Das Mädchen tat Rebecca irgendwie leid, aber sie war nach einem ganzen Vormittag tatsächlich am Ende ihrer Geduld angekommen und fühlte sich einfach nur noch müde, zerschlagen und überfordert.

„Hast du denn keinen Lageplan des Geländes mitbekommen?"

„Doch, aber den finde ich nicht mehr."

Rebecca schloss für einen kurzen Moment die Augen, während sie sich mit einer Hand die Schläfen rieb. Im nächsten Moment zupfte bereits ein weiteres Mädchen an ihrem Ärmel, da es offenbar bei irgendetwas Hilfe benötigte. Wann kam nur endlich ihre Ablöse?

„Ich kann dich leider gerade nicht begleiten, ich kann hier nicht weg. Warte bitte einen Moment oder frag eine der älteren Studentinnen", sagte sie zu dem ersten Mädchen, ehe sie sich dem nächsten Problem stellte.

„Nein, ich habe leider keine grüne Jacke gesehen, warum gehst du nicht einfach den Weg, den du gegangen bist, nochmal von vorne bis hinten komplett hab? Dann findest du sie bestimmt."

Sie wandte sich an das nächste Mädchen.

„Raum 227 befindet sich im… Oh, Professor Wexler, wie schön, Euch zu sehen!"

Der letzte Satz klang wie ein Stoßgebet. Begeistert winkte Rebecca der älteren Dame zu. Professor Wexler wirkte wie ein ruhiger, starker Fels in der Brandung, während sie die Halle durchschritt. Obwohl auch sie links und rechts von Studentinnen belagert wurde, schien sie nicht einen Deut langsamer zu werden, während sie direkt auf Rebecca zusteuerte. Gleichzeitig löste sie die Probleme der Mädchen sprichwörtlich im Vorbeigehen. Wie machte sie das?

In diesem Moment kam ihr Professor Wexler wie eine Heilige vor. Oder wie das achte Weltwunder.

„Professor Winter, tut mir leid, dass ich so spät dran bin. Ich konnte Professor Argentum nirgends finden", meinte sie, einem der Mädchen eine grüne Jacke aushändigend. „Habt Ihr die Vizedirektorin zufällig irgendwo gesehen?"

Rebecca schüttelte den Kopf.

„Nein, ich habe sie nirgends bemerkt, allerdings war ich auch die ganze Zeit über hier stationiert. Das letzte Mal, dass ich Meredith gesehen habe, war gestern bei der großen Besprechung, als ihr so schlecht geworden ist." Dann kam ihr ein Gedanke. „Vielleicht geht es ihr immer noch nicht gut?"

„Das habe ich mir auch gedacht, aber sie ist nicht im Heiler-Distrikt aufgetaucht."

Professor Wexler und Rebecca tauschten einen besorgten Blick.

„War schon mal jemand bei ihr zuhause?", fragte Rebecca.

„Ich denke nicht, es sind alle zu beschäftigt mit der Anreise der Studenten. Wärt Ihr vielleicht so freundlich, dort einmal nachzusehen? Oh, und diese junge Dame hier scheint vergessen zu haben, in welchem Wohntrakt sie untergebracht ist und findet den Weg zum Hauptfelsen nicht mehr."

Professor Wexler deutete auf jenes kleine Mädchen mit den blonden Haaren, welches Rebecca nur Minuten zuvor weggeschickt hatte. Könntet Ihr Euch bitte kurz die Zeit nehmen und sie zu Frau Preston begleiten?"

Rebecca verkniff sich ein Stöhnen und nickte.

„Natürlich, gar kein Problem."

Und damit flüchtete sie, so schnell sie konnte, aus dem Wohntrakt C3, das kleine blonde Mädchen im Schlepptau.

Mit zusammengekniffenen Augen untersuchte Andreas die Reste des zerschlagenen Spiegels. Das hier war äußerst seltsam.

Zwar hatte er eigentlich nur darauf gewartet, dass etwas passieren würde, was ihm eine neue Spur oder einen neuen Ansatz bei den Ermittlungen geben würde, doch ob dieser Vorfall wirklich mit seinen Ermittlungen zusammenhing, da war er sich aktuell nicht so sicher. Allerdings hatte sein Bauchgefühl fast immer recht. Aber trotzdem – ein zerschlagener Spiegel?

Er vermutete, dass ihn jemand mit einem Fausthieb oder Ähnlichem zertrümmert hatte. Er würde auf den Direktor warten müssen, damit dieser den Tatort magisch untersuchte, denn die Thurlin-Zwillinge waren aktuell noch immer mit den Vorbereitungen des Reenactacent-Rituals beschäftigt und wollten ‚nicht gestört' werden. Nicht, dass die Zwillinge viel hätten helfen können, immerhin war der Direktor laut Berichten der einzige Magister, der die seltsame Energie, die nach dem Einbruch in den geheimen Archiven geherrscht hatte, gespürt hatte.

Zu dumm nur, dass dieser seltsame Vorfall mit der Ankunft der Studenten zusammenfiel. Oder war dies am Ende vielleicht Absicht?

Er hatte enormes Glück gehabt, heute Morgen von dem Zwischenfall zu erfahren. Zufällig hatte er mitangehört, wie einer der diensthabenden Wachen an seinen Vorgesetzten, Wachhauptmann Felan, über einen zerschlagenen Spiegel Bericht erstattete. Eigentlich an sich nichts Besonderes und der Wachmann hatte sich auch nichts weiter dabei gedacht. Doch für Andreas war es das erste seltsame Vorkommnis an diesem ansonsten bisher so friedlichen Ort und er hatte sich sofort auf die Socken gemacht, um sich selbst ein Bild der Lage zu machen. Es war gut, dass er an der Akademie eingeschleust worden war und dies mitbekommen hatte – zumindest, falls sein Bauchgefühl stimmte und das hier nicht einfach nur mit der hektischen Ankunft der Studenten zusammenhing.

Das inzwischen getrocknete Blut musste von gestern stammen und war über die Bruchstücke des Spiegels nach unten geronnen. Es hatte ein makabres Bild hinterlassen. Das blutige Zentrum des Schlages befand sich relativ weit unten, so als sei der Verursacher recht klein.

Warum hatte jemand einen gewöhnlichen Spiegel auf einer Toilette zerschlagen? Oder hatte es einen Streit gegeben und jemand hatte eine andere Person dagegen geschubst? Doch eigentlich war der Raum nicht groß genug dafür. Hing der Vorfall mit der Konferenz, die gestern nur wenige Stockwerke darüber stattgefunden hatte, zusammen?

Aber Andreas war selbst auf der Konferenz gewesen und ihm war niemand in irgendeiner Weise aufgefallen. Es waren keine fragwürdigen Themen besprochen worden, er hatte keinerlei verdächtige Handlungen oder Gespräche bemerkt. Am auffälligsten war vermutlich dieser Professor Farber gewesen, der in Andreas' Augen ein eher unangenehmer Zeitgenosse war. Er hatte keinerlei seltsame Absprachen entdecken können, und niemand hatte sich hineingeschlichen oder sich auch nur in irgendeiner Weise komisch verhalten.

Kurz krampfte sich sein Magen bei der Erinnerung an gestern zusammen. Hoffentlich ging es Meredith inzwischen wieder gut, sie war wirklich blass gewesen, als sie gestern so plötzlich zusammengebrochen war.

Er hoffte, dass er ihr heute vielleicht zufällig über den Weg laufen könnte, die Wahrscheinlichkeit war recht hoch, nachdem Meredith als rechte Hand des Direktors immer überall gebraucht wurde. Vermutlich lief sie bereits irgendwo herum, organisierte Dinge und regelte Situationen.

Andreas schüttelte kurz den Kopf, um seine Gedanken von Meredith loszureißen und konzentrierte sich wieder auf das vor ihm liegende Problem.

Der Spiegel musste in einer Affekthandlung zerstört worden sein. Jemand hatte einfach auf etwas reagiert, ohne darüber nachzudenken. Doch worauf? Was könnte jemanden auf einer gewöhnlichen Toilette so sehr aus der Fassung bringen, dass er den Spiegel zertrümmerte? Oder war es mit Absicht geschehen? Aber warum? War es am Ende gar keine gewöhnliche Toilette? Verbarg sich hier irgendein Geheimnis?

Eine mögliche Theorie nach der anderen ratterte durch seinen Kopf.

Erneut nahm er die Gegend rund um den Spiegel und das Waschbecken in Augenschein, untersuchte jeden Quadratzentimeter. Gab es hier vielleicht ein kleines, verstecktes Fach, in welchem geheime Nachrichten ausgetauscht wurden? Hatte der Täter hier irgendwelche Neuigkeiten erhalten, die ihn komplett die Fassung verlieren ließen, sodass er im Zorn auf den Spiegel eingeschlagen hatte?

Doch Andreas konnte keine Hinweise auf ein Versteck oder Ähnliches entdecken. Vielleicht interpretierte er einfach zu viel in die Situation hinein. Es gab keine lockeren Fliesen, keine versteckten Hebel oder Knöpfe. Er hoffte wirklich, dass der Direktor bald eintraf und den Ort mittels Magie untersuchte, vielleicht würde das etwas Licht in die Sache bringen.

Andreas beugte sich erneut vor und betrachtete das getrocknete Blut vor sich. Was auch immer hier geschehen war, es war ziemlich sicher gestern passiert. Ansonsten sähe das Blut anders aus. Zum vielleicht hundertsten Mal ging er die gestrige Versammlung im Geiste durch.

Und wenn es am Ende gar nichts mit der Konferenz zu tun hatte? Vielleicht hatte jemand einfach die Gunst der Stunde genutzt, während alle mit der Konferenz beschäftigt gewesen waren, um – zu tun, was auch immer hier getan worden war?

Andreas fluchte verhalten. Es würde vermutlich ewig dauern, bis alle möglichen Zeugen der Konferenz befragt worden waren. Das würde eine Menge mühsamer Arbeit werden, zumal er sie unauffällig erledigen musste. Aber vielleicht würde es ihm gelingen, den Kreis der Verdächtigen zumindest *etwas* zu reduzieren. Wo blieb nur dieser verdammte Direktor?

Eigentlich sollte er auf einem ganz anderen Posten gerade seinen Dienst absolvieren, doch das hier war wichtiger. Er konnte nur hoffen, dass sein Partner ihn halbwegs decken würde. Er hatte Andeutungen gemacht, es ginge um ein Mädchen, vermutlich würde er den heutigen Ausflug mit Zinseszinsen in Form einer teuren Zeche im *Krähennest* bezahlen müssen, doch er hatte vor, Kommissar Bosch diese einfach in Rechnung zu stellen. Hauptsache, es schöpfte niemand Verdacht. Doch nach dem, was er bisher gesehen hatte, waren die Wachposten der Akademie ohnehin nicht die hellsten Köpfe.

Andreas war gerade in die Betrachtung der einzelnen, auf dem Boden liegenden Scherben vertieft, als Direktor Roth endlich eintraf.

„Ich hoffe, Ihr habt einen äußerst triftigen Grund, mich hier antanzen zu lassen, Herr Wachmann?", polterte dieser sogleich los, kaum dass Andreas in Hörweite war. Er spielte seine Rolle gut.

„Wisst Ihr eigentlich, wie viel ich mit der Ankunft der Studenten zu tun habe? Ich habe…"

Abrupt endete seine Tirade. Seine Augen wurden schmal.

„Diese Energie…"

Sein Blick zuckte wie wild hin und her. Vorsichtig trat er näher.

Andreas machte, dass er aus der kleinen Toilette rauskam, denn mit dem großen Mann war definitiv nicht genügend Platz in dem schmalen Raum.

„Bitte versucht, nichts anzufassen", wies er den Direktor noch an. Dieser nickte nur.

„Das hier ist definitiv dieselbe unheimliche Präsenz, die ich damals in den Archiven gespürt habe", stellte er schließlich fest.

Er schauderte leicht, ehe er mit seiner riesigen Pranke in den Raum deutete.

„Hier am Boden vor dem Waschbecken und um den Spiegel herum ist sie am stärksten konzentriert." Er kniff die Augen zusammen, während er die Umgebung intensiv studierte.

„Doch sie verliert sich hier, nur wenige Meter später. Als hätte sich derjenige in Luft aufgelöst, genauso wie in den Archiven."

Andreas überlegte.

„Gibt es magische Fähigkeiten, die einen von Ort zu Ort springen oder teleportieren lassen?"

Nachdenklich schüttelte Direktor Roth den Kopf.

„Nicht, dass ich wüsste", murmelte er, die Augen immer noch konzentriert auf etwas gerichtet, das für Andreas unsichtbar war.

„Ich habe ebenfalls bereits darüber nachgedacht und kürzlich in der Bibliothek etwas recherchiert", sprach der Direktor weiter. „Doch es scheint, als wäre die einzige Möglichkeit die Teleportation durch die magischen Portale. Und diese erlauben bekanntlich nur das Reisen untereinander und sind ansonsten absolut fest verankert."

Nachdenklich rieb Andreas sich den Nacken.

„Und eine neue, bisher völlig unbekannte Fähigkeit?"

„Äußerst unwahrscheinlich", antwortete Direktor Roth. „Magische Mutationen treten extrem selten auf. Und vor allem kennen wir sie alle, da jeder dieser Magister, der nicht einer der besonderen Familien entspringt, hier an dieser Akademie ausgebildet wird. Selbst jene, die später zum Hof wechseln."

Er verschränkte seine breiten Arme vor der Brust, den Blick auf den Spiegel geheftet.

„Ich kann versuchen, Daniel unauffällig zu dem Thema auszuhorchen, was nicht weiter schwer sein sollte. Immerhin liegt es in dessen Forschungsgebiet und gehört zu seinen Steckenpferden. Aber ich denke nicht, dass wir da große Chancen haben."

Andreas ging im Geiste die Namensliste, die er inzwischen in- und auswendig kannte, durch. Der Direktor meinte vermutlich Magister Daniel Schwab, einen der Wissenschaftler an der Akademie, der nicht zu den Professoren gehörte, sondern seine Zeit rein der Forschung widmete. Er gehörte zu denjenigen, die bereits von der langen Liste an Verdächtigen gestrichen worden waren.

Andreas deutete auf den Spiegel.

„Auf jeden Fall wissen wir wieder etwas mehr über unseren Täter", stellte er fest.

Das brachte ihm einen erstaunten Blick des Direktors ein.

„Seid nicht dumm, Herr Direktor", murrte Andreas unwirsch.

„Wir suchen vermutlich jemanden von relativ kleiner Statur, ansonsten wäre die Einschlagstelle höher, mit einer verletzten Hand oder einem verletzten Ellbogen, den Spuren nach zu urteilen. Vielleicht haben wir ja Glück und jemand hat ihn gestern sogar gesehen, als er das Gelände blutend verließ. Es sei denn, unser Täter hat ein Artefakt zur Heilung verwendet, dass er aus den geheimen Archiven entwendet hat. Gibt es so etwas?"

Der Direktor schüttelte den Kopf.

„Nicht, soweit es mir bekannt ist, aber ich werde das Archiv bei Gelegenheit einmal danach absuchen. Doch falls es niemanden gibt, der in den nächsten Tagen mit einer verletzten Hand herumläuft, so hat unser Täter höchstwahrscheinlich zumindest schwache heilende Fähigkeiten."

„Ich möchte eine Liste von allen, die sich im Gebäude aufgehalten haben."

Diese würde er anschließend mit einer Liste jener vergleichen, die über Heilerfähigkeiten verfügten.

„Das sollte kein Problem sein", meinte der Direktor.

„Ich möchte, dass jeder Teilnehmer der Konferenz und wenn möglichst auch jeder sonstige Bedienstete, der sich gestern im Gebäude aufhielt, befragt wird", fuhr Andreas fort.

Der Direktor sah ihm mit undurchdringlicher Miene in die Augen.

„Das wird lange dauern."

„Das ist mir egal. Wir haben endlich eine Spur, und ich will verdammt sein, wenn ich sie wieder verliere!"

Der goldene, glühende Ball versank langsam hinter dem Horizont. Rebecca beobachtete, wie die Sonnenstrahlen sich Schritt für Schritt zurückgezogen; Meter für Meter krochen die Schatten weiter. Eine laue Sommerabendbrise fuhr ihr durch die Haare.

Seit sie an der Akademie lebte, beobachtete sie fast täglich die Sonnenuntergänge. Man hatte einen wirklich unglaublichen Ausblick von hier oben und Rebecca glaubte nicht, dass sie sich jemals an diesem Naturschauspiel würde sattsehen können.

Der Abend brach herein und sie betrachtete nun die ruhig daliegenden schwebenden Felsen der Akademie. Aktuell erlebten sie einen klassischen Altweibersommer, vom Herbst war noch nicht viel zu spüren.

Die Stimmung war friedlich, die letzten Grillen zirpten und einige wenige Vögel stimmten ihr Gutenachtlied an. Nichts deutete mehr auf das Chaos hin, welches untertags geherrscht hatte. Rechts über sich konnte Rebecca einen der Schlafsäle sehen, er war hell erleuchtet. Vereinzelt sah man dunkle Schemen vor den Fenstern, doch sie saß zu weit weg, um Genaueres zu erkennen. Morgen würde der erste Schultag mit der Willkommenszeremonie losgehen.

Rebecca kam es so vor, als wäre sie seit heute Morgen um mindestens hundert Jahre gealtert. Jeder einzelne Knochen in ihrem Leib schien zu schmerzen und ihre Füße fühlten sich tonnenschwer an. Mit einem leisen Seufzen lehnte sie sich zurück und schloss für einen Moment die Augen. Sie wollte eigentlich einfach nur noch ins Bett, doch dafür musste sie sich von diesem Platz wegbewegen und sich die Treppen nach oben in ihr Zuhause schleppen.

Dabei fühlte sie sich, als könne sie nicht einmal mehr einen kleinen Finger bewegen. Ob es wohl jemandem auffallen würde, wenn sie einfach hier einschlief und die Nacht auf dieser Bank verbrachte? Vermutlich schon.

Eigentlich hatte Rebecca geglaubt, nach ihrer Vormittagsschicht im Wohntrakt C3 würde sie nichts mehr zu tun haben und könnte sich nach einem kurzen Besuch bei Meredith um Großmutter Isabell kümmern. Doch Frau Preston hatte, nachdem Rebecca das kleine blonde Mädchen bei ihr abgeliefert hatte, andere Pläne gehabt.

Rebecca war den ganzen Nachmittag von einer Aufgabe zur nächsten geeilt, hatte Dokumente überbracht, Streit geschlichtet, Koffer geschleppt, Erste Hilfe geleistet und, und, und. Frau Preston hatte sie von einem Ort zum anderen gescheucht, ohne Rebeccas Proteste weiter zu beachten. Sie hatte noch nicht einmal die Zeit gehabt, nach Meredith zu suchen.

Rebecca stöhnte. Meredith. Sie hatte Professor Wexler versprochen, heute noch bei ihr vorbeizuschauen.

Professor Wexler war nicht die Einzige, die die junge Frau vermisst hatte. Als Vizedirektorin und rechte Hand des Direktors hätte Meredith eigentlich mehr als genug zu tun gehabt. Nachdem Rebecca heute den ganzen Tag nichts anderes getan hatte, als das gesamte Akademiegelände auf und ab zu laufen, konnte sie mit ziemlicher Sicherheit sagen, dass die junge Professorin heute nirgends aufgetaucht war. Es war, als wäre sie vom Erdboden verschluckt. Man konnte nur hoffen, dass sie morgen zur Eröffnungszeremonie und der ersten Unterrichtsstunde wieder auftauchen würde.

Der Himmel verdunkelte sich zunehmend, die ersten Sterne begannen am violetten Himmel zu funkeln und Rebecca beschloss, sich endlich zusammenzureißen und nach Hause zu gehen. Ihren Bruder hatte sie nur einmal kurz im Vorbeigehen gesehen und hatte daher keine Ahnung, ob und seit wann er bereits wieder zuhause war. Hoffentlich hatte er sich bereits um Großmutter Isabell gekümmert.

Der Heiler, Magister Hunt, war gestern Abend nochmal zu ihnen zurückgekommen und hatte ihnen genaue Anweisungen gegeben, was zu tun war. Er hatte ihnen eine Liste mit Zutaten für eine Kräutermischung gegeben, welche Großmutter Isabell nun alle paar Tage zu sich nehmen sollte. Es waren ziemlich seltene und ausgefallene Zutaten. Theiron sei Dank, dass Magister Hunt so nett gewesen war, diese gleich unten in der Stadt zu besorgen. Von einer Jugram-Blüten-Distel, einer Brechrahm-Wurzel oder einer Pflanze namens Faracham hatte Rebecca noch nie zuvor gehört. Offenbar hatte Magister Hunt hierfür sogar seine Beziehungen spielen lassen müssen, denn eigentlich hatten die Läden unten in der Stadt bereits Feierabend gehabt. Nur ein einziges Geschäft hatte all die seltenen Zutaten lagernd gehabt, von der Brechrahm-Wurzel hatte es sogar nur noch eine halbe gegeben.

Der Weg schien sich ewig in die Länge zu ziehen, als Rebecca sich die Stufen entlang nach oben schleppte. Ihre Beine fühlten sich an, als würden Steinblöcke an ihnen hängen. Es war eine laue, schöne Spätsommernacht, unter normalen Umständen hätte Rebecca den Spaziergang sehr genossen.

Als sie endlich oben an der Kreuzung, bei der sich der Weg zu ihrem Zuhause von dem zu Meredith trennte, angelangt war, zögerte Rebecca. Für einen kurzen Moment musste sie mit sich selbst kämpfen, doch dann riss sie sich zusammen und ging zum Haus ihrer Kollegin.

Merediths einsamer Felsen war vollkommen still. Mit dem dunkelvioletten Sternenzelt im Hintergrund hätte der Anblick eigentlich romantisch sein können. Doch je näher Rebecca dem Haus kam, desto unwohler fühlte sie sich. Eine seltsame, irrationale Angst ergriff mit jedem Schritt mehr und mehr von ihr Besitz. Das Haus der Vizedirektorin strahlte heute etwas Bedrohliches aus.

Rebecca ging immer langsamer, eigentlich wollte sie sich nur noch auf der Stelle umdrehen und davonlaufen. Eine unheimliche Stimmung lag in der Luft. Instinktiv blieb Rebecca vor dem Felsen auf der Treppe stehen, ihr Fuß verharrte mitten in der Bewegung. Ihre Nackenhaare stellten sich auf.

Der Garten rund ums Haus war geradezu gespenstisch. Überall auf ihrem Weg nach oben hatten noch die letzten Grillen gezirpt, Vögel geraschelt und auch einige Glühwürmchen getanzt. Doch hier herrschte eine spannungsgeladene Stille, die so gar nicht zur restlichen Landschaft passen wollte – als gäbe es auf dieser Insel kein Leben, oder als würde das Leben es nicht wagen auch nur zu atmen. Als würde es sich ganz klein machen, um ja nicht entdeckt zu werden.

Unschlüssig stand Rebecca auf der Treppe vor dem Felsen, traute sich nicht so recht, diesen zu betreten. Das Gebäude selbst war verlassen, kein Licht brannte hinter den Fenstern. Und trotzdem beschlich Rebecca ein Gefühl der Bedrohung, als würde sie jemand beobachten. Ein kalter Schauer lief ihr den Rücken hinunter und auf ihren Armen konnte sie die Gänsehaut sehen. Rebecca fühlte sich ganz und gar unwohl. Irgendetwas in ihr schrie sie an, sich so schnell wie möglich umzudrehen und nach Hause zu laufen.

Das ist doch lächerlich.

Rebecca gab sich einen Ruck. Was tat sie hier? Da war nichts. Nichts, außer einem ruhig daliegenden, einsamen Haus. Sie straffte die Schultern und betrat endlich den Felsen. Nichts passierte. Natürlich nicht. Trotzdem konnte sie diese unterschwellige Angst nicht so recht abschütteln, während sie auf die Eingangstüre zuhielt.

Sie spähte erst durch die dunklen Fenster, ob sie eine Bewegung ausmachen konnte, doch nichts rührte sich im Inneren. Es hätte sich genauso gut um ein Geisterhaus handeln können. Rebecca ging zur Türe und betätigte den riesigen, schweren Türklopfer. Das Geräusch hallte laut durch das stille Haus, aber weiterhin hörte und sah sie nichts. Nur das Gefühl der Bedrohung wurde immer stärker. Das Gefühl, von etwas ganz und gar Bösem beobachtet zu werden.

Es juckte zwischen ihren Schulterblättern und der kalte Schweiß stand ihr auf der Stirn. Dennoch klopfte Rebecca ein weiteres Mal.

„Meredith? Bist du da?", rief sie laut.

Doch wieder kam keine Reaktion. Mit angehaltenem Atem schien die Welt darauf zu warten, dass etwas passierte. Was genau, das wusste Rebecca nicht. Ein drittes

Mal betätigte sie den Türklopfer, dann ging sie zurück zu einem Fenster und versuchte, nach drinnen zu spähen.

Sie konnte nichts erkennen außer einer dunkel daliegenden Küche, in der sich nichts rührte.

„Hallo? Meredith?!", versuchte sie es nochmals etwas lauter.

Sie blieb für einen Moment ruhig stehen und lauschte. Absolute Stille. Nur das Klopfen ihres eigenen Herzens, viel zu laut und viel zu schnell. Unnatürlich lastete die Ruhe auf dem Haus und der Umgebung.

Rebecca spürte, wie ihr der Atem stockte, der unangenehme Geruch ihres eigenen Angstschweißes stieg ihr in die Nase. Sie hatte genug. Sie wirbelte auf der Stelle herum und rannte davon, hielt direkt auf die Treppe zu, rannte weiter, ohne sich nur ein einziges Mal umzusehen.

Erst als sie wieder zurück an der Kreuzung war, verschwand das Gefühl der Bedrohung. Keuchend blieb Rebecca stehen. Ihre Beine zitterten. Was um alles in der Welt war das gewesen? Sie beschloss, nicht weiter darüber nachzudenken. Vermutlich war sie einfach nur müde vom aufregenden Tag und musste dringend ins Bett. Morgen würde ein weiterer anstrengender Tag werden. Noch einmal blickte sie sich kurz um, dann machte sie sich auf den Weg nach Hause.

SPUREN DER VERGANGENHEIT

Meredith hörte, wie Rebecca endlich ging und atmete erleichtert auf. Dann wandte sie ihre volle Aufmerksamkeit wieder in ihr Inneres und fuhr fort, das komplizierte Konstrukt des Käfigs für den Dämon zu flicken. Theiron sei Dank hatte ihr Vater ihr gezeigt, wie es ging. Nur, dass sie es diesmal alleine machen musste.

Sie verstärkte Mauern und Wände, verankerte Türen und Schlösser, sicherte Energiebahnen und riegelte ihren Geist mit aller Kraft ab. Seit über 24 Stunden war sie bereits wach und arbeitete ohne Unterlass. Erneuerte das Siegel in ihrem Inneren, das sie so leichtfertig beschädigt hatte, um endlich in die geheimen Archive zu kommen. Es war so viel schwieriger als damals, als ihr Vater sie in seinen letzten Momenten angeleitet hatte.

Irgendwie hatte sie es gestern spät in der Nacht wieder nach Hause geschafft, nachdem sie den Dämon zumindest rudimentär gesichert hatte. Es war ein langer Kampf gewesen. Jetzt saß sie kerzengerade auf ihrem Bett, die Beine im Schneidersitz verschränkt.

Der Dämon lachte.

„Das wird dir nichts nützen, kleine Meredith."

Sie ignorierte ihn, arbeitete verbissen weiter. Sie wusste selbst, dass sie sich nur einen kleinen Aufschub erkaufte. Doch was hatte sie für eine Wahl?

„Du weißt, dass ich wieder herauskommen werde, ich werde wieder die Kontrolle übernehmen."

Er grinste böse.

„Und das nächste Mal wird es für immer sein."

194

Müde rieb Meredith sich die Augen, doch sie hörte nicht auf. Sie konnte nicht. Sie durfte nicht. Verbissen stärkte sie den Käfig in ihrem Geist immer weiter, er war ihre einzige Hoffnung. Sie baute ihn aus, so gut sie konnte, machte ihn stabiler als je zuvor. Denn sie konnte den Dämon nicht einfach freilassen, sie wusste, was danach passieren würde. Das Blutbad.

„Das Siegel hat das letzte Mal nur aufgrund der Lebensenergie deines Vaters so lange gehalten, das weißt du genau."

Meredith wusste es. Und sie wusste, dass dieses neue Siegel vergleichsweise nur sehr kurz halten würde. Ihre eigene Kraft reichte nicht, dafür war er zu stark.

Doch es war ihr egal. Sie hatte keine andere Möglichkeit. Sie konnte nicht aufgeben.

Es war bereits mitten in der Nacht, als sie sich endlich erlaubte, mit einem erleichterten Seufzer ihre steife Körperhaltung aufzugeben und in die Kissen ihres Bettes zurückzusinken. Sie war so unglaublich müde.

Meredith hatte keine Ahnung, wie spät es war, aber es konnte nicht mehr lang bis zur Morgendämmerung sein. Sie war bereits seit fast 48 Stunden auf den Beinen, sie musste dringend schlafen.

Im Chaos der ankommenden Schüler hatte niemand Zeit gehabt, nach ihr zu suchen. Morgen würde das anders sein, sie musste morgen wieder zur Arbeit erscheinen und die ersten Unterrichtsstunden abhalten, als wäre nichts passiert.

Sie würde behaupten, an einer schweren Magen-Darm-Grippe erkrankt zu sein und deshalb den Tag zuhause verbracht zu haben. Die Medizin dafür hatte sie ja da, immerhin war sie mit dem Heilmeister der Akademie seit Jahren befreundet.

Wenn Rebecca fragen sollte, wo sie gewesen sei, als sie vorbeigeschaut hatte, würde sie einfach behaupten, geschlafen zu haben. So blass, wie Meredith aufgrund des Schlafmangels sein musste, würde ihr jeder diese Geschichte abnehmen.

Sie versicherte sich noch, dass der Wecker sie rechtzeitig aufwecken würde, dann verfiel sie endlich in einen unruhigen Schlaf.

Ihre Knie zitterten, das Herz schlug ihr bis zum Hals. Sie war wieder ein kleines Mädchen, wie gelähmt vor Angst stand sie da, unfähig, auch nur einen Muskel zu rühren. Der Dämon trat seelenruhig über die Linien des Pentagramms und kam direkt auf sie zu, ein falsches, freundliches Lächeln auf den Lippen. Ihr großer, starker Vater stürzte nach vorne, um sich zwischen sie und den Dämon zu stellen. Doch schon im nächsten Moment flog er wie eine Puppe, von einer riesigen, unsichtbaren Faust getroffen, durch die Luft. Er schlug an der Wand auf, ein vergoldeter Zieraufsatz eines Bücherregals durchbohrte sein Bein. Er schrie, ehe er zu Boden fiel. Bücher prasselten auf ihn herab.

Dann stand der Dämon direkt vor ihr, blickte auf sie herab.

„Ich muss schon sagen, kleine Meredith, du hast ganze Arbeit geleistet."

Seine boshaften roten Augen funkelten voller Freude.

„Wir werden so unglaublich viel Spaß miteinander haben."

Mit einer beinahe liebevollen Geste umfasste er ihr Gesicht. Seine schwarzen Krallen kratzten leicht über ihre Haut. Sanft, aber unaufhaltsam drehte er ihr Gesicht zu sich nach oben, beugte sich nach unten und flüsterte ihr, jedes Wort betonend, ins Ohr.

„So. Viel. Spaß…"

Er ließ sie ruckartig los. Im nächsten Moment gackerte ein irres Lachen durch den Raum. Der Dämon richtete sich wieder auf, dann fuhr er blitzschnell herum – und schlug seine Hand direkt durch Roberts Brust hindurch. Meredith schrie, das Blut rauschte in ihren Ohren. Der kleine Junge brach zusammen, die Hand des Dämons immer noch in seiner Brust. Die graublauen Augen, noch kurz zuvor mit Panik erfüllt, blickten Meredith nun leblos ins Gesicht.

Mit einem weiteren irren Lachen riss der Dämon Roberts Herz aus der Brust, öffnete seinen mit spitzen Zähnen gespickten Mund und verspeiste das blutige Organ genüsslich.

„MEIN SOHN!", schrie Roberts Vater laut. „DU MONSTER!!!"

Wie ein wütender Bulle stürmte Herr Barclay auf den Dämon zu. Sein Gesicht war vor Zorn verzerrt, während er schutzlos und ohne Waffe durch den Raum auf das Ungeheuer zu rannte.

„NEIN! STOP!!" Magister Maynard hatte die Hand ausgestreckt, als wollte er ihn noch aufhalten. Doch es war zu spät.

Der Dämon vollführte eine kleine Geste mit seinem Finger und der Kopf von Roberts Vater flog in hohem Bogen durch die Luft. Das Blut spritzte in alle Richtungen und landete auf Meredith, die immer noch wie erstarrt dastand.

„Wie amüsant", stellte der Dämon fest.

Seine Augen glitzerten böse. Er lachte erneut, so als habe er den Spaß seines Lebens. Magister Maynard hustete, ein Schwall Blut kam hervor und floss auf seine Brust. Sein Bein blutete ebenfalls wie verrückt. Meredith konnte den Blick nicht von dem leuchtenden Rot abwenden.

„Papa!" Endlich kam Bewegung in ihre erstarrten Beine und sie lief hinüber zu ihrem am Boden liegenden Vater, umringt von hunderten von Büchern.

„Tz, tz", machte der Dämon. Er schüttelte bedauernd den Kopf. „Das sieht gar nicht gut aus, kleine Meredith. Ihr Menschen seid ja so... zerbrechlich."

Er warf ihr und ihrem verletzten Vater noch einen abschätzigen Blick zu, dann wandte er sich ab und ging zur gegenüberliegenden Wand.

WUMM.

In einer gewaltigen Explosion zerbrach die Mauer in tausend Stücke. Steine und Bücher flogen in alle Richtungen, brennende Buchseiten schwebten durch die Luft. Die Flammen waren seltsam dunkel, eine Mischung zwischen Rot und Schwarz. Beißender Rauch erfüllte die Luft, Staub wirbelte hoch. Meredith konnte nichts mehr erkennen.

„Bleib einfach schön brav hier sitzen, kleine Meredith", trällerte die Stimme des Dämons irgendwo vor ihr durch den Staub und Dreck.

„Ich gehe derweil ein bisschen spielen. Warte schön auf mich."

Für einen Moment war es gespenstisch still. Dann begannen die ersten panischen Schreie, auf die noch viele weitere folgen sollten. Meredith konnte immer noch nichts sehen, doch die grausige Geräuschkulisse reichte ihr bereits. Es mussten die Bediensteten sein, die draußen im Garten und bei den Ställen friedlich ihrer Arbeit nachgegangen waren, ehe Meredith die Hölle auf Erden heraufbeschworen hatte. Der Schein schwarz-roter Flammen flackerte durch die staubige Luft, nur schemenhaft zu erkennen. Ein glückliches, irres und lautes Lachen untermalte die Szene.

Finger krallten sich in ihren Arm.

„Hör... mir zu, meine... Kleine." Die Stimme ihres Vaters klang seltsam rasselnd, beinahe bei jedem Atemzug kam Blut aus seinem Mund. Doch sein Blick aus den blauen Augen war klar, ein eiserner Wille zeichnete sich in ihnen ab.

„Papa!" Ihre kindliche Stimme klang wimmernd. „Das wollte ich nicht. Papa, du blutest. Ich…"

Doch ihr Vater packte sie nur noch fester am Arm und schnitt ihr das Wort ab.

„Hör mir zu… Dieser Dämon ist…"

Doch nun war er es, der unterbrochen wurde.

„LIEBLING!! Was ist passiert?!"

Magistra Vanessa Maynard, Merediths Mutter, tauchte zwischen den Trümmern auf und stürzte auf ihren Mann zu. Gleich danach erschien Ned, Merediths Lieblingsbruder, aus einer anderen Richtung. Sie waren beide blass, Ned hatte eine Platzwunde am Kopf. Das Gesicht ihrer Mutter war so schmutzig, wie Meredith es noch nie zuvor gesehen hatte, voller Staub und Tränen, die ihr unaufhörlich über die Wangen liefen.

„Du bist verletzt", stellte sie fest, als sie sich neben ihrem Mann niederkniete.

Meredith wusste, dass ihr Vater ihre bürgerliche Mutter nicht nur geheiratet hatte, weil sie in der Welt der magischen Familien unbekannt war, sondern auch, weil sie über außergewöhnlich starke Magie verfügte. Er hatte vorgehabt, die magischen Begabungen der Familie durch die Heirat weiter zu stärken. Ihr Vater war ein berechnender Mann.

Ihre Mutter hingegen hatte Louis Maynard immer schon von ganzem Herzen geliebt. Und was von seiner Seite aus als Zweckehe begonnen hatte, war über die Jahre ebenfalls zu echter Liebe geworden. Die Miene ihrer Mutter war verbissen, als sie die Hände über der Brust ihres Mannes ausstreckte. Grünes, angenehm schimmerndes Licht leuchtete zwischen ihren Fingerspitzen auf.

„Du hast schwere innere Verletzungen."

Magistra Maynard verfügte über starke Affinität zur Heilmagie, ein Talent, um das Meredith sie in diesem Moment zum ersten Mal in ihrem Leben beneidete. Bisher war sie immer glücklich gewesen, die coolen Fähigkeiten zur Dämonenbeschwörung der Familie Maynard von ihrem Vater geerbt zu haben, und hatte auch ausschließlich diese geübt. Sie war froh gewesen, im Gegensatz zu Clay nur in minimalem Ausmaß Heilmagie zu besitzen. Bisher waren ihr die Kräfte ihres Vaters weitaus nützlicher erschienen. Doch heute nicht. Heute war alles anders.

Immer noch drangen Schreie durch den lichter werdenden Rauch und Staub, aber es wurden weniger. Von Zeit zu Zeit erklang auch ein grausames, glückliches Lachen.

„Ned, Meredith, was ist passiert?", fragte die Magistra Maynard ihre beiden Kinder. Ihre Stimme klang von Tränen erstickt, während sie verbissen versuchte, ihren Liebsten zu retten.

Meredith konnte nicht antworten.

„Nikolai und Clay wurden unter den Trümmern begraben, als das Haus einstürzte."

Neds Stimme war seltsam stumpf, als er mit nutzlos herunterhängenden Armen neben Meredith stand und gemeinsam mit ihr ihren sterbenden Vater betrachtete. Er hatte ausschließlich die besonderen Fähigkeiten der Familie Maynard und nicht die ihrer heilenden Mutter geerbt.

„Lars und Adrian sind los, sagten irgendwas von einem Dämon, den sie bekämpfen müssten."

Das Gesicht ihres Vaters war nun leichenblass, er atmete schwer. Noch immer quoll bei jedem Atemzug ein Schwall dunkelroten Blutes über seine Lippen.

„Nein! Haltet... die beiden auf!", flüsterte er. „Sie haben keine... keine Chance. Sie müssen sofort zurückkommen!"

Seine Stimme war rau und kaum noch zu hören. Doch seine blauen Augen bohrten sich in Merediths.

„Du bist... die Einzige, die ihn ... aufhalten kann. Du hast ... ihn beschworen."

Ihre Mutter schnappte nach Luft. Neds blaue Augen richteten sich erschrocken auf seine Schwester. Schuldgefühle übermannten sie. Vor ihrem inneren Auge blitzten die Gesichter ihrer älteren Brüder auf. Clay und Nikolai. Wie sie lachten und ihr die Haare verwuschelten. Waren sie wirklich tot? Begraben unter den Trümmern, verursacht von einem von Meredith beschworenen Dämon? Die Finger ihres Vaters tasteten nach ihrem Arm.

„Hör mir genau zu, Meredith." *Die mentale Stimme ihres Vaters war laut und klar in ihrem Kopf, klang stark und ruhig, wie immer.*

„Ich weiß nicht, welchen Dämon du da heraufbeschworen hast. Aber ich vermute, dass es einer der mächtigsten ist, die es gibt. Je menschenähnlicher ein Dämon aussieht, desto gefährlicher ist er. Ich glaube nicht, dass es uns gelingen wird, ihn wieder dorthin zurückzuschicken, wo er hergekommen ist." *Angst umklammerte ihr Herz.* „Dafür ist deine Magie noch nicht ausgereift genug."

Noch nie zuvor hatte ihr Vater einen Dämon nicht mit einer Handbewegung zurück ins Nichts befördert. Sogar, wenn er sie nicht selbst beschworen hatte. Seine Hand umklammerte mit erstaunlicher Kraft ihren Arm, während er mit eindringlicher Stimme in ihren Gedanken weitersprach. Das Blut rann ihm währenddessen über das Kinn auf die Brust. Magistra Maynard weinte stumm, während sie ihr Bestmögliches tat, um ihren geliebten Ehemann am Leben zu erhalten. Die Stille lastete auf der kleinen Gruppe.

„Wir können den Dämon nicht zurückschicken, doch wir können den Schaden begrenzen und ihn aufhalten, ehe er noch das ganze Land in Schutt und Asche legt. Ein Dämon kennt keine Grenzen in seiner Zerstörungswut. Schließe deine Augen, mein Schatz."

Er versuchte sie ermutigend anzulächeln, doch es war mehr eine blutige Grimasse.

„In dir kannst du eine Verbindung spüren."

Mit klopfendem Herzen schloss Meredith die Augen.

„Es ist wie ein Faden, der dich untrennbar mit dem Dämon verbindet, solange er in dieser Welt weilt."

Sie wusste, von welcher Verbindung ihr Vater sprach. Sie hatte sie schon früher gespürt. Es war immer wie eine Art Leine gewesen, über welche sie die bisher von ihr beschworenen Dämonen hatte kontrollieren können. Doch dieses Mal fühlte sich die Verbindung gänzlich anders an. Es war keine kurze, einfache Leine wie bisher, mit der sie die Dämonen dirigiert hatte. Diese Verbindung war feurig und heiß, hatte ein Eigenleben, schien richtiggehend einen eigenen Willen zu besitzen. Meredith versuchte, nach der Verbindung zu greifen, doch genauso gut hätte sie versuchen können, ein glühendes Stück Eisen mit bloßen Fingern anzufassen. Erschrocken riss sie die Augen auf.

Der Dämon lachte in ihrem Inneren.

„Willst du mich etwa kontrollieren?", *flüsterte eine zweite Stimme in ihr kalt.* „Ha, DU willst MICH kontrollieren?!"

Ein irres Lachen drang an ihr Ohr. Ned neben ihr erschauderte, während er versuchte, durch den Staub nach draußen zu spähen.

„Bleib noch ein Weilchen dort sitzen, kleine Meredith."

Die Stimme des Dämons in ihrem Inneren klang fremdartig und glücklich. „Ich bin fast fertig hier, ich hatte ganz vergessen, wie zerbrechlich Menschen sein können. Ich komme gleich, um dich abzuholen. Wir haben noch sooo viel vor."

Erneut drangen Schreie durch den wieder dichter werdenden, rot-schwarz flackernden Rauch.

„Ich weiß, dass es vermutlich für dich unmöglich sein wird, den Dämon zu beherrschen", *erklang nun wieder die warme Stimme ihres Vaters in ihr.*

„Kennst du seinen Namen?"

Meredith schüttelte den Kopf.

„Wenn du seinen Namen nicht weißt, dann sind wir ihm absolut unterlegen", *meinte ihr Vater.* „Nicht einmal ich könnte ihn kontrollieren. Aber wir können ihn einsperren."

Er nahm sie mental an der Hand.

„Komm, ich zeige dir, wie."

Die innere Stimme ihres Vaters wurde leiser. Meredith wusste, eigentlich sollte er bereits tot sein. Nur die Magie ihrer Mutter und sein eiserner Wille ließen ihn noch verbissen am Leben festhalten. Sie schloss wieder ihre Augen, stimmte sich auf die Energie ihres Vaters ein, wie sie es früher bereits zahllose Male getan hatte.

Die warme Präsenz ihres Vaters umfasste sie, umhüllte sie, legte sich um sie wie ein wärmender Mantel. Machte sie stärker. Er führte sie tief in ihr Inneres. Dann begann er, gemeinsam mit ihr einen Zauber zu weben. Meredith spürte, dass er dabei seine verbleibende Lebensenergie einfließen ließ. Sie hörte ein leises Wimmern, doch es war zu weit weg, um zuordnen zu können, von wem genau es kam.

„Wir werden ihn in einen Käfig sperren", *flüsterte die geistige Stimme ihres Vaters.* „Er wird nicht für immer halten, aber eine bessere Lösung fällt mir im Moment nicht ein. Irgendwann wirst du erneut mit ihm um Kontrolle ringen müssen. Versprich mir, dass du dann überleben wirst, meine Kleine."

Seine Stimme wurde noch eindringlicher.

„Du musst überleben."

Seine liebevolle Präsenz umhüllte sie, während er ihre geistigen Hände bewegte, um den Zauber zu weben.

„Was um alles in der Welt soll das werden?", *drang die Stimme des Dämons an ihr Ohr. Sie klang nicht mehr amüsiert, sondern kalt und zornig. Grausam.*

Für einen Moment wäre fast ihre Konzentration gerissen, der Dämons klang, als stünde er direkt vor ihr. Doch die Präsenz ihres Vaters hielt sie in der geistigen Welt, drängte sie, weiterzumachen.

„Mutter, kümmere dich um Vater, ich werde ihn stoppen!"

Das war Neds Stimme.

Meredith wollte ihn aufhalten, ihm sagen, er solle sich in Sicherheit bringen. Doch sie konnte nicht, ihr Vater hielt sie mit aller Gewalt in der geistigen Welt.

„Meredith, meine Kleine, du musst das hier zu Ende bringen!", *rief er eindringlich.* „Nur das kann ihn aufhalten!"

Also machte sie weiter. Sie konnte spüren, wie die Energie ihres Vaters immer schwächer wurde, doch er kämpfte mindestens so verbissen wie sie. Er leitete sie an, gab ihr Hoffnung. Instinktiv wusste sie, dass dies die letzten Momente ihres Vaters waren. Er ließ seine Lebensenergie in sie und in das Siegel in ihrem Inneren hineinfließen.

„Hört sofort auf! Ihr mickriges Gewürm habt keine Chance gegen mich! Und du, geh mir aus dem Weg!"

Irgendwo vor sich hörte sie ein weiteres Krachen, dann einen Schmerzensschrei, der verdächtig nach Ned klang.

„Sehr gut, meine Prinzessin. Und jetzt nimm die Leine und sperre ihn in diesen Käfig. Schnell!"

Meredith versuchte es. Doch die Verbindung wehrte sich. Sie schien aus glühender, dunkler Lava zu bestehen und verbrannte ihr die Finger. Sie konnte sie nicht anfassen.

„Nicht meine Tochter!"

Das war die Stimme ihrer Mutter, die durch den Nebel aus Schmerz drang und ihr Kraft gab.

„Meredith, schnell! Du musst ihn versiegeln, und zwar JETZT!"

Die Stimme ihres Vaters klang nur noch schwach, doch umso dringlicher. Mit einer gewaltigen Willensanstrengung schlang Meredith ihre geistigen Finger um die glühende Verbindung und riss daran. Irgendwo in ihrem Inneren entdeckte sie eine weitere Quelle der Kraft. Ihre eigene Lebensenergie. Meredith zapfte sie rücksichtslos an. Rasend schnell verkürzte sich ihre eigene Lebenszeit, sie verlor Monate und Jahre innerhalb von Sekunden. Der Dämon heulte auf. Um sie herum wurde es heiß, sie spürte, wie Flammen an ihr leckten, ihre Kleidung und ihre Haut verbrannten. Die Präsenz ihres Vaters verschwand.

Erneut riss sie mit aller Kraft, bot alles auf, was sie hatte.

„Nein, das tust du nicht!", schrie der Dämon voller Zorn.

WUMM!

Eine weitere, gewaltige Explosion. Meredith spürte die Schockwelle. Doch es war zu spät. Mit einer letzten Kraftanstrengung stieß sie den Dämon in den geistigen Käfig. Die Tür fiel zu.

Mit einem Japsen öffnete Meredith die Augen. Und fand sich in einem Inferno wieder. Um sie herum loderten schwarz-rote Flammen. Die verkohlten, unkenntlichen Leichen ihrer Familie lagen um sie herum. Von dem Dämon war nichts mehr zu sehen.

Wie betäubt saß sie da. Meredith hatte keine Ahnung, wie lange sie regungslos in den Trümmern ihres einstigen Zuhauses verharrte, bis sie endlich aufstand. Sie wusste, dass auch sie brannte, doch sie spürte nichts. Nur ihre Kleidung war fort. Grau-silbrige Haare, wie die einer alten Frau, fielen ihr ins Gesicht.

Natürlich. Sie hatte einen Teil ihrer Lebensenergie verbraucht, um den Dämon in seinen Käfig zu bannen. Doch es war ihr egal.

Wie in Trance stolperte sie nach vorne, watete durch die Trümmer. Sie sah nichts außer Tod. Verkohlte, unkenntliche Leichen, soweit das Auge reichte. Kein Leben gab es mehr auf der Residenz, nur ein Meer von dämonischen Flammen.

Mit einem lauten Schrei wachte Meredith auf.

„Hast du schön geträumt?" schnurrte der Dämon. Er klang zufrieden. Nährte sich von ihrem Elend.

„Zu schade, dass du mich so früh unterbrochen hattest, du musstest mich ja unbedingt einsperren." Seine Stimme klang schmollend. *„Dabei war ich doch gerade erst in Fahrt gekommen."*

Mit einem Schluchzer rollte sie sich unter der Decke zu einer kleinen, festen Kugel zusammen. Langsam wiegte sie sich vor und zurück, in Erinnerungen gefangen an jenen schrecklichen Tag vor 16 Jahren, an dem sie alles verloren hatte. Die Gesichter ihrer Brüder tauchten vor ihrem inneren Auge auf. Nikolai und Clay. Wie sie lachten und Meredith das Reiten beibrachten. Lars und Adrian, die sie immer gehänselt hatten aufgrund ihrer kleinen Statur. Und Ned. Der sich für sie geopfert hatte. Die verkohlten Leichen ihrer Eltern. Selbst im Tod hatte sich ihre Mutter noch über ihren Ehemann gebeugt. Hatte mit allen Mitteln versucht, ihn am Leben zu halten, während sie selbst bereits brannte. Stumme Tränen liefen Meredith die Wange hinunter. Der Dämon in ihr war ausnahmsweise zufrieden.

Die darauffolgenden Jahre waren die Hölle gewesen. Die ganze Welt hatte geglaubt, die Familie Maynard sei tot. Und nicht wenige, hauptsächlich die, die sich vor der speziellen, mächtigen Gabe des siebten Hauses fürchteten, waren über ihr Ableben erleichtert gewesen. Meredith wusste, sollte jemals jemand herausfinden, was damals wirklich geschehen war, und was sie in ihrem Inneren beherbergte, so würde man sie töten. Nicht nur wegen des gefährlichen Dämons, sondern auch, weil die Gelegenheit, die Familie Maynard ein für alle Mal auszulöschen, für das erste Haus zu gut war. Das Königshaus fürchtete das siebte Haus nun schon seit Jahrhunderten.

Meredith hatte nach dem Bannen des Dämons auf eine Art Überlebensmodus geschaltet. Wie in Trance hatte sie den unscheinbaren grauen Ring von dem verkohlten Finger ihres Vaters gezogen. Irgendeiner ihrer Vorfahren war einmal auf die geniale Idee gekommen, eine magische kleine Dimensionsfalte in den Ring einzuweben, seither lagerte dort der Großteil des Vermögens der Familie, sicher vor Dieben. Das Siegel des Familienoberhauptes hatte sie an Ort und Stelle gelassen.

Anschließend hatte sie sich ins Dorf geschlichen und einige einfache Kleider von einer Wäscheleine gestohlen. Das war nicht weiter schwierig gewesen, die Dorfbewohner hatten bereits die Rauchsäule von der Residenz der Familie Maynard aufsteigen gesehen und waren wie hektische Hühner hin und her gelaufen.

Danach war Meredith fast drei Jahre lang einsam und ziellos durch das Reich gestreift. Hatte unter Bäumen und Brücken gelebt und gebettelt. Hatte immer in Angst gelebt, jemand könnte sie erkennen. Doch niemand hatte in einem kleinen, grauhaarigen Mädchen die tote kleine Prinzessin der Maynards vermutet. Einer Familie, die ohnehin bereits seit langer Zeit im Verborgenen gelebt hatte und nur wenigen bekannt gewesen war. Das Gold ihrer Familie im Ring hatte sie in jener Zeit nur in absoluten Notsituationen benutzt.

Während all dieser Zeit hatte der Dämon ihr ins Ohr geflüstert. Hatte sie jeden Tag mit den Bildern ihrer toten

Familie gequält, ihr wieder und wieder genüsslich gezeigt, wie er Lars und Adrian umgebracht hatte, wie er mit ihnen gespielt hatte. Den Tod von Ned, ihrem Lieblingsbruder. Ihrer Mutter. Ihres Vaters. Der Bediensteten. Der Nanny. Des Gärtners. Des Stalljungen, mit dem sie befreundet gewesen war.

Nach drei Jahren, kurz nachdem sie vierzehn geworden war, hatte sie beschlossen, eine Möglichkeit zu suchen, den Dämon loszuwerden. Sie hatte Mikes, den Fälscher, aufgetrieben und den Großteil ihres kleinen Vermögens dafür aufgewendet, sich von ihm eine neue Identität erschaffen zu lassen. Sie hatte sich ein Jahr jünger gemacht, um im perfekten Aufnahmealter zu sein, und war als junges Mädchen zu jenem Ort gegangen, an dem sie sich am ehesten erhofft hatte, eine Lösung für ihr Problem zu finden. Als Studentin an der Akademie von Kallisto.

Ihre frühere Ausbildung in ihrer Familie hatte ihr geholfen, die Aufnahmeprüfung auch als ‚nicht magische‘ Person zu bestehen. Denn Meredith hatte geglaubt, es würde leichter sein, sich zu verstecken, wenn niemand wusste, dass sie eine Magistra war. Und sie hatte recht behalten. Inzwischen lebte sie bereits seit 13 Jahren an der Akademie, hatte jede freie Minute genutzt, um nach einer Möglichkeit zu suchen, den Dämon endgültig loszuwerden. Hatte insbesondere die schwarze Magie intensiver studiert als irgendjemand vor ihr. Und niemand war ihr jemals auf die Schliche gekommen.

Ihre Magie war langsam immer stärker geworden. Aber auch der Dämon schien, je länger er in ihr wohnte, an Kraft zuzunehmen. So hatten sie über die Jahre koexistiert, immer auf einen schwachen Moment des anderen wartend. Nachdem Meredith fünf oder sechs Jahre lang vergeblich in der riesigen Bibliothek der Akademie nach einer Antwort gesucht hatte, hatte sie schlussendlich erkannt, dass sie die Lösung nicht im allgemein zugänglichen Teil der Akademie würde finden können. Doch sie hatte bereits gewusst, wonach sie suchte. Nach dem Kringal-Ritual.

Seitdem hatte sie versucht, die geheimen Archive zu finden. Doch dies hatte sich als weitaus schwieriger erwiesen als gedacht. Als sie schließlich das Studium abgeschlossen und sich ihr die Möglichkeit geboten hatte, als Professorin für Mathematik an der Akademie zu bleiben, hatte Meredith die Gelegenheit beim Schopf gepackt. Sie hatte gehofft, als Professorin mehr Informationen über die geheimen Archive zu erhalten. Leider hatte sich diese Hoffnung als Illusion herausgestellt.

Erst vor zweieinhalb Jahren, ein halbes Jahr, nachdem Macus zum Direktor der Akademie ernannt worden war, hatte sie endlich mehr erfahren. Ian, Macus und sie waren wieder einmal auf ein Gläschen ausgegangen, und Macus war betrunken gewesen. Dann war Macus die Lage der Archive herausgerutscht, Meredith war innerhalb von Sekunden wieder nüchtern gewesen. Sie glaubte nicht, dass er sich noch daran erinnerte. Zu dumm nur, dass er damals aber nicht gesagt hatte, wie man hineinkam. Und vor lauter Angst, verdächtig zu wirken, hatte Meredith sich nicht getraut, weiter nachzufragen.

Doch das Wissen, dass die geheimen Archive in einer Dimensionsfalte verborgen waren, war bereits unglaublich hilfreich gewesen. Immerhin entsprach diese Magie genau ihren geerbten Familienfähigkeiten. Dämonen wurden ebenfalls aus einer anderen Dimension beschworen. Trotzdem hatte es sie über zwei Jahre des Experimentierens gekostet, um endlich herauszufinden, wie genau es funktionierte. Es war verdammt schwierig gewesen, immerhin benötigte der Käfig in ihr den Großteil ihrer magischen Kraft. Schließlich hatte sie einen Teil von *seiner* Magie verwendet. Nur einen klitzekleinen Teil. Was sich im Nachhinein als fataler Fehler erwies. Seither war das Siegel mit schwindelerregender Geschwindigkeit zerbrochen.

Aber sie hatte endlich eine Anleitung für das Kringal-Ritual, welches davor nur hier und da in dem einen oder anderen schwarzmagischen Buch, das man noch nicht aus der riesigen, offiziellen Bibliothek der Akademie entfernt hatte, erwähnt worden war. Jetzt war sie so kurz vor ihrem Ziel.

Merediths Tränen waren versiegt. Sie durfte nicht aufgeben. Musste sich weiter vollkommen normal geben, sie konnte nicht riskieren, jetzt noch aufzufliegen.

Mit grimmiger Miene betrachtete sie ihre verkrustete rechte Hand. Dann fuhr sie einmal kurz mit ihrer linken darüber und ließ ihre Magie fließen. Zwar hatte sie nicht die außergewöhnlichen Heiler-Fähigkeiten ihrer Mutter in vollem Umfang erhalten, doch es war ihr zumindest gelungen, ihr minimales Erbe in geringem Umfang nutzbar zu machen. Und sie hatte es verbissen trainiert, bis zum Umfallen, wann immer sie konnte. Hatte heimlich Ian und dessen Unterlagen studiert, um ihre eigenen, kümmerlichen Heilerfähigkeiten zu optimieren. Es war auch durchaus hilfreich gewesen, dass Ian ihrem gemeinsamen Freund Macus unbedingt das Heilen beibringen wollte, obwohl dieser noch weit weniger Talent dafür gezeigt hatte als jeder andere, den Meredith je beobachten konnte.

Mit entschlossener Miene machte sie sich für den Tag fertig. Es gab eine Eröffnungszeremonie, an der sie teilnehmen musste. Das Leben ging weiter. Und sie würde allen etwas vorspielen, so wie sie es bereits seit 16 Jahren tat.

Marcus atmete erleichtert auf, als er Meredith durch die Tür treten sah. Er stand gerade mitten auf der Tribüne und gab letzte Anweisungen für die Eröffnungszeremonie. In weniger als einer halben Stunde würden die ersten Studenten den Saal betreten, im Moment befanden sich noch alle beim Frühstück.

Er hatte sich gestern bereits arge Sorgen um Meredith gemacht und vorgehabt, gemeinsam mit Ian bei ihr zuhause vorbeizuschauen, sollte sie heute wieder nicht auftauchen. Sie sah schmal und blass aus, als hätte sie innerhalb kürzester Zeit einige Kilo abgenommen. Außerdem hatte sie dunkle Augenringe, es sah aus, als hätte sie letzte Nacht kein Auge zugetan.

Marcus ließ seine Notizen für die Eröffnungsrede auf das Rednerpult fallen und lief auf seine alte Freundin zu, um ihr eine dicke Umarmung zu geben. Sie fühlte sich klein und zerbrechlich an, noch mehr als sonst.

„Meredith, wo bist du gewesen? Wie geht es dir?"

Er hielt sie eine halbe Armeslänge von sich weg und musterte sie von oben bis unten.

„Du siehst schrecklich aus, was ist passiert?"

Meredith schenkte ihm ein zittriges Lächeln.

„Ich glaube, mich hat eine Magen-Darm-Grippe oder so etwas Ähnliches erwischt. Ich konnte kaum schlafen und hing nur über der Schüssel."

„Das klingt fürchterlich." Mitfühlend strich Marcus ihr über den Rücken. „Aber bitte versuch trotzdem, mir in solchen Situationen eine Nachricht zukommen zu lassen."

Irgendwie musste er das in seiner Position einfach sagen. Immerhin war er der Direktor und die Abwesenheit seiner Vizedirektorin hatte für ordentliche Probleme gesorgt.

„Ich weiß, ich weiß. Tut mir leid", sagte sie zerknirscht.

„Niemand wusste gestern, wo du steckst, und wir hatten ein Riesenchaos. Und dann ist auch noch die Sache auf der Toilette passiert…"

Ein Ruck schien durch den Körper seiner Freundin zu gehen und ihr Blick wurde wachsam.

„Was meinst du?" Ihre Stimme klang seltsam angespannt und scharf. „Welche Sache?"

Marcus seufzte und fuhr sich mit den Fingern durch das lange, schwarze Haar. Kurz blickte er sich um, ob sich jemand in Hörweite befand. Professor Farber spähte bereits äußerst unwillig und mit gespitzten Lippen zu ihm herüber. Der Mann wartete nur auf einen Fehler seinerseits, um endlich erneut einen Versuch starten zu können, selbst Direktor zu werden.

„Unser neuer Inspektor Winter hat einen äußerst interessanten Tatort auf einer Toilette vorgefunden", sagte er flüsternd. „Ich bin mir absolut sicher, dass er mit dem Einbruch in die geheimen Archive zusammenhängt, es handelt sich um dieselbe abartige, grausige Energie wie damals. Auch wenn wir noch nicht wissen, was genau dort passiert ist. Ich meine, es ist eine ganz normale Toilette."

Er zuckte verwirrt mit den Schultern.

„Bist du dir absolut sicher?", fragte Meredith eindringlich.

„Ich kenn mich mit Magie nicht aus, immerhin kann ich sie nicht spüren, aber könnte es sich nicht doch um…"

Doch genau in diesem Moment rief ihn Professor Farber zurück aufs Podium.

„Herr Direktor, Ihr werdet hier gebaucht! Euer privates Gequatsche über Befindlichkeiten könnt Ihr sicher später noch erledigen. Ich wollte nochmals kurz mit Euch über den Ablauf der zweiten Rede in der Zeremonie sprechen."

Mühsam unterdrückte Marcus ein Fluchen. Er warf Meredith kurz einen entschuldigenden Blick zu, ehe er sich umwandte, um zurück zum Podium zu joggen und sich um Professor Farbers Egoprobleme zu kümmern. Der alte Mann konnte es einfach nicht lassen.

„Ich denke nicht, dass meine Position hier an dieser Stelle des Podests gut zur Geltung kommt", maulte Professor Farber sogleich los, sobald er in Reichweite war. Kurz stockte Marcus, dann sah er das Problem. Der riesige Blumenstrauß seitlich vorne vor der Tribüne könnte möglicherweise einigen die Sicht auf den alten Mann verdecken.

Marcus bemühte sich, nicht mit den Augen zu rollen.

„Wie wäre es, wenn ich stattdessen hier drüben stehen würde, da so halb in der Mitte. Dann könnte man…"

Der alte Mann war besessen davon, in gutem Licht dazustehen. Dabei war es so gut wie unmöglich, dass er die Position des Direktors noch zu seinen Lebzeiten bekommen würde. Marcus blendete ihn so gut es ging aus und versuchte, sich auf die letzten offenen Punkte für die Eröffnungszeremonie zu konzentrieren. Gleichzeitig beobachtete er Meredith aus den Augenwinkeln. Sie stand immer noch an dem Ort, an dem sie gesprochen hatten, tief in Gedanken versunken, während sie sich mit dem Zeigefinger an die Lippen tippte.

Dann schien sie sich einen Ruck zu geben und schloss sich einer Gruppe ihrer Kollegen an. Lachte und scherzte, stets mit einem freundlichen Lächeln auf den Lippen, und gab sich so wie immer. Marcus war beruhigt. Offenbar fehlte ihr wirklich nichts weiter, außer einer guten Portion Schlaf.

Dann trafen die ersten Studenten ein und setzten sich in die ihnen zugewiesenen Reihen. Frau Preston hatte alle Sitzreihen je nach Studienrichtung und Jahrgang markiert. Schon nach kurzer Zeit war der Saal erfüllt von lauten Gesprächen, Lachen, Rufen und dem Getrappel hunderter Füße. Die Zeremonie selbst verlief ohne weitere Zwischenfälle. Dennoch war Marcus froh, als sie endlich vorbei war und die Studenten sich auf den Weg in ihre Stammklassen machten. Dort würden sie von den jeweiligen Professoren in die Gruppen unterteilt werden, den diesjährigen Unterrichtsplan sowie alle notwendigen Informationen erhalten. Seine Arbeit war einstweilen getan und alles würde endlich wieder seinen geregelten Gang gehen, während der Alltag sich einpendelte.

Endlich erlaubte Marcus es sich, zumindest ein kleines bisschen zu entspannen. Er hatte das Schlimmste hinter sich gebracht. Auch wenn er nun schon drei Jahre als Direktor auf dem Buckel hatte, waren die ersten Schultage jedes Mal aufs Neue stressig.

Im Hinausgehen sah er, wie Meredith von einem gewissen Wachposten an der Türe angesprochen und aufgehalten wurde. Marcus konnte sich ein Lächeln nicht ganz verkneifen. Meredith hatte es schon immer vermocht, die Aufmerksamkeit sämtlicher Männer zu erregen. Und es schien, als würde es sich bei Inspektor Winter um das neueste Opfer ihres unwiderstehlichen, exotischen Charmes handeln.

Aber vermutlich würde auch dieser sich an Meredith die Zähne ausbeißen. Seit Marcus mit ihr befreundet war, hatte er noch nie erlebt, dass sie tatsächlich mit jemandem ausging. Auch Ian schmachtete ihr nun schon seit Jahren erfolglos nach. Marcus hoffte, dass der arme Kerl irgendwann einmal über seine Gefühle hinwegkam. Er mochte Meredith, sie war seine beste Freundin, doch er wollte ebenfalls, dass Ian glücklich wurde. Leider brachte dieser einfach nicht den Mut auf, Meredith offiziell um ein Date zu bitten, zumal sie unerbittlich jeden abblitzen ließ. Somit verharrte Ian nun schon seit einer gefühlten Ewigkeit im Zustand dieser unerwiderten Liebe.

Doch noch während Marcus die beiden unauffällig beobachtete, erlebte er eine Überraschung. Meredith war eine offene und freundliche Person, die mit jedem gut auskam und immer zu lächeln schien. Aber irgendwie kam ihm ihr Lächeln Inspektor Winter gegenüber breiter vor. Kokett spielte sie mit ihren Haaren, während sie über etwas lachte, was Inspektor Winter soeben gesagt hatte.

Marcus traute seinen Augen kaum.

Kokett? Meredith?? Was um alles in der Welt war mit seiner alten Schulfreundin los? Flirtete sie etwa?

Das war das erste Mal, dass er sie so erlebte. Besorgt blickte er sich um, konnte Ian jedoch zum Glück nirgends entdecken. Er würde versuchen, seinen alten Freund vorsichtig auf diesen Anblick vorzubereiten, zumindest, wenn Merediths plötzliches Interesse am anderen Geschlecht von Dauer sein sollte. Insgeheim hatte Marcus schon den Verdacht gehabt, Meredith sei lesbisch. Wie Andreas Winter es wohl geschafft hatte, zum ersten Mal seit Jahren das Interesse von Meredith zu wecken?

ZWISCHENMENSCHLICHES

Gähnend bereitete Rebecca das Frühstück für Andreas, Großmutter Isabell und sich selbst zu. Da ihr Unterricht meist erst abends anfing, hatte sie die Aufgabe übernommen, für die kleine Familie zu kochen und sich um Großmutter Isabell zu kümmern. Die Ankunft der Studenten und die Eröffnungszeremonie waren nun schon Wochen her, und langsam, aber doch kehrte ein gewisser Alltag ein. Sie hatte sich an den Unterricht gewöhnt, er machte ihr sogar ziemlich viel Spaß, auch wenn ihre Nerven bei den ersten paar Stunden ziemlich blank gelegen hatten. Die Studenten waren wunderbar. Das einzige Problem, das Rebecca diesbezüglich derzeit hatte, war, dass offensichtlich besonders viele Pärchen ihren Unterricht als romantisches Umfeld zu sehen schienen. Zumindest in den unteren Semestern. Doch es war nicht so schlimm, dass es nicht in den Griff zu bekommen wäre.

Ihre Beziehung zu ihrem Bruder hatte sich nach dem ersten Besuch des Heilers ebenfalls wieder eingerenkt. Es war, als würden sie einander wieder näherkommen. Großmutter Isabell ging es ebenfalls merklich besser, sie schlief zwar noch recht viel, doch es wurde jeden Tag weniger.

Magister Hunt würde heute Vormittag für eine weitere Routineuntersuchung vorbeischauen, aber es schien, als sei Großmutter Isabell über den Damm. Fröhlich schnitt Rebecca das Brot auf und deckte den Tisch, goss Kaffee für sich und ihren Bruder ein und bereitete aus der Kräutermischung, die Magister Hunt ihnen gegeben hatte, einen Tee für Großmutter Isabell zu.

Sie war gerade fertig geworden, als Andreas gähnend in der Tür erschien, seine Wachuniform über die Schultern geworfen und das Hemd nur halb zugeknöpft.

„Morgen, Schwesterherz, ist das Kaffee, der hier so gut riecht?"

Neugierig kam er näher und spähte über ihre Schulter auf den Herd, wo der Tee und eine zweite Kanne mit Kaffee für Andreas und Rebecca vor sich hin köchelte.

„Hier, nimm dir schon mal eine Tasse." Sie schenkte ihm einen Becher der braunen, heißen Flüssigkeit ein, ehe sie sich an den Tisch setzte.

„Ist Großmutter bereits wach?"

„Ja, ich wollte ihr beim Anziehen helfen, aber ich wurde rigoros verbannt."

Andreas zuckte die Schultern.

„Das fehlte mir noch, dass so ein Jungspund mir beim Anziehen hilft, so alt bin ich nun auch wieder nicht", erklang die laute Stimme ihrer Großmutter über ihnen.

Rebecca sah, wie Andreas kurz die Augen verdrehte und musste ein Lachen unterdrücken.

„Das hab ich gesehen!", krähte Großmutter Isabell von der Treppe aus.

„Wie macht sie das?", fragte ihr Bruder im Flüsterton. „Sie ist doch blind wie ein Maulwurf."

Dann sprach er in normaler Lautstärke weiter, während er aufstand, um zum Herd zu gehen und den dort köchelnden Kräutertee in eine Tasse zu gießen.

„Wie ich sehe, erfreust du dich inzwischen wieder bester Gesundheit. Da wird Magister Hunt heute ja ganz umsonst vorbeikommen."

Großmutter Isabells Gesicht erhellte sich merklich bei diesen Worten, während sie sich die Treppe herunter mühte. Aus Erfahrung wussten die beiden Geschwister, dass es besser war, ihr dabei keine Hilfe anzubieten.

„Der junge Magister Hunt kommt also heute?" Sie strahlte. „Schön, schön, ich freue mich schon auf seinen Besuch, er ist immer so liebenswürdig. Rebecca, hast du die Kekse für ihn gebacken, so, wie ich es dir gesagt habe? Vielleicht habe ich ja Glück und erhalte bald einen anständigen Schwiegersohn. Zumindest, wenn du es halbwegs richtig anstellst."

Großmutter Isabell hatte an dem schlaksigen Heiler einen Narren gefressen.

„Natürlich habe ich die Kekse gemacht, Großmutter. Möchtest du…"

„Nach dem Rezept, das ich dir gegeben habe?", hakte Großmutter Isabell nach. „Du musst es wirklich ganz genau Schritt für Schritt befolgen, sonst kann man die Kekse vergessen!"

Für einen kurzen Moment schloss Rebecca die Augen. Sie liebte ihre Großmutter über alles, aber sie konnte so unglaublich anstrengend sein. Theiron sei Dank kam ihr Bruder ihr zu Hilfe.

„Ich bin mir sicher, Becca hat die Kekse hervorragend hinbekommen. Du weißt doch, was für eine gute Köchin sie ist. Und das mit deinem zukünftigen Schwiegersohn, oder vielmehr Schwiegerenkel, lass mal schön ihre Sorge sein. Hier, deine Medizin."

Mit diesen Worten stellte er den dampfenden Tee vor Großmutter Isabell ab und setzte sich wieder zurück an den Tisch.

„Brötchen?"

Kurz musterte Großmutter Isabell das angebotene Stück Brot misstrauisch, dann nickte sie hoheitsvoll, während sie einen Schluck ihrer Kräutermischung nahm.

„Bäh, so grausig wie eh und je", kommentierte sie.

„Schmeckt wie der Tee damals, den dieses junge Fräulein für uns gemacht hat. Die, mit den grauen Haaren, wie hieß die nochmal?" Großmutter Isabell schnippte mit den Fingern.

„Merle? Marlene?"

„Meredith?" Interessiert richtete Andreas sich auf und sah zwischen Rebecca und Großmutter Isabell hin und her.

„Sie war hier? Wann? Wieso?"

Erstaunt blickte Rebecca ihren Bruder an.

„Du kennst Meredith?", fragte sie. Andreas' Ohren leicht rötlich an. Das hatten sie schon als Kind getan, meistens wenn er unter großem Druck stand. Sie fand es niedlich, dass diese Eigenheit tatsächlich die Zeit überdauert hatte.

„Wir sind uns bereits das eine oder andere Mal über den Weg gelaufen", antwortete er ausweichend.

„Also, sie war bereits einmal hier zu Besuch?" Seine Frage war betont beiläufig.

Unglaublich, dass ein ehemaliger Ermittler so unglaublich schlecht im Lügen ist, überlegte Rebecca.

Ein Grinsen schlich sich auf ihr Gesicht, während sie sich nach vorne beugte, die Hände auf den Tisch aufstützte und ihn aufmerksam musterte.

„Meredith ist ziemlich hübsch", stellte sie dann laut fest.

„Wie bitte, hübsch?", krähte Großmutter Isabell dazwischen. „Mit diesen grauen Haaren sieht sie doch uralt aus."

Doch Rebecca und Andreas ignorierten sie beide.

„Und nett ist sie auch noch", meinte Rebecca und grinste dabei noch breiter.

„Was läuft da zwischen euch?"

„Noch gar nichts." Abwehrend hob Andreas die Hände.

„*Noch* nichts, was?"

Ihr Bruder blickte genervt zur Decke.

„Wir haben uns fürs Wochenende verabredet, okay?", nuschelte er halblaut. „Nichts Besonderes."

„Ha! Wusste ich's doch!" Zufrieden ballte Rebecca ihre Hand zu einer kleinen Siegerpose. Andreas verdrehte die Augen.

„Also, warum war Meredith hier?"

Rebecca beschloss, ihren Bruder vom Haken zu lassen.

„Meredith ist unsere Nachbarin. Und sie hat uns, als wir frisch eingezogen sind, ein bisschen geholfen. Als sie hörte, dass es Großmutter Isabell nicht gut ging, ist sie mal auf einen Besuch vorbeigekommen, um nach dem Rechten zu sehen", erklärte sie.

„Meredith ist unsere Nachbarin?" Interessiert horchte Andreas auf. „Warum hast du das nicht schon früher erwähnt?"

Belustigt zuckte sie mit den Schultern.

„Ich hatte ja keine Ahnung, dass du Meredith kennst, oder dass du dich für sie interessierst."

Unschuldig sah sie ihren Bruder an, bevor sie weitersprach:

„Ich hätte übrigens überhaupt nichts gegen Meredith als meine Schwägerin einzuwenden."

„Das fehlte mir gerade noch", warf Großmutter Isabell ein, offenbar grantig, so völlig ignoriert zu werden.

Genau in diesem Moment klopfte es an der Tür.

„Wie schön, das muss Magister Hunt sein", meinte Großmutter Isabell. „Dann könnt ihr ja endlich mit diesem Gesülze aufhören. Könntest du bitte aufmachen?"

Andreas nickte und schnappte sich seine Uniform, die er nachlässig über einen freien Stuhl geworfen hatte.

„Natürlich, ich muss ohnehin los, meine Schicht fängt gleich an."

„Knöpf dir das Hemd ordentlich zu!", rief Großmutter Isabell ihm noch nach, während er bereits auf dem Weg zur Türe war. Ihr Bruder winkte nur mit der Hand und verschwand, ohne sich umzudrehen.

Dann kam Magister Hunt auch schon herein und lächelte freudig beim Anblick der wachen Großmutter.

„Frau Winter, wie schön Euch wach zu sehen! Wie geht es Euch? Ihr seht gut aus, es scheint, als würde die Medizin endlich zu wirken beginnen?"

Großmutter Isabell tupfte sich würdevoll mit einer Serviette den Mund ab.

„Vielen Dank der Nachfrage, mir geht es hervorragend. Etwas müde vielleicht, aber ansonsten wirklich bestens." Sie deutete auf den Tisch. „Wollt Ihr ebenfalls etwas essen? Meine Enkelin hat Kekse gebacken."

Doch Magister Hunt lächelte nur freundlich, während er seinen Koffer auf dem Sofa abstellte.

„Sehr zuvorkommend von Euch, vielen Dank. Aber ich habe bereits gegessen."

Er blickte entschuldigend in die Runde.

„Wollen wir gleich mit der Untersuchung beginnen?"

Großmutter Isabell nickte und stand auf, um zu ihm hinüber zu dem gemütlichen Sofa zu gehen, während Rebecca begann, den Tisch abzuräumen.

„Ihr nehmt die Medizin weiterhin regelmäßig, nehme ich an?", fragte er, während er sein Köfferchen öffnete. „Irgendwelche Veränderungen, außer dass Euer Schlafrhythmus sich langsam wieder normalisiert?" Vorsichtig fühlte er den Puls der alten Dame.

„Hmm, nein, eigentlich nicht." Großmutter Isabell überlegte einen Moment.

„Manchmal habe ich das Gefühl, als würde hier irgendetwas ziehen, aber sonst…"

Sie deutete auf ihren Nacken. Magister Hunt runzelte die Stirn.

„Es zieht?", fragte er nach.

„Ja. So, als wäre eine Art Seil mit einem Saugnapf oder so befestigt, an der immer wieder jemand zieht."

Der Heiler kramte in seinem Köfferchen. Gelangweilt schaute Großmutter Isabell ihrer Enkelin beim Aufräumen der Küche zu. Rebecca fand, dass die alte Dame immer noch äußerst müde wirkte.

„Andreas scheint es ja ganz schön erwischt zu haben", sagte Großmutter Isabell zu Rebecca.

„Euer Vater war auch so, als er eure Mutter kennengelernt hat." Sie schnaubte. „Genau gleich. Keine Ahnung, wie man auf solche Haare stehen kann, sie sieht damit ja älter aus als ich! Aber jedem das seine, denke ich."

Rebecca blickte erstaunt auf. Es war selten, dass sie über ihre Eltern redete. Großmutter Isabell wirkte nachdenklich. Rebecca stellte die Tassen in die Spüle und ließ etwas Wasser einlaufen, während sie antwortete.

„Ja, Meredith scheint es ihm wirklich angetan zu haben. Ich drücke den beiden auf jeden Fall die Daumen."

„Ich finde, sie sieht ja etwas seltsam aus!", stellte Großmutter Isabell nun zum x-ten Mal fest.

„Ich mag sie, sie ist nett", antwortete Rebecca.

„Ich hoffe wirklich, dass ihre Verabredung am Wochenende gut läuft."

„Ist etwas, Magister Hunt?" Stirnrunzelnd blickte sie den Heiler an, der plötzlich sehr still geworden war. Er zuckte zusammen, als die alte Frau ihn ansprach.

„Nein, nein, Frau Winter, alles gut", meinte er. „Wärt Ihr bitte so freundlich und würdet Euer Oberteil aufknöpfen, damit ich mir Euren Rücken etwas genauer ansehen kann?"

Großmutter Isabell tat, wie ihr geheißen, während der Heiler ein seltsames, antennenartiges Gerät aus seinem Köfferchen hervorholte. Sie musste den jungen Heiler wirklich mögen, wenn sie die Untersuchung so widerstandslos über sich ergehen ließ. Insgeheim hatte Rebecca den Verdacht, dass es der alten Dame gefiel, so betüdelt zu werden. Aber das würde sie vermutlich niemals zugeben. Als die alte Dame sich die Bluse über die Schultern strich, atmete Rebecca erschrocken ein. Auch der Heiler erstarrte mitten in der Bewegung.

„Was ist, was habt ihr beide denn?", fragte Großmutter Isabell unwirsch. „Noch nie den Rücken einer alten Frau gesehen?"

Ein rotes Mal prangte direkt auf ihrem Nacken. Es war seltsam zackig, hatte beinahe die Konturen eines Sternes. Ein ungutes, grausiges Gefühl erfasste Rebecca bei diesem Anblick. So, als wäre daran etwas grundlegend falsch.

„Was um alles in der Welt…"

Vorsichtig betastete der Heiler das blutrote Mal.

„Tut das weh?", fragte er.

„Nein, was denn?"

Verwirrt ließ Großmutter Isabell den Blick zwischen den beiden jungen Menschen hin und her wandern.

„Was habt ihr beide denn? Ihr seht aus, als hättet ihr ein Gespenst gesehen."

Magister Hunt strich nochmals mit einer federleichten Berührung über ihren Nacken, eine sorgenvolle Miene im Gesicht.

„So etwas habe ich noch nie zuvor gesehen", flüsterte er.

In Rebeccas Magen schien sich ein Klumpen zu formen, während sie weiterhin mit großen Augen auf das Mal starrte. Irgendwie behagte es ihr ganz und gar nicht. Was war das nur für eine Krankheit, an der ihre Großmutter erkrankt war?

Woher wussten Macus und dieser verfluchte Inspektor, dass sie auf der Toilette gewesen war und den Spiegel zerschlagen hatte? Leider war es ihr immer noch nicht gelungen, diese Information unauffällig herauszubekommen. Sie wollte auch nicht zu interessiert und damit verdächtig wirken.

Doch die Angst saß ihr im Nacken.

Meredith biss sich auf die Lippen und dachte nach.

Sie hatte gewusst, dass Andreas Winter ein Problem darstellen würde, seit sie damals im Büro des Direktors zum ersten Mal in seine wachen, grünen Augen, die denen von Rebecca so ähnlich sahen, geblickt hatte. Und als er sie dann nach der Eröffnungszeremonie angesprochen hatte und um eine Verabredung gebeten hatte, hatte sie die Gelegenheit sofort beim Schopf gepackt. Seither hatten sie sich bereits mehrmals getroffen.

Natürlich hatte sie als Macus' rechte Hand bereits einen sehr guten Zugang zum aktuellen Stand der Ermittlungen. Doch es konnte nicht schaden, dem jungen Ermittler etwas näher zu kommen, sie durfte auf keinen Fall als Verdächtige in Frage kommen. Sie musste nur aufpassen, dass sie ihr Herz nicht dabei verlor.

Macus und Ian hatten es bereits geschafft, ihr wichtig zu werden. Sollte sie jemals wirklich die Kontrolle über den Dämon verlieren und dieser ihren Körper übernehmen bevor sie ihn loswurde, so würde dieser sofort diejenigen angreifen, die ihr am Herzen lagen, davon war Meredith überzeugt. Und sie musste ihm ja nicht unbedingt noch mehr Zielscheiben bieten. Ihre Familie zu verlieren und sich um Macus und Ian sorgen zu müssen, war mehr als genug.

Der Dämon kicherte, sagte jedoch nichts.

Doch leider hatte sie noch nicht herausgefunden, woher Macus und Andreas wussten, dass sie den Spiegel in der Toilette zerstört hatte. Warum waren sie sich so sicher, dass es kein blinder Akt des Vandalismus von irgendeiner x-beliebigen Person gewesen war?

Meredith tippte sich mit den Fingern auf die Lippen. Was hatte sie übersehen?

Angestrengt versuchte sie, sich wieder zu erinnern. Die Erinnerung war immer noch äußerst schwammig und unklar, als würde man durch trübes Wasser schauen. Als der Dämon die Kontrolle über Teile ihres Körpers gewonnen hatte und sie in ihrer Ungläubigkeit und Wut den Spiegel zerschlagen hatte, hatten sie stundenlang in dieser Toilette miteinander gerungen.

Es war wirklich heikel gewesen, der Dämon hatte sie mit seinem Angriff völlig überrumpelt. Sie hatte keine Ahnung gehabt, wie stark der Käfig bereits beschädigt gewesen war. Ihr Herz pochte bei der Erinnerung daran, wie knapp es gewesen war, die Kontrolle über ihn zu verlieren. Und wie nahe daran, vor versammelter Menschenmenge aufzufliegen. Hin und her war der Kampf gegangen, im Hintergrund hatte Meredith gehört, wie die Versammlung zwei Stockwerke über ihr sich aufgelöst hatte und die einzelnen Mitglieder nach Hause gegangen waren.

Manchmal fragte sie sich, ob es dem Dämon völlig egal war, ob sie aufflog oder nicht. Sie hatte ihm sogar einmal diese Frage gestellt. Damals vor circa neun Jahren, als er plötzlich und ohne Vorwarnung mitten im Unterricht damit begonnen hatte, wieder mal ihren Geist und ihren

Körper zu traktieren. Damals waren seine Attacken noch nicht so schlimm gewesen, hatten noch nicht so weh getan. Zumindest körperlich. Doch er wusste genau, welche Bilder er ihr in ihrem Kopf zeigen musste, wusste, was sie am meisten peinigte. Wie er sie am besten quälen konnte. Manchmal glaubte Meredith, die blutüberströmten Leichen ihrer Brüder würden sie noch bis weit über ihren Tod hinaus verfolgen, so sehr hatten sie sich in ihr Gedächtnis eingebrannt.

Als der Dämon sie damals bis an den Rand der Tränen getrieben hatte, sodass sie sich mit Bauchschmerzen hatte entschuldigen müssen, hatte sie ihn gefragt. Doch sie hatte bis heute keine Antwort von ihm erhalten.

Nicht zum ersten Mal verfluchte sie die Tatsache, dass sämtliche Familienbücher bei dem Brand vor 16 Jahren zerstört worden waren und dass ihr Vater ihr davor nicht mehr beigebracht hatte. Fest stand nur, dass der Dämon sich zumeist gehörig über ihre prekäre Situation amüsierte.

Sie schüttelte energisch den Kopf, um diese Gedanken wieder loszuwerden, und konzentrierte sich erneut auf ihr vorwiegendes aktuelles Problem: In Erfahrung zu bringen, woher Macus und Inspektor Winter wussten, dass der Vorfall in der Toilette auf ihr Konto ging.

Sie musste etwas übersehen haben.

Was war danach passiert?

Meredith runzelte angestrengt die Stirn. Doch es hatte keinen Sinn. Dunkel konnte sie sich erinnern, dass es bereits Nacht gewesen war, als sie sich endlich aus der Toilette herausgetraut hatte und nach Hause geschlichen war, immer noch um die Kontrolle ringend, den Dämon nur mehr schlecht als recht im provisorischen neuen Käfig verwahrt.

Hatte sie dort etwa versehentlich während ihres Kampfes mit dem Dämon einen Hinweis hinterlassen? War ihr etwas aus den Taschen gefallen?

Soweit Meredith sich erinnern konnte, hatte sie sämtliche Dokumente und sonstigen persönlichen Gegenstände beim fluchtartigen Verlassen der Konferenz einfach am Tisch liegen lassen, genauso wie ihre Tasche. Ihres Wissens konnte sie also gar nichts dabeigehabt haben, was sie verlieren und das auf sie verweisen hätte können. Trotzdem.

Erneut tippte sie sich auf die Lippen.

Doch halt, wenn sie etwas zurückgelassen hätte, das auf sie hinwies, so hätten die Ermittler sie inzwischen vermutlich bereits verhört – ob Andreas Winter sie nun attraktiv fand oder nicht. Also musste es etwas sein, das nicht auf die Person ‚Meredith Argentum' verwies, sondern einfach nur auf irgendeine Verbindung zu jener Person, die in die geheimen Archive eingebrochen war. Aber wie?

Für einen kurzen Moment überlegte sie, ob sie die Toilette erneut aufsuchen sollte. Doch was, wenn dieser Polizist das mitbekam? Zu riskant. Und möglicherweise hatte man die Hinweise inzwischen ja bereits entfernt.

Sie musste dringend entweder Macus oder Andreas unauffällig über den aktuellen Stand aushorchen. Dann könnte sie weitere Maßnahmen in die Wege leiten, um weiter versteckt zu bleiben.

Eigentlich hatten Andreas und sie dieses Wochenende eine Verabredung unten in der Stadt. Doch so lange konnte sie nicht warten und Macus war ihres Wissens nach gerade wieder mal mit Professor Farber beschäftigt. Dieser hatte vorgeschlagen, die Stundenpläne nochmal komplett zu überarbeiten.

Meredith schloss für einen Moment die Augen. Sie wusste nicht, wo genau Andreas stationiert war oder ob er gerade überhaupt im Dienst war. Aber es gab nicht viele Stellen, an denen das Wachpersonal aufgestellt war. Da es kurz vor Mittag war, stand bald ein Schichtwechsel bevor, die Chancen, ihn anzutreffen, waren somit ziemlich groß. Es war doch nichts gegen einen kurzen Überraschungsbesuch einzuwenden, oder?

Am späten Nachmittag hatte sie Unterricht, doch bis dahin war noch Zeit. Mit einem Lächeln auf den Lippen schnappte Meredith sich die Geldbörse vom Tisch und ging nach draußen, um sich auf den Weg in Richtung Marktplatz zu machen.

Die Herbstsonne stand hoch oben am Himmel und das Wetter war bis auf ein paar Quellwolken absolut herrlich. Die Bäume hatten allesamt schon die Farbe gewechselt und erstrahlten golden im Lichte der Sonne. Meredith genoss die warmen Strahlen auf ihrer Haut, während sie durch den Wohnbezirk schlenderte. Die meisten Professoren waren gerade bei der Arbeit, nur einige wenige Kinder und Partner waren zu sehen. Meredith winkte ihren Nachbarn fröhlich im Vorbeigehen zu.

Eigentlich sollte sie diese Zeit für die Vorbereitung des Unterrichts nutzen, doch da sie nun bereits seit so vielen Jahren als Professorin arbeitete, hatte sie bereits alle erforderlichen Materialien beisammen. Die ersten Jahre als Professorin waren stressig gewesen, inzwischen ging es jedoch.

Der Marktplatz war um einiges voller als der Rest des Wohnbezirkes. Im gleißenden Sonnenlicht tummelten sich neben den Marktständen Familien, Professoren, Angestellte, und auch der eine oder andere Student hatte sich in den Wohnbezirk verirrt. Es ging laut und fröhlich her, während Meredith sich geschickt durch das Gedränge schlängelte. Aus den Augenwinkeln musterte sie kurz die beiden Wachmänner, die gelangweilt auf ihrem leicht erhöhten Posten standen und den Marktplatz überwachten. Kein Andreas Winter. Hier war er also schon mal nicht.

Sie ging zu einem ihrer Lieblingsstände, welcher kleine gefüllte Fladenbrote verkaufte, die sich gut zum Mitnehmen eigneten, und ließ sich drei Stück geben. Normalerweise reichte ihr ein einziges, doch sie wusste nicht, wieviel Andreas vertrug. Jedes Mal, wenn sie mit Macus oder Ian essen ging, schienen die beiden enorme Mengen zu vertilgen. Daher nahm sie lieber etwas mehr mit.

Dann schlenderte sie mit einem einnehmenden Lächeln auf die beiden diensthabenden Wachmänner zu. Der kleinere der beiden erkannte sie sofort.

„Professor Argentum, wie geht es Euch?" rief er. „Ziemlich heiß heute, nicht wahr?"

In der Tat sahen die beiden Wachposten in ihren Uniformen fast gebraten aus. Meredith lachte freundlich. Auch wenn auf dem Gelände der Akademie ganzjährig relativ angenehme Temperaturen herrschten, so war es in der direkten Sonne trotzdem sehr warm, obwohl diese jetzt im Herbst bereits eher tief am Horizont stand.

„Ja, ich kann mir vorstellen, dass es trotz der Magie recht schweißtreibend wird, hier in der prallen Sonne." Sie legte eine leichte Spur Mitleid in ihre Stimme, als sie sprach. „Dürft Ihr nicht mal für einen Moment in den Schatten treten? Diese Uniformen sehen verdammt unbequem aus."

Der Wachmann verzog leidend das Gesicht.

„Leider nein. Wachhauptmann Felan meint, wir müssten eine gewisse *Präsenz* zeigen." Er betonte das Wort ‚Präsenz' auf geradezu ulkige Weise.

„Und diese Präsenz zeigt Ihr nicht mehr, wenn Ihr Euch einen Moment in den Schatten stellt, um abzukühlen?", fragte Meredith leicht belustigt.

Sie hatte die Postierung der Wachmänner immer schon überflüssig gefunden. Seit Macus zum Direktor ernannt worden war, wusste sie, dass der eigentliche Sinn der Garde gar nicht unbedingt darin lag, für Ordnung zwischen den Studenten zu sorgen, sondern vielmehr darin, im Ernstfall die Akademie und die Geheimnisse, die in ihr schlummerten, gegen unerwünschte Eindringlinge zu verteidigen.

Aber so richtig leuchtete ihr dieser Grund immer noch nicht ein.

Innerhalb der Akademie tummelten sich so viele Magister wie sonst nirgendwo anders im Reich und zusätzlich gab es zahlreiche Zauber und Banne, welche die Akademie vor unerlaubtem Eindringen schützen. Sollte es tatsächlich einmal einen fremden Spion aus einem anderen Land oder einen leichtsinnigen Dieb geben, so würden die wenigen magielosen Wachmänner sicherlich die kleinste Hilfe sein. Immerhin konnte sie aus Erfahrung sprechen.

Der Kleinere der beiden Wachmänner, Meredith glaubte sich zu erinnern, dass er Daniel hieß, lachte leicht.

„Anscheinend nicht." Er zuckte mit den Schultern. „Wie auch immer, wie können wir Euch behilflich sein, Professor?"

Meredith behielt ihr unschuldiges Lächeln bei, während sie in einem ganz lockeren Ton antwortete.

„Ach, ich suche gerade diesen neuen Wachmann, Andreas Winter heißt er, glaube ich."

Nun runzelte der zweite Wachposten, der bisher geschwiegen hatte, die Stirn.

„Ich glaube, der ist unten auf der Hauptinsel gemeinsam mit Peter eingeteilt", informierte er sie. „Ihr solltet Euch beeilen, Professor. Der Schichtwechsel steht an."

Meredith bedankte sich bei den beiden, unterhielt sich noch kurz höflich, ehe sie sich verabschiedete.

Während ihres Bummels über den Marktplatz hatte sich das Wetter zunehmend verschlechtert. Dunkle Wolken ballten sich zusammen und der Wind frischte auf. Sie war froh über die Barriere, welche das Wetter draußen hielt, insbesonders jetzt im Herbst, wo dieses so unglaublich schnell umschlagen konnte. Vielleicht würde es sogar ein kleines Gewitter geben. Dies war immer äußerst eindrucksvoll anzusehen, so mitten in den Wolken, aber um diese Jahreszeit eher selten. Sie kaufte noch schnell eine Flasche mit kühlem Minzwasser, ehe sie sich auf diese Weise versorgt auf den Weg machte.

Als sie die große Hauptinsel erreichte, sah sie, wie Andreas sich gerade scherzend von seinen Kollegen verabschiedete. Der Zeitpunkt hätte also nicht besser sein können.

„Na, dann mal ran an den Speck", murmelte sie sich selbst ermutigend zu. Dann lief sie winkend auf Andreas zu, um ihn mit einer heftigen Umarmung zu überraschen.

„Ja, Meredith scheint es ihm wirklich angetan zu haben. Ich drücke den beiden auf jeden Fall die Daumen."

Die fröhliche Stimme von Rebecca Winter hallte in seiner Erinnerung nach.

„Ich hoffe wirklich, dass ihre Verabredung am Wochenende gut läuft."

Der letzte Satz ging ihm nicht aus dem Kopf. Ian hatte sich bei Herrn Kortig, dem Patienten, den er nach der Familie Winter noch schnell besucht hatte, kaum konzentrieren können. Fast hätte er ihm ein Magenmittel gegen dessen schmerzende Kniegelenke verschrieben. Nur die misstrauische Anmerkung von Frau Kortig, dass es sich aber um ein ganz anderes Mittel handelte als das, welches er ihnen schon einmal vor ein paar Jahren verschrieben hatte, hatte ihn vor einem größeren Missgeschick bewahrt. Vermutlich hatte sie gemerkt, dass Ian nicht ganz bei der Sache war.

„Ich hoffe wirklich, dass ihre Verabredung am Wochenende gut läuft."

Ian blickte starr hinauf zu den dunklen Gewitterwolken, die sich in der letzten halben Stunde rasend schnell gebildet hatten. Bedrohlich ballten sie sich zusammen und türmten sich vor dem Gelände der Akademie hoch auf.

Im Laufe der Jahre hatten sich schon viele Verehrer für Meredith interessiert. Doch noch nie, noch *nie* zuvor war sie mit einem von ihnen ausgegangen. Meredith hatte keine Verabredungen. Bis jetzt.

Verdammt nochmal.

Ian biss die Zähne zusammen, so laut, dass es knirschte.

Er hatte bereits erste Gerüchte über den neuen Wachmann gehört, der es geschafft hatte, die eiserne Abwehr von Professor Argentum zu durchbrechen. Aber das konnte einfach nicht wahr sein. Könnte es sich vielleicht um ein Missverständnis handeln? Vielleicht glaubte Meredith, sie würde sich einfach so, rein freundschaftlich, mit Andreas Winter treffen.

Nein. Ian kannte Meredith gut genug. Sie war nicht naiv. Eine strahlende Schönheit, freundlich, nett und einnehmend zu jedermann. Aber naiv, das war Meredith ganz bestimmt nicht. Seine Eingeweide krampften sich zusammen. Am liebsten hätte er sich den Schmerz aus seiner Brust herausgerissen. Warum gab es nur kein Heilmittel gegen Liebeskummer?

Ein lauter Krach holte ihn wieder zurück in die Gegenwart. Ein Blitz fuhr die unsichtbaren Barrieren entlang nach unten. Im nächsten Moment prasselte der Regen gegen das magische Schild, welches die Bewohner der Akademie vor Wind und Wetter schützte.

Das Gewitter hatte losgelegt.

Ian lebte nun schon seit vielen Jahren ganzjährig an der Akademie, sie war zu seinem Zuhause geworden. Und obwohl er schon viele Unwetter gesehen hatte, faszinierte ihn das Spektakel immer wieder aufs Neue.

Irgendetwas an den magischen Barrieren zog Blitze anscheinend magnetisch an. Es war atemberaubend zu sehen, wie der Blitz oft nur wenige Meter neben einem einschlug und die Elektrizität über das unsichtbare Schilde floss.

Der einzige Nachteil war der ohrenbetäubende Krach. Man konnte es immer an den müden Gesichtern der Akademiebewohner erkennen, wenn es in der Nacht zuvor ein Gewitter gegeben hatte.

Gebannt stand Ian eine ganze Weile einfach nur da und beobachtete das Naturschauspiel vor seiner Nase. Schließlich gab er sich einen Ruck und machte sich auf den Weg Richtung Hauptinsel. Er wollte vor seinem nächsten Termin unbedingt nochmal in die Bibliothek gehen.

Das seltsame Mal im Nacken von Frau Winter ließ ihm keine Ruhe. Wann immer er daran zurück dachte, stellten sich ihm sämtliche Nackenhaare auf. Zwar meinte er sich dunkel an die Erwähnung von irgendwelchen roten Malen in ‚Magische Krankheiten und Kräuter' zu erinnern, doch er wollte lieber auf Nummer Sicher gehen. Es waren ziemlich viele mögliche Symptome beschrieben worden.

Das Gewitter verlor zunehmend an Heftigkeit, während Ian die Stufen hinabstieg. Es schüttete jedoch weiterhin wie aus Eimern, als Ian schließlich die Hauptinsel betrat. Einmal mehr bedauerte er, dass niemand mehr wusste, wie der Zauber, der das Wetter von der Akademie fernhielt, genau funktionierte. Es gab bereits eine ganze Reihe an Forschern, die mehrfach versucht hatten, dem Geheimnis auf die Spur zu kommen, doch der Zauber erwies sich hartnäckig als zu komplex.

Fest stand nur, dass das Wasser, welches wenige Meter vor dem Boden der Akademie verschwand, irgendwie auf magische Weise in ein kompliziertes Konstrukt aus Rohren und Leitungen eingespeist wurde, welches sich im Inneren der einzelnen Felsen befand. Es gewährleistete die Trinkwasserversorgung der gesamten Akademie und vermutlich wurden auch all die Pflanzen, die hier wuchsen, auf irgendeine Weise damit versorgt. Professor Farber war einer jener Professoren, die das System schon seit Jahren untersuchten, um es möglicherweise eines Tages zu verstehen und vielleicht sogar für den Königspalast nachzubauen. Auch wenn Ian eher vermutete, dass Professor Farber dies nur tat, weil er hoffte, auf diese Weise Pluspunkte beim König zu sammeln, und nicht, weil ihn das System tatsächlich faszinierte.

Ian selbst war es völlig egal, wie es funktionierte, ihn interessierte nur, dass seine Heilpflanzen, die im Heilerbezirk liebevoll gehegt und gepflegt wurden, ständig gut versorgt waren.

Da es gerade Mittag war, war die Hauptinsel brechend voll mit Studenten. Überall standen und saßen sie, unterhielten sich und scherzten miteinander, während sie sich in Richtung des Felsens mit der Kantine machten. Dieser lag gleich neben der Hauptinsel, etwas unterhalb des Naturwissenschaftsfelsens, und beherbergte nur ein einziges Gebäude mit einem riesigen Saal, in welchem alle Studenten während des Schuljahres verköstigt wurden. Ian selbst ging lieber ins *Rusty Lemon*, auch wenn dies auf Dauer etwas teurer war.

Um den Scharen von Studenten aus dem Weg zu gehen, schlug er einen kleinen Umweg über einige der etwas versteckteren Wege ein, welche über einen kleinen Weidenhain führten. Der Regen prasselte weiter munter vor sich hin, Ian genoss die Ruhe um sich herum und ließ seine Gedanken schweifen.

Doch als er sich dem Weidenhain näherte, hörte er Stimmen. Kurz ärgerte er sich ein wenig darüber, so aus seinen Gedanken gerissen zu werden. Dann erkannte er die Stimme. Es war Meredith.

Ein Lächeln breitete sich auf seinem Gesicht aus und unwillkürlich beschleunigte er seine Schritte. Sie musste auf der kleinen Bank neben der Kapelle sitzen, die sich dort zwischen den Bäumen befand. Doch dann erklang eine weitere Stimme. Ruckartig blieb Ian stehen.

„Was unterrichtest du eigentlich für ein Fach?", fragte Andreas Winter neugierig.

„Du bist keine Magistra, oder?"

„Nein, ich bin leider ganz und gar gewöhnlich", erklang Merediths Stimme nun wieder.

Ian konnte ihr Lachen hören und sah sie regelrecht vor sich, wie sie mit blitzenden blauen Augen entschuldigend die Schultern hob. Sie war definitiv alles andere als gewöhnlich.

„Ich bin das personifizierte Grauen meiner Studenten, ich unterrichte Mathematik." Meredith lachte erneut. Ihre Stimme klang wunderschön und glockenhell.

„Es gibt zwei Professoren für den Mathematikunterricht, ich teile mir den Unterricht mit Professor Reynold, worüber ich manchmal ganz schön froh bin", meinte sie freimütig.

„Es ist manchmal wirklich schwierig, unwillige Studenten zu motivieren. Die ersten beiden Jahrgänge sind die schlimmsten, für die ist Mathematik nämlich ein Pflichtfach. Bei den höheren Klassen ist es leichter, denn ab dem dritten Jahr gehört Mathematik zu den Wahlfächern und diese Studenten machen alles wieder wett."

„Du siehst gar nicht wie eine Mathematikprofessorin aus." Andreas' Stimme klang neugierig.

Meredith lachte erneut.

„Wie hast du dir denn eine Mathematikprofessorin vorgestellt?"

Kurz herrschte Stille, so als müsste ihr Gegenüber erst über seine Antwort nachdenken.

„Hmmm, keine Ahnung – irgendwie strenger, glaube ich? Und älter, nicht so hübsch."

„Du scheinst ja keine besonders hohe Meinung von meiner Fachrichtung zu haben."

Ian hörte das Grinsen in ihrer Stimme.

Er konnte sich das keine Sekunde länger anhören. Er drehte auf der Stelle um, flüchtete von dem kleinen, romantischen Hain, so schnell ihn seine langen Beine trugen. Blind rannte er davon, hatte keine Ahnung, wohin er eigentlich lief, er musste einfach nur fort. Er musste jetzt allein sein.

DUNKLE VORZEICHEN

Die Zeit verstrich und voller Vorfreude betrachtete der Dämon den Spalt in seinem Gefängnis. Seit Jahren lief er immer und immer und immer wieder gegen die Mauern im Geist der kleinen Kröte an, doch jetzt…

Er lachte manisch.

Oh, das würde solchen Spaß machen!

Aber nach seinem letzten, etwas voreiligen Versuch, bei dem es ihm nur gelungen war, einen Teil ihres Körpers zu übernehmen, musste er vorsichtig sein. Sie durfte nichts merken. Zwar würde, selbst wenn sie die Löcher wieder stopfte, das Unabwendbare nur aufgeschoben werden, aber er hatte keine Lust mehr zu warten.

Die Fundamente des Käfigs waren bereits zu brüchig, selbst ein solch außergewöhnlicher Geist wie der Merediths war einfach nicht dazu bestimmt, jemanden wie IHN über so lange Zeit zu beherbergen. Schlussendlich war sie nur ein Mensch, auch wenn er zugeben musste, dass sie ein äußerst starker Mensch war. Nicht nur magisch, sondern auch mental. Vielleicht sogar der stärkste, dem er in seinem Leben begegnet war, und er lebte schon sehr lange.

Doch besonders, seit sie auf seine Magie zugegriffen hatte, um in dieses Archiv zu gelangen, wurden die Löcher in dem Zauber, den der alte Louis Maynard im Angesicht seines Todes gewoben hatte, immer größer. Vermutlich hätte sich der alte Patriarch nie im Leben träumen lassen, dass sein kleines Mädchen die Kräfte des Dämons für ihre eigenen Zwecke benutzen würde.

Ha, wie naiv die Menschen doch waren! Es grenzte ohnehin an ein Wunder, dass sie diesen Punkt nicht viel früher erreicht hatten.

Doch nun würde er endlich wieder so richtig Spaß haben können.

Mit heimlicher Freude machte er sich wieder daran, die Ritzen und Bruchstellen seiner geistigen Fesseln zu erweitern. Zentimeter für Zentimeter, Tag für Tag arbeitete er sich vorwärts, um den Geist und den Körper der kleinen Kröte nach all diesen Jahren endlich in Besitz nehmen zu können.

Und dann wäre er endlich frei!

Fröhlich vor sich hin pfeifend betrachtete Andreas die tiefliegende Sonne, während ihm der Wind durch die Haare wehte. Es war noch nicht so richtig Winter, doch man merkte bereits, wie die Jahreszeit sich zu ändern begann. Die Bäume hatten bereits den Großteil ihrer Farbenpracht verloren, überall wehten einzelne Blätter durch die Gegend. Die Hausmeister der Akademie hatten alle Hände voll zu tun.

Wie der Winter an der Akademie mit ihrem seltsamen Zauber, der das Wetter und die Temperaturen draußen hielt, wohl aussah? Was würde mit dem Schnee passieren? Würde er durch die Barriere hindurchfallen?

Andreas konnte es kaum erwarten.

Objektiv betrachtet gab es eigentlich keinen Grund für seine Fröhlichkeit. Die Ermittlungen erwiesen sich bisher als absolut zäh, sämtliche Spuren, die sich aus dem Fall mit dem zerbrochenen Spiegel ergeben hatten, verliefen erfolglos im Sand. Es war äußerst frustrierend.

Und auch sonst wollte ihm so gar niemand als verdächtig ins Auge stechen. Auch die Ermittlungen unten in der Stadt kamen nicht voran. Es war, als würden sie versuchen, Rauch in der hohlen Hand zu fangen. Kommissar Bosch wurde bei den wöchentlichen heimlichen Treffen immer grimmiger – etwas, das Andreas ihm nicht wirklich verübeln konnte. Nein, seine gute Laune lag definitiv nicht am aktuellen Stand der Ermittlungen.

Sein Kollege, Wachmann Kappel, stieß ihm scherzhaft in die Rippen.

„Na, du grinst ja echt von einem Ohr bis zum anderen."

Er blickte Andreas mit funkelnden Augen an. „Jetzt erzähl schon, wie war es letztens mit dieser kleinen, silberhaarigen Professorin? Seid ihr nicht auch noch am Wochenende *schon wieder* gemeinsam aus gewesen?"

Seine Kollegen machten sich aktuell ständig einen Mordsspaß daraus, zu versuchen, ihm Einzelheiten zu entlocken, wie weit er mit ihr denn bereits gekommen war. Und ihn damit dann gnadenlos aufzuziehen.

Andreas wurde mit einer Mischung aus Gutmütigkeit und Neid bedacht, Wachmann Kappel war normalerweise eine der wenigen wohltuenden Ausnahmen.

„Sie hat keine silbernen, sondern graue Haare", korrigierte Andreas seinen Kollegen nun.

Dieser schüttelte schnaubend den Kopf.

„Mann, ich werde vermutlich nie verstehen, was ihr alle an dieser Vizedirektorin so toll findet. Für mich wirkt sie immer wie eine, die sich ihrer Wirkung auf andere ganz genau bewusst ist, diese kalkuliert und ihr Aussehen gezielt einsetzt, um zu bekommen, was sie will."

„Nein, so ist Meredith ganz und gar nicht", beteuerte Andreas. „Glaube mir, du hast da ein völlig falsches Bild."

Verträumt dachte er an ihre letzte Verabredung zurück. Sie hatten sich am kleinen Teich auf dem Naturwissenschaftsfelsen getroffen, hatten sich hingesetzt und stundenlang miteinander geredet. Andreas hatte ihr eine Thermoskanne mit Tee mitgenommen und er erinnerte sich noch gut an den leuchtenden Ausdruck in ihren Augen, als sie sich daran gewärmt hatte. Und an ihr Lachen.

Meredith hatte das schönste Lächeln, das Andreas jemals gesehen hatte. Er konnte es gar nicht abwarten, sich erneut mit ihr zu treffen.

„Die Kleine hat dir wirklich ganz schön den Kopf verdreht", stellte Wachmann Kappel nun schon beinahe mitleidig fest. „Gut, dass du heute mit mir eingeteilt bist. Es gibt es einige Kollegen, die deine Eier gerade liebend gerne absäbeln und den Ameisen zum Fraß vorwerfen würden."

„Verdammt, Mann!" Andreas grinste nun. „Lass meine Eier aus dem Spiel. Die haben damit gar nichts zu tun!"

„Die haben damit nichts zu tun?" Wachmann Kappel lachte dröhnend. „Die müssen ja schon bald blau angelaufen sein, wenn die damit nichts zu tun haben. Lässt die Kleine dich etwa noch nicht ran?"

„Wir hatten erst eine Handvoll Verabredungen", entgegnete Andreas. „Ich will das hier nicht vermasseln, okay?"

Doch sein Kollege schüttelte sich weiter vor lauter Lachen. Andreas war wirklich froh, wenn sein Dienst heute Abend endlich beendet sein würde. Sie standen am Fuße der großen Eingangstreppe Wache, und aktuell gab es absolut gar nichts zu tun. Und ihre Schicht hatte gerade erst angefangen.

Außerdem standen sie hier leider etwas außerhalb der magischen Barriere, welche die Temperaturen auf dem Akademiegelände angenehm hielt. Der Wind pfiff ihnen unangenehm um die Ohren, dies war vermutlich die schlimmste Position, an der man zur Wache eingeteilt sein konnte.

Mit nachdenklichem Gesicht blicke Andreas nach oben in den klaren, blauen Himmel, in dem man die schwebenden Felsen der Akademie hervorragend sehen konnte.

Wie es Meredith wohl gerade ging? Was machte sie in diesem Moment? Blöde Frage. Vermutlich war sie gerade dabei, irgendwelchen Studenten mühsam Mathematik einzutrichtern.

Andreas ließ seinen Blick über die gewaltigen Felsformationen schweifen, während Wachmann Kappel ihm von irgendeinem drallen Schankmädchen draußen, außerhalb der Stadt Kallisto, erzählte. Aber so richtig hörte er ihm nicht zu.

Eine weitere kalte Brise strich über ihre Köpfe hinweg und Andreas befiel ein seltsames Gefühl, während er die Akademie über ihren Köpfen betrachtete. Ein latentes Empfinden von Unruhe machte sich in seinem Magen breit, wie eine böse Vorahnung. Als er sich umsah, merkte er mit einem Mal, dass die Natur um sie herum völlig still war. Nur der Wind wehte von Zeit zu Zeit und schob dabei einige vereinzelte Blätter vor sich her, die den Hausmeistern entgangen waren.

Das ist doch Blödsinn, dachte Andreas und versuchte, das seltsame Gefühl abzuschütteln.

Ian saß auf der Bank neben dem kahlen Apfelbäumchen und beobachtete das bunte Treiben vor sich. Es war später Nachmittag und der meiste Unterricht war bereits beendet. Die Studenten genossen das herrliche Wetter. Sie saßen draußen in der warmen Sonne, machten Hausaufgaben oder hatten einfach nur Spaß miteinander.

So wie damals auch er eine tolle Zeit gehabt hatte.

Mit einem Stich im Herzen dachte Ian für einen Moment an seine eigene Studienzeit zurück. Als er selbst gemeinsam mit Macus und Meredith auf diesen Bänken gesessen und sich über die neuesten Hausaufgaben beschwert hatte. Oder sich mit den beiden über den neuesten Klatsch unterhalten hatte.

Es war eine schöne, unbeschwerte Zeit voller Hoffnungen und Träume gewesen. Träume, in denen er mit Meredith zusammen war, in denen sie seine Liebe erwiderte. Träume, wie sie beide an der Akademie als Professoren lebten, gemeinsam arbeiteten und am Ende des Tages zusammenkamen, um über ihren Tag und ihre Schüler zu sprechen. Wie sie vielleicht sogar eines Tages Kinder bekamen. Das alles hatte in seinem jugendlichen, naiven Hirn herumgespukt.

Ian lachte bitter auf. Und nun machte sich dieser Andreas, der aus dem Nichts gekommen war, an Meredith heran. Und hatte sogar noch Erfolg damit. Mit der flachen Hand schlug er auf den Picknicktisch.

Er musste damit aufhören.

Meredith war Geschichte. Punkt. Sie waren Freunde und nichts weiter. Mehr war er nie für sie gewesen. Frustriert fuhr er sich durch die Haare, dann wandte er sich seinem anderen Problem zu.

Stirnrunzelnd betrachtete er die Seite aus ‚Magische Krankheiten und Kräuter‘, welche das Krankheitsbild der alten Dame genau beschrieb. Bisher hatte ihn dieses Buch noch nie zuvor im Stich gelassen, doch irgendetwas stimmte hier nicht.

Er las sich die Zutatenliste und die Dosierung erneut durch. Fast ausschließlich giftige Pflanzen, die einen in einen tranceartigen Zustand bringen konnten, was das

Schlafbedürfnis der alten Dame erklären mochte, doch was war mit diesen seltsamen, roten Malen?

Zum gefühlt hundertsten Mal blätterte er durch das Buch. Er hatte keine Ahnung, wie oft er es bereits durchgelesen hatte. Eigentlich hatte er gedacht, er kenne inzwischen jeden Eintrag zumindest vom Sehen her. Aber das Kurun-Symptom war ihm neu.

Kurun-Symptom. Was für ein seltsamer Name.

Er blätterte zum Inhaltsverzeichnis. Da war es, genau mit dem richtigen Seitenverweis, unter der Kategorie ,Schlafkrankheiten und deren Abwandlungen'. Er blätterte zurück zum Eintrag. Er war genau in derselben Schrift und mit der gleichen Tinte verfasst wie der Rest des Buches.

Ian überlegte. Dann blätterte er zurück auf die ersten Seiten. Das Buch war schon einige Jahre alt. Vielleicht sollte er von Herrn Kearson, dem Bibliothekar, einmal prüfen lassen, ob es in der Zwischenzeit Neuauflagen gegeben hatte. Vielleicht waren die Forschungen zum Kurun-Symptom zum Zeitpunkt der Veröffentlichung des Werkes noch nicht gänzlich abgeschlossen gewesen und er würde in einer neueren Ausgabe eine verbesserte Rezeptur finden.

Solchermaßen auf ein neues Ziel fixiert, machte Ian sich auf den Weg Richtung Bibliothek. Bis Herr Kearson eine neuere Version des Buches bestellt hatte, konnte er ja in der restlichen Bibliothek suchen, ob er etwas zum Kurun-Symptom fand.

„Ich glaube, ich habe genug von diesem langweiligen Unterricht."

Der Angriff kam, wie so oft, vollkommen unerwartet. In einem Moment saß Meredith noch friedlich vor ihren

Studenten und sah diesen beim Arbeiten zu, im nächsten Moment rang sie mit aller Kraft mit dem Dämon um die Kontrolle.

Sie keuchte, als er sich von innen gegen seine Fesseln wehrte. Ungeheurer Schmerz schoss ihr die Wirbelsäule hinunter. Das Blut rauschte in ihren Adern.

„Professor?"

Die Stimme einer ihrer Studentinnen, die den Schwerpunkt Mathematik gewählt hatte und die immer in der ersten Reihe saß, drang durch den Schmerz zu ihr durch.

„Professor, geht es Euch gut?"

Meredith blickte auf die Uhr. Noch eine halbe Stunde. Das würde sie auf keinen Fall durchhalten.

Verzweifelt versuchte sie, den Dämon zurückzudrängen und nahm all ihre Kraftreserven zusammen. Doch es funktionierte nicht, er ließ sich nicht kontrollieren.

„*Oh nein, kleine Meredith.*" Er lachte hämisch in ihrem Kopf. „*Heute nicht.*"

Mühsam richtete Meredith sich auf ihrem Stuhl auf und ließ ihren Blick langsam über die Studenten vor sich schweifen, anschließend betrachtete sie die sonnige Landschaft, draußen vor dem Fenster.

„Wisst ihr was?", fragte sie laut und betont ruhig, so als würde in ihrem Inneren nicht gerade ein Inferno lodern.

„Ihr habt in der letzten Wissensüberprüfung allesamt hervorragend abgeschnitten. Ich denke, alle haben sich einen etwas frühen Feierabend verdient. Das hier ist die letzte Stunde, nicht wahr?"

Sie lächelte bemüht fröhlich in die verblüffte Runde.

„Na los, geht schon, macht euch einen schönen Abend, ehe ich es mir anders überlege."

Das ließen sich die Studenten nicht zweimal sagen. In Windeseile war der Raum geleert, sodass niemand sah, wie sich Meredith in ihrem Stuhl zusammenkrümmte, wie ihre Augen sich langsam verfärbten und die langen, silbergrauen Haare schwarz wurden. Keiner bemerkte die spitzen Reißzähne, die sich in ihrem Mund formten. Und niemand war da, um die dicken, gebogenen, schwarzen Hörner, die sich langsam, Zentimeter für Zentimeter, aus ihrem schwarzen Haar hervorschoben, zu sehen. Es gab keine Zeugen ihres vollkommen stummen Kampfes, während Meredith mit aller Gewalt und mit eisernem Willen um die Kontrolle kämpfte, bis der Himmel sich zunehmend verdunkelte.

Sorgsam studierte Macus die Zahlungsbelege für das heurige Schuljahr, während er sie mit der Tabelle verglich, in der diese aufgeführt waren. Irgendwo musste ein Fehler unterlaufen sein, ihm fehlten fast hundert Goldstücke in der Bilanz.

Schon seit Stunden war er damit beschäftigt und verfluchte wieder einmal seine Entscheidung, für das Amt Direktors kandidiert zu haben. Er könnte aktuell so viel nützlichere Dinge tun, wie etwa die Forschung an den Kommunikationskristallen voranzutreiben.

Aber nein, stattdessen saß er hier in seinem mit Dokumenten überfluteten Büro und jonglierte mit Zahlen. Eigentlich sollte er das hier Meredith überlassen, immerhin war sie Professorin für Mathematik. Aber sie hatte sich äußerst elegant aus der Affäre gezogen, indem sie meinte, das Budget sei Sache des Direktors. Außerdem müsse sie im Gegensatz zu ihm noch Unterricht halten und habe daher mehr als genug zu tun.

Macus schnaubte.

Er wusste genau, dass sie gerade äußerst viel Zeit mit einem gewissen jungen Inspektor, der als Wachmann getarnt an die Akademie gekommen war, verbrachte. Es schien, als wären die beiden auf dem besten Weg, ein offizielles Paar zu werden. Und nachdem Meredith nicht nur bei den Schülern beliebt war, sondern auch sonst reichlich viele Verehrer hatte, kochte die Gerüchteküche auf Hochtouren. Die beiden wurden mit Argusaugen beobachtet, und wer was wann wie gesagt oder getan hatte, verbreitete sich in Windeseile innerhalb der Akademie.

Liebend gerne hätte Macus sich einmal mit Ian zusammengesetzt, um zu sehen, wie sein alter Freund mit den Neuigkeiten umging, doch leider erwies sich dieser in letzter Zeit als äußerst schwer fassbar. Vermutlich benötigte er einfach nur etwas Zeit, um seine Gefühle zu verarbeiten. Zumindest hoffte Macus, dass dies alles war.

Seine Gedanken wanderten einmal mehr zu den aktuellen Ermittlungen und zu der ausnehmend grausigen Energie, die er auf dieser Toilette gespürt hatte. Meredith hatte ihn mehrmals gefragt, ob er sich wirklich sicher war, dass er sich nichts einbildete. Aber Macus war sich absolut sicher, es war dieselbe Energie wie in den Archiven gewesen.

Diese beinahe unnatürlich anmutende, bösartige und verdorbene Energie würde er niemals vergessen oder verwechseln. Nur, was um alles in der Welt hatte der Täter dort gemacht? Warum war seine Energiesignatur so plötzlich an einem solch gewöhnlichen Ort aufgetaucht, um gleich danach wieder spurlos zu verschwinden? Wie war so etwas überhaupt möglich? Ein kalter Schauer lief ihm den Rücken hinunter, als er daran zurückdachte. Wer oder was verfügte über eine solch grausame, kalte Präsenz? Und zugleich über eine solche Macht?

Schon mehr als einmal hatte Macus darüber nachgedacht, ob er vorsichtshalber die gesamte Akademie vorübergehend schließen sollte. Ob er einfach alle Studenten nach Hause schicken und sämtliche Bedienstete entlassen sollte, nur um sicherzugehen. Doch das konnte er nicht tun. Die Akademie war noch nie zuvor geschlossen worden und zu viele Existenzen hingen direkt von der Arbeit in der Akademie ab. Und dann gab es ja noch die Stadt Kallisto selbst. Selbst wenn er die Akademie hätte schließen können, bei einer Stadt war dies unmöglich. Doch diese Präsenz, die er gespürt hatte...

Der Knoten der Angst, den er nun schon seit Monaten mit sich herumtrug, schien wieder ein Stückchen größer zu werden. Er war für die Sicherheit und das Wohlergehen sämtlicher Bewohner der Akademie zuständig – eine Aufgabe, die ihm in den vergangenen Jahren nicht allzu viele Sorgen bereitet hatte.

Doch seit jenem schicksalhaften Tag, an dem er den Einbruch in die Archive bemerkt hatte und diese unmenschliche Energie, die ihm die Haare zu Berge stehen ließ, zum ersten Mal gespürt hatte, quälten ihn düstere Vorahnungen. Irgendetwas würde passieren, und es würde ihm nicht gefallen.

Macus ließ die Tabelle auf seinen Schreibtisch fallen, stand auf und ging zum Fenster, um nach draußen auf das abendliche Gelände zu blicken. Er konnte sich ohnehin nicht konzentrieren.

Normalerweise beruhigte ihn der Ausblick aus seinem Fenster auf die Hauptinsel. Die Dämmerung war bereits weit fortgeschritten, die meisten Studenten, bis auf diejenigen, die aus den unterschiedlichsten Gründen

Abendlektionen hatten, genossen bereits in vollen Zügen die freie Zeit. Lachende, lärmende Studenten bevölkerten den Rasen und die Wege. Paare, die ihre erste große Liebe gefunden hatten.

Als er heute Abend durch das Fenster seines Büros auf die idyllische Szene hinabsah, bereitete sie ihm einfach nur Sorgen. So viele Leben, für die er verantwortlich war.

Macus beobachtete das Geschehen am Gelände noch eine ganze Weile. Langsam gingen die abendlichen Lichter an und erleuchteten die Wege. Auch das Hauptgebäude selbst war hell erleuchtet und hoch über sich konnte Macus das Licht am Astronomiefelsen angehen sehen. Offenbar hielt der neueste Zuwachs im Kollegium gerade Unterricht. Rebecca Winter hielt sich gut laut den Berichten. Die Studenten waren sehr zufrieden mit ihrem Unterricht und offenbar gefiel die Arbeit auch der jungen Professorin selbst.

Schließlich drehte er sich um und wollte sich gerade hinsetzen, um sich erneut der Tabelle mit den Zahlungen zu widmen – irgendwie musste er das Zeug ja erledigen.

BUMMM!

Ein gewaltiger Lärm erschütterte den gesamten Hauptfelsen der Akademie, zugleich breitete sich eine magische Schockwelle aus. Es passierte so schnell und so heftig, dass Macus keine Ahnung hatte, in welcher Richtung der Ursprung lag. Er hatte noch nicht einmal Zeit, um einen Schild hochzufahren. Dann wurde alles schwarz, als er wie ein gefällter Baum zusammenbrach.

Nur wenige Minuten später erwachte Macus wieder, am Boden liegend, halb betäubt, inmitten eines Zettelchaos. Einige seiner Dokumentenstapel waren offensichtlich bei der Explosion umgefallen. Unheimliche Lichter flackerten durch das Fenster zu ihm herein, dabei sollte es draußen schon dunkel sein. Schreie drangen zu ihm nach oben ins Büro. Studenten, die panisch kreischten. Angst krampfte seinen Magen zusammen, während er sich so schnell wie möglich aufrappelte und zum Fenster lief.

Halb über ihm brannte der Felsen der Naturwissenschaften. Rötlich-schwarze Flammen, die überall aus dem Boden schossen und sich rasend schnell verbreiteten. Kurz konnte er noch einige Studenten sehen, die verzweifelt versuchten, die Insel über eine Lücke in der Feuersbrunst zu verlassen. Doch schon im nächsten Moment war die Lücke geschlossen und die Insel war vollständig den seltsamen Flammen umringt.

DÄMONENFEUER

„Bitte stellt eure Teleskope dorthin, wir werden uns heute dem Sternbild Kassiopeia widmen."

Rebecca zeigte auf eine der Fensterfronten, von welcher man die erwähnte Himmelsregion besonders gut sehen konnte.

Ein allgemeines Stühle- und Teleskoperücken begann, während die Studenten sich lautstark einrichteten. Es dämmerte bereits, die Stunde hatte gerade erst angefangen und das Klassenzimmer war hell erleuchtet.

„Sehr gut, vielen Dank", meinte Rebecca, als die Studenten begannen sich in Position zu bringen.

„Nun, da wir alle an unseren Plätzen sind – wer kann mir sagen, wie der Hauptstern dieser Konstellation heißt?"

Die Hand eines jungen, rothaarigen, schlaksigen Studenten mit Brille schoss sofort in die Höhe.

„Herr Beich?"

„Der Hauptstern von Kassiopeia ist Schedir, Professor."

„Sehr gut." Rebecca nickte zufrieden. „Außerdem besteht Kassiopeia noch aus den Sternen Caph, Ruchbah, Seg…"

BUMMM!

Eine Erschütterung ging durch die schwebende Insel, auf der sie standen. Dann ertönten laute Schreie unter ihnen.

„Was zur…?"

Entsetzt hielt sich Rebecca am Rahmen eines offenen Fensters fest, ehe sie sich nach vorne beugte, um nach unten in Richtung der Schreie zu spähen.

Der Hauptfelsen war von ihrer Warte aus nur als kleiner Fleck zu erkennen. Normalerweise konnte man in der Dämmerung gerade noch das Gebäude erkennen.

Etwas rechts vom Hauptfelsen, ein bisschen höher schwebend, befand sich die Insel mit den Klassenräumen für die Naturwissenschaften. Sie war ein recht beliebter abendlicher Treffpunkt für diverse Studentengruppen und Liebespärchen. Doch jetzt stimmte dort etwas ganz und gar nicht. Rebecca konnte mit bloßem Auge nicht erkennen, was es war, daher schnappte sie sich kurzerhand das Teleskop des Studenten neben sich, drehte es nach unten und stellte es scharf. Ihr bot sich ein Bild des Grauens.

Die Insel brannte lichterloh, doch es waren keine gewöhnlichen Flammen. Sie waren rötlich-schwarz, und sie bildeten einen Feuerring um die gesamte Insel herum. Überall sah sie angsterfüllte Studenten, die kreuz und quer liefen, einige von ihnen schienen ebenfalls zu brennen. Panische Rufe schallten zu ihr herauf und untermalten auf groteske Weise die seltsame Szenerie.

Rebecca schaute wie betäubt auf die grausige Kulisse. Inmitten des Gewusels meinte sie für einen kurz schwarzhaarige Gestalt mit dunklen, ledernen Flügeln erkannt zu haben, doch schon im nächsten Moment war der Anblick verschwunden. Sie sah weitere Studenten, sie rannten wie wild hin und her. Und sie sah die Toten, die still im Gras lagen.

„Oh mein Gott, was ist mit Thorsten?!" Der bestürzte Ausruf einer Studentin holte Rebecca schlagartig zurück in die Gegenwart. Die sechs Jugendlichen im Raum waren allesamt weiß wie die Wand. Sie spähten entweder mit bloßem Auge oder mit den Teleskopen nach unten auf den brennenden Naturwissenschaftsfelsen. Nur Thorsten

Lange, ein freundlicher, rundlicher angehender Ritualmagister, war mitten im Raum an Ort und Stelle zusammengebrochen, so als hätte ihn ein Schlag getroffen. Neben ihm saß seine beste Freundin und rüttelte panisch an der Schulter des Bewusstlosen.

Besorgt eilte Rebecca zu dem am Boden liegenden Studenten. „Herr Lange! Herr Lange, was ist los?! Was ist passiert?"

Rebecca brachte den Burschen erst einmal in eine stabile Seitenlage, dann untersuchte sie ihn, so gut sie konnte. Sie war zwar keine Heilerin, aber zumindest etwas Erste Hilfe konnte sie leisten.

Der Student schien keine äußeren Verletzungen zu haben, es wirkte, als sei er einfach umgefallen. Hatte ihn der plötzliche Krach so sehr erschreckt? Zumindest konnte ihm nichts Gröberes fehlen. Erleichtert richtete Rebecca sich wieder auf.

„Er ist während dieses Knalls einfach zusammen-gebrochen", erklärte die Studentin, die sich auf der anderen Seite des jungen Mannes auf den Boden gekniet hatte.

Rebecca sah sich kurz im Raum um. Die restlichen Jugendlichen standen immer noch am Fenster und sahen nun zu ihr herüber, ihre Augen waren weit aufgerissen, die Gesichter leichenblass. Keiner schaute mehr durch die Teleskope nach unten, alle Blicke waren auf sie, Herrn Lange und die junge Studentin gerichtet.

„Ist hier zufällig ein angehender Heiler anwesend?", fragte Rebecca hoffnungsvoll.

Doch die Studenten schüttelten die Köpfe. Von unten drangen weiter Schreie zu ihnen, doch keiner beachtete sie mehr.

„Thorsten war der einzige Magister unter uns", sagte Herr Beich nun leise. „Und von uns hat sich sonst niemand für die Ausbildung zum Heiler gemeldet, da muss man so verdammt viel lernen"

Man musste kein Magister sein, um sich zum Heiler ausbilden zu lassen. Bandagen schnüren und Kräutermischungen zusammenstellen, dafür brauchte man keine Magie. Der schlaksige junge Mann, der aufgrund seiner roten Haare und der schneeweißen Haut sogar noch blasser wirkte als die anderen, machte zaghaft ein paar Schritte weg vom Fenster in ihre Richtung.

Ein zweiter Student, Herr Hover, folgte ihm.

„Wird er wieder, Professor?", fragte er mit unsicherer Stimme. „Was ist mit ihm passiert?"

Leider hatte Rebecca absolut keine Ahnung. Besorgt beugten die beiden Studenten sich über den immer noch bewusstlosen Herrn Lange. Auch die restlichen Jugendlichen kamen nun zu ihnen.

Rebecca fuhr sich verzweifelt durchs Haar. So hatte sie sich den Lehrerberuf nicht vorgestellt. Sie hatte keine Ahnung, was sie tun sollte.

„Ich denke schon, dass er wieder wird. Ich meine, ich bin keine Heilerin oder so", stammelte sie nun, da offensichtlich alle von ihr eine Antwort erwarteten. Glaubten, dass sie als Erwachsene die Situation unter Kontrolle hatte. In diesem Moment sahen die Studenten wie kleine Kinder die sich ausgerechnet von ihr Rat und Schutz erhofften. Rebecca fühlte sich heillos überfordert.

„Ich glaube, Herr Lange ist nur vor lauter Schreck bewusstlos geworden."

Oder zumindest hoffte sie es.

„Er wird sicher bald wieder aufwachen."

Das klang absolut lahm, das wusste sie. Aber etwas Besseres fiel ihr im Moment nicht ein. Dann drang ein neues Geräusch neben den Schreien zu ihnen nach oben, welches sie vermutlich bis an ihr Lebensende nicht mehr vergessen würden.

Ein hysterisches, glückliches Lachen.

Man sagte, dass Magister mit einer Begabung in der zweiten Kategorie Magie anders wahrnahmen als andere Magister. Für sie war Magie gleichbedeutend mit Energie. Und das hier war dieselbe böse Energie wie in den geheimen Archiven und der Toilette. Während Macus verdammt nochmal nicht durch diese magische Barriere kam...

Verzweiflung packte ihn, während er mit aller Gewalt versuchte, gegen das Konstrukt anzukämpfen, doch es gab nicht ein Stück nach. Macus war einer der besten Kampfmagister, die es aktuell im Land gab. Als solcher lag es eigentlich in seiner Natur, die Energieströme der Magie zu spüren und sie nach seinem Willen zu verformen. Schilde, Barrieren und rohe Magie, mit der man jemanden bewusstlos schlagen konnte, das war seine Begabung. Doch diese Barriere entzog sich vollkommen seiner Kontrolle. Voller Entsetzen bei dem Gedanken an die gefangenen Studenten hämmerte er mit der Faust gegen die unsichtbare Wand, nur wenige Meter von der schwarz-rötlichen Feuersbrunst entfernt. Wer zur Hölle verfügte über solch immense Macht? Er hatte absolut keine Chance.

Zum ersten Mal wurde Macus die volle Tragweite bewusst, mit der sie es hier zu tun hatten. Er hatte gewusst, dass, wer auch immer es geschafft hatte, die geheimen Archive nicht nur zu finden, sondern auch in sie einzudringen, über gewaltige Kräfte verfügen musste. Doch das hier sprengte den Rahmen jeglicher Vorstellung.

Die magische Welle, die zeitgleich mit der Explosion losgegangen war, hatte ihn erst einmal zu Boden geworfen. Als er sich endlich wieder zurück ins Bewusstsein gekämpft, sich aufgerappelt und orientiert hatte, fand er sich in der Hölle wieder.

Auf dem Weg zum Naturwissenschaftsfelsen war er über zahlreiche bewusstlose Studenten gestolpert. Schon nach wenigen Metern war ihm klar geworden, dass es sich bei ihnen allesamt um Magister gehandelt hatte, offenbar war jeder mit magischem Potenzial ausgeknockt worden. Die restlichen Studenten liefen verwirrt und voller Panik kreuz und quer, einige versuchten, ihren bewusstlosen Freunden und Mitstudenten zu helfen. Auch einige der Professoren lagen bewusstlos da.

Er hatte sich auf schnellstem Weg zum naturwissenschaftlichen Felsen begeben, der vollständig von den seltsamen Flammen umgeben war, die jeglichen Blick ins Innere verwehrten. Aber er konnte die Schreie hören, von Todesangst erfüllt.

Nun stand er mitten auf der breiten, kurzen Treppe, die die beiden Felsen miteinander verband, so nahe, wie die Barriere es zuließ, während er angestrengt die unsichtbaren Magiestränge auf eventuelle Schwachstellen überprüfte. Er fand keine. Mit wehendem Bart und keuchendem Atem tauchte Professor Farber neben ihm auf.

„Direktor, was, um alles in der Welt, passiert hier?"

Doch Macus konnte nur den Kopf schütteln. Er wusste es selbst nicht. Mit vor Konzentration zusammengekniffenen Lippen bündelte er seine eigene Energie, formte sie zu einem scharfen Strahl. Seine Hände flogen durch die

Luft, während er die Magie wob, an unsichtbaren Fäden zog, hin und her zerrte, verschob, wie er es brauchte. Immer weiter ballte er all seine beträchtlichen Kräfte zusammen. Dann schleuderte er die Energie wie einen Speer mit der Spitze voran gegen die Barriere. Doch seine Magie prallte schlichtweg an der Mauer ab und zersplitterte in tausend Stücke.

Die kleine Schockwelle, die beim Zerbersten seiner Energie entstand, riss sowohl ihn als auch Professor Farber von den Füßen. Sofort rappelte Macus sich wieder auf und schüttelte sich wie ein Hund. Er *musste* diese Barriere zerstören.

Noch immer drangen panische Hilferufe von der Insel zu ihnen durch die magische Feuersbrunst, die ihnen die Sicht versperrte.

„Bringt die restlichen Studenten, so gut es geht, in Sicherheit!", wies Macus den keuchenden Professor Farber nun an.

„Und versuchet, Magister Loewe zu finden!"

Magister Loewe war einer der Professoren und der wohl beste Spezialist für magische Barrieren, den Macus kannte. Er konnte nur hoffen, dass er sich nicht bereits zu Bett begeben hatte oder wie die anderen Magister ohnmächtig geworden war. Leider hatte er keine Ahnung, wo sich Magister Loewe aktuell auf dem äußerst weitläufigen Gebiet der Akademie aufhielt, am Ende bekam dieser von dem Trubel gar nichts mit.

Professor Farber diskutierte ausnahmsweise einmal nicht mit ihm, sondern nickte bloß, ehe er auf der Stelle herumwirbelte.

Macus trat erneut einen Schritt an die Barriere heran, legte beide Hände auf sie und schloss die Augen. Mit bloßer Gewalt würde er nicht weiterkommen, das hatte sein erster Versuch ihm recht eindrucksvoll gezeigt.

Also versuchte er es nun anders. Er fühlte die einzelnen Energiestränge, spürte ihnen nach, wie sie miteinander verwoben waren, erkannte das komplizierte Muster, das sie darstellten.

In seinem Bauch rumorte es, seine Nackenhaare stellten sich auf. Diese Energie, die Quelle der Magie, fühlte sich vollkommen falsch und verdorben an. Grausam. *Unmenschlich.*

Bisher hatte er immer nur ihren Nachhall, den Nachgeschmack gespürt. Doch jetzt fühlte er sie zum ersten Mal unmittelbar. Und das gefiel ihm ganz und gar nicht.

Vorsichtig versuchte Macus, an einem der Magiefäden zu zupfen, ihn zu verschieben, um eine Lücke in das komplizierte Muster zu reißen. In diesem Moment begann das hysterische, laute Gelächter, welches ihm das Blut in den Adern gefrieren ließ.

Ein Energiestoß erfasste ihn und warf ihn etliche Meter durch die Luft. Wie eine Puppe mit rudernden Armen und Beinen flog er rasend schnell auf den harten Felsen der Hauptinsel zu.

Doch kurz, bevor er sich sämtliche Knochen brechen konnte, stoppte etwas seinen Fall. Er wurde sanft auf dem Boden abgesetzt. Verwirrt blickte der Direktor sich um.

Ein kleines, elfenhaftes Mädchen mit kurzen, dunkelbraunen Haaren und einem frechen Grinsen trat aus dem Schatten eines Baumes.

„Das war aber knapp, Herr Direktor. Braucht Ihr zufällig etwas Hilfe?"

Macus erkannte das Mädchen. Es war eine Studentin der fünften Sonderkategorie. Es erstaunte ihn, dass sie wie er wach war und nicht wie ihre übrigen Studienkollegen bewusstlos. Hatte sie vielleicht eine geringere Dosis abbekommen?

Sie befand sich zwar erst im dritten Jahrgang, verfügte aber über riesige Mengen an Magie, und anscheinend hatte sie bereits eine ziemlich gute Kontrolle über ihre angeborenen Fähigkeiten erlangt. Macus wusste, dass sie zu den besten Studenten der Akademie gehörte. Das Auffangen einer erwachsenen Person mittels Telekinese wie gerade eben, war keine Kleinigkeit.

„Vielen Dank für die Hilfe, Magistra Filian. Das war genau zur rechten Zeit", bedankte er sich bei ihr.

„Gern geschehen."

Die junge Studentin wandte sich wieder dem Meer aus Flammen zu, aus dem immer noch die panischen Schreie gemeinsam mit diesem glücklichen, grausamen Lachen ertönten. Ihr Gesicht wurde erst eine Nuance blasser, dann entschlossen.

„Ich sehe mal nach, was dort drüben passiert."

Und noch ehe Macus mehr tun konnte, als verzweifelt „Nein, nicht!" zu rufen, stieß sie sich heftig vom Boden ab.

Die Fähigkeit zu ‚fliegen' war etwas, worum so ziemlich jeder in der Akademie die junge Magistra Filian beneidete. Eigentlich war es kein richtiges Fliegen, mehr ein extrem hohes Springen mit einem galanten Gleitflug, wodurch sie sich mithilfe ihrer Magie durch die Luft bewegte. Eine absolute Glanzleistung der Kontrolle und etwas, wozu bei weitem nicht jeder Magister mit Telekinese-Talent in der Lage war.

Die Barriere, die normalerweise das Abstürzen der Studenten verhinderte und die Hauptinsel wie eine gewaltige Kuppel umgab, war höher als die Flammen. Vermutlich würde Magistra Filian tatsächlich hoch genug springen können um zu sehen, was auf der Nachbarinsel vorging und wer dieses grausame Lachen von sich gab.

Rasend schnell stieg das Mädchen in die Luft, drehte sich und lachte dabei sogar ein bisschen. Sie war immer fröhlich gewesen, wenn Macus sie bisher auf dem Akademiegelände gesehen hatte.

Dann war sie schließlich hoch genug, um über die Flammen hinweg auf den Felsen der Naturwissenschaften zu blicken.

Das Lachen verschwand aus ihrem Gesicht. Stattdessen schlug sie die Hände vor den Mund, dann rief sie etwas wo Marcus nicht verstand.

Im nächsten Moment schoss ein schwarz-roter Flammenspeer über die Insel hinaus direkt auf sie zu. Ohne dass sie auch nur eine Chance gehabt hätte, auszuweichen, ohne dass Macus irgendetwas tun konnte, außer verzweifelt die Augen aufzureißen und die Hände nach ihr auszustrecken, spießte der Flammenspeer die junge, unschuldige Frau auf.

Sie schrie in Todesqualen auf. Und dann fiel sie. Mit einem lauten Krachen traf sie auf dem Boden auf, die Glieder merkwürdig verdreht. Ein schwarzes, verkohltes Loch klaffte mitten in ihrer Brust.

Eigentlich wollte sich Luca einfach nur einen schönen Abend mit Felicia machen. Es war erst ihre zweite Verabredung und sie trafen sich an dem kleinen Weiler, der sich auf dem Naturwissenschaftsfelsen befand. Er hatte das Ganze akribisch geplant: Erst ein gemeinsamer Spaziergang, bei dem sie den Sonnenuntergang und die ersten Sterne beobachten konnten, dann hinunter in die Stadt, um dort ein romantisches Essen einzunehmen. Die

Sperrstunde der Akademie war erst um 23 Uhr, was sich locker ausgehen sollte. Nicht, dass Studenten nicht ohnehin regelmäßig die Sperrstunde ignorieren würden. Aber mit Felicia wollte Luca alles richtig machen.

Sie war alles, was er sich jemals hätte wünschen können, und er hatte bereits Tage zuvor einen der besten Tische unten im *Horizon* gebucht, einem Lokal, welches er sich mit seinem Taschengeld eigentlich gar nicht leisten konnte. Aber Felicia war ihm das wert.

Der gemeinsame Spaziergang entlang des Naturwissenschaftsfelsens war wunderschön. Langsam ging die Sonne unter und ließ die gesamte Kulisse noch einmal so richtig aufleuchten. Dank der besonderen Klimaverhältnisse der Akademie war ihnen auch nicht kalt, als sie Hand in Hand am Rande der Insel entlangschlenderten. Sie waren nicht die einzigen, denn der Naturwissenschaftsfelsen war ein beliebter abendlicher Treffpunkt für die Studenten, doch das störte sie nicht weiter, sie hatten ohnehin nur Augen füreinander. Es war bisher einfach perfekt gelaufen, Luca schwebte innerlich bereits auf Wolke sieben.

Sie hatten gerade beschlossen, nach unten in die Stadt zu gehen, da ihre Mägen zu knurren begonnen hatten, als plötzlich die Hölle über sie hereinbrach.

Mit einem lauten ‚BUMMM!' explodierte das Gebäude für Mathematik und Physik, an dem sie nur Sekunden zuvor vorbeigeschlendert waren. Etliche Studenten brachen an Ort und Stelle zusammen, als habe sie mit dem Knall eine unsichtbare Schockwelle erfasst. Felicia schrie und hielt sich die Arme schützend über den Kopf, um den herumfliegenden Steinbrocken zu entgehen. Luca tat dasselbe, während er gleichzeitig instinktiv versuchte, seine Freundin abzuschirmen.

Dann brachen überall die Feuer aus. Schwarz-rote Flammen breiteten sich aus und schlossen die gesamte schwebende Insel in einem Ring ein. Doch auch innerhalb des Rings gab es zahlreiche Brandherde der seltsamen Flammen in allen Größen und Schattierungen, die scheinbar willkürlich aus dem Boden schossen.

Luca sah, wie einige Studenten, die das Pech gehabt hatten, genau auf einer der Ausbruchstellen zu stehen, in Flammen aufgingen und panisch in Richtung des Weilers liefen. Es platschte laut, als sie ins Wasser sprangen. Doch die unnatürlich gefärbten Flammen verloschen nicht. Es war bizarr mitanzusehen, wie seine Mitstudenten verzweifelt im Wasser herumruderten oder sich am Boden wälzten, während das Feuer munter weiterbrannte. Bis sie sich nicht mehr rührten.

Es war ein fürchterlicher Anblick.

Eine neue Flammensäule schoss nur wenige Zentimeter neben Felicia aus dem Boden.

„Pass auf!" Mit einem Ruck riss Luca seine Freundin am Handgelenk zu sich, fort von den gierigen heißen Flammen, die bereits ihre Finger nach Felicia auszustrecken schienen.

Ein weiteres, diesmal etwas leiseres Krachen ertönte, dann stieg eine kleine Staubwolke aus dem zerborstenen Mathematikgebäude neben ihnen auf und eine dunkle Gestalt erhob sich daraus. Da Luca mit Felicia halb hinter der neu entstandenen Flammensäule stand, konnte er nicht genau erkennen, um wen oder was es sich handelte.

„Aaaah ja, wie schön, wieder hier zu sein! Das letzte Mal ist schon eine Weile her. Es wurde aber auch Zeit, diese kleine Kröte hat einen verdammt starken Willen, das muss ich ihr lassen."

Irgendwie kam Luca diese Stimme bekannt vor, doch er konnte sie nicht so recht einordnen – obwohl er nicht glaubte, eine solch grausame, kalte Stimme je vergessen zu können.

Die dunkle Gestalt schüttelte und streckte sich. Schwarze, lederne Schwingen breiteten sich hinter ihrem Rücken aus. Dann warf die Gestalt ihre langen, dunklen Haare zurück und drehte sich einmal im Kreis, um ihre Umgebung in Augenschein zu nehmen.

„Na, dann wollen wir mal. Es ist viel zu lange her, dass ich etwas Spaß hatte."

Die unbekannte Person trat aus dem Schatten des zusammengebrochenen Gebäudes heraus in das seltsame Licht der Flammen und Felicia schrie laut auf, ehe sie sich erschrocken die Hände vor den Mund schlug. Auch Luca keuchte auf. Die schattenhafte Gestalt mit den ledernen Flügeln war Professor Argentum.

Doch sie sah anders aus. Ihre normalerweise grauen Haare waren nun tiefschwarz. Zwei lange, gedrehte Hörner ragten seitlich aus ihrer Stirn heraus. Und ihre Augen …

Unwillkürlich machte Luca einen Schritt nach hinten und zog Felicia mit sich, da er noch immer ihr Handgelenk umklammert hielt. Professor Argentum legte den Kopf schief.

„Na, was haben wir denn da Schönes?"

Sie klatschte in die Hände, als erlebe sie eine besonders freudige Überraschung. Ihre Stimme klang bösartig, ganz anders als sonst. Ihr Gesicht, das gewöhnlich immer ein freundliches Lächeln zur Schau trug, war nun zu einer höhnischen Grimasse verzogen. Es passte so gar nicht zu jener Person, die Luca kannte.

„Zwei Turteltäubchen, wie schööön. Die machen immer besonders viel Spaß."

Professor Argentum stieß ein entzücktes Kichern aus, ehe sie mit langsamen Schritten auf die beiden zuging.

All seine Instinkte riefen Luca zu, so schnell wie möglich das Weite zu suchen. Er trat einen weiteren Schritt nach hinten.

„Tz, tz, tz", machte Professor Argentum.

„Seid doch keine Spielverderber."

Sie hob einen Finger mit langer, schwarzer Kralle und wackelte mahnend damit. Kalter Schweiß rann Luca den Rücken hinunter. Urplötzlich schoss genau hinter ihnen eine weitere Flammensäule aus dem Boden. Mit einem lauten Schrei stoben Felicia und er auseinander. Er stolperte über seine eigenen Beine, während er versuchte, der heißen Feuersbrunst zu entkommen, und kam hart am Boden auf.

Ein Fuß trat in sein Blickfeld. Als er entsetzt nach oben schaute, stand Professor Argentum direkt über ihm. Ihre eisblauen Pupillen auf schwarzem Hintergrund drückten nichts als Grausamkeit aus. Doch noch während Luca seinem Tod buchstäblich ins Auge blickte, meinte er plötzlich, auch Panik und abgrundtiefes Entsetzen irgendwo hinter dem bösen Ausdruck in diesen fremdartigen Augen zu erkennen. Aber vielleicht bildete er sich das auch ein und reflektierte nur seine eigenen Gefühle.

Professor Argentum lachte.

„Lauft, kleine Menschlein, lauft!"

Dann wurde Luca mühelos in die Luft gehoben.

Er hörte noch die Schreie von Felicia, während sein Körper in zwei Teile zerrissen wurde. Das blauäugige

Monster mit dem Gesicht von Professor Argentum lachte glücklich und hysterisch.

Voller Verzweiflung hämmerte Meredith von innen gegen den Käfig, doch er gab kein Stück nach. Sie hatte ihn gut gebaut. Welche Ironie, dass ausgerechnet jenes geistige Konstrukt, das sie so sorgsam errichtet hatte, um den Dämon zu bannen, nun sie selbst gefangen hielt.

Sie hatte schon öfter mit dem Dämon um die Kontrolle gerungen, doch noch nie war es so schlimm gewesen wie jetzt. Sie hatte keinerlei Herrschaft mehr über ihren eigenen Körper. Völlig hilflos saß sie eingesperrt in ihrem eigenen Geist und musste zusehen, wie der Dämon Jagd machte. Wie er seinen ‚Spaß' hatte. Wie er sie alle abschlachtete. Einen nach dem anderen.

Und es machte ihm offensichtlich sehr viel Spaß. Wie eine Katze spielte er mit seiner Beute, jagte sie von links nach rechts, fing sie ein, ließ sie laufen, verletzte sie, tötete sie. Die ersten Toten hatte sie noch gezählt. Hatte sich ihre Namen und Gesichter gemerkt. Hatte sich mit aller Kraft gegen die geistigen Fesseln gestemmt, hatte versucht, den armen Jungen und Mädchen zu helfen.

Doch alles, was sie erreicht hatte, war, dass der Dämon sich noch prächtiger amüsierte. Er genoss es, dass ihre Rollen nun vertauscht waren. Die Leine, die sie und den Dämon miteinander verband, baumelte vor ihrem geistigen Auge. Meredith konnte sie sogar anfassen, doch sie hatte keinen Zugang zu ihrer eigenen Kraft, wodurch ihre Versuche, den Dämon damit wieder unter ihre Kontrolle zu bringen, mehr einem harmlosen Zupfen.

Meredith schloss die Augen und rollte sich im Inneren ihrer geistigen Zelle zu einem Ball zusammen. Sie wollte das Morden, welches der Dämon gerade so sehr genoss, nicht mitansehen. Trotzdem drangen die Schmerzensschreie und die verzweifelten Hilferufe zu ihr durch. Sie kannte diese Menschen. Viele von ihnen hatte sie selbst unterrichtet.

Meredith erinnerte sich zurück, wie ihr Vater ihr damals in seinen letzten Momenten gezeigt hatte, wie sie das Gefängnis, in welchem sie nun selbst in der Falle saß, bauen musste. Sie war damals so entsetzt gewesen über das, was sie versehentlich getan hatte. Und wie gelähmt vor Angst.

In ihrer Erinnerung fühlte sie erneut die warme, liebevolle Präsenz ihres Vaters, die sie umhüllt hatte. Und hörte seine Stimme, wie er sagte:

„Wir können den Dämon nicht zurückschicken, doch wir können den Schaden begrenzen und ihn aufhalten, ehe er noch das ganze Land in Schutt und Asche legt. Ein Dämon kennt keine Grenzen in seiner Zerstörungswut. Schließe deine Augen, mein Schatz. In dir kannst du eine Verbindung spüren. Es ist wie ein Faden, der dich untrennbar mit dem Dämon verbindet, solange er in dieser Welt weilt."

Danach hatte er sie in ihre Innenwelt begleitet. Hatte sie angeleitet. War, so wie immer, stark und verlässlich für sie dagewesen.

„Kennst du seinen Namen?", hatte er sie gefragt. *„Wenn du seinen Namen nicht weißt, dann sind wir ihm absolut unterlegen. Nicht einmal ich könnte ihn kontrollieren. Aber wir können ihn einsperren. Komm, ich zeige dir, wie."*

Ein Ruck ging durch ihren Körper, und mit einem Mal saß sie kerzengerade in ihrem geistigen Verlies.

Sein *Name.*

Meredith wusste, dass ihr Vater ihr vor seinem Tod nicht alles hatte beibringen können über die speziellen

Fähigkeiten der Maynards. Ihre Ausbildung im Bereich der Dämonenbeschwörung umfasste allenfalls die Grundlagen. Das spezielle Wissen ihrer Familie war gemeinsam mit den privaten Büchern in Flammen aufgegangen und mit ihrem Tod für immer verschwunden.

Doch sie konnte sich erinnern, dass ihr Bruder Ned einmal etwas über die Namen von Dämonen erwähnt hatte. Jeder Dämon besaß einen eigenen, speziellen Namen. Und diesen zu kennen, verlieh unglaubliche Macht.

Meredith überlegte, blendete die Außenwelt und das Massaker, das dort vor sich ging, vollkommen aus.

Sie wusste nicht viel über den Dämon. Aber sie war sich sicher, dass er seinen Namen nie auch nur mit einer Silbe erwähnt hatte. Grundsätzlich hatten sie eigentlich nicht viel kommuniziert, meist hatten ihre ‚Gespräche' nur aus einem einseitigen Piesacken des Dämons bestanden, indem er sie mit Schmerzen oder Erinnerungen traktiert hatte.

Meredith tippte sich mit den Fingern auf die Lippen. Da der wahre Name eines Dämons Macht über ihn verlieh, bezweifelte sie, dass der Dämon ihn ihr so ohne weiteres verraten würde. Vermutlich würde er ihn nicht einmal versehentlich preisgeben. Wenn sie weitere Leben retten und irgendwie die Kontrolle zurückerlangen wollte, so musste sie jetzt handeln.

„Der wahre Name ist für Dämonen ihr bestgehütetes Geheimnis und ihr größter Schatz, Meredith", hatte Ned ihr damals erklärt.

„Doch es gibt Mittel und Wege, ihn in Erfahrung zu bringen."

Sie erinnerte sich, wie sie damals im Schatten der großen Eiche gesessen waren, während Lars und Adrian sich gestritten hatten. Die Zwillinge gerieten selten aneinander, doch wenn, dann heftig. Aber Meredith hatte die beiden nicht wirklich beachtet. Stattdessen war sie an Neds Lippen gehangen, um jedes noch so kleine Fitzelchen Information von ihm zu bekommen.

„Und wie bekommt man den Namen raus?", hatte sie aufgeregt gefragt.

Daraufhin hatte ihr Lieblingsbruder gelacht. Es war sein herzliches, offenes Lachen gewesen, das sie immer so sehr geliebt hatte.

„Nun, am einfachsten ist es natürlich, wenn ihn bereits jemand vor dir herausgefunden hat. Vater bewahrt in der Bibliothek eine Liste mit allen bekannten Dämonennamen auf. Die Liste ist uralt, sie reicht in die Anfänge unserer Familiengeschichte zurück und sie wird von Generation zu Generation weitergegeben."

„Und was macht man, wenn man den Namen eines Dämons herausfinden möchte, der nicht auf dieser Liste steht?"

Ned hatte daraufhin ein ernstes Gesicht aufgesetzt.

„Dann solltest du besser verdammt stark sein. Vater hat gesagt, normalerweise muss man dem Dämon schlicht soweit überlegen sein, dass man ihn dazu zwingen kann, seinen Namen preiszugeben. Aber es ist ziemlich gefährlich, Großvater Archie ist bei einem solchen Versuch gestorben."

Meredith hatte gewusst, dass ihr Bruder ihr gerade Informationen gegeben hatte, die eigentlich nicht für ihre jungen Ohren bestimmt gewesen waren.

„Vater redet nicht oft darüber."

Ned hatte düster dreingeschaut.

„Aber ich glaube nicht, dass dies der einzige Weg ist. Immerhin kennt unsere Familie auch die Namen einiger mittelmäßiger Dämonen, nicht nur die der geringen. Und ich kann mir nicht vorstellen, dass es tatsächlich jemandem

gelungen ist, den Namen eines mittleren Dämons mit Zwang zu erfahren."

Stirnrunzelnd hatte er in die Ferne geblickt.

„Es starben bereits viele bei dem Versuch, den Namen eines geringfügigen Dämons herauszubekommen. Und die meisten von denen, denen es gelungen ist, wurden aus irgendeinem Grund von der Familie verbannt. Warum, weiß ich allerdings nicht."

Meredith zupfte an ihrer Unterlippe.

Ned hatte vermutet, dass es noch eine weitere Möglichkeit gab, an den Namen eines Dämons zu kommen. Sie glaubte, dass er dabei daran gedacht hatte, einen Dämon schlichtweg zu überlisten. Aber war es überhaupt möglich, *ihren* Dämon zu überlisten?

Warum waren einige der Familienmitglieder, die es geschafft hatten, den Namen eines mittelmäßigen Dämons herauszufinden, verbannt worden? Spielte dies überhaupt noch eine Rolle? Ihre Familie gab es nicht mehr, Meredith war die letzte des siebten Hauses. Und um ehrlich zu sein, glaubte sie nicht, dass es sich bei ihrem Dämon nur um einen mittelklassigen handelte, sonst hätte ihr Vater damals gewusst, wie er ihn kontrollieren könnte.

Was, wenn es nun vielleicht eine weitere Möglichkeit gab, den Namen in Erfahrung zu bringen?

Meredith betrachtete das Band, welches schimmernd vor ihr lag und sie mit dem Dämon verknüpfte, seit sie ihn vor all den Jahren versehentlich in diese Welt gelassen hatte. Sie hatte sich noch nie wirklich näher damit auseinandergesetzt, was sich am anderen Ende der Leine befand.

Der Dämon. Eine unnatürliche, bösartige Kreatur. Doch konnte sie vielleicht etwas mehr über ihn herausfinden?

Kurz durchzuckte sie nochmal die Erinnerung an das Bild ihres Bruders.

„Vater hat gesagt, man sollte auf gar keinen Fall mit Dämonen experimentieren, besonders nicht, wenn ihr Name dabei mit im Spiel ist."

Doch hatte sie überhaupt eine Wahl? Was war die Alternative?

Zögernd streckte sie ihre geistigen Fühler aus. Sie hatte immer mit aller Kraft nach dem Band gegriffen, doch dieses Mal ging sie vorsichtig zu Werke. Sie berührte die Verbindung, untersuchte sie. Sie fühlte sich nach dem Dämon an. Und nach ihr selbst. Es war eine seltsame Mischung, vereinte zwei Wesen miteinander, die so grundverschieden waren.

Vorsichtig begann Meredith, dem Band zu folgen.

Es führte sie weiter, hinein in die Dunkelheit. Sie spürte, wie sie sich der gefährlichen Präsenz des Dämons näherte. Und dann fand sie ihn.

Noch nie zuvor hatte sie den Dämon auf diese Weise erblickt. Sie *sah* ihn, erkannte ihn in seinem ganzen Wesen. Er war die pure Wut und Zerstörung, sie bildeten den Kern seiner Natur. Und er war grausam. Voller Hass und Verachtung den Menschen und ihrer Welt gegenüber. Gleichzeitig war er so unglaublich mächtig, es war ein Wunder, dass er nicht schon viel früher ausgebrochen war.

Sie hatte es bisher nur vermutet, doch nun wusste sie es mit Sicherheit. Sie beherbergte einen hochrangigen Dämon.

Meredith machte sich so klein wie möglich, damit er sie nicht entdeckte. Sie wusste nicht, was passieren würde, wenn er es tat, doch sie wollte lieber kein Risiko eingehen. Sie betrachtete dieses Individuum, welches schon so lange in ihrem Geist wohnte und ihr trotzdem noch so fremd war. Erkannte, wie alt der Dämon war. Wie lange er schon zwischen den Dimensionen lebte, mal in der Menschenwelt, mal in seiner eigenen. Ließ seine ureigene Essenz auf sich wirken, ohne sie zu verurteilen oder etwas tun zu wollen. Betrachtete ihn emotionslos, so wie man einen interessanten Käfer in einem Glas begutachten würde.

Und dann, mit einem Mal, wusste sie es.

Aeshma.

Sein Name war Aeshma.

Ein Gefühl des Triumphs durchzuckte sie. Macht durchströmte sie. Macht über *ihn.*

Aeshma.

Gewaltsam riss sie die Kontrolle wieder an sich. Es war mit einem Mal so einfach. Mühelos packte sie den Dämon und warf ihn zurück in das Verlies in ihrem Inneren. Sie glaubte nicht, dass es ewig halten würde, Aeshma war einer der hochrangigsten Dämonen, die es gab. Und er war alt, so erfahren. Doch in diesem Moment war es ihr egal. So viel Macht floss nun durch ihre Adern.

Langsam öffnete Meredith in der realen Welt wieder die Augen. Sie stand inmitten eines Schlachtfeldes. Überall lagen Tote.

Seltsamerweise fühlte sie absolut gar nichts, während sie ihren Blick fast schon gelangweilt über die Folgen des Massakers schweifen ließ. Da hatte Aeshma ja eine ganz schöne Sauerei angerichtet. Irgendwo tief in ihrem Inneren, schrie etwas voller Entsetzen auf. Doch es war so leise, dass Meredith es nicht weiter beachtete.

Ein Schluchzen zu ihren Füßen riss sie aus ihrer emotionslosen Betrachtung der Toten.

Kalt sah Meredith auf die verletzte Studentin hinab, die sich vor ihren Füßen zusammengekauert hatte. Es war

Felicia Thommes. Ihre Haare waren angekokelt, ihr hübsches Rüschenkleid teilweise versengt.

„Hast du dir etwa noch ein Spielzeug fürs Ende aufgehoben?", fragte sie Aeshma fast schon ein wenig belustigt. Seltsam, wie wenig der Anblick der verstörten jungen Studentin sie berührte.

Vermutlich war der Verstand des Mädchens ohnehin unwiederbringlich zerstört durch das, was sie hatte erleben müssen. Doch selbst wenn nicht, Meredith konnte kein Risiko eingehen. Langsam streckte sie ihre mit Krallen bewehrte Hand aus. Ein kurzer Griff nach Aeshmas Magie und von Felicia war nur noch ein Haufen Asche übrig.

Erneut ließ Meredith ihren Blick über den brennenden Felsen wandern. Doch es gab keine weiteren Überlebenden, die sie hätte beseitigen müssen, um ihr Geheimnis zu bewahren. Aeshma war gründlich gewesen, sie musste nicht weiter hinter ihm aufräumen. Als nächstes wandte sie sich den Gebäuden zu. Niemand sollte wissen, dass das Massaker an den Studenten im Mathematik- und Physikunterrichtsgebäude angefangen hatte. Also ging sie von einem kleinen Haus zum nächsten und zerstörte eines nach dem anderen. Am Ende lagen überall nur noch Trümmer.

Zufrieden betrachtete sie ihr Werk.

Die Flammen hatten sich in der Zwischenzeit ausgebreitet, sodass Meredith durch sie hindurchwaten musste. Doch das machte nichts, es waren Aeshmas Flammen und somit nun auch ihre.

Schließlich, als sie sich davon überzeugt hatte, absolut keinen Hinweis mehr auf dem schwebenden Felsen hinterlassen zu haben, breitete sie ihre Flügel aus, zog die Magie des Dämons zu sich und umhüllte sich mit dunklen Schatten. Unbemerkt flog sie in den Nachthimmel hinaus und umkreiste die unter ihr liegende Hauptinsel, die Barriere der Akademie bildete kein Hindernis für sie. Macht durchflutete jede Zelle ihres Körpers. Sie sah einen ganzen Pulk von Magistern, allen voran Macus, die immer noch versuchten, die Mauer, die Aeshma am Treppenaufgang zum naturwissenschaftlichen Felsen errichtet hatte, einzureißen. Jetzt gehörte die Barriere ihr. Meredith kreiste ein weiteres Mal über der Szenerie, ehe sie sich hinter dem Hauptgebäude zu Boden sinken ließ und die Flügel wieder einklappte.

Ihre Hörner zogen sich zurück, ihre Haare nahmen die gewohnte graue Farbe an, die sie seit Aeshmas unfreiwilliger Beschwörung hatten. Kurz schloss Meredith ihre Augen, um ihre Gedanken zu ordnen und sich ihre Geschichte zurechtzulegen, sollte sie jemand fragen, wo genau sie gewesen war.

Dann eilte sie mit einem erschrockenen Gesichtsausdruck nach vorne zu der Gruppe von Magistern. Wie schwach sie doch waren. Zumindest im Vergleich mit Meredith und der Macht, die nun durch ihre Adern floss. Nur bei Macus war sie sich nicht ganz sicher, er war vermutlich viel geübter in seiner Disziplin als sie. Ein bisschen konnte sie verstehen, warum Aeshma so auf die Menschheit herabschaute. Sie waren wirklich eine erbärmliche Spezies.

„Macus!", rief sie schon von weitem, während sie auf die Gruppe zulief. „Macus, was ist passiert?!"

Erleichterung erhellte das Gesicht ihres alten Freundes, als er sie erkannte. Er zog sie in eine kurze, aber innige Umarmung.

„Meredith, Theiron sei Dank, dir geht es gut! Schnell, du solltest…"

Genau in diesem Moment löste Meredith die Barriere mit einer kleinen, unscheinbaren Bewegung ihres Fingers auf. Unter lautem Getöse stolperten die anwesenden Magister nach vorne. Die schwarzen Flammen erloschen und die kleine Gruppe erblickte endlich die verbrannte Insel. Außer Schutt und Asche war nichts mehr zu sehen.

AESHMA

Aeshma konnte sich nicht so recht entscheiden, ob er aus vollem Halse lachen oder voller Wut auf etwas einschlagen wollte.

Da hatte diese kleine, unwissende Mistkröte doch tatsächlich einen Blick auf seine ureigene Essenz riskiert. Er wusste, dass ihr Vater ihr nur die Grundlagen hatte beibringen können, doch dass sie wirklich so wenig Ahnung hatte...

Amüsiert und zornig zugleich schüttelte er den Kopf. Damit hätte er niemals gerechnet. Sie hatte ja keine Ahnung, was sie verloren hatte, als sie diesen Blick riskierte. Nicht, dass ER der Meinung wäre, dass es sich dabei um etwas Wertvolles handelte. In seinen Augen lebte es sich ganz ausgezeichnet, auch ohne dieses Gut. Aber die Menschen machten immer so viel Aufhebens darum. Oder zumindest machten sie viel Aufhebens, wenn jemand es nicht hatte. Setzten es einfach als eine Selbstverständlichkeit voraus, dass man es besaß. Nun ja, es waren eben Menschen. Er musste unwillkürlich lachen.

Doch bei dem Gedanken daran, was Meredith durch ihren Blick auf seine Essenz gewonnen hatte, verging ihm dieses Lachen sofort wieder. Eine weitere Welle des Zorns durchströmte ihn. Sie hatte seinen Namen herausgefunden. Und damit hatten sich die Machtverhältnisse zwischen ihnen vollkommen geändert.

Er war erneut eingesperrt.

Wütend brüllte er seinen Frust hinaus.

Als er damals vor 16 Jahren zufällig über das Portal gestolpert war, hatte er sein Glück kaum fassen können. Es war so simpel gewesen. Lachhaft einfach und geradezu laienhaft gebaut, hatte ihn die Verbindung angelockt wie eine Sirene. Sein Erschaffer hatte offensichtlich nur die Grundlagen der Beschwörung beherrscht, das Portal war in keinster Weise abgesichert gewesen. Aeshma hatte im Laufe seines langen Lebens bereits etliche solcher stümperhaften Portale gesehen. Sie alle waren von den kleinen Kindern dieser verfluchten Familie Maynard erbaut worden. Es waren in der Regel ihre ersten, unsicheren Versuche mit der Versklavung seiner Spezies, bis sie ihre Fähigkeiten im Erwachsenenalter zu dem ausbildeten, für das die Familie unter den Menschen wie unter den Dämonen berühmt war.

Doch das magische Potenzial hinter jenem speziellen Portal, über welches er an diesem schicksalhaften Tag vor 16 Jahren gestolpert war, war immens gewesen. So groß, dass Aeshma die Energie tatsächlich hatte nutzen können, um in die Menschenwelt zu kommen, als er die Kontrolle über die Magie an sich gerissen hatte. Er glaubte nicht, dass dem Vater der kleinen Kröte jemals bewusst gewesen war, wie begabt seine Tochter wirklich war.

Es war der Hauptgewinn gewesen. Ein solch kleines, unschuldiges Wesen mit diesen gewaltigen Mengen an Magie und so wenig Wissen, wie es seine Gaben einsetzen konnte, ja, das noch nicht einmal wusste, wieviel Macht es überhaupt besaß und das nur in den absoluten Grundlagen unterrichtet worden war. Meredith hatte bis heute keine Ahnung, wie viel Wissen, welches ihre Familie im Laufe der Generationen angehäuft hatte, ihr eigentlich fehlte.

Hätte ihr Vater sie nur etwas früher unterrichtet, oder wäre Aeshma an jenem Tag nicht über dieses stümperhafte Portal gestolpert, Meredith wäre wirklich extrem mächtig geworden. Hätte, genauso wie der Rest ihrer Familie, unzählige Dämonen versklavt, wäre vielleicht die mächtigste Maynard geworden, die diese Familie je hervorgebracht hatte.

Doch es war anders gekommen. Dank ihm.

Aeshma war außer sich vor Freude gewesen, als er über das Pentagramm die Menschenwelt betrat und sich daran machte, endlich etwas Spaß zu haben. Bis ihm dieser verdammte alte Patriarch im letzten Atemzug seines unbedeutenden Lebens einen Strich durch die Rechnung gemacht hatte. Aeshma hatte die Bindung, die zwischen menschlichen Familienmitgliedern zumeist herrschte, nie so recht verstehen können. Zwar hatte auch er so etwas wie einen Vater und viele, viele hunderte Geschwister, doch zwischen ihnen herrschte eine vollkommen andere Beziehung.

Zumindest hatte die kleine Kröte ihn die letzten Jahre gut unterhalten. Mit all ihren kleinen Plänen, um ihn wieder loszuwerden. Und auch Meredith selbst war ein solch wundervolles Spielzeug für ihn gewesen. Er hatte sie gequält, gefoltert und sich somit seinen Alltag versüßt, selbst in seinem kleinen Gefängnis. Und er hatte jede noch so kleine Schwachstelle genutzt, um ihm vielleicht eines Tages zu entfliehen, während er Merediths gewaltige Kraft unbemerkt anzapfte, um sich zu stärken.

Warum sie nicht einfach nachgegeben und ihn rausgelassen hatte, war Aeshma bis heute ein Rätsel. Er verachtete die Menschen, doch ihr seltsames Gewissen konnte faszinierend sein. Erst recht, wenn das Gewissen so grau war wie das der kleinen Meredith. Sie war ein wahrhaftig fesselnder Mensch, das musste er zugeben.

Eigentlich hatte Aeshma gedacht, er habe seinen jahrelangen Kampf mit der kleinen Kröte endlich gewonnen, als er es geschafft hatte, ihren Körper nach all der Zeit vollständig zu übernehmen und Meredith in ihren eigenen Käfig zu sperren.

Widerwillig musste er ihr etwas Respekt zollen. Sie hatte ein selten starkes Wesen, sowohl durch ihren Charakter als auch durch ihre gewaltige Menge an Magie.

Bis zu einem gewissen Grad hatte Meredith sogar von seiner Gegenwart in den letzten Jahren profitiert, auch wenn sie dies natürlich nicht wusste. Anders als andere Magister, die ihre Kräfte nur wenige Stunden am Tag trainierten, hatte sie ihre Magie nun seit 16 Jahren ununterbrochen aufrechterhalten. Hatte sie selbst im Schlaf genutzt, um ihn einzusperren, und die Magie war, ähnlich einem Muskel, immer stärker und stärker geworden. Bis ihr ein beinahe unendliches Potenzial zur Verfügung stand. Er leckte sich unwillkürlich die Lippen bei dem Gedanken daran.

Natürlich wusste sie nicht, wie sie diese Kraft einsetzen konnte. Aber wenn er, Aeshma, nur einen Weg fände, diese Magie mit seiner eigenen zu verschmelzen… Er wäre unaufhaltsam. Die Welt würde ihm als Spielwiese zu Füßen liegen.

Der Dämon grinste böse.

Doch sie kannte nun seinen wahren Namen, womit er all seine Hoffnungen begraben konnte.

Dann schoss ihm plötzlich ein Gedanke durch den Kopf.

Hatte sie überhaupt eine Ahnung, wieviel Macht ihr sein wahrer Name über ihn gegeben hatte? Sie musste zumindest eine grobe Vorstellung haben, hatte einen kleinen Vorgeschmack erhalten. Doch wenn er genauer darüber nachdachte, glaubte er nicht, dass ihr die volle Tragweite bewusst war. Sie wusste schlichtweg zu wenig. Vielleicht konnte er dies zu seinem Vorteil nutzen.

Aeshma überlegte.

Er konnte spüren, wie groß ihre Angst davor war, erneut die Kontrolle über ihn zu verlieren. Wenn er es richtig anstellte, so würde er es vielleicht schaffen, ihr Glauben zu machen, er wäre immer noch in der Lage, nach einer gewissen Erholung erneut ihren Körper zu übernehmen. Angst machte blind, so viel wusste er nach all den Jahren über diese dummen Menschen. Und er kannte ihre Angst davor, erneut jemanden zu verlieren, der ihr am Herzen lag.

Menschen waren so schwache Wesen.

Doch vielleicht sollte er warten, bis er noch über weitere Druckmittel verfügte. Aeshma wusste, wie sehr dieser Macus und dieser schlaksige Ian der kleinen Kröte am Herzen lagen. Doch dieser neue, der da kürzlich in ihr Leben getreten war, dieser Andreas....

Aeshma leckte sich wieder die Lippen.

Zwar bildete Meredith sich ein, sie würde ihm nur näherkommen, weil sie ihn aushorchen wollte, doch Aeshma wusste es besser. Als Dämon kannte er all die Lügen, die die Menschen sich erzählten, auch diejenigen, die sie selbst glaubten. Meredith liebte Andreas bereits jetzt weit mehr, als ihr bewusst war, eine Emotion, die Aeshma zwar nicht verstand, jedoch außerordentlich gut zu nutzen wusste. Wenn er nur ein kleines bisschen wartete...

Er lachte manisch, während sich in seinem Kopf ein Plan formte.

TRAUERFEIER

Als ob sich das Wetter der Schockstarre, in der sich die Akademie befand, anpassen wollte, war es trüb und kalt geworden. Überall hingen graue Nebelwolken und untermalten die düstere Atmosphäre, und die Temperaturen waren drastisch gefallen. Von Norden her kam ein rauer Wind, den man besonders unten in der Stadt zwischen den Gässchen empfindlich zu spüren bekam. Nur der erste Schnee ließ weiterhin auf sich warten. Zwar gab es innerhalb der Magier-Barriere noch immer recht angenehmes Klima, doch auch hier war es kühler geworden, als Rebecca es von den letzten Monaten gewohnt war.

Die Stimmung war gedrückt und trostlos, Studenten wie auch Professoren und Angestellte trugen schwarze Trauerkleidung. Der Unterricht war bis auf Weiteres ausgesetzt worden.

Jeden Morgen konnte man ein interessantes Schauspiel beobachten, wenn sich auf der magischen Barriere in der Luft der Frost mit anschließendem Kondenswasser bildete, der im Laufe des Tages wieder verschwand. Normalerweise hätte Rebecca dieses Phänomen gefallen, konnte man doch die ansonsten unsichtbare Grenze so klar erkennen wie sonst nie.

Doch angesichts der Umstände konnte sie sich aktuell für nichts begeistern. Nicht einmal das Sternegucken, das sie normalerweise beruhigte, half ihr. Wann immer sie in ihr Klassenzimmer am Astronomiefelsen hinaufging, meinte sie, die Schreie der sterbenden Studenten erneut zu hören. Spürte, wie sie in ihrer eigenen Hilflosigkeit versank. Auch der Zustand von Großmutter Isabell, der sich zunehmend zu verschlechtern schien, lastete auf ihr.

Liebend gerne hätte Rebecca sich mit einer anderen Person über ihre Gefühle ausgetauscht. Mit jemandem, dem sie das von ihr Erlebte erzählen konnte, oder mit dem sie auch gerne einfach über irgendetwas anderes sprechen konnte, um sich abzulenken. Hauptsache, sie hätte Kontakt mit jemandem.

Doch Andreas war ständig auf Achse. Schon frühmorgens verließ er das Haus und kehrte oft erst spät in der Nacht, teilweise auch erst im Morgengrauen wieder zurück. Dunkle Augenringe zeichneten sein Gesicht, mit ihm konnte sie nicht sprechen. Großmutter Isabell war die meiste Zeit über kaum ansprechbar, sie schlief fast durchgehend. Und wenn sie doch einmal wach war, so verharrte sie oft stundenlang in einem lethargischen Zustand. Die seltsamen blutroten Male hatten sich inzwischen über ihren gesamten Körper ausgebreitet.

Außerhalb ihrer Familie hatte Rebecca auch niemanden, mit dem sie sich hätte austauschen können. Sie kannte noch niemanden im Kollegium gut genug, um wirklich offen zu reden. Die Einzige, die ihr diesbezüglich einfiel, war Meredith, doch die war als Vizedirektorin nicht nur äußerst beschäftigt, sondern seit jenem Vorfall auch irgendwie… *anders*.

Rebecca konnte nicht so recht den Finger darauflegen, was es war. Sie kannte Meredith noch nicht besonders lange und Rebecca war generell jemand, der erst nach einer Weile wirklich warm wurde mit neuen Bekanntschaften. Die junge, grauhaarige Professorin redete wie immer, war so freundlich wie eh und je. Und doch war es Rebecca, als ginge plötzlich eine gewisse Kälte von Meredith aus, die zuvor nicht dagewesen war. Kaum jemandem schien es aufzufallen. Vielleicht merkte Rebecca es auch gerade deshalb, weil sie Meredith noch nicht so lange kannte wie der Rest der Belegschaft und die Studenten.

Das war ein weiteres Thema, über das sie mit niemandem ehrlich sprechen konnte. Denn Meredith und ihr Bruder wirkten ehrlich verliebt und kamen sich immer näher. Rebecca fühlte sich aktuell äußerst einsam.

Heute Vormittag fand die Trauerfeier für die Verstorbenen statt.

In den vergangenen Tagen waren Briefe und Verkündungen im ganzen Reich versendet worden, die Zeitungen waren voll mit Schlagzeilen über die Ereignisse an der Akademie. Von allen Ecken und Enden waren Familien und Angehörige sowie weitere Menschen, die einfach nur ihre Solidarität bekunden wollten und es sich leisten konnten, angereist. Natürlich hatten es nicht alle geschafft, insbesondere Familien, deren Kinder aufgrund eines Stipendiums die Akademie besuchten und am anderen Ende des Landes wohnten, hatten keine Chance, es rechtzeitig nach Kallisto zu schaffen. Immerhin hatte Rebecca selbst Wochen für die Anreise gebraucht.

Doch die meisten Studenten stammten aus relativ wohlhabenden Familien, weshalb das Geschäft mit den magischen Portalen boomte. Auch die Stadt und die Akademie selbst waren so voll wie nie zuvor, teilweise mussten die Leute bereits auf Bänken und Feldbetten schlafen. Doch trotz dieses unerwarteten Geldsegens für die Herbergen der Stadt konnte sich niemand so recht darüber freuen. Überall sah man weinende Familienmitglieder, welche die Habseligkeiten ihrer Kinder abholten oder einfach nur an Ort und Stelle voller Kummer über ihr verstorbenes Kind zusammenbrachen.

Leichen gab es nach dem grausamen Vorfall keine zu bestatten, von den 148 Toten war nichts außer einem Häufchen Asche übriggeblieben. Einzig die sterblichen Überreste der jungen Magistra Filian, die mutig versucht hatte, herauszufinden, was auf der Naturwissenschaftsinsel vorging, war bereits im kleinen Kreis beerdigt worden. Ihre Eltern wollten keine große Zeremonie voller Fremder für ihre Tochter.

Die heutige große Trauerfeier war ein symbolischer Akt der Anteilname.

Bei den Verstorbenen handelte es sich vorwiegend um Studenten. Unschuldige Jugendliche, die ihre gesamte Zukunft noch vor sich gehabt hatten. Aber auch drei Bedienstete, allesamt Küchenhilfen, die sich vermutlich einen netten Feierabend hatten machen wollen, sowie zwei Professoren waren unter den Toten.

Rebecca rutschte unruhig auf ihrem Stuhl hin und her. Neben ihr saß ihr Bruder Andreas, das Gesicht zu einer düsteren Grimasse verzogen. Offenbar war er ausnahmsweise einmal nicht im Dienst. Auch Großmutter Isabell hatte es sich, trotz ihrer Krankheit, nicht nehmen lassen, zu kommen. Die roten Male, die mit jedem Tag mehr zu werden schienen, hatte sie mit einem dunklen Halstuch über dem langen Kleid verborgen. Ihr Gesicht war eine bleiche Maske, die Augenringe waren fast so dunkel wie die von Andreas.

Kaum jemand redete, hier und da weinten einige Teilnehmer. Es gab niemanden, der nicht zumindest eine Person unter den Opfern gekannt hatte, der Hauptfelsen war zum Bersten voll. Es erstaunte Rebecca, wie viele Personen es innerhalb dieser kurzen Zeitspanne an die Akademie geschafft hatten, immerhin war die Tragödie erst eine Woche her.

Selbst jetzt noch lagen im Heilerbezirk etliche Magister in einem komatösen Zustand und wurden von den Heilern versorgt. Von diesen gab es aktuell wenige, es schien, als habe die initiale magische Schockwelle absolut jeden, der auch nur ansatzweise über Magie verfügte, an Ort und Stelle zusammenbrechen lassen. Sogar Magister, die sich in der Stadt unter der Akademie aufgehalten hatten, waren davon betroffen gewesen.

Die stärksten Magier waren schon wenige Minuten nach der Schockwelle wieder aufgestanden – so wie beispielsweise der Direktor, der schon kurze Zeit später dabei beobachtet worden war, wie er vergeblich versucht hatte, die Barriere zum Naturwissenschaftsfelsen zu durchdringen.

Je schwächer die Magister waren, desto länger schien ihr unfreiwilliges Koma anzudauern. Inzwischen waren fast zwei Drittel der Betroffenen wieder erwacht und bisher schien niemand einen bleibenden Schaden erlitten zu haben. Aber um das verbleibende Drittel machte man sich gehörig Sorgen. Es schien von Mal zu Mal länger zu dauern, bis wieder einer der Betroffenen erwachte. Was, wenn sie für immer schlafen würden?

Rebecca schauderte. Auch ihr Student, Thorsten Lange, der am Tag des Vorfalls in ihrem Unterricht gesessen war, war noch unter den Bewusstlosen. Sie hatte ihn bisher mehrmals täglich besucht, wodurch sie auch seine Eltern kennengelernt hatte – ein wirklich bezauberndes Paar, das in Osmak eine Schneiderei besaß.

Jetzt saßen sie auf Rebeccas anderer Seite, eine Sitzordnung gab es für die heutige Zeremonie nicht. Alle saßen bunt durcheinandergewürfelt, Angehörige, Studenten und Professoren, vereint in ihrer Trauer um die Verstorbenen.

Alle warteten darauf, dass die Zeremonie begann.

Dann betrat Meredith als Vizedirektorin das kleine Podest, das vor der versammelten Menge aufgestellt worden war. Ihr Gesicht war blass und sah mitgenommen aus, ihre grauen Haare bildeten einen starken Kontrast zu dem schwarzen Trauerkleid.

Sie wartete einen Moment, bis das leise Gemurmel der Menge erstarb, ehe sie mit klarer und tragender Stimme die Zeremonie eröffnete.

„Ich möchte allen hier Versammelten danken, dass sie gekommen sind."

Sie machte eine kleine Pause und ließ ihren Blick über die Menge wandern.

„Wir sind heute hier, um der Opfer zu gedenken. Wir alle mussten Zeugen einer schrecklichen Tragödie werden. Einer Tragödie, wie sie niemals hätte passieren dürfen, und eines solch großen Ausmaßes, wie sie noch nie zuvor in der Geschichte unserer Akademie vorgekommen ist."

Ihre Stimme klang laut und gut hörbar durch den Raum. Es war still, bis auf einige erstickte Schluchzer hier und da. Rebecca kam es vor, als habe sie am heutigen Tag mehr Tränen gesehen als in ihrem gesamten bisherigen Leben zusammengenommen. Auf jeden Fall waren es mehr, als sie jemals hatte sehen wollen.

„Ganze 148 geliebte Menschen sind bei jener Katastrophe, deren Ursache immer noch geklärt werden muss, von uns gegangen. Junge Menschen, voller Leben, Liebe und Träume."

Meredith atmete einmal tief durch.

„Wir sind hier, um zu trauern und uns gegenseitig in unserem Schmerz Halt zu geben. Doch auch, wenn es im Herzen weh tut, so bitte ich euch, ab morgen wieder nach vorne zu blicken. Bedenkt eure Liebsten mit einem

Lächeln, seid stark für die verstorbenen Freunde und Familienmitglieder, denn sie hätten nicht gewollt, dass wir aus Trauer um sie vergessen, selbst zu leben."

Sie blickte mit einem traurigen Lächeln in die Runde.

„Doch der heutige Tag soll ihnen gewidmet sein. Jenen, die wir nie vergessen werden und die für immer in unseren Herzen weiterleben werden. Vielen Dank."

Damit trat sie zurück, während Direktor Roth nach vorne aufs Podium trat.

Es wurde eine lange Zeremonie. Ein Würdenträger nach dem anderen hatte etwas zu sagen. Der Priester selbst erging sich in einem langen Gebet zu Theiron, dem Allvater und schien darüber die Trauerzeremonie fast schon zu vergessen. Doch es war Rebecca egal.

Wenigstens war keiner ihrer eigenen Studenten unter den Opfern, wenn man von Thorsten, der noch immer im Koma lag, einmal absah. Und damit war sie eine der wenigen. In beinahe jedem Freundeskreis, jeder Klasse und jedem Lehrgang gab es mindestens ein Opfer.

Die beiden Abgesandten des Königs, ein Mann und eine Frau mit düsterem Gesichtsausdruck, die vor wenigen Tagen angekommen waren, hielten sich im Hintergrund. Hätten sie nicht die rot-blauen Roben des Königshofes mit dem Emblem des Königs getragen, Rebecca hätte sie nicht einmal wahrgenommen. Selbst jetzt bemerkte sie sie nur, weil sie aus irgendeinem Grund Andreas einmal abpassten, um ihn in ein kurzes Gespräch zu verwickeln. Als sie ihren Bruder später fragte, worum es gegangen war, meinte er nur achselzuckend, sie haben wissen wollen, wo genau sich die Sanitäranlagen befinden würden. Aber so ganz glaubte sie ihm nicht. Andreas hatte nur verschmitzt gelacht, als sie ihn misstrauisch ansah.

„Becca, was sollen zwei königliche Abgeordnete schon von mir wollen? Ich bin ein einfacher Wachsoldat." Dabei hatten seine Augen amüsiert gefunkelt.

Und damit musste sie ihm irgendwie doch wieder recht geben.

Nur Momente später erblickte ihr Bruder Meredith in der Menge, wie sie sich gerade mit einigen Würdenträgern aus der Stadt unterhielt, und sein müdes Gesicht leuchtete auf. Doch er blieb, wo er war.

„Nun geh schon", meinte Rebecca belustigt.

Ihr Bruder zögerte.

„Du hast heute endlich mal nach einer halben Ewigkeit wieder dienstfrei, los, schnapp sie dir", sagte sie erneut.

Andreas zögerte noch immer, während er Großmutter Isabell betrachtete.

„Wie fühlst du dich?", fragte er diese nun.

„Du siehst aus, als wärst du kurz davor im Stehen einschlafen."

Rebecca wandte sich nun ebenfalls Großmutter Isabell zu, die tatsächlich aussah, als würde sie jeden Moment wegdämmern. Vorsichtig umfasste sie das zarte Handgelenk der alten Dame.

„Ich glaube, ich bringe Großmutter lieber ins Bett", meinte sie entschuldigend zu den beiden Langes, die wie zwei verlorene Küken an ihr klebten.

„Keine Sorge, Bruderherz, das kann ich schon alleine." Fragend blickte sie die Eltern von Thorsten an. „Wollt Ihr ebenfalls wieder hinaufgehen in den Heilerbezirk zu Eurem Sohn?"

Dankbar nickten die beiden. Also machten sie sich gemeinsam auf den Weg, während Andreas sich verabschiedete und nach kurzem Zögern direkt auf Meredith zusteuerte.

Die kleine Gruppe war soeben am Ende des Felsens angekommen, als ihnen ein Heiler von oben über die Treppe entgegenkam.

„Hallo, Professor Winter, wie schön, Euch zu sehen", begrüßte er sie.

Rebecca war in den letzten zwei Tagen aufgrund ihrer ständigen Besuche bei Thorsten Lange mit den meisten Heilern vertraut geworden.

„Habt Ihr zufällig die Eltern von Herrn Lange gesehen?", fragte der Heiler mit einem strahlenden Lächeln, welches angesichts der düsteren Stimmung, die an der Akademie herrschte, etwas unangebracht schien. Offenbar kannte er die Langes nicht persönlich, immerhin standen die beiden gleich neben Rebecca.

„Es gibt tolle Neuigkeiten!"

Sein Gesicht strahlte.

„Der junge Herr Thorsten Lange ist soeben aufgewacht und erfreut sich bester Gesundheit."

Erleichterung durchströmte Rebecca, während Frau Lange neben ihr sichtlich erleichtert aufatmete. Sie spürte, wie sich auf ihrem Gesicht das erste echte Lächeln seit Tagen ausbreitete. Zumindest eine gute Nachricht gab es.

Ian schaffte es gerade noch, ein Gähnen hinter vorgehaltener Hand zu verstecken. Er war so unglaublich müde. Eigentlich hatte er seine Solidarität mit den Opfern der Tragödie, sowie seine eigene Trauer bekunden wollen, indem er an der Zeremonie teilnahm, doch vermutlich wäre es besser gewesen, wenn er direkt ins Bett gegangen wäre.

Diese Woche war einfach nur brutal gewesen. Ian hatte in seiner Funktion als Heiler bereits viele schlaflose Nächte erlebt, doch in den letzten Tagen war er beinahe rund um die Uhr im Einsatz gewesen, um die bewusstlosen Magister gesundzupflegen. Die Tatsache, dass er, sobald er es endlich schaffte, sich hinzulegen, sofort von seinen verstorbenen Studenten träumte, machte die Sache nicht gerade besser. Unter den Toten waren viele angehende Heiler gewesen.

Wenigstens waren die meisten Magister, die in Ohnmacht gefallen waren, nun nach einer Woche, bis auf wenige Ausnahmen, wieder wach.

Als Heilmeister der Akademie war Ians Gesicht wohlbekannt, weshalb ständig irgendwelche Eltern auf ihn zukamen und mit ihm reden wollten, was ihm äußerstes Unbehagen bereitete. Er versuchte, die meisten von ihnen an Lilliane weiterzuleiten, was ihm wieder mal einen wütenden Blick von ihr einbrachte. Doch kaum war er das eine Elternpaar losgeworden, stand auch schon das nächste vor seiner Nase.

Ian ließ seine Augen über die schwarzgekleidete Menschenmenge wandern, als sein Blick plötzlich auf die kleine Familie Winter fiel. Es freute ihn, dass die Großmutter sich besser fühlen musste, da sie ansonsten vermutlich nicht zu dieser Trauerfeier hätte kommen können. Auch wenn die alte Dame äußerst müde wirkte.

Er sollte sich dringend ein weiteres Mal Zeit für einen Besuch bei der Familie nehmen, seit der Katastrophe vor einigen Tagen war er zu nichts mehr gekommen. Das Wohl der alten Dame lag ihm wirklich am Herzen, er mochte die bärbeißige Frau, die ihre beiden Enkelkinder so offensichtlich und innig liebte.

Da fiel ihm wieder ein, dass er eigentlich kurz vor der Tragödie dieses seltsame Kurun-Symptom nochmal hatte nachschlagen wollen. Ihm kam diese Krankheit wirklich äußerst suspekt vor, irgendetwas stimmte damit nicht. Er war noch nicht dazu gekommen, mit Herrn Kearson über eine neuere Ausgabe des Buches zu sprechen. Vielleicht hatte er Glück und er würde heute noch dem Bibliothekar auf der Trauerfeier über den Weg laufen.

Er wollte sich gerade gehen, als er im Augenwinkel etwas Graues sah.

Meredith.

Sie war gerade in ein Gespräch mit mehreren besorgten Eltern vertieft und sah in ihrem schwarzen Trauerkleid einfach nur umwerfend aus. Doch sie sah immer fantastisch aus. Ian biss die Zähne zusammen und sein Herz begann zu schmerzen, so wie es dies immer tat, wenn er in letzter Zeit an Meredith dachte.

Er war nicht der Einzige, der sie bemerkt hatte. Auch Andreas Winter hatte Meredith gesehen und hielt nun durch die Menschenmenge direkt auf die kleine Gestalt zu. Sie freute sich sichtlich über sein Eintreffen.

Erneut verspürte Ian einen Stich in der Brust, doch er konnte seinen Blick nicht abwenden. Wie erstarrt beobachtete er die Szene. Sah, wie Andreas den Arm um Meredith legte, wie vertraut sie miteinander umgingen.

Er hatte die Gerüchte darüber, dass die beiden kurz davor waren, offiziell miteinander auszugehen, gehört. Es handelte sich um eines der beliebtesten Klatschthemen an der Akademie. So wie es für ihn aussah, stimmten die Gerüchte.

Irgendjemand rempelte ihn an der Schulter an und Ian wurde aus seiner Trance gerissen. Verdammt, er musste hier weg.

Er drehte sich auf der Stelle um und marschierte mit langen Schritten seiner spindeldürren Beine in die entgegengesetzte Richtung, um direkt in Herrn Kearsons Arme zu laufen.

Wenige Minuten zuvor warf Andreas noch einen letzten Blick über die Schulter und sah, wie seine Schwester Großmutter Isabell sanft in Richtung Wohnbezirk dirigierte. Die alte Dame wirkte, als würde sie bereits schlafwandeln, doch Becca führte sie sicher zwischen den Leuten hindurch. Erleichterung und Beklemmung durchfluteten ihn gleichzeitig. Erleichterung, weil seine Großmutter nun die von ihr so dringend benötigte Ruhepause bekommen würde, Beklemmung, weil ihre Symptome nicht und nicht besser wurden. Er sollte dringend einmal wieder mit dem Heiler sprechen, in den letzten Tagen war er einfach viel zu beschäftigt gewesen mit seinen Aufgaben als Wachposten und heimlicher Ermittler.

Sie waren im in der Truppe übereingekommen, dass sie nun nicht mehr verdeckt arbeiten mussten, weshalb seine Kollegen aus der Stadt nun ganz offen Zeugen befragten und jedem noch so kleinen Hinweis nachgingen, auch innerhalb der Akademie. Der Einzige, der weiterhin seine Tarnung aufrecht erhielt, war Andreas. Kommissar Bosch wollte damit sichergehen, dass auch Dinge, die man aus den diversesten Gründen der Polizei gegenüber offiziell nicht zugab, überprüft wurden. Daher erhielt Andreas tagtäglich eine lange, lange Liste an Verdächtigen, die sich bei den offiziellen Befragungen auf irgendeine Art seltsam verhalten hatten, die er nun so unauffällig wie möglich abarbeitete.

Wenn also beispielsweise jemand herumdruckste, wo und mit wem er sich zum Zeitpunkt der Tragödie aufgehalten hatte, so war es seine Aufgabe, Informationen aus dem Umfeld zu aufzuschnappen. Meist lief es auf Banalitäten wie beispielsweise eine heimliche oder auch nicht so heimliche Liebe zwischen zwei Männern hinaus, oder darauf, dass der Betroffene eine nicht allzu gesunde Vorliebe fürs Glücksspiel hatte. Bisher hatten weder die offiziellen Befragungen noch Andreas' verdeckte Ermittlungen wirklich Ergebnisse zutage gefördert. Wenigstens erhielten sie nun, nachdem es zu einem Vorfall solcher Tragweite gekommen war, offizielle Unterstützung aus der Hauptstadt Bornesko. Zwar vermieden sie es, gegenüber dieser Verstärkung auch nur ein Wort über die geheimen Archive zu verlieren, aber für die umfassenden Befragungen über zum Vorfall am Naturwissenschaftsfelsen waren sie sehr nützlich.

Die Gerüchteküche innerhalb der Akademie und unten in der Stadt brodelte. Die Theorien reichten von einem gehörnten schwarzen Teufel mit riesigen Flügeln bis hin zu einem schiefgegangenen Experiment eines Professors und es kamen jeden Tag neue dazu.

Doch aufgrund all dieser Ermittlungen hatte Andreas in den letzten Tagen keine Zeit gehabt, jener wunderschönen jungen Frau näherzukommen, die sein Herz so sehr in Aufruhr versetzte. Zielgerichtet bahnte Andreas sich seinen Weg durch die Menge, die Augen immer auf das Objekt seiner Begierde gerichtet: Meredith.

In ihrem schwarzen Trauerkleid, welches einen starken Kontrast zu ihren grauen Haaren bildete, stach sie regelrecht aus der Menge hervor. Gerade sprach sie mit einigen trauernden Angehörigen, und als Andreas näherkam, konnte er auch hören, worüber genau gesprochen wurde.

Offenbar hatte Meredith es nicht mit Trauernden, sondern mit einem etwas überehrgeizigen Elternpaar zu tun, welche die Gelegenheit wahrgenommen hatten, mit der Professorin ihres Sohnes über dessen Mathematiknoten zu sprechen.

„Frau Ulm, wie ich schon sagte, sind Talente sehr unterschiedlich gestreut und die Leistungen Eures Sohnes bewegen sich in einem soliden Mittelfe…"

„Wollt Ihr etwa sagen, mein Sohn ist mittelmäßig?!", brauste die Dame sofort auf. Ihr Mann versuchte, beruhigend auf sie einzuwirken, doch sie ignorierte ihn völlig.

„Mein Sohn hat schon als Kleinkind hervorragende Leistungen erbracht und muss entsprechend gefördert und gefordert werden", ereiferte die Frau sich weiter.

Beim Näherkommen bemerkte Andreas, dass die Dame neben einer teuer aussehenden, mit schwarzem Pelz überzogenen Handtasche auch eine opulente Perlenkette trug. Ihr Mann hingegen wirkte eher durchschnittlich, doch seine gut gepflegten, schwarzen Lederschuhe fielen ihm sofort ins geübte Inspektorauge. Das war kein gewöhnliches Modell, wie es der normale Bürger kaufte.

„Wir dachten eigentlich, eine so prestigeträchtige und bekannte Institution wie die Akademie würde Jakobs Talente erkennen und ihm die entsprechende Aufmerksamkeit zukommen lassen."

Wer auch immer dieser Jakob war, er tat Andreas trotz des Geldes seiner Familie verdammt leid.

„Wie es aussieht, sollten wir unsere Spendengelder lieber in ein oder zwei Privat-Tutoren, welche sich ausreichend um unseren Sohn kümmern können, investieren."

Auffordernd blickte die perlentragende Frau Meredith an. Offenbar glaubte sie, mit diesem Statement gewonnen zu haben. Doch Meredith lächelte nur milde.

„Das könnt Ihr gerne tun", meinte sie absolut ruhig.

Andreas sah, wie der Mutter die Kinnlade herunterklappte. Anscheinend hatte sie eine andere Antwort erwartet. Doch Meredith war noch nicht fertig. Das milde Lächeln beibehaltend, sprach sie weiter.

„Doch ich möchte sie darauf hinweisen, Frau Ulm, dass sämtliche anerkannte Privat-Tutoren genau hier, an dieser Akademie, ihren Abschluss gemacht haben, und die Besten von ihnen kehren regelmäßig hierher zurück, um sich selbst auf dem neuesten Stand der Forschungen zu halten."

Nun wurde Merediths Lächeln breiter und rasiermesserscharf.

„Natürlich seid Ihr herzlich eingeladen, in Zukunft mehrere Tutoren anzuheuern, doch Ihr müsstet Euch dann leider darauf einstellen, dass Euer Sohn in diesem Fall immer erst ein Jahr später als seine Altersgenossen unterrichtet werden wird. Aber zweifelsohne wird Jakob von einem Einzelunterricht in Mathematik unglaublich profitieren."

Sie nickte dabei bekräftigend.

„Ich erwarte Jakobs Abmeldung dann innerhalb der nächsten Tage, sodass ich die Formalitäten in die Wege leiten kann. Ah, Herr Winter!"

Meredith schenkte ihm ein umwerfendes Lächeln, als er zu der kleinen Gruppe trat.

„Ich hatte schon nach Euch gesucht."

Das war ihm neu.

„Herr Ulm, Frau Ulm, Ihr müsst mich nun bitte entschuldigen." Meredith lächelte die völlig perplexe Frau an. „Ich muss noch dringend etwas Wichtiges mit Herrn Winter besprechen. Sollten Sie noch etwas brauchen für die Abmeldung Ihres Sohnes, so wird Ihnen Professor Wexler als Jakobs Klassenvorstand sicherlich weiterhelfen können."

Sie nickte dem Ehepaar noch ein letztes Mal freundlich zu, dann packte sie Andreas beim Arm und zog ihn so schnell es die Menschenmenge zuließ, von der wie vom Donner gerührten Frau fort.

Andreas konnte nicht anders, als zu kichern, wofür er einen vorwurfsvollen Blick aus unglaublich blauen Augen erntete.

„Denen hast du es aber richtig gezeigt", stellte er fest, als sie den Rand der Menschenmenge erreicht hatten. Leider ließ Meredith seinen Arm hier los, aber dafür wandte sie sich zu ihm und blickte ihm endlich voll in die Augen. Sie schnaufte.

„Hör mir bloß auf mit denen, diesen Typ Eltern kenne ich", meinte sie.

„Ich weiß genau, dass ich in den nächsten Tagen keine Abmeldung von Jakob auf meinem Schreibtisch haben werde und dass pünktlich zum Monatsende stattdessen ein weiterer dicker Scheck eintrudeln wird. Ich musste nur weg, ehe ich noch etwas sage, was ich früher oder später bereue."

Sie schnaubte nochmal, dann lächelte sie ihn freundlich an. Ihre blauen Augen glänzten und die langen grauen Haare umschmeichelten ihre Figur, während sie mit diesem überwältigenden Lächeln auf den vollen Lippen zu ihm aufblickte. Bei Theiron, sie war einfach umwerfend.

„Danke, dass du mitgespielt hast", sagte sie jetzt, ehe sie den Blick wieder von ihm abwandte.

Irgendwie traute Andreas seiner eigenen Stimme nicht so ganz und räusperte sich erst einmal lautstark, ehe er ihr antwortete.

„Kein Problem, immer wieder gerne."

Sie schenkte ihm ein weiteres, strahlendes Lächeln. Ganz kurz meinte er, etwas Berechnendes in ihren Augen zu sehen, doch dann war es wieder verschwunden und Meredith ließ den Blick über den vor ihnen liegenden Park der Hauptinsel schweifen. Offenbar hatte er sich das nur eingebildet. *Natürlich* hatte er sich diesen Blick nur eingebildet. Das hier war Meredith.

„Hast du Lust, ein paar Schritte mit mir zu gehen?", fragte sie ihn nun, während sie auf den friedlich da aussehenden Park vor ihnen deutete.

Andreas konnte sein Glück kaum fassen.

„Ob ich Lust habe, mit einer atemberaubend schönen Professorin durch einen Park zu flanieren? Das musst du mich gar nicht erst fragen!", antwortete er überschwänglich.

Meredith lachte überrascht, aber ehrlich auf.

„Na, dann will ich den äußerst attraktiven Wachmann einmal nicht warten lassen", meinte sie mit einem Grinsen und hakte sich bei ihm unter.

Gemeinsam gingen sie die geschotterten Wege entlang. Es begann bereits zu dämmern und überall flammten automatisch magische runde Lichter auf. Sie erhellten den Weg auf romantische Art und Weise. Hinter ihnen verklangen die Stimmen der Trauergesellschaft immer mehr, während sie schweigend tiefer in den Park wanderten.

Irgendwie wusste Andreas nicht so recht, wie er das Schweigen brechen sollte. Normalerweise war er nicht gerade auf den Mund gefallen, doch heute wollte ihm einfach nichts einfallen, worüber er hätte reden können.

Sie gingen um einen kleinen Weidenhain herum – und plötzlich war der verkohlte Naturwissenschaftsfelsen hinter den Bäumen zu sehen. Meredith blieb abrupt stehen.

„Es ist wirklich schrecklich, nicht wahr?", flüsterte sie.

Andreas blieb ebenfalls stehen und nickte nur schweigend. Meredith blickte ihn mit großen, blauen Augen an.

„Meinst du…..", sie blickte sich hastig um. „Meinst du, das hängt mit dem….. du weißt schon…", flüsterte sie, „mit dem *Fall* zusammen?"

Auch Andreas schaute sich nun um. Doch er konnte niemanden entdecken. Er trat näher an sie heran.

„Wir sind uns sogar absolut sicher", antwortete er.

„Ich weiß nicht, wie viel der Direktor dir gesagt hat, immerhin bist du als seine rechte Hand vermutlich recht gut über die aktuelle Situation im Bilde…" Er zögerte kurz. „Wir konnten zuvor einen Tatort im ersten Stock in einer Toilette ausmachen. Ich kenne mich mit Magie nicht allzu gut aus, aber die dortigen magischen Energien stimmten laut dem Direktor eins zu eins mit denjenigen, die in den Archiven und am Naturwissenschaftsfelsen hinterlassen wurden, überein."

Sie blickte ihn mit großen Augen an.

„Macus meinte, es sei ihm nicht gelungen, die Spuren zu verfolgen. So, als hätte der Täter sich in Luft aufgelöst. Wie kann das sein?"

Andreas zuckte grimmig mit den Schultern.

„Ich weiß es nicht", gestand er.

„Aber eines Tages werden wir es wissen. Wer auch immer dieser Mistkerl ist, wir werden ihn schnappen", gelobte er.

Sie schwiegen erneut für einen Moment.

Meredith hatte ihr halboffenes Haar kunstvoll am Hinterkopf mit einer Spange befestigt. Ein laues Lüftchen wehte durch den Park und eine Locke löste sich. Unwillkürlich hob Andreas die Hand und strich ihr die Strähne aus dem hübschen Gesicht. Sie blickte auf, ihre Lippen bebten etwas.

Ihr Blick war scheu, kurz sah sie weg, doch dann blickte sie ihm wieder in die Augen, als sie zögernd die Hand nach ihm ausstreckte.

„Ich weiß, wir kennen uns noch nicht so lange und es ist am heutigen Tag eigentlich völlig unangebracht…" Sie verstummte wieder, blickte sich etwas hilflos in der Umgebung um. Dann biss sie sich auch noch auf die Lippen.

Andreas konnte nicht anders, er ergriff ihre Hand und umschloss sie mit seiner.

„Ich weiß", flüsterte er.

Erneut sah sie ihn mit diesen unglaublichen Augen vertrauensvoll an.

Sie zögerte wieder.

„Andreas… ich …"

Scheu drehte sie den Kopf weg, während er einen winzig kleinen Schritt auf sie zu machte. Sie blickte ihn erneut an.

Und dann küsste er sie.

DER VERTRAG

Eine Woche nach der Trauerfeier war es bereits spät in der Nacht, als Meredith endlich von der Sicherheitskonferenz, die sie anlässlich des Vorfalls einberufen hatten, nach Hause kam. Sie waren zahllose Vorschläge und Empfehlungen durchgegangen und Professor Farber hatte gefühlt hundert Mal Stunk gemacht, da sein Vorschlag bezüglich eines vorübergehenden neuen Direktors keine Zustimmung erhalten hatte. Aber sie hatten sich am Ende auf einige neue Sicherheitsmaßnahmen einigen können, auch wenn die meisten aus ihrer persönlichen Sicht absolut lächerlich waren. Dies würde sie jedoch tunlichst nicht erwähnen.

Zukünftig würden die Kontrollen am Eingang zur Akademie weiter verschärft werden, außerdem hatte man vor, das Wachpersonal um eine Magie-Einheit aufzustocken. Bis dahin würden die Professoren und Wachmänner auf dem Gelände in zusätzlichen Schichten gemeinsam patrouillieren, immer ein Wachmann mit zwei Professoren, wovon einer ein Magister sein musste. Dies würde zwar die betroffenen Magister-Professoren ziemlich beanspruchen, immerhin gab es nicht allzu viele von ihnen, doch man war sich allgemein einig, dass dies für die Sicherheit notwendig war.

Mit einem seltsamen Gefühl in der Magengegend dachte Meredith an Andreas, der sie letzte Woche geküsst hatte. Sie sperrte die Haustüre auf und war froh, dass sie nach einem langen Tag endlich nach Hause kam. Meredith hatte Andreas seither nur flüchtig gesehen, da sie beide unglaublich beschäftigt gewesen waren. Aber bis zu einem gewissen Grad war sie fast erleichtert darüber. Sie wusste nicht, was für ein Gesicht sie ihm gegenüber nach dem letzten Mal aufsetzen sollte. Zwar hatte sie geplant, dem jungen Inspektor ein bisschen den Kopf zu verdrehen, aber so weit hatte sie eigentlich nicht gehen wollen. Es war einfach passiert.

Ursprünglich hatte sie vorgehabt, mit Andreas einfach nur ein durch den Park zu flanieren, ihn unauffällig auszufragen und ihm gleichzeitig schöne Augen zu machen, sodass er nie und nimmer auf den Gedanken käme, *sie* sei auch nur im Entferntesten in die letzten Vorfälle involviert. Männer konnten ihrer Erfahrung nach unglaublich blind sein, wenn es um hübsche junge Frauen ging.

Bisher hatte Meredith dies noch nie wirklich selbst erprobt, denn es war ihr immer zu gefährlich erschienen, irgendjemandem so nahe zu kommen – sowohl körperlich als auch emotional. Doch in den drei Jahren, die sie auf den Straßen der Hauptstadt Bornesko verbracht hatte, bevor sie zur Akademie gegangen war, hatte sie viel gesehen und sich einiges von den dortigen Straßendirnen abschauen können.

Doch dann war es letzte Woche irgendwie… passiert. Eine bessere Beschreibung hatte Meredith nicht. Andreas war so charmant und gleichzeitig einfühlsam gewesen. Seine grünen Augen, die jede ihrer Bewegungen zu verfolgen schienen und sie dabei mit einem so unglaublich weichen Ausdruck ansahen. Ihr Herz hatte ihr bis zum Hals geklopft und sie hatte sich mitreißen lassen, noch ehe sie so recht verstand, was überhaupt passierte.

Sie legte den Wohnungsschlüssel auf die Eingangs-kommode und ließ sich mit einem Seufzer auf die Couch fallen. Sie warf einen sehnsüchtigen Blick in Richtung des

Schlafzimmers und erlaubte sich, nur für einen kurzen Moment die Augen zu schließen. Sie war so erledigt. Erst die Organisation der Trauerfeier und dann auch noch diese Sicherheitskonferenz.

Und jetzt durfte sie einen Plan ausarbeiten, wann wer mit wem aus dem Kollegium auf Patrouille gehen würde – möglichst so, dass kein Professor gleichzeitig Unterricht halten musste, er genügend Schlaf abbekam und vielleicht auch nicht gerade mit seinem Erzfeind eingeteilt war. Sie stöhnte.

Macus brauchte dringend eine richtige Assistentin, damit nicht alles an ihr als Vizedirektorin hängenblieb, das sagte sie ihm bereits seit Jahren. Wieso um alles in der Welt tat sie sich das an? Frau Preston, Macus' offizielle Sekretärin und Empfangsdame an der Akademie, war bereits mehr als genügend eingeteilt und zählte nicht.

Nach einem Augenblick der Rast riss sie sich zusammen, erhob sich wieder, ging zum Schreibtisch und machte sich an die Arbeit. Sie wollte zumindest einen ersten groben Plan fertig haben, ehe sie schlafen ging. Ihr roter Stift flog nur so über das Papier und nach kürzester Zeit war das Dokument voll mit lauter Anmerkungen, Pfeilen, Kästchen und durchgestrichenen Namen hier und da.

Müde rieb sie sich eine Dreiviertelstunde später die Augen. Vielleicht hätte sie das doch lieber morgen machen sollen. Ob sie ihr eigenes Gekrakel am nächsten Tag überhaupt noch würde lesen können?

Sie legte den Stift beiseite und schaute sich mit leerem Blick im Raum um.

Manchmal sinnierte sie darüber, wie ihr Leben wohl verlaufen wäre, wenn sie damals als Kind nicht diesen einen fatalen Fehler begangen hätte. Wäre sie dann überhaupt an die Akademie gegangen? Vermutlich nicht.

Es war bei den Häusern generell üblich, dass jene Nachkommen, die die spezielle Familienfähigkeit geerbt hatten, innerhalb der Familie unterrichtet wurden. Dies galt insbesonders für das siebte Haus, welches schon seit Jahrhunderten im Verborgenen lebte. Nur Clay hatte einmal eine Zeitlang die Akademie besucht, da er ausschließlich die heilenden Fähigkeiten ihrer gemeinsamen Mutter geerbt hatte. Meredith hatte ihn damals dafür gehänselt, heute beneidete sie ihren großen Bruder darum. Was wohl passiert wäre, wenn auch sie statt der Fähigkeiten der Maynards die sanfte Magie ihrer Mutter hätte? Beim Gedanken daran, dass ihre Familie in diesem Fall noch leben würde, zog sich ihr Magen zusammen.

„Weißt du, kleine Meredith, ich habe nachgedacht."

Voller Schreck zuckte sie auf ihrem Stuhl zusammen. Es war fast zwei Wochen her, dass Aeshma die Kontrolle über ihren Körper übernommen hatte, doch seither hatte sie nichts mehr von dem Dämon gehört. So hatte sie sich äußerst schnell an die Stille in ihrem Kopf gewöhnt. Angst krampfte ihren Magen für einen Moment zusammen.

Zwar fühlte sie beim Gedanken an die vielen Toten seltsamerweise absolut nichts, doch sie hatte trotzdem Sorge, dass er erneut die Kontrolle übernehmen könnte. Obwohl sie nun seinen Namen kannte, hatte sie bereits geahnt, dass es noch nicht vorbei war. Dennoch war die Hoffnung mit jedem stillen Tag, der verging, größer geworden. Der Dämon lachte hämisch.

„Du weißt inzwischen, wie mächtig ich bin. Du hast mich gesehen, hast einen Blick auf meine Essenz riskiert. Du kennst mich nun."

Seine Stimme klang klarer als bisher. Kein Käfig hielt ihn mehr in ihrem Inneren fest, nur Meredith selbst. Schnell überprüfte sie ihre Kontrolle. Doch Aeshma wehrte sich nicht gegen sie. Er lag einfach faul in ihrem Inneren, zusammengerollt wie eine fette Schlange.

„So wie ich die Sache sehe, haben wir für unser zukünftiges, unfreiwilliges Zusammenleben zwei Möglichkeiten. Zumindest bist du mich tatsächlich loswirst." Er lachte erneut. *„Falls du das schaffst."*

Meredith spürte, wie Aeshma sich wie eine Katze behaglich streckte. Das Herz klopfte ihr bis zum Hals.

„Was willst du, Aeshma? Ich kenne deinen Namen, ich habe jetzt Macht über dich!"

Sie hörte sich an wie ein trotziges Kind.

Der Dämon lachte laut. Sie hatte das Gefühl, als würde sich in ihren Eingeweiden die Angst zu einem festen Knoten formen.

„Ach ja? Hast du das wirklich?" Er kicherte bösartig.

„Na, dann will ich nicht weiter stören. Bis zum nächsten Mal, kleine Meredith. Ich freue mich schon. Das wird lustig."

Dann war es wieder still.

Was meinte er damit, dass er sich bereits auf das nächste Mal freute?

Unruhig wartete sie. Der Knoten in ihren Eingeweiden wurde größer. Panisch blickte Meredith sich im Raum um, doch es gab niemanden, der ihr hätte helfen können. Der ihr hätte sagen können, was sie tun sollte. Sie war allein, so wie sie es bereits seit 16 Jahren war.

Verdammt.

Sie hatte doch gewusst, dass es noch nicht vorbei war. Die letzten Tage waren einfach nur eine kurze Atempause gewesen, Aeshma war schlicht zu mächtig.

„Was meinst du damit?", fragte sie ihn.

Keine Antwort.

Angstschweiß rann ihr den Nacken hinunter. Warum hatte der Dämon ‚nächstes Mal' gesagt? Und worauf freute er sich so?

Sie schluckte. Welche Möglichkeit, ihre Kontrolle zu umgehen, hatte der er nur gefunden? Sie riss mit aller Macht an dem Band, welches sie mit dem Dämon verband.

„*Was genau meinst du damit?*" Sie konnte die Angst in ihrer eigenen mentalen Stimme hören. „*Was hast du vor, Aeshma? Antworte mir!*"

Der Dämon lachte grausam.

„*Aaah, bist du nun doch daran interessiert, mit mir zu sprechen? Aber ich weiß nicht, ob ich noch Lust darauf habe…*"

Erneut ein gackerndes Lachen. Ihr lief es kalt den Rücken hinunter. Doch sie musste einfach wissen, was er nun wieder plante.

Seine Präsenz wurde stärker und sie konnte spüren, dass er grinste.

„*Ich hätte ein Angebot für dich. Einen Handel, gewissermaßen.*"

Damit hatte sie nicht gerechnet.

„*Warum um alles in der Welt sollte ich mit dir einen Handel eingehen?*", fragte Meredith fassungslos.

„*Nuuun, wie ich schon sagte*", antwortete der Dämon gedehnt, „*ich sehe zwei Möglichkeiten, wie unsere ungewollte… ‚Beziehung' weitergehen könnte.*" Er machte eine kleine, gezierte Pause. Sie hasste seine Spielchen.

„Was willst du, Aeshma?", fragte sie laut in den leeren Raum hinein. Mit voller Absicht nannte sie ihn bei seinem Namen. Ihre Stimme klang seltsam schrill.

„*Möglichkeit eins, wir bekämpfen einander weiterhin bis aufs Blut. Im Moment hast du die Oberhand, doch du weißt selbst am besten, dass du es nicht auf Dauer mit mir aufnehmen kannst.*"

Sein höhnisches, zufriedenes Lachen hallte in ihrem Inneren wider.

„Du weißt, dass ich da bin und nur auf meine nächste Chance warte. Dass ich dich beobachte, du nur die kleinste Schwäche zeigen musst, einen kleinen Moment unaufmerksam bist."

Ihr lief es erneut kalt den Rücken hinunter.

„Du kannst mir keine Angst machen!"

„Ich dir Angst machen? Kleine Meredith, für wen hältst du mich nur?"

Empört schnaufte er.

„Das habe ich doch gar nicht nötig. Denn du weißt, irgendwann werde ich einen Weg nach draußen finden. Und möglicherweise wird dies zufällig genau in Gegenwart gewisser Menschen passieren, die dir lieb und teuer sind."

Seine Stimme war samtweich, fast schon angenehm.

„Dieser eine Große, dieser Macus, mit dem wollte ich schon immer einmal eine Runde spielen. Ich bin mir sicher, der wäre sehr unterhaltsam."

Der Dämon grinste breit.

„Oder diese kleine, süße neue Professorin, Rebecca heißt sie, oder? Die magst du doch auch. Und dann wäre da noch…" Er lachte manisch.

„Andreas."

Er kostete den Namen voll aus.

Mit einem Mal schlug ihr das Herz bis zum Hals. Sie war es gewohnt, dass der Dämon die Menschen um sie herum bedrohte. Immerhin war dies mit ein Grund, warum sie sich all die Jahre von jedem ferngehalten hatte, auch wenn es Ian und Macus trotzdem gelungen war, sich in ihr Herz zu schleichen. Doch bei dem Gedanken, Aeshma könnte Andreas etwas antun, überkam sie plötzlich ein tiefes Entsetzen.

„Jaaaa, Andreas…", seine Stimme klang so unglaublich freundlich und weich. Sie umhüllte Meredith, gab ihr eine Illusion von Frieden, doch sie ließ sich nicht täuschen.

„Wie seine Stimme wohl klingen würde, wenn ich ihm die Eingeweide herausreiße? Nein, warte… das ginge zu schnell vorbei…"

Er überlegte kurz, ehe er sie mit falscher, freundlicher Stimme fragte: *„Was meinst du, womit ich am besten anfangen sollte?"*

Sie antwortete nicht.

„Oder vielleicht plaudert dein kleiner Mund auch ganz plötzlich völlig unpassende Dinge über gewisse Rituale und kranke Großmütter aus, noch ehe du irgendetwas dagegen tun kannst."

Sie hatte immer noch das mentale Bild eines gepeinigten Andreas' vor ihrem inneren Auge. Sie kannte den Dämon. Sie lebte nun schon seit so vielen Jahren mit ihm zusammen, sie wusste, früher oder später würde er seine Drohungen wahr machen. Immerhin hatte er es auch aus dem Käfig ihres mächtigen und weitaus geübteren Vaters geschafft.

Angst schnürte ihr die Kehle zu. Angst um Andreas, den Inspektor. Und dabei war er doch eigentlich ihr Gegner.

„Und was wäre die Alternative?"

Selbst ihre mentale Stimme klang atemlos.

„Oh, ich glaube, die zweite Möglichkeit wird dir viel besser gefallen."

Er lachte freundlich, als wäre er ein alter, netter Großvater. Es war so falsch, wie nur etwas falsch sein konnte.

„Bei dieser Möglichkeit verstehen wir einander viel besser und die Bedürfnisse aller sind erfüllt, bis unsere Wege sich auf die eine oder andere Art trennen."

Bis ihre Wege sich trennten? Unwillkürlich stieg eine lächerliche Hoffnung in ihr auf. Er lächelte in ihrem Inneren.

„Was genau meinst du damit?"

„Genau das, was ich sagte."

Es schien ihm Freude zu bereiten, sie zappeln zu lassen.

„Jetzt hör schon auf mit deinen dummen Spielchen!", herrschte sie ihn an.

„Was genau willst du?"

„Was ich will? Das, was jeder Dämon will – Spaß."

Ein kalter Schauer lief ihr den Rücken hinunter. Sie wusste, was für ihn ‚Spaß' bedeutete.

„Das kann ich nicht.", flüsterte sie.

„Das kannst du nicht? Oder willst du nicht?"

Er räkelte sich entspannt in ihrem Inneren, so als ginge ihn die ganze Sache gar nichts an. Sie schüttelte vehement den Kopf. Biss die Zähne zusammen.

„Hör dir doch erst einmal an, was ich zu sagen habe. Ich denke, dass du meinem Vorschlag durchaus etwas abgewinnen kannst, wenn du ihn einmal gehört hast."

Er zögerte einen Moment.

„Oder aber du wartest einfach ab, bis ich erneut die Kontrolle übernehme. Das hat ebenfalls Spaß gemacht, auch wenn es etwas Zeit gebraucht hat."

Er grinste wölfisch.

„Vielleicht schaffe ich das nächste Mal ja sogar noch mehr, wer weiß?"

„Das kannst du nicht tun." Ihre Stimme klang trotzig.

„Ich kenne deinen wahren Namen. Ich werde es verhindern."

Doch der Dämon kicherte nur.

„Okay, alles klar, wie du möchtest, kleine Meredith. Mir ist es einerlei, ich bekomme ohnehin früher oder später, was ich will. Wir sehen uns…"

Er lachte boshaft, bevor sie spürte, wie die Präsenz in ihrem Inneren sich wieder zurückzog. Dabei sang er leise einen Namen vor sich hin.

„Aaanndreaaas, Andreeeas, süßer kleiner Andreeeeas, wir werden solchen Spaß miteinander haben... Andreeeaaas..." Er kicherte erneut gehässig, dann verschwand seine Präsenz.

Unsicher zupfte Meredith sich an der Unterlippe, Angst durchströmte sie.

Andreas.

Aber eigentlich kannte sie ihn doch noch gar nicht so lange. Warum war es ihr plötzlich so wichtig, was mit ihm passierte? Hatte sie sich etwa in ihn verliebt? An einem einzigen Abend?

Nein. Unmöglich. Bei Theiron, sie war so müde, sie konnte kaum klar denken. Warum musste Aeshma genau jetzt mit dieser Sache kommen? Hatte der Dämon recht? Er klang so selbstsicher.

Ein weiterer Gedanke durchzuckte sie. Was, wenn er seine zweite Drohung wahr machte? Wenn er sie tatsächlich auffliegen ließ? Sie war so kurz davor, das Ritual erfolgreich beenden zu können. Sie schätzte, dass es nicht mehr lange dauern würde, ehe die alte Dame reif für das Ritual war... Meredith hatte sie bei der Trauerfeier unauffällig unter die Lupe genommen.

Sie war voller Angst. Angst vor Entdeckung. Angst vor weiteren Opfern. Angst, erneut die Kontrolle zu verlieren. Angst, dass ihren beiden Freunden Ian und Macus etwas passierte, dass Andreas etwas passierte.

„Wie lautet dein Angebot?"

Vielleicht könnte sie ein einen Aufschub aushandeln. Sie musste ja nur noch für kurze Zeit durchhalten. Für einen Moment war es still. Das Blut rauschte in ihren Ohren. Was um alles in der Welt tat sie hier? Sie verhandelte mit einem Dämon. Mit *dem* Dämon. Aeshma.

„Ich biete dir einen Vertrag zu unserem beiderseitigen Nutzen an."

Seine Präsenz kam wieder näher.

„Ich überlasse dir zu 100 Prozent die Kontrolle und werde nicht mehr gegen dich kämpfen."

Sie war froh, dass er gleich zur Sache kam, anstatt wieder seine Spielchen zu spielen.

„Ich werde nichts tun, was dich und deine Pläne bezüglich des Kringal-Rituals sabotieren könnte oder dazu führen würde, dass dein kleines dämonisches Geheimnis auffliegt. Oder das deiner Herkunft. Ich werde mich, sofern du dies möchtest, untertags vollkommen still verhalten und es wird sein, als hättest du mich nie beschworen."

„Und als Gegenleistung?"

Diese Konditionen klangen zu gut, um wahr zu sein. Erst recht, wenn sie von einem Dämon kamen.

„Als Gegenleistung überlässt du mir einfach nur alle drei Tage für drei Stunden deinen Körper. Das ist alles."

In ihrem Kopf ratterte es. Sie wog das Für und Wider ab. Zog sie sein Angebot tatsächlich in Erwägung?

„Was hast du in dieser Zeit vor?", wollte sie wissen.

„Ach, weißt du, ich bin nun bereits seit 16 Jahren in deinem Körper eingesperrt. Ich möchte einfach nur raus, mich ein bisschen bewegen, etwas frische Luft und so. Etwas Spaß haben."

Er grinste.

„Niemand kann einen Vertrag mit einem Dämon brechen, das weiß nun wirklich jedes Kind über meine Spezies. Ich werde dich vollkommen in Ruhe lassen, sodass du tun und lassen kannst, was auch immer dir beliebt. Oder aber ich kämpfe weiterhin gegen dich, sabotiere deine Pläne, wann und wo auch immer ich

kann. Denkst du wirklich, dass du dann das Kringal-Ritual noch wirst durchziehen können?"

Sie überlegte.

„Du sagst, du willst Spaß haben. Leute werden dabei sterben."

Er grinste erneut, noch breiter als zuvor.

„Das stimmt. Aber nicht so viele, wie wenn ich eines Tages wieder vollständig und unangekündigt die Kontrolle übernehme, wie schon einmal. Wenn wir diesen Vertrag eingehen, werde ich mich auch vollkommen unauffällig verhalten, während ich die Kontrolle habe, solange ich dabei etwas Spielen haben kann. Du musst auch nicht zusehen, bei dem, was ich tue. Und seien wir ehrlich, es berührt dich doch nicht wirklich, nicht wahr? Entscheide dich, kleine Meredith."

Sie zupfte sich an den Lippen. Überlegte weiter. Es stimmte, eigentlich war es ihr inzwischen egal, ob noch ein paar weitere Menschen starben. Seit jenem Tag, an dem sie auf dem Naturwissenschaftsfelsen die Kontrolle über ihren Körper zurückerhalten hatte, schienen ihre Emotionen seltsam gedämpft zu sein. Nur Macus, Ian und vor allem Andreas berührten sie noch.

Und sie war so müde. Meredith glaubte nicht, dass Aeshmas Angebot morgen noch gültig sein würde. Der Gedanke daran, dem Dämon zu geben, was er wollte, erfüllte sie mit Unwohlsein. Doch er hatte recht. Wenn es ihm erneut gelang, in diesem seit Jahren andauernden Ringen um Kontrolle die Oberhand zu gewinnen, würden vermutlich noch viel mehr sterben. Und wenn er tatsächlich dazu verpflichtet sein würde, sich bei seinem ‚Spaß' unauffällig zu verhalten …

„Nur unter einer weiteren Bedingung."

Aeshma blieb still.

„Egal, was passiert, du darfst Andreas nichts tun."

Sie konnte selbst nicht so genau sagen, woher dieser Gedanke kam. Doch sie hatte ihn ausgesprochen und er fühlte sich richtig an.

„Auch Macus und Ian darfst du niemals etwas tun, unter gar keinen Umständen. Egal was passiert."

Für eine Weile war es still, während Aeshma über ihre Forderungen nachdachte.

„Das kann ich dir bei diesem Macus nicht versprechen, er ist ein Kampfmagister."

Seine Stimme war geschäftsmäßig.

„Ein äußerst mächtiger noch dazu. Sollte er uns angreifen, so muss ich uns verteidigen können."

Uns.

Meredith schüttelte den Kopf.

„Das ist nicht verhandelbar", sagte sie. *„Andreas, Macus und Ian darfst du nichts tun."*

Erneut war es still, während der Dämon überlegte. Dann machte er seinen Gegenvorschlag.

„Wie wäre es, wenn ich diesen Macus nicht angreife oder ihm anderweitig Schaden zufüge, solange er mich nicht von sich aus direkt angreift und ich gezwungen bin, mich zu verteidigen?"

Nun war es an ihr, seinen Vorschlag zu überdenken. Wenn sie nur nicht so müde wäre. Sie konnte nur hoffen, dass sie keine Schlupflöcher übersah.

„Aber nur in einem direkten Kampf. Und nur, während dieser andauert. In dem Moment, in dem Macus, warum auch immer, aufhört und sich zurückzieht, lässt du ihn wieder in Ruhe. Und für Andreas und Ian gilt das nicht, die darfst du unter keinen Umständen angreifen. Selbst dann nicht, wenn sie dich attackieren."

Er schwieg.

„Nun komm schon", flehte sie ihn beinahe an.

„Ian ist ein Heiler, er ist keine Gefahr für dich, er verfügt über keinerlei offensive Fähigkeiten und das weißt du. Andreas ist noch nicht einmal ein Magister."

Ein Gefühl des Triumphes durchzuckte sie, als sie spürte, wie er nach einer ganzen Weile schließlich widerstrebend nickte.

„Damit kann ich leben."

Mit einem leisen ‚Plopp' tauchte vor ihr ein Pergament auf. Es war fein säuberlich beschrieben und hielt alle Vertragskonditionen genauestens fest. Sehnsüchtig dachte Meredith daran, nicht mehr mit Aeshma kämpfen zu müssen. An die Ruhe der letzten Tage. Daran, nicht mehr ständig Schmerzen leiden zu müssen und daran, dass die Menschen, die ihr am Herzen lagen, nun endlich vor Aeshma sicher sein würden.

Hoffentlich machte sie hiermit keinen Fehler.

Alle drei Tage für drei Stunden.

Das war nicht viel, wenn sie im Gegenzug endlich Frieden erhielt. Und im Grunde genommen schützte sie weitere Leben, tauschte einige wenige Opfer gegen ein großes, zukünftiges Massaker ein.

Sie ging zurück zu ihrem Schreibtisch und hob den roten Stift, den sie zuvor hatte fallen lassen, auf.

Alle drei Tage für drei Stunden. Und im Gegenzug selige Ruhe. Die Gewissheit, dass er nicht mehr im unpassendsten Moment hervorkommen würde, um sie zu quälen. Keine schrecklichen Bilder mehr in ihrem Kopf.

Meredith unterschrieb.

Ungläubig betrachtete Ian zum gefühlt hundertsten Male die beiden Ausgaben von ‚Magische Krankheiten und Kräuter' vor sich.

Wie konnte das sein?

Er hatte Herrn Kearson bei der Trauerfeier auf eine neuere Ausgabe des Buches angesprochen, die es auch tatsächlich gegeben hatte. Schon am nächsten Tag hatte sie der Bibliothekar bestellt. Es hatte nicht lange gedauert, da hatte Herr Kearson Ian auch schon freudestrahlend das braune Päckchen mit dem Buch überreicht. Nachdem er auch gleich ein zweites Buch der neueren Ausgabe für die Bibliothek bestellt hatte, hatte Ian das alte Exemplar einfach behalten dürfen, was schon fast einem Liebesbeweis des alten Bibliothekars gegenüber Ian gleichkam.

Und nun saß Ian auf einer Bank in seinem kleinen überdachten Kräutergarten und verglich mit großen Augen die Inhaltsverzeichnisse der Bücher.

Das Kurun-Symptom gab es bei der neueren Ausgabe nicht.

Es gab auch keinen anderen Namen für die Krankheit. Er konnte die Symptome der alten Frau Winter schlichtweg nirgends finden.

Erneut blätterte er die neue Ausgabe durch. Ohne Erfolg. Ian raufte sich die Haare.

Was hatte das zu bedeuten?

Er rieb sich die Schläfen.

Hatte er vielleicht ein fehlerhaftes Buch erhalten?

Kurz entschlossen stand er auf, um Herrn Kearson einen schnellen Besuch abzustatten, doch noch ehe er die Türen des Glashauses erreicht hatte, blieb er wieder stehen.

Was sollte er tun, wenn er das Kurun-Symptom auch in keinem weiteren Exemplar finden würde? Was, wenn sein neues Exemplar von ‚Magische Krankheiten und Kräuter‘ nicht fehlerhaft war?

Das ließ eigentlich nur einen Schluss zu.

Jemand hatte das alte Exemplar gefälscht und die Symptome der alten Dame als Krankheit getarnt.

Ian lief es bei diesem Gedanken kalt den Rücken hinunter.

Wer würde so niederträchtig sein und eine Krankheit erfinden? Und noch viel wichtiger – warum?

Unruhig begann er auf und abzugehen. Seine Gedanken rasten. Wer genau wusste eigentlich von der seltsamen Krankheit und über die alte Dame selbst?

Da war zum einen natürlich die Familie Winter. Doch Ian hatte sie erlebt, die beiden Enkelkinder liebten ihre Großmutter innig. Niemals würden sie etwas tun, was diese in Gefahr brächte…

Dann war da noch Yvonne. Er erinnerte er sich lebhaft an die echte Entrüstung des Mädchens, als sie ihm von der kranken Großmutter, die nicht im Heilerbezirk erschien, erzählt hatte.

Er konnte sich nicht vorstellen, dass das Mädchen etwas damit zu tun hatte. Er kannte sie zu gut, sie war vielleicht manchmal etwas aufbrausend, doch sie hatte ein Herz aus Gold.

Ian rieb sich erneut die Schläfen. Wer wusste sonst noch davon?

Natürlich hatten die Nachbarn früher oder später etwas von der Krankheit der alten Dame mitbekommen, immerhin hatten die Winters nicht gerade versucht, diese geheim zu halten. Ian hatte aber nicht den Eindruck, als hätte es jemanden besonders interessiert, mehr als die übliche nachbarschaftliche Anteilnahme hatte er nicht bemerkt. Es schien auch nicht, als wären die Winters mit irgendjemandem besonders eng befreundet.

Erneut erinnerte er sich an das aufgebrachte Gesicht Yvonnes. Was hatte sie damals genau gesagt?

„Kannst du das glauben?", hatte sie ihn theatralisch gefragt.

„Meredith war vorhin bei mir. Und sie hat mir erzählt, dass die Großmutter der neuen Professorin krank ist und immer noch nicht im Heilerbezirk aufgetaucht ist!"

Ian erstarrte.

Nein, das konnte nicht sein. Nicht Meredith.

Er kannte sie doch schon seit Jahren.

Meredith, wie sie ihn mit ihren unglaublichen blauen Augen von unten her anblickte, kam ihm in den Sinn. Meredith, wie sie mit ihm und Macus gemeinsam lachte.

Ein ungutes Gefühl breitete sich in seiner Magengegend aus. Das war nicht möglich, er vertraute ihr.

Aber was, wenn doch?, flüsterte eine leise Stimme in seinem Inneren.

Nein, ausgeschlossen. Aber ein letzter kleiner Rest an Zweifel blieb.

Er musste sichergehen, dass sie es nicht war.

Ein weiterer Gedanke schoss ihm durch den Kopf: Wenn es wirklich Meredith war, mit wem zur Hölle sollte er darüber sprechen?

Der Mond schien zwischen den Wolken hervor und beleuchtete die engen Gassen der Stadt. Er war zurzeit nur zur Hälfte sichtbar, aber das genügte. Nervös blickte Rupert sich um, während er von Laterne zu Laterne eilte. Er hätte nicht so lange im Gasthaus bleiben sollen.

Doch bei dem Gedanken daran, dass seine Frau sicher wieder fuchsteufelswild sein würde, nur weil er der Schenke einen kleinen Besuch abgestattet hatte, hatte er sich einfach nicht und nicht dazu aufraffen können, sich auf den Heimweg zu machen. Also waren aus dem ursprünglich geplanten einen Bier am Ende neun geworden.

Schließlich war die Sperrstunde immer näher gerückt, sodass er sich doch auf den Weg hatte machen müssen. Vielleicht hatte er ja Glück und Elsbeth schlief bereits.

Ein frostiger Windhauch fegte die vertraute Gasse entlang und Rupert rieb sich die Arme. Der erste Schnee kam dieses Jahr ungewöhnlich spät, doch im Gegenzug war es bitterkalt. Irgendwie war ihm heute seltsam zumute, schon seit Stunden war er unruhig. Es war, als würde ihn jemand beobachten oder als würde bald etwas Schreckliches passieren. Doch weder im Gasthaus noch hier in dieser Gasse war irgendjemand.

Vielleicht hatte er auch einfach nur zu viele Schauermärchen und Theorien über die letzten Vorkommnisse oben an der Akademie gehört, den ganzen Abend über war dies das einzige Thema gewesen. Keine Ahnung, was all diese Magister und Professoren so trieben, dass sie es geschafft hatten, einen ganzen verdammten Felsen in Flammen aufgehen zu lassen, ganz zu schweigen von den Forschungen, die dort oben durchgeführt wurden. Bestimmt hatte irgendein verrückter Wissenschaftler experimentiert und die Kontrolle über seine Schöpfungen verloren. Aber solange keiner von diesen Felsen direkt auf ihre Köpfe krachte, konnte es den Bewohnern der Stadt eigentlich egal sein. Dennoch, Rupert wäre es am liebsten gewesen, wenn man all diese Magister einfach wecksperren könnte. Immerhin brachte die Akademie mit all ihren Mitgliedern gutes Geld ein.

Nicht zum ersten Mal überlegte er, ob die Leute, die Magie generell verabscheuten, nicht vielleicht recht hatten. Er hatte gehört, dass diese Leute im gesamten Land immer mehr Zulauf erhielten, auch wenn ihr Einfluss hier in Kallisto, der Hochburg der Magie, noch relativ gering war. Aber laut den neuesten Gerüchten gab es inzwischen in Bornesko, der Hauptstadt, sogar Gaststätten, die nur ganz gewöhnlichen Menschen den Eintritt erlaubten, während Magister draußen bleiben mussten. Vielleicht sollte er einfach eines Tages seine Elsbeth nehmen und woanders hinziehen. Aber wohin? In die Hauptstadt?

Er hatte sein ganzes Leben in Kallisto verbracht, kannte nichts anderes. Und obwohl er die Magister nicht wirklich mochte und es ihm am liebsten gewesen wäre, sie würden alle einfach verschwinden, profitierte er doch persönlich von der Akademie, denn als Tischlermeister verdiente er mit der Ausstattung der Klassenräume nicht schlecht. Trotzdem wäre es ihm lieber, dass er normale Kunden hätte. Diesen Magistern, die sich die Krone der Schöpfung hielten, waren einfach zu anders. Und er wusste, dass er mit dieser Meinung nicht alleine war, selbst hier in Kallisto.

Direkt hinter ihm raschelte es.

Rupert fuhr herum. Doch die dunkle Gasse war leer, es musste der Wind gewesen sein. Er drehte sich um und legte einen Zahn zu. Bei Theiron, war er froh, wenn er endlich wieder zuhause in seinem warmen Bett lag. Selbst, wenn er dafür Elsbeths Gezeter über sich ergehen lassen musste. Eine weitere kalte Winterbrise wehte durch die Gasse und ließ ihn erschauern, während er den Mantel etwas fester um sich wickelte. Die Laterne einige Meter vor ihm flackerte unstet, doch sie spendete genügend Licht, um seine angespannten Nerven zu beruhigen.

Was war nur los mit ihm?

Das liegt nur an diesen verfluchten Magistern, dachte Rupert wütend.

Er kickte einen kleinen Stein, der vor ihm lag, durch die Gasse.

Wieder raschelte es, doch diesmal kam das Geräusch von vorne, aus dem im Schatten liegenden Haus nur wenige Meter entfernt. Rupert spähte in die Dunkelheit, doch er konnte nichts erkennen.

„Hallo?", fragte er laut. „Ist da wer?"

Keine Antwort. Zögernd ging er weiter.

Passierte das dunkle Haus, bog in die nächste Gasse ein. Nur noch zwei Ecken, dann wäre er endlich daheim. Seine Schritte wurden immer schneller.

Da, ein erneutes Rascheln. Hinter ihm.

Rupert fuhr herum. Aber da war nichts.

„Zeig dich, du Mistkerl!"

Jetzt kam er sich langsam dumm vor, wie er da so mitten in der Nacht mit dem Wind redete, und vermutlich war es nur eine Frage der Zeit, dass er jemanden aufweckte. Diese verdammten Geschichten aus der Akademie. Vielleicht hätte er doch früher heimkehren sollen.

Langsam drehte er sich wieder um, wollte weiter in Richtung seines Hauses gehen. Doch da stand schon jemand in der engen Gasse.

Ein altes Weib? Was machte die denn noch hier, zu solch später Stunde?

„Entschuldigung, kann ich Euch helfen?", fragte er laut.

Die Frau antwortete nicht.

Vielleicht hört sie bereits schlecht, überlegte Rupert.

„Entschuldigung, kann ich Euch… Was zur Hölle??!"

Erschrocken sprang Rupert einen Schritt zurück. Das hätte er nicht tun sollen. Der Alkohol in seinem Blut machte ihm einen Strich durch die Rechnung, und er stolperte über seine eigenen Füße, ehe er am Boden aufkam.

317

Es war eine junge Frau, aber keine normale. Sie hatte schwarze, gewundene Hörner. Und jetzt entfaltete sie auch noch ein dunkles Paar Flügel.

Rupert wollte schreien. Doch kein Laut kam über seine Lippen.

Die Gestalt lächelte mit spitzen Reißzähnen. Es war kein nettes Lächeln.

Ich werde Elsebeths Geschrei heute wohl nicht mehr hören, war Ruperts letzter Gedanke, ehe für ihn die Hölle auf Erden begann.

DAS OPFER

„…und daher waren die bisher vom Direktor getroffenen Sicherheitsmaßnahmen vollkommen unzureichend, wenn nicht sogar grob fahrlässig", ereiferte sich Professor Farber.

„Natürlich sei gesagt, dass man Direktor Roth hierzu nicht wirklich Vorwürfe machen kann, immerhin besitzt der amtierende Direktor nicht allzu viel Lebenserfahrung", fuhr er fort, wobei er sich alle Mühe gab, kein hämisches Gesicht zu ziehen. „Dennoch komme ich leider nicht umhin, anzumerken, dass dies bei einem so jungen Menschen durchaus zu erwarten war. Eine derartige Katastrophe war im Grunde genommen bereits vorprogrammiert und nur eine Frage der Zeit."

Er schnaufte einmal tief und fest durch, bevor er mit seiner flammenden Rede fortfuhr.

„Dies ist mit ein Grund, warum ich dafür plädiere, einen Mann mit weitaus mehr Lebenserfahrung und Weitsicht an die Spitze zu…"

Wütend ballte Macus die riesige Hand in seinem Schoß zur Faust, während er weiterhin gute Miene zum bösen Spiel machte. Es war absehbar gewesen, dass Professor Farber die Anhörung vor den königlichen Gesandten als Bühne missbrauchen würde, um sich selbst für den Posten des Direktors in Stellung zu bringen. Dass es bei diesem Treffen eigentlich vorrangig um die Frage ging, ob Macus im Amt bleiben sollte oder nicht, hielt ihn nicht davon ab, bereits etwas Werbung für sich selbst zu machen.

Die beiden Gesandten des Königs, die nur einen Tag vor der Trauerfeier eingetroffen waren, hörten sich das Ganze nun schon geschlagene zehn Minuten mit unbewegten Mienen an. Bisher hatte es nicht mehr Inhalt gegeben als den, dass Direktor Macus Roth zu unerfahren sei, die Sicherheitsvorkehrungen zu lasch und mangelhaft waren und jemand anderes den Job sowieso viel besser machen könnte. Jemand mit mehr *Erfahrung*. Dass er damit sich selbst meinte, sprach der alte Professor zwar nicht direkt aus, war aber sonnenklar. Konkrete Verbesserungsvorschläge, welche die Sicherheit in Zukunft erhöhen könnten, hatte er keine. Von der Absetzung des amtierenden Direktors natürlich mal abgesehen.

Professor Farber war noch immer nicht fertig.

„Um die Sicherheit der Studenten gewährleisten zu können und solch schreckliche Tragödien zukünftig zu verhindern, schlage ich vor, das komplette Sicherheitskonzept zu überdenken. Es müssen erfahrene Leute einen fundierten Plan ausarbeiten, keine blutjungen..."

Macus musste ein Stöhnen unterdrücken. Was um alles in der Welt glaubte dieser Mann denn, dass der Sinn der Sicherheitskonferenz gestern gewesen war? Bei der Professor Farber außer einer Menge Geschrei über die Unzulänglichkeiten des amtierenden Direktors natürlich mit keinerlei Inhalt aufwarten konnte.

Zwar war sich Macus keineswegs sicher, ob die ergriffenen Maßnahmen irgendetwas bringen würden, aber wenigstens unternahm er etwas, anstatt nur laute Reden zu schwingen.

Endlich kam Professor Farber zum Ende und setzte sich wieder, während die weibliche Abgesandte des Königs mit undurchsichtiger Miene aufstand.

„Vielen Dank für Eure Stellungnahme und den Einblick in die bisherige Arbeit des Direktors, wir werden Eure Aussage in unsere Überlegungen miteinbeziehen. Gibt es sonst noch jemanden, der an dieser Stelle etwas sagen möchte?" Sie blickte sich im Raum um.

Für einen Moment war es still, dann stand Professor Wexler auf. Ihre langen, schwarzen Haare, die bereits von mehreren grauen Strähnen durchzogen waren, hatte sie geschmackvoll zu einem Zopf zusammengebunden. Wie immer umgab sie eine Aura der Ruhe und Eleganz.

„Ich möchte eigentlich nur hinzufügen, dass ich an dieser Akademie bereits seit beinahe 45 Jahren als Professorin tätig bin."

Sie legte eine kurze Pause ein, um ihren Worten Gewicht zu verleihen.

„Als solche habe ich Direktor Roth bereits als jungen Studenten selbst unterrichtet. Ich war Zeuge bei seinem Werdegang zum Professor und anschließend bei seiner Wahl zum neuen Direktor der Akademie natürlich nicht ganz unbeteiligt."

Sie schenkte ihm einen kurzen, warmen Blick.

„Schon damals als Jugendlicher ist Direktor Roth nicht nur aufgrund seiner außergewöhnlichen Fähigkeiten als Magister aufgefallen, sondern auch durch seinen Fleiß, sein Pflichtgefühl, sein Gewissen und seinen ausgeprägten Willen, sich um Schwächere oder Ausgestoßene zu kümmern."

Meredith, die neben Macus saß, entkam ein leises Hüsteln, was jedoch kaum jemand bemerkte.

„Als Direktor Roth sich schließlich entschloss, für das Amt des Direktors zu kandidieren, ein Amt, welches normalerweise auf Lebenszeit verliehen wird, war ich ausgesprochen froh. Und ich denke, ich spreche im Namen vieler Kollegen, wenn ich sage, dass ich mir bis zum heutigen Tag niemand Besseren für dieses Amt vorstellen kann. Vielen Dank."

Die alte Professorin nickte den beiden Gesandten höflich zu, ehe sie sich wieder setzte. Professor Farber sah aus, als würde er jeden Moment etwas durch die Gegend werfen.

„Vielen Dank für Eure Aussage, Professor Wexler", sagte die Gesandte. „Gibt es sonst noch jemanden, der dieser Anhörung etwas hinzufügen möchte?"

Es blieb still. Die Abgesandte, die bisher als Wortführerin die Sitzung geleitet hatte, nickte.

„Vielen Dank Ihnen allen für die Einblicke und Aussagen. Ich werde mich mit meinem Kollegen zur Beratung zurückziehen, wir werden in wenigen Minuten das Ergebnis verkünden."

Mit diesen Worten verließen die beiden Abgesandten den Raum, um sich im Nebenzimmer zu besprechen. Gemurmel wurde unter den Kollegen laut, als sich die Professoren mit ihren Sitznachbarn unterhielten.

„Keine Sorge, Macus, die werden dich nicht deines Amtes entheben", meinte Meredith mit einem schiefen Grinsen. Ian, der einen Platz weiter saß, nickte bekräftigend.

Macus machte sich zurzeit etwas Sorgen um den Heiler, dieser war in letzter Zeit, insbesondere Meredith gegenüber, äußerst still. Er vermutete, dass dies mit einem gewissen jungen Wachmann und der Tatsache, dass Meredith nun mit diesem ausging, zusammenhing, war sich aber nicht ganz sicher. Doch leider hatte er aktuell keinen Kopf dafür, er würde sich später um seinen alten Freund kümmern müssen.

Was das Ergebnis der heutigen Anhörung anbelangte, wusste Macus selbst gar nicht, was er sich eigentlich wünschte. All die Toten lasteten schwer auf seinem Gewissen, er hatte seit jenem schrecklichen Tag nicht mehr wirklich geschlafen. Immer und immer wieder fragte er sich, ob er nicht etwas anders hätte machen sollen. Besser machen. Ob er die Tragödie nicht doch irgendwie hätte kommen sehen und verhindern können.

Und auch, dass unter seiner Aufsicht der allererste Einbruch in die geheimen Archive seit der Entstehung der Akademie passiert war, sowie die Tatsache, dass dieser Fall noch immer ungeklärt war, würde in die Entscheidung der Abgesandten einfließen.

Macus seufzte schwer.

Er war sich nicht sicher, ob er tatsächlich für den Posten des Direktors geeignet war, und auch nicht, ob er diesen überhaupt noch weiterhin innehaben wollte.

Die Abgesandten blieben lange fort. Die Professoren in dem großen Saal wurden immer unruhiger, das anfängliche Gemurmel immer lauter. Professor Farber warf ihm triumphierende Blicke zu, die Macus jedoch völlig ignorierte.

Dann endlich kehrten die beiden Abgesandten zurück und schlagartig trat Stille ein.

Erneut ergriff die weibliche Abgesandte das Wort, während der Mann sich einfach nur mit ausdrucksloser Miene auf seinen Stuhl setzte.

„Vielen Dank für Ihre Geduld, werte Professoren", eröffnete sie ihre Ansprache.

„Ich möchte Euch alle nicht allzu lange mit dem Für und Wider unserer Überlegungen langweilen. Mein Kollege und ich sind nach längerer Bedenkzeit und obwohl wir der Meinung sind, dass Direktor Roth in der Vergangenheit möglicherweise einige schwerwiegende Fehler begangen hat, zu der Überzeugung gelangt, ihn in seinem Amt zu belassen."

Professor Farber schnappte hörbar nach Luft. Doch er war klug genug, keinen lautstarken Protest von sich zu geben.

„Wir sind der Meinung, dass es insbesondere in diesen Zeiten eine starke Führung braucht. Direktor Roth ist nun schon seit mehreren Jahren in seinem Amt und hat bisher trotz allem gute Arbeit geleistet."

Sie nickte Macus wohlwollend zu. Er nickte zurück, obwohl er sich nicht sicher war, ob ihre Aussage wirklich zutreffend war.

„Wir hoffen, dass die neuen Sicherheitsmaßnahmen, die bei der Konferenz gestern erarbeitet wurden, ihre Wirkung voll entfalten werden, und sind zuversichtlich, dass sich mit einem solch starken Magister wie Direktor Roth an der Spitze der Akademie Tragödien wie die vergangene nie mehr wiederholen werden."

Damit setzte sie sich wieder.

Anschließend hielt Macus seine kurze Dankesrede, die er für den Fall vorbereitet hatte. Formalitäten wurden ausgetauscht und Hände geschüttelt. Dann endlich war die Anhörung beendet und der Raum begann sich zu leeren. Kurz schien es, als wollte Ian mit ihm reden, doch dann schüttelte er nur den Kopf. Macus wich den Glückwünschen so gut es ging aus und machte sich stattdessen auf den Weg zu seinem Büro.

Er war sich selbst nicht so recht im Klaren, ob er sich nun freute, den Posten als Direktor behalten zu haben, oder nicht. Nicht einmal seine beiden alten Studienfreunde, Ian und Meredith, wollte er aktuell um sich haben.

Als er endlich hinter seinem Schreibtisch in Sicherheit vor all den händeschüttelnden Leuten war, ließ er sich mit einem erschöpften Seufzer auf seinem Stuhl nieder. Mit leerem Blick musterte er die Decke über sich.

War es wirklich gut, dass er noch immer amtierender Direktor der Akademie war? Hätte jemand anderes die Aufgabe vielleicht besser erledigt?

Die Gedanken wirbelten wie wild durch seinen Kopf, sprangen hin und her. Gerade überlegte er, ob er aufstehen und sich einen Kaffee holen sollte, da wurde die Tür mit einem lauten ‚WUMMS!‘ aufgerissen. Normalerweise klopften die Leute immer höflich an.

Zettel flogen durch die Luft, einer der Papierstapel im Raum fiel zur Seite und riss einen zweiten mit. Verärgert richtete Macus sich auf und musterte den Eindringling in der Tür, der nach Luft rang, so als wäre er eine ordentliche Strecke gelaufen.

Es war ein junger Bursche mit Stupsnase und dreckigen Hosen, Macus erkannte ihn als einen der Söhne des Bäckers auf der Hauptstraße. Er half seinem Vater öfters bei der Auslieferung der Ware und war bereits das eine oder andere Mal in dieser Funktion an der Akademie gewesen. Beim Anblick des atemlosen Jungen verpuffte ein Teil seines Ärgers über die angerichtete Unordnung.

„Kann ich dir helfen?", fragte er freundlich.

Er bezweifelte, dass der Bursche hier war, um ihm zu seiner erfolgreichen Anhörung zu gratulieren. Sein Gesicht war kreidebleich und verstört.

„Direktor!", japste der Junge, während er sich die Seiten hielt. „Herr Direktor, Ihr müsst sofort kommen! Es geht um einen Notfall!"

Die Leiche war auf groteske Art auf dem Boden drapiert, so als habe jemand sein entsetzliches Werk möglichst eindrucksvoll in Szene setzen wollen. Kommissar Bosch glaubte nicht, dass er dieses Bild jemals wieder aus seinem Kopf bekommen würde.

Er hatte in seiner bisherigen Laufbahn bei der Polizei bereits einiges zu sehen bekommen. Darunter waren auch nicht wenige Leichen gewesen, doch keine von ihnen war jemals so zugerichtet gewesen wie diese hier. Oder mit einer solchen Grausamkeit umgebracht worden.

Sie standen in einer kleinen Gasse unweit des Zentrums der Stadt mit all seinen Wirtshäusern. Im Grunde befanden sie sich in einem äußerst belebten Viertel. Wie der Leichnam erst jetzt hatte entdeckt werden können und wie vor allem niemand den Mord selbst hatte mitbekommen können, war Kommissar Bosch ein Rätsel.

Erst heute Morgen, vermutlich Stunden nach dem eigentlichen Vorfall, war ein kleiner Junge beim Ausliefern von Brötchen über die Leiche gestolpert und war vermutlich für den Rest seines Lebens traumatisiert worden. Er hatte das einzig Richtige getan, indem er sofort jeden Erwachsenen in Reichweite alarmiert hatte und anschließend zur Polizeistation gelaufen war. Dadurch hatte die Ermittlertruppe sehr schnell Wind von der ganzen Sache bekommen und die Gegend zügig abriegeln können.

Und nun stand Kommissar Bosch hier, vor den grausigen Überresten einer Leiche, und musste trotz seiner langjährigen Erfahrung an sich halten, um sich nicht zu übergeben. Inspektor Frey spuckte neben ihm aus.

„Verdammte Magister und ihre verdammte Magie, da sieht man mal wieder, was dabei rauskommt", murmelte er halblaut. „Sollen die sich von mir aus doch gegenseitig oben an der Akademie abschlachten, dann gibt's wenigstens nicht mehr so viele von ihnen, aber die sollen uns normale Bürger in Ruhe lassen."

Es überraschte Kommissar Bosch nicht weiter, seinen Kollegen so sprechen zu hören. Schon seit geraumer Zeit hatte er den Verdacht, dass Inspektor Frey zu jener nicht gerade kleinen Bevölkerungsgruppe gehörte, die Magie und alle, die diese ausüben konnten, abgrundtief hasste. Und wenn er ehrlich war: Seit er mit diesem Fall betraut worden war, konnte er es ihm nicht verdenken.

Trotzdem wies er Inspektor Frey hastig an, zu den Zeugenbefragungen zu wechseln, anstatt weiter hier an der Leiche wache zu halten. Eine politische Debatte oder gar eine Auseinandersetzung zwischen Frey und dem Direktor, den er hierher bestellt hatte, um den Tatort magisch zu untersuchen, war das Letzte, was Kommissar Bosch in der aktuellen Situation gebrauchen konnte.

Als der erfahrenste und ranghöchste Ermittler hatte er selbstverständlich die Leitung über den aktuellen Tatort übernommen. Er hatte sämtliche möglichen Zeugen aus den umliegenden Häusern, die noch gar nicht so recht wussten, was eigentlich los war, aufs kleine Revier der Stadt Kallisto bringen lassen. Es war besser, die Zeugen so rasch es ging zu vernehmen, und zwar möglichst, bevor ihre Erinnerung an die Nacht davor durch Gerüchte oder Spekulationen beeinträchtigt wurde.

Es war immer wieder beeindruckend zu sehen, wie schnell Zeugen sich einbildeten, etwas gesehen oder gehört zu haben, nur weil es zu irgendeinem Gerücht passte, das gerade die Runde machte. Von den vielen Waschweibern, die sich einfach nur wichtigmachen wollten, mal ganz abgesehen.

Zwar war die Ermittlertruppe seit jenem tragischen Vorfall an der Akademie eigentlich komplett überarbeitet, doch das hier hatte Priorität. Die Handschrift des Täters war zu grausam, als dass sie nicht irgendwie mit den Taten oben auf dem Naturwissenschaftsfelsen zusammenhing, dessen war sich Kommissar Bosch sicher. Dennoch hatte er sicherheitshalber nach dem Direktor rufen lassen, auch wenn dieser nach der letzten Tragödie nicht mehr der Einzige war, der die magische Signatur des Täters kannte. Laut den Magistern, die er befragt hatte, strahlte der Felsen immer noch eine unheilvolle Schwingung aus.

Doch die Thurlin-Zwillinge waren mit diesem verdammten Ritual beschäftigt, weshalb der Direktor aktuell seine einzige Möglichkeit war, den Tatort auf magische Spuren zu untersuchen. Weitere magische Ermittler, die äußerst selten und kostspielig waren, bekam er nicht bewilligt – dafür reichte das Budget nicht.

Kommissar Bosch spuckte nun selbst auf den Boden.

Verdammte Magie.

Verdammte Korruption und verdammtes Budget.

Dieses Jüngchen, diesen Andreas Winter, beließ er lieber erstmal auf seinem Posten. Es war besser, wenn dessen Tarnung zumindest vorerst noch nicht aufflog. Zwar war Kommissar Bosch sich absolut nicht sicher, ob der Bursche ihnen und den Ermittlungen irgendetwas bringen würde, aber wozu eine Karte aufdecken, wenn diese sich später vielleicht noch als nützlich erweisen konnte? Auch wenn sich Inspektor Winters Charakter in seinen Augen nicht für versteckte Operationen eignete.

Erneut betrachtete Kommissar Bosch mit flauem Magen die Überreste dessen, was einmal ein lebender, atmender Mann gewesen sein musste. Dass es derselbe Täter war wie jener, der für das Massaker auf dem Naturwissenschaftsfelsen verantwortlich war, war für ihn bereits so gut wie sicher. Zwar sollte man sich in seinem Job nicht auf Vermutungen stützen, doch das Bild, das sich hier ergab, war zu ähnlich.

Es war wirklich unglaublich, dass niemand in den umliegenden Häusern durch die Schreie, die es ganz ohne Zweifel gegeben hatte, wach geworden war. Doch wahrscheinlich ließ sich auch das mit irgendeiner abgefahrenen, verdammten Magienummer erklären.

Kommissar Bosch fluchte laut.

Seit er mit diesem unsäglichen und karriereschädigenden Fall betraut worden war, hatte er gelernt, Magie zu hassen. Davor war sie ihm relativ egal gewesen. Wie den meisten normalen Bürgern von Vermora war ihm ihre dunkle Seite nur abstrakt und nicht sehr wahrscheinlich vorgekommen.

Er fluchte erneut und schlug mit geballter Faust voller Frust auf die steinerne Wand neben sich.

Am anderen Ende der langen Gasse tauchte endlich die riesige Gestalt des Direktors auf. Mit langen Schritten näherte er sich dem Tatort, wurde dann aber langsamer, als er die Umgebung musterte. Seine Miene wurde grimmig. Da hatte Kommissar Bosch auch schon seine Bestätigung, es war derselbe Täter. Fragte sich bloß: Warum nur ein einzelnes Opfer? Und warum hier?

Kommissar Bosch trat beiseite und gab den Blick auf die Überreste der Leiche frei. Der Direktor wurde bleich.

„Könnt Ihr etwas feststellen?", fragte Bosch.

Der Direktor trat näher.

„Ich kann keinerlei Rückstände eines Rituals erkennen oder fühlen." Macus' Blick verhärtete sich. „Ich würde zu gerne wissen, was jemanden zu solch einer Tat treibt."

Es war ihnen noch nicht gelungen, das Opfer zu identifizieren, doch Kommissar Bosch hoffte, dass dies nur eine Frage der Zeit war. Angesichts der strengen Kontrollen an den Eingangstoren zur Stadt wusste man ziemlich genau über jeden, der aktuell in der hier verweilte, Bescheid. Zwar waren anlässlich der vergangenen Trauerfeier noch immer weitaus mehr Personen als gewöhnlich in der Stadt, doch die meisten waren bereits wieder nach Hause zurückgekehrt oder zumindest auf dem Weg dorthin.

Kommissar Bosch hatte, noch ehe er überhaupt am Tatort eingetroffen war, sofort die Stadttore sperren lassen. Einige berittene Boten waren ausgerückt, um diejenigen, die Kallisto bereits im Morgengrauen verlassen hatten, schnell wieder zurückzuholen. Beamte gingen bereits von Haustür zu Haustür und befragten die Einwohner und Gäste, ob ihnen etwas Seltsames untergekommen war oder ob jemand vermisst wurde.

Mit versteinertem Gesicht musterte Kommissar Bosch das schrecklich zugerichtete Opfer.

„Dich krieg ich, du Bastard."

Für einen kurzen Moment blieb Inspektor Vincent Frey stehen und atmete erst einmal tief durch. Ihm war, als könne er den Geruch von Blut immer noch wahrnehmen. Er schien an ihm zu kleben, in seiner Kleidung hängenzubleiben wie ein unangenehmes Parfüm.

Er wusste genau, warum Kommissar Bosch ihn fortgeschickt hatte.

Mit einem Knurren blickte er hinauf zu den schwebenden Felsen der Akademie – dieser verdammten Brutstätte von Abnormalitäten, die sich ‚Magister' nannten und so taten, als wären sie gewöhnliche Menschen.

Aber das waren sie nicht.

Sie waren Monster. Und wenn die geschändete Leiche, die sie soeben gefunden hatten, nicht Beweis genug dafür war, dann wusste Vincent nicht, was es noch brauchte, bis die Gesellschaft endlich aufwachte und die wahre Natur von magiebegabten Personen erkannte.

Stunden später blickten die Thurlin-Brüder einander in den geheimen Archiven triumphierend an. Sie hatten keine Ahnung, wie spät es draußen war, wussten nicht einmal mehr sicher, welcher Tag es überhaupt war. Seit Wochen und Monaten arbeiteten die beiden nun schon magisch und physisch vom Rest der Welt abgeschottet in den Archiven von Kallisto. Doch nun hatten sie es so gut wie geschafft, bald würden sie wissen, wer hier eingedrungen war, und all diese ungehobelten Ermittler, die ohnehin nichts auf die Reihe bekamen, würden wieder nach Hause fahren können, während es ein für alle Mal bewiesen wäre, dass der magische Hof der Akademie weit überlegen war.

Sich gegenseitig ermutigend, nickten die beiden sich über den Rand des magischen Kreises hinweg zu. Die seit Monaten angestaute Energie knisterte zwischen ihnen, die Magie waberte im Raum umher, versuchte auszubrechen wie ein wildes, ungezähmtes Tier.

Es war kein ungefährliches Unterfangen, an einem Ort wie den geheimen Archiven, bis zum letzten Winkel vollgestopft mit magischen Artefakten und in einer eigenen Dimension verankert, ein solch komplexes Ritual abzuhalten. Die Zwillinge konnten gut verstehen, warum der Direktor der Akademie keine Stümper damit hatte beauftragen wollen, zumal all die Ritualmagier der Akademie ja immer noch unter Generalverdacht standen.

Da sie nicht wussten, wohin der Eindringling in den gewaltigen Hallen der Archive gegangen war, hatten die Zwillinge das Ritual gleich am Eingang an der goldenen

Türe Flügeltür durchgeführt. Jeder, der die Archive betrat, musste hier durchgekommen sein.

Die Energie zischte, als die aufgestaute und gesammelte Magie in sich selbst Wellen schlug. Sie durften bloß nicht die Kontrolle verlieren, sonst würden die Archive vermutlich gemeinsam mit ihnen selbst wie durch eine riesige Bombe in die Luft fliegen, was ein recht unrühmliches Ende für die Thurlin-Brüder wäre. Welchen Schaden ein solcher Fehler dem Ruf des magischen Hofes zufügen würde, wollten sie sich gar nicht erst ausdenken.

Die beiden waren hervorragend aufeinander abgestimmt. Seit beinahe 90 Jahren arbeiteten die beiden nun schon Seite an Seite und sie kannten einander besser als irgendjemand sonst. Mit konzentrierten Mienen hielten sie die Magie in Zaum, lenkten sie in die für sie vorgesehenen Bahnen. Endlich zahlte sich ihre monatelange Mühe aus.

Die Energie brandete in die vorgegebene Struktur, ergoss sich in ihre Bahnen und begann, den kompliziert verwobenen, unsichtbar in der Luft hängenden Linien zu folgen. Ein schimmerndes Muster reiner Magie, wie ineinander verschlungene Reben, begann sich zu erheben und bildete eine große Blase.

Wenn man aus der Nähe hinblickte, sah man nichts als scheinbar willkürlich angeordnete Magiestränge, doch wenn man das Gesamtkonstrukt betrachtete, so erkannte man die komplexe, beinahe überirdische Schönheit. Das Reenactacent-Ritual gehörte nicht nur zu den schwierigsten, sondern auch zu den visuell eindrucksvollsten Zaubern, die es gab.

Dann entfaltete sich das Muster, bildete schillernde Knospen und stülpte sich wie eine große aufgehende Blüte nach außen, um eine kleine Plattform zu enthüllen. Dort befand sich das von ihnen geformte Tor in die Vergangenheit.

Gespannt schauten die Zwillinge in die Mitte.

Zuerst sahen sie nichts. Dann erblickten sie sich selbst, mit konzentrierten Mienen, wie sie kurz davorstanden, das Ritual zu beenden. Ohne sich absprechen zu müssen, begannen die Thurlin-Brüder, die Geschwindigkeit zu erhöhen, während die Szene immer weiter in die Vergangenheit zurückging. Sie sahen sich selbst im Zeitraffer bei ihren monatelangen Vorbereitungen für das Ritual. Natürlich geschah alles rückwärts. Zwischendurch erblickte man den Direktor, wie er vorbeikam und nach dem Rechten sah.

Dann verschwanden die Zwillinge, stattdessen sah man die Gesandten des Königs, wie sie mit grimmigen Mienen gemeinsam mit dem Direktor die Archive untersuchten, während die Brüder die Zeit immer weiter zurückspulten.

Dann kam der Direktor erneut ins Bild. Zuerst, als er mit entsetzter Miene den Raum verließ, nachdem er den Einbruch entdeckt hatte. Dann, als er das erste Mal mit leicht beunruhigtem Gesichtsausdruck die Archive betrat, um zu sehen, was genau den Alarm ausgelöst hatte. Die Zeit lief weiter rückwärts. Die Zwillinge verlangsamten das Tempo.

Jetzt konnte es nicht mehr weit sein.

Kleine Schweißperlen bildeten sich bereits auf ihrer Stirn, während sie den Zauber aufrechterhielten. Es stellte sich heraus, dass es eine gute Entscheidung gewesen war, die Zeit von nun an langsamer zurückzuspulen, denn beinahe hätten sie den Schatten übersehen. Im allerletzten Moment entdeckten sie die zarte, rauchige Andeutung von... *etwas*.

Fasziniert verlangsamten die beiden die Zeit, bis sie beinahe stillstand. Dann ruckelte der Zauber mit einem Mal, bockte wie ein wildes Pferd. Mit zusammengebissenen Zähnen behielten die Zwillinge mit eiserner Hand die Kontrolle darüber. Der Schweiß lief nun in Strömen über ihre Gesichter. So etwas sollte normalerweise nicht vorkommen. Ein Zauber wehrte sich nicht so ohne Weiteres.

Langsam ließen sie die Zeit wieder anlaufen und beobachteten, wie die rauchige, kaum sichtbare Gestalt rückwärtsgehend in die Gewölbe der geheimen Archive verschwand. Die Magie wehrte sich weiterhin. Zwei weniger geübte und aufeinander abgestimmte Magister hätten längst die Kontrolle über sie verloren. Langsam folgten die Zwillinge der Gestalt durch die Archive, während sie den Zauber mit sich zogen.

Die Gestalt führte sie zu einem Regal, vollgestopft mit Ritualgegenständen für verbotene geistige Zauber. Da die Zeit rückwärtslief, sah es aus, als würde sie den Stein aus ihrer Tasche holen und zwischen all den anderen Artefakten platzieren. Kein Wunder, dass ihnen der Diebstahl bisher nicht aufgefallen war – ein einzelner kleiner Stein inmitten eines überfüllten Regals, von dessen Art es hunderte gab.

Später würden sie in den Unterlagen nachsehen, was das für ein Stein gewesen war, den der Dieb hier in seiner Tasche hatte verschwinden lassen, doch nun mussten sie zuerst einmal das Ritual zu Ende bringen.

Vor Anstrengung begann dem jüngeren der Zwillinge langsam das Blut aus der Nase zu tropfen. Aber sie mussten das hier vollenden!

Sie verfolgten den Dieb weiter zurück in der Zeit, wie er rückwärts zu jenem Teil der geheimen Archive ging, in dem einige der ältesten Bücher lagerten. Dort verweilte der Schatten eine ganze Weile, zog hier und da ein Buch heraus, klappte es auf und las es. Mit vor Konzentration bebenden Lippen betrachteten die Thurlin-Zwillinge den Titel der Abteilung, in dem der Eindringling sich damals, vor über einem halben Jahr, herumgetrieben hatte. Seelenmagie.

Dann gingen sie weiter zurück, als der Dieb das Archiv kreuz und quer absuchte, ehe er wieder durch die Eingangstore verschwand. Die Zwillinge stießen unisono einen erleichterten Seufzer aus, dann beendeten sie endlich den Zauber und ließen die von ihnen seit Monaten angestaute Magie kontrolliert entweichen.

Als alles vorbei war, sanken sie erschöpft zu Boden. Niemand konnte sie in diesem Moment sehen, also war es für den egal, wie sie dabei aussahen. Zitternd und schweißbedeckt blickten sie einander an. Das war nicht das, was sie sich vorgestellt hatten.

Dann fielen beide an Ort und Stelle, als habe man sie mit einem Knüppel niedergestreckt, in einen tiefen, erholsamen Schlaf.

DAS SIEBTE HAUS

Marcus saß gemütlich mit einer Tasse Kaffee in der Hand und mit Professor Reynold in ein philosophisches Gespräch vertieft da, als die große Tür mit einem lauten Knall aufgestoßen wurde.

Die Thurlin-Zwillinge stürmten mit identischen, erregten Gesichtsausdrücken herein, ihr Atem ging schwer. Marcus war sofort in Alarmbereitschaft. Irritiert musterte sein Gesprächspartner die ungebetenen Gäste.

„Und wer seid Ihr?", begann Professor Reynold mit leicht verärgerter Stimme. „Das hier ist das Lehrerzimmer, Ihr habt hier nichts…" Doch die Zwillinge ignorierten ihn völlig.

Ihre Gesichter waren hochrot, offenbar waren sie gerannt – ganz und gar untypisch für die steifen vornehmen Thurlin-Brüder. Marcus war bereits aufgestanden, noch ehe der erste Zwilling zu sprechen beginnen konnte.

„Direktor Roth, wir müssen…"

Der alte Magister schnappte nach Luft, krümmte sich und sein Bruder übernahm nahtlos.

„Wir müssen Euch sofort um eine private Unterredung bitten!!"

Marcus hatte von dem Moment an, als er die Brüder erblickt hatte, gewusst, dass es um das Reenactacent-Ritual gehen musste. Offenbar hatten die beiden es erfolgreich durchgeführt und etwas Wichtiges herausgefunden – vielleicht sogar die Identität des Täters, so aufgeregt, wie sie waren.

Daher nickte er sofort, entschuldigte sich bei dem pikiert dreinblickenden Professor Reynold und geleitete die immer noch nach Luft ringenden alten Magister in ein kleines Nebenzimmer. Als die beiden, sobald die Tür hinter ihnen geschlossen war, beginnen wollten, zu sprechen, hob Marcus die Hand. Er griff nach seiner Magie und aktivierte den Bann, der in die Tür eingelassen war, sodass niemand in der Lage war, sie ohne Weiteres zu belauschen. Dieser war mit Ritualmagie erschaffen worden und konnte von jedermann, der Magie ausübte, aktiviert werden. Dann nickte er den Zwillingen zu.

„Jetzt sollte es gehen", meinte er. „Was habt Ihr dem Ritual herausgefunden?"

Marcus war gespannt wie ein Flitzebogen.

„Seit wann befindet sich der Naturwissenschaftsfelsen in diesem Zustand?", fragte einer der beiden wie aus der Pistole geschossen.

Irritiert blickte Marcus die Brüder an. Diese Frage kam nun doch etwas unerwartet.

„Der Naturwissenschaftsfelsen? Was hat der mit dieser Sache zu tun?"

Der zweite Zwilling machte eine ungeduldige Handbewegung.

„Ihr wisst schon, das verkohlte Stück Land auf Eurem Akademiegelände. Das, welches immer noch diese einzigartigen magischen Schwingungen absondert. Wann ist das passiert? Und wer war es? WAS war es?"

Die geheimen Archive befanden sich in einer Art Dimensionsfalte, an einem Ort, den es physisch eigentlich nicht geben sollte, wo ein Quadratzentimeter gleichzeitig so groß war wie ein Quadratkilometer und so winzig wie ein Quadratmillimeter. Es war ein Raum, der sich außerhalb jeglicher Norm bewegte, der in dieser Welt existierte und gleichzeitig nicht. Liebend gern hätte Marcus diesen Raum, diese Falte im Universum, einmal von einer breiten Masse an Experten untersuchen lassen, doch da die geheimen Archive nun mal geheim waren, war dies nicht möglich. Wie um alles in der Welt dieser Raum erschaffen worden war, war ein einziges Mysterium. Aber das galt ja bekanntlich für die gesamte Akademie und an deren vergessener Magie forschten mehr als genug Leute.

Aufgrund der physischen Beschaffenheit dieser Dimensionsfalte bekam man jedoch von der Außenwelt wenig bis gar nichts mit. Daher wunderte es ihn nicht, dass die Thurlin-Zwillinge von dem Massaker am Naturwissenschaftsfelsen nichts wussten.

„Vor etwa einer Woche kam es spätabends zu einem noch ungeklärten Vorfall", begann er etwas zögerlich.

Die Brüder sahen ihn gespannt an. Nichts war von ihrer sonst so überheblichen Art übriggeblieben.

„Wir wissen leider noch nicht, wer dafür verantwortlich ist", erzählte Marcus weiter. „Doch wir wissen, dass es derselbe Täter ist wie jener, der in die geheimen Archive eingedrungen ist und kürzlich einen unschuldigen Mann unten in der Stadt ermordet hat. Eigentlich hatte ich gehofft, dass Ihr endlich Licht in die Angelegenheit bringen könntet."

Die Zwillinge schwiegen, also beschloss er, weiterzuerzählen.

„Es geschah einige Stunden nach der letzten Unterrichtsstunde. Die meisten waren dabei, den Feierabend zu genießen oder sich fertigzumachen, um nach unten in die Stadt zu gehen."

Hier stockte seine Erzählung kurz, doch die Brüder drängten ihn nicht, sondern sahen ihn nur gespannt an.

Marcus' Stimme war leise, als er schließlich weitersprach.

„Zu dem Zeitpunkt des Vorfalls befanden sich über hundert Studenten, zwei Professoren sowie drei Küchenhilfen, alles in allem 147 Personen, auf dem Naturwissenschaftsfelsen. Es begann mit einer magischen Schockwelle, die jeden im Umkreis von mehreren Kilometern, der über Magie verfügte, in die Bewusstlosigkeit schickte. Sie beide müssen aufgrund der besonderen Beschaffenheit der Archive davon verschont geblieben sein."

Die Zwillinge nickten beinahe synchron.

„Erzählt weiter", verlangte einer der beiden.

„Über je mehr Magie die betroffenen Magister verfügten, desto schneller waren sie wieder auf den Beinen. Ich selbst war nur wenige Minuten später am Fuße des Felsens, der von seltsamen rot-schwarzen Flammen umringt war. Die Insel war mit einer undurchdringlichen Barriere geschützt, wie ich sie noch nie zuvor in meinem Leben gesehen habe. Wir konnten sie nicht einreißen, wir waren chancenlos. Eine meiner Studentinnen starb bei dem Versuch herauszufinden, was auf dem Naturwissenschaftsfelsen los war. Und da war dieses grausame, hysterische Lachen."

Marcus schauderte. Ihm war, als wäre er wieder dort. An jenem schrecklichen Ort, nur vor wenigen Wochen, als er hilflos gegen die Barriere angerannt war. Als er die Schreie und die Panik der Sterbenden durch die seltsamen Flammen hindurch hören konnte, ohne in der Lage zu sein, irgendetwas zu unternehmen. Und dieses Lachen. Dieses schreckliche, wahnsinnige Lachen.

„Was ist dann passiert?"

Die Frage holte ihn zurück in die Gegenwart, zurück aus seinen grausamen Erinnerungen. Er riss sich zusammen.

„Sie sind alle gestorben."

Seine Stimme klang rau.

„Alle 147 Menschen, 148, wenn man die junge Studentin mitzählt, die versucht hat, Informationen einzuholen." Voller Gram schloss er kurz die Augen. „Sie sind an jenem Abend vor meinen Augen, nur wenige Meter von mir entfernt, unter offensichtlich furchtbaren Schmerzen gestorben. Und wir haben keinerlei Hinweise bis auf einige Schauermärchen über einen schwarzen, gehörnten Schatten, den einige zu sehen geglaubt haben."

Für einen Moment war es still, während die Zwillinge einen bedeutungsschweren Blick wechselten. Dann nickten sie einander zu. Irgendetwas wussten die beiden. Sie wandten sich wieder Marcus zu.

„Herr Direktor, habt Ihr schon jemals von dem vergessenen siebten Haus oder der Familie Maynard gehört?", fragte einer der beiden, während der andere stumm zum Fenster ging und hinausblickte.

„Siebtes Haus?", fragte Marcus verwirrt. „Es gibt doch nur sechs?"

Er überlegte. Irgendetwas klingelte bei dem Namen Maynard, doch er konnte sich nicht erinnern, wann und wo er ihn bereits einmal gehört hatte.

Schließlich schüttelte er einfach nur den Kopf.

„Es ist schon eine ganze Weile her, aber vor vielen, vielen Jahren gab es nicht sechs, sondern sieben Häuser. Das siebte Haus war eine äußerst mächtige magische Familie mit einer ganz besonderen Fähigkeit", erzählte der Zwilling.

„Es war eine Fähigkeit, die wie bei allen Häusern nur innerhalb dieser speziellen Familie vererbt wurde, und über Jahrhunderte hinweg achteten die Maynards streng darauf, diese Fertigkeit zu erhalten. Wie alle anderen Häuser heute auch gingen sie nur Ehen ein, die ihre magische Blutlinie stärkten. Wenn jemand außerhalb der Hauptfamilie die Familienfähigkeit zeigte, so wurde er adoptiert. Erbte jemand in der Hauptfamilie die magische Begabung der Familie nicht, so wurde er zwar nicht unbedingt verstoßen, aber auch nicht als besonders wichtig angesehen."

Marcus nickte. Soweit schien sich das siebte Haus nicht von den anderen sechs zu unterscheiden. Sie waren allesamt ein elitärer Haufen, der sich eine Menge auf Abstammung und Herkunft einbildete. Dabei kannte Marcus einige Studenten, deren Fähigkeiten er als weitaus besser und gefährlicher einschätzte als die, die in den sechs Häusern teilweise weitergegeben wurden.

„Es war eine wahrlich mächtige Familie, die ungewöhnlich viele Mitglieder mit der speziellen Familienfähigkeit hervorbrachte, fast schon ein ganzer Clan, so mächtig, dass sie das erste Haus, die königliche Familie, vor Hunderten von Jahren eines Tages vor ein Problem stellte. Die Maynards, das siebte Haus, waren kurz davor, einfach die Regierung zu übernehmen."

Nun wurde es interessant. Auch wenn Marcus hier gewisse Parallelen dazu sah, wie die königliche Familie vor Hunderten von Jahren selbst an die Macht gelangt war. Ihm liefen kalte Schauer über den Rücken bei dem Gedanken daran, welche Fähigkeit der Maynards einem Haus gefährlich hatte werden können, das instinktiven blinden Gehorsam in seinen Untertanen auszulösen vermochte.

„Gleichzeitig waren sie jedoch für die Verteidigung des Landes von essenzieller Bedeutung. Allein die Tatsache, dass es diese Familie mit ihrem unglaublichen magischen Talent überhaupt gab, hielt unsere Nachbarn davon ab, Vermora anzugreifen. Zahel liebäugelt ja selbst heute noch mit dem Gedanken, seine Grenzen etwas weiter Richtung Norden zu verschieben."

Der Zwilling lachte einmal kurz verbittert auf.

„Das siebte und das Königshaus bildeten seit jeher das Zentrum unserer Macht. Es kam zu gewaltigen internen Spannungen und Auftragsmorden von Assassinen: Gift, Anschläge, alles, was man sich so vorstellen kann oder auch nicht kann. Schließlich schloss der damalige König mit dem Oberhaupt des siebten Hauses einen Pakt."

Als hätten sie sich abgesprochen, schenkte der Zwilling sich etwas Wasser aus der Karaffe am Tisch ein, während sein Bruder am Fenster die Erzählung übernahm.

„Künftig würden die Maynards sich aus der Politik zurückziehen, und nur noch dem ältesten Nachkommen der Familie war es gestattet, zu heiraten und Kinder zu bekommen, in seltenen Fällen wurde dieses Recht auf den Zweitgeborenen übertragen. Im Gegenzug würden die Maynards mit dem Geld der Krone subventioniert und könnten in Ruhe auf dem Land leben. Dadurch verringerte sich die Anzahl der Familienmitglieder innerhalb weniger Generationen und die Familie geriet nach und nach in Vergessenheit. Manche munkeln, dass das erste Haus dabei etwas nachgeholfen hat und mehrere Mentalmagister eingesetzt wurden, damit die Leute von nun an glaubten, es gäbe nur sechs Häuser. Doch es ist schwer, ein ganzes Reich vergessen zu lassen. Erst recht, wenn die Familie Maynard noch über mehrere Generationen hinweg im Verborgenen existierte und unseren Nachbarländern zwecks der Abschreckenden Wirkung weiterhin wohlbekannt war."

Marcus nickte.

„Das ist ja alles schön und gut, aber was hat diese Familie mit unserer aktuellen Situation zu tun?", fragte er schließlich. „Was ist mit ihr passiert?"

„Die Familie Maynard führte also ein Schattendasein", führte der Zwilling weiter aus. „Nur wenige Auserwählte wussten überhaupt von ihrer Existenz. Mein Bruder und ich, die beiden Zwillinge nickten einander zu, „hatten in äußerst jungen Jahren einmal das Glück, dem vorletzten, bereits recht alten Oberhaupt der Familie, Magister Erik Maynard, persönlich zu begegnen. Wir wussten damals nicht, wen wir vor uns hatten."

Wieder wechselten die Zwillinge Brüder einen Blick. Von der überheblichen Art war nichts mehr zu sehen. Viel eher strahlten die Zwillinge… eine gewisse Angst aus.

„Wir verstanden nicht, warum unsere Eltern und selbst der König diesem Greis so viel Ehrerbietung und Höflichkeit entgegenbrachten." Er zögerte kurz. „Wir verhielten uns damals etwas… respektlos."

„Was war die spezielle Familienfähigkeit der Maynards?", fragte Marcus. Eine leise Ahnung stieg in ihm auf.

„Dämonenbeschwörung."

Die beiden schauderten.

„Die Familie Maynard war in der Lage, Dämonen aus einer anderen Welt, einer anderen Dimension zu beschwören und zu kontrollieren. Es ist eine absolut einzigartige Fähigkeit."

Nun, alle Häuser sind einzigartig, dachte Marcus bei sich im Stillen. Sie stellten eine Anomalie dar.

„Magister Erik Maynard erteilte uns eine Lektion, die wir niemals vergessen sollten. Er rief einen von ihm kontrollierten Dämon und dieser prügelte unseren jungen

Köpfen einen gehörigen Respekt ein, ohne dass Magister Maynard auch nur einen Finger rühren musste. Doch seit jenem Tag hat sich die spezielle Magiesignatur, über die nur Dämonen verfügen, vermutlich bis ans Ende unserer Tage in unser Gedächtnis eingebrannt."

Die Zwillinge waren tatsächlich etwas blass um die identischen Nasen.

„Niemals hätte ich gedacht, diese Energie nochmals zu verspüren. Doch die Magiespuren auf dem Naturwissenschaftsfelsen fühlen sich gleich an. Nur mächtiger."

Die Zwillinge warfen einander erneut einen Blick zu, dann rissen sie sich zusammen.

„Seit dem Rückzug des siebten Hauses rankten sich viele Gerüchte und Legenden um die Familie, am Ende wussten vermutlich nur noch die Familienmitglieder selbst, wozu sie tatsächlich imstande waren und wozu nicht."

Eigentlich hatte Marcus gedacht, die Fähigkeit des Königshauses, des ersten Hauses, mit einem einzigen Blick bedingungslose Loyalität und willenlose Sklaven zu erschaffen, wäre die schrecklichste Fähigkeit. Aber Dämonen. Ihm lief es kalt den Rücken hinunter.

Es war allgemein bekannt, dass Dämonen etwas waren, wovon man am besten die Finger ließ. Sie galten als mächtig, grausam, vielfältig und äußerst tückisch.

„Was ist mit einer solch mächtigen Familie passiert?", fragte er schließlich.

„Man weiß es nicht genau", nahm nun der andere Zwilling den Faden wieder auf. „Vor etwas mehr als 16 Jahren kam es zu einem schrecklichen Vorfall."

Er zuckte mit den Schultern.

„Was an jenem Tag passierte, ist bis heute nicht geklärt, man weiß nur, dass danach der Landsitz der Familie in Schutt und Asche dalag. Einige Leute aus dem Dorf sprachen von einem schwarzen Feuer, welches die Residenz zerstört haben soll. Kein einziges Familienmitglied und kein Bediensteter hat die Tragödie überlebt, ihre verkohlten Leichen waren alles, was man aus den Trümmern bergen konnte. Oder zumindest dachte man, es würde keine Überlebenden des siebten Hauses geben."

Marcus fröstelte.

„Ihr wollt also sagen …"

„Wir wollen es nicht nur sagen, wir *wissen* es. Magister Erik Maynard hat uns damals eine deutliche Lektion erteilt. Die Frage ist eigentlich nur, ob es tatsächlich ein verschollenes Mitglied der Familie ist, welches wohl aus irgendeinem Grund den Rest der Verwandtschaft beseitigt hat, oder ob jemand anderes hier aktuell mit Dämonen herumspielt." Er machte eine kurze Pause und für einen Moment war es gespenstisch still im Raum. „Was ich mir gar nicht auszumalen wage."

„Wir suchen also vermutlich ein Mitglied einer alten, vergessenen Familie", fasste Marcus schließlich die Lage zusammen. Die andere Möglichkeit wollte er lieber nicht in Betracht ziehen.

„Konntet Ihr in den geheimen Archiven mit Hilfe des Reenactacent-Rituals etwas finden, das diese Theorie untermauern würde?"

Die Zwillinge nickten unisono.

„Eigentlich hätten wir früher daraufkommen sollen. Anfangs konnten wir uns keinen Reim darauf machen, was im Ritualspiegel zu sehen war. Doch wenn man die spezielle Natur der Fähigkeiten der Maynards in Betracht zieht, so ergibt alles Sinn. Dämonen können die unterschiedlichsten Formen und Gestalten annehmen, vermutlich schickte, wer auch immer es war, einfach einen

345

Dämon ins Archiv, um zu holen, was er anscheinend so unbedingt haben wollte. Oder zumindest musste dieser Mensch sich dämonische Kräfte zunutze gemacht haben, um unsichtbar zu werden."

Marcus überlegte.

„Dies untermauert die Theorie von einem Mitglied des siebten Hauses, immerhin schien derjenige den Dämon kontrollieren zu können", fuhr der Zwilling fort. „Außerdem ist Dimensionsmagie ein Teil der natürlichen Fähigkeiten der Maynards, da sie ihre Dämonen aus einer anderen Welt beschwören. Doch wir können uns aktuell noch keinen Reim darauf machen, warum er anschließend offenbar ein Massaker auf dem Naturwissenschaftsfelsen veranstaltete, die gestohlenen Gegenstände haben mit einem solchen nichts zu tun."

Gespannt lehnte Marcus sich in seinem Stuhl nach vorne. Endlich begannen die Puzzlesteine, an ihren Platz zu rücken, auch wenn ihm das Bild, welches sie zeigten, nicht besonders gefiel.

„Was hat der Eindringling aus den Archiven geholt?"

„Einen Seelenstein, sowie ein Buch über Seelenmagie."

Oh scheiße, dachte Marcus.

Er war in den verbotenen Künsten nicht sonderlich bewandert, sie hatten ihn nie interessiert. Doch selbst er wusste, dass Seelenmagie tabu war. Sie reichte tief in den schwarzmagischen Bereich und bei solchen Ritualen zahlte niemals der Nutzer den Preis.

Doch was um alles in der Welt wollte ein Mitglied der Familie Maynard mit Seelenmagie erreichen? Und vor allem – wozu das Massaker? Und das Opfer unten in der Stadt?

Hätte Marcus an einem der Tatorte die Überreste eines Rituals gespürt, so hätte er es noch verstanden. Doch da war nie auch nur die Spur eines Zaubers gewesen, immer nur diese unheimliche, grausame Präsenz. Warum hatte der Täter all diese unschuldigen jungen Menschen abgeschlachtet?

„Gab es jemals Anzeichen geistiger Verwirrtheit oder Wahnsinns in der Familie?", fragte er die Brüder.

„Nicht, soweit wir wissen, eher im Gegenteil", antwortete einer der Zwillinge. „Es ist zwar nur noch äußerst wenig über die Familie bekannt, doch sie war für ihren taktischen Verstand und ihre Intelligenz berüchtigt, ehe sie in Vergessenheit geriet."

Marcus rieb sich mit beiden Händen das Gesicht. Warum konnte nicht einfach einmal etwas zusammenpassen oder einfach sein?

„Gibt es irgendeine Möglichkeit, die Nachkommen dieser Familie zu identifizieren?", fragte er müde.

Die Zwillinge wechselten erneut einen vielsagenden Blick miteinander.

„Die meisten Aufzeichnungen und Bilder der Familie sind bei jenem Brand, der die Familie damals auslöschte, zerstört worden. Doch ich habe mir sagen lassen, dass die königliche Familie eventuell ebenfalls Aufzeichnungen über die Familie und deren Nachkommen führte, immerhin waren sie das siebte Haus. Am ehesten werden wir dort fündig."

Marcus nickte. Das würde zwar ein, zwei Tage dauern, war jedoch ein Anfang. Vielleicht kamen sie der Identifizierung und Ergreifung dieses gefährlichen Individuums nun endlich etwas näher.

Die Luft roch nach Schnee, als Meredith sich auf den Weg zu ihrem Treffen mit Andreas machte. Sie hatten sich unten am Hauptgebäude verabredet und wollten einen kleinen Stadtbummel unternehmen. Meredith hoffte angesichts der Temperaturen, dass aus diesem Ausflug eher ein Kaffeehausbesuch werden würde.

In der Akademie war das Klima aufgrund der magischen Barriere nicht allzu rau, auch wenn man den Winter auch hier deutlich spürte. Schon seit Wochen warteten alle sehnsüchtig auf den ersten Schnee. Normalerweise erstrahlte um diese Zeit bereits in prachtvollem Weiß.

Beim Gedanken daran, Andreas wiederzusehen, schlug Merediths Herz wie wild. Sie freute sich ungemein auf ihr Treffen, gleichzeitig war sie aber auch äußerst nervös. Gleich dreimal hatte sie sich umgezogen, nachdem sie am Ende ihrer letzten Unterrichtsstunde schnell wie der Wind nach Hause gelaufen war.

Eigentlich wusste sie, dass sie sich nicht so sehr auf ihre Verabredung freuen sollte.

Andreas war gefährlich, er war ihr Feind. Der einzige Grund, warum er sich an der Akademie befand, war, sie dingfest zu machen. Oder Schlimmeres. Sie hatte nur angefangen, sich auf ihn einzulassen, um ihn im Auge zu behalten. Und trotzdem wollte sich ihr Herzschlag einfach nicht beruhigen.

Wenn sie ehrlich war, gab es noch mehr Gründe, warum sie sich nicht auf Andreas einlassen sollte. Sie verdiente ihn nicht. Sie war dabei, seine geliebte Großmutter für ein schwarzmagisches Ritual zu opfern. Sie hatte über hundert Menschen auf dem Gewissen, und wenn sie so weitermachte, würden es noch einige mehr werden.

Sie dachte an die vorletzte Nacht zurück, in der sie Aeshma zum ersten Mal wie vereinbart die Kontrolle überlassen hatte. Sie hatte gewusst, was er in jenen drei

Stunden, die sie vertraglich vereinbart hatten, gemacht hatte. Doch es hatte sie nicht weiter gekümmert. Wie aus weiter Ferne hatte sie ihm bei seinem ‚Vergnügen‘ zugesehen und einfach nur gewartet, bis er fertig geworden war, sodass sie die Kontrolle wieder übernehmen hatte können. Der Dämon hatte seine drei Stunden vollauf genutzt. Heute Nacht, nach ihrer Verabredung mit Andreas, war er wieder dran. Doch es berührte sie nicht mehr. Es war, als hätte sie jenen Teil von sich selbst, der mit Aeshmas Opfern mitfühle, irgendwie verloren.

Der Kies knirschte unter ihren Schuhen, als sie den Hauptfelsen erreichte. Andreas wartete bereits auf sie. In einen dicken Schal eingemummelt stand er vor dem großen Hauptgebäude, die Hände in den Hosentaschen versenkt. Bei seinem Anblick begann ihr dummes Herz wieder wie wild zu schlagen und in ihrem Magen machte sich ein seltsames Gefühl breit.

Meredith spürte, wie sich unwillkürlich ein echtes Lächeln auf ihrem Gesicht breit machte, während sie noch einmal schnell mit den Händen ihre Frisur überprüfte, ehe sie auf Andreas zulief. Er hatte ihr den Rücken zugekehrt, aber als er ihre Schritte vernahm, drehte er sich um. Seine Augen leuchteten auf, als er sie sah.

„Hey, du!" Er trat einen Schritt vor und zog sie in eine feste Umarmung, die sie vollkommen überrumpelte. Das Herz schlug ihr bis zum Hals. Er grinste sie jungenhaft von oben herab an, seine grünen Augen funkelten.

„Alles gut bei dir?", fragte er sie.

Da Meredith in diesem Moment ihrer eigenen Stimme nicht traute, nickte sie nur. Andreas lächelte glücklich, dann nahm er wie selbstverständlich ihre Hand.

Eigentlich hatte sie Angst gehabt, dass es nach ihrem letzten Treffen auf der Trauerfeier irgendwie seltsam zwischen ihnen wäre, doch zu ihrer großen Erleichterung war dies nicht der Fall. Sie unterhielten sich zwanglos über ihren heutigen Tag und über Andreas' Probleme mit Wachmann Kappel, der sich in den Kopf gesetzt hatte, bei der Wachmannschaft eine neue Uniform durchzusetzen, und aus unerfindlichen Gründen Andreas zu seinem Hauptunterstützer in der Sache auserkoren hatte.

Einander neckend, schlenderten sie in Richtung Stadt. Sobald sie die magische Barriere der Akademie am unteren Ende der Haupttreppe durchschritten, wurde es spürbar kälter. Ihr Atem bildete kleine Wölkchen und der Wind zog unangenehm durch die Straßen.

Als Meredith fröstelte, nahm Andreas kommentarlos seinen Schal und wickelte ihn ihr um den Hals. Vermutlich sah sie mit dem Ding vollkommen lächerlich aus, der Schal war schon Andreas zu groß gewesen. Trotzdem konnte sie ein glückliches Lächeln nicht verbergen.

Sie bummelten eine Weile von Geschäft zu Geschäft, ehe sie sich für ein kleines, niedliches Kaffeehaus am Rande der Stadt entschieden.

Drinnen war es wohlig warm und sie setzten sich auf eine der Eckbänke, wo sie sich eine heiße Schokolade nach der anderen gönnten. Meredith erzählte von ihrer Zeit als Studentin und befragte Andreas über seine Zeit an der Polizeiakademie.

Sie unterhielt ihn mit einigen Anekdoten über Ian und Macus –wie der zukünftige Direktor die Heimaufseher der Akademie mit seiner Zettelwirtschaft absolut wahnsinnig gemacht hatte, genau wie Ian mit seinen Experimenten, wie man in Innenräumen am besten Heilpflanzen züchten könnte.

Die Zeit verging wie im Flug, während es draußen schnell dunkler wurde. Es war einer der schönsten Abende, die Meredith jemals erlebt hatte.

Schließlich beschlossen sie zu gehen und Andreas bestand darauf, die Rechnung zu bezahlen. Als sie sich wieder in ihre dicken Mäntel gehüllt hatten und nach draußen traten, erwartete sie eine wunderschöne Überraschung. Dicke Schneeflocken rieselten vom Himmel und hüllten die Umgebung in gedämpfte Stille.

Schweigend gingen sie durch die Gassen zurück in Richtung Akademie, der frische Schnee knirschte unter ihren Schuhen. Meredith fühlte sich, als könnte sie vor Glück jeden Moment abheben, doch Andreas' feste, warme Hand hielt sie an Ort und Stelle.

Sie waren fast wieder an der großen Eingangstreppe der Akademie angekommen, als Andreas das Wort ergriff und die angenehme Stille zwischen ihnen unterbrach.

„Ach ja, es gibt da noch etwas, was ich dir unbedingt erzählen wollte."

Er sah sich einen Moment um, ob irgendjemand in der Nähe war.

„Du wirst es vermutlich ohnehin bald vom Direktor hören, aber wir haben eine brandheiße neue Spur in unserem Fall!" Er grinste dabei stolz wie ein kleiner Schuljunge.

Meredith spürte, wie sich ihr Magen in einen Eisklumpen verwandelte. Verpufft war das glückliche Gefühl. Irgendwie schaffte sie es trotzdem, eine freudige Miene aufzusetzen.

„Tatsächlich? Das ist ja toll!", rief sie etwas zu enthusiastisch.

„Schhh, nicht so laut", sagte Andreas prompt. Dann strahlte er sie erneut an, während er im Flüsterton weiter berichtete.

„Ja, anscheinend konnten diese unausstehlichen Thurlin-Zwillinge die Magie am Naturwissenschaftsfelsen wiedererkennen", erzählte er aufgeregt. „Es gibt da bei gewissen Familien ganz eigene, unverwechselbare Signaturen oder so ähnlich."

Verdammt.

„Sie haben die Magieüberreste, die am Naturwissenschaftsfelsen noch immer existieren, analysiert und sollen sie vor langer Zeit bereits einmal gespürt haben. Die Magie gehört wohl zu einer Familie namens Maynard, von der man eigentlich dachte, all ihre Mitglieder wären bereits tot. Sie sollen alle bei einem Brand vor 16 Jahren gestorben sein. Seltsamer Zufall, nicht wahr?"

Er grinste sie an. Meredith brachte nur ein stummes Nicken zustande.

„Wir vermuten, dass es einen Überlebenden gibt, vielleicht hat derjenige sogar aus irgendeinem Grund seine eigene Familie damals umgebracht."

Bilder ihrer verstorbenen Brüder schossen durch ihren Kopf. Blut und halb verkohlte Leichen, der Geruch des Todes und die Schreie geliebter Menschen. Unwillkürlich umfasste sie Andreas' Hand fester, was dieser missverstand.

„Keine Sorge, wir haben diesen Mistkerl bald", meinte er. „Es gibt Aufzeichnungen über diese Familie am Königshof. Anscheinend waren die Maynards ziemlich wichtig." Er grinste erneut. „Es ist nur eine Frage der Zeit, bis wir den Täter endlich haben."

Meredith wusste, dass er recht hatte.

Das Herz schlug ihr bis zum Hals. Was zur Hölle sollte sie tun? Das Ritual brauchte nur noch wenige weitere Wochen, vielleicht sogar nur noch Tage. Doch diese Zeit hatte sie vielleicht nicht mehr.

Verschiedene Möglichkeiten kamen ihr in den Sinn, doch sie verwarf eine nach der anderen. Könnte sie vielleicht den Informationsfluss unterbrechen? Irgendwie verhindern, dass die Ermittler die Aufzeichnungen und vor allem ein Bild der Familie in die Finger bekamen?

Doch eigentlich wusste sie, dass dies unmöglich war. Selbst wenn es ihr gelang, die Kopien der Aufzeichnungen, die sich ohne Zweifel bereits auf dem Weg nach Kallisto befanden, zu zerstören, so würde sie doch nicht an das Original herankommen. Vielleicht gab es sogar mehrere Kopien.

„Was ist los, Meredith? Du bist plötzlich so still?"

Andreas' besorgte Stimme holte sie zurück in die Gegenwart. Sie zwang sich zu einem Lächeln. Er durfte keinesfalls Verdacht schöpfen.

„Das sind tolle Neuigkeiten!", sagte sie fröhlich.

„Seit wann wisst ihr davon? Oh, ich kann es gar nicht erwarten, mit Macus zu sprechen!" Freudig klatschte sie in die Hände.

Dann kam ihr noch ein anderer Gedanke. Unsicher blickte sie zu Andreas auf.

„Aber was wird denn mit dir sein, wenn wir diesen Einbrecher endlich schnappen?", fragte sie. „Wirst du weiterhin an der Akademie bleiben?"

Er blieb stehen und starrte sie einen Moment betroffen an. Der Schnee sammelte sich in seinen dunklen, gekräuselten Haaren.

„Ich weiß nicht", murmelte er schließlich halblaut. Dann streckte er die Hand aus und fuhr ihr zärtlich über die Wange.

„Ich bin mir aktuell nicht mehr sicher, was ich möchte, Meredith."

Es dämmerte bereits, als Macus endlich sein Büro verließ und sich in Richtung Wohnfelsen aufmachte. Die heutigen Geschehnisse und Enthüllungen wirbelten wie ein Kreisel durch seinen Kopf. Er konnte nur hoffen, dass die Unterlagen über diese Familie Maynard bald eintreffen würden, sodass sie die Fähigkeiten und ehemaligen Mitglieder sowie eventuelle entfernte Verwandtschaftszweige genauestens studieren konnten.

Der Schnee rieselte leise durch die Barriere und hüllte die gesamte Umgebung in ein weißes Gewand. Wie die Begrenzung in der Lage war, Schnee von Regen zu unterscheiden, war eines der großen Mysterien dieser vergessenen Magie. Doch es ergab Sinn, ansonsten wäre die unsichtbare Kuppel schnell eine dicke Decke eingehüllt.

Macus seufzte leise und wandte sich nach rechts, um die Abkürzung durch eine dunkle, schmale Baumallee zu nehmen, als er hinter sich eine vertraute Stimme hörte.

„Macus! Macus, hast du einen Moment Zeit für mich?"

Als er sich umdrehte, erblickte er eine wohlbekannte dürre Gestalt mit schief sitzender Brille, die sich winkend durch ein paar schneebedeckte, hüfthohe Sträucher schob, um zu ihm zu gelangen: Sein alter Freund Ian. Er hatte sich irgendetwas unter den Arm geklemmt, doch Macus konnte nicht genau erkennen, was es war.

„Ich hatte gehofft, dass ich dich noch im Büro antreffen würde!", meinte der Heiler, nach Luft schnappend.

Leicht amüsiert betrachtete Macus ihn.

„Ich bin gerade erst vor wenigen Minuten gegangen", sagte er schmunzelnd.

„Was ist los, alter Freund?"

Für einen Moment war es still. Macus stutzte.

Ian wirkte seltsam unruhig. Sein Blick huschte nach links und rechts.

„Was ist los, Ian?" Besorgt packte er ihn am Ellbogen. „Ist etwas passiert?"

„Ist Meredith hier?", fragte Ian.

Macus blinzelte irritiert.

„Meredith? Nein, die ist nicht hier, aber ich kann sie…"

„Nein, nein, das ist nicht nötig!", unterbrach ihn sein Freund hastig.

„Oder vielmehr ist es besser, wenn sie nicht hier ist."

Verdutzt blickte Macus seinen alten Freund an. Ian schaute sich um, dann entdeckte er einige Meter entfernt eine kleine Ziegelmauer. Rasch winkte er Macus heran.

Er wischte mit einer Handbewegung den Schnee fort, dann holte Ian endlich die Gegenstände, die er sich die ganze Zeit unter den Arm geklemmt hatte, hervor. Es handelte sich um zwei Exemplare von ein und demselben Buch: ,Magische Krankheiten und Kräuter'.

„Das ist doch das Buch, das du immer konsultierst, wenn du glaubst, dein unglaublicher Verstand – der nie etwas vergisst – hätte möglicherweise etwas übersehen", stellte Macus fest. „Du musst das Ding ja schon in- und auswendig kennen. Warum hast du gleich zwei davon?"

Sein Freund blickte sich erneut hektisch um.

„Wie sehr vertraust du Meredith?", fragte er leise.

„Meredith?"

Perplex starrte Macus ihn an.

„Wir sind doch beide mit ihr befreundet, auch wenn ich weiß, dass du noch weitere Gefühle für sie hegst. Aber nichtsdestotrotz ist sie unsere beste Freundin, oder nicht?"

Für einen Moment war es unangenehm still zwischen ihnen. Ian blickte ihm tief in die Augen.

„Ist sie das wirklich?", fragte er dann so leise, dass Macus ihn kaum hören konnte.

Dann begann Ian zu erzählen.

Und vor Macus' innerem Auge lief ein Film ab. Ein Film, wie er Meredith damals, mitten in der Nacht, in der Bibliothek angetroffen hatte, als sie ein Buch über Schönheitstricks mitgenommen hatte, welches sie nicht vor den Augen des Bibliothekars hatte ausleihen wollen.

AUFGEFLOGEN

Mit raschen Schritten ging Meredith in ihrem Schlafzimmer auf und ab.

Sie hatte ein Problem. Zum vermutlich hundertsten Mal fluchte sie lautstark.

„Verdammter Mist, verdammter MIST NOCHMAL!"

Wie ein gefangenes Tier tigerte sie durch den Raum.

Es war nur noch eine Frage der Zeit, bis man auf sie kommen würde. Die familieneigene Augenfarbe war zu auffällig, sie konnte von Glück reden, dass sie den Zwillingen nie persönlich begegnet war, zumal sie ihrer Mutter zum Verwechseln ähnlichsah und sich diese ganz gewiss auf dem Familienporträt befinden würde. Meredith selbst war darauf nur als kleines Mädchen abgebildet.

Verdammt, und dabei war alles so gut gelaufen.

Sie fluchte erneut.

Meredith hatte keinerlei Möglichkeit, die Informationen, die sich aktuell auf dem Weg in die Akademie befanden, zu zerstören. Zwar könnte sie versuchen, den Boten abzufangen, ehe er die Unterlagen und das Porträt übergab, doch dies würde nur einen kleinen Aufschub bringen. Sie wusste inzwischen mit absoluter Sicherheit, dass man ihnen nur eine schnell angefertigte Kopie zukommen ließ, während sich die Originale weiterhin in der Obhut des ersten Hauses befanden. Und sie konnte nicht immer wieder und wieder sämtliche Lieferungen sabotieren.

Auf der anderen Seite... Das Ritual brauchte nicht mehr viel Zeit, um zu reifen, das spürte sie durch die

Verbindung zu Rebeccas Großmutter. Sie musste nur noch ein kleines bisschen durchhalten. Und dann?

Meredith schüttelte den Kopf.

Das waren Überlegungen, die sie später würde anstellen müssen. Als erstes musste sie sicherstellen, dass das Ritual überhaupt erfolgreich durchgeführt werden konnte und sie Aeshma endlich los war.

Sie hatte ihm wie vereinbart gestern Abend, nach ihrer Verabredung mit Andreas und nachdem sie sich nach dessen Enthüllungen recht rasch verabschiedet hatte, wieder seine drei Stunden in ihrem Körper überlassen. Dieses Mal hatte sie nicht zugesehen. Stattdessen hatte sie verzweifelt nach einer Lösung für ihr aktuelles Problem gesucht.

Hoffentlich war Andreas ob ihres abrupten Abschieds nicht misstrauisch geworden, doch vermutlich würde es ohnehin keinen Unterschied mehr machen. Nicht mit diesen verdammten Unterlagen über ihre Familie im Anmarsch.

Und dann war da noch diese verfluchte Seelenmarke, die sie trug, seit sie damals in die geheimen Archive eingebrochen war. Eigentlich hatte sie geglaubt, diese würde kein besonders großes Problem darstellen, da sie nicht vorgehabt hatte, die Akademie und die darunterliegende Stadt jemals wieder zu verlassen. Doch nun, da sie im Begriff stand aufzufliegen, stellte sie ein gehöriges Problem dar.

Ihr fiel keine Möglichkeit ein, die Marke zu lösen, die sich an die Signatur ihrer Seele geheftet hatte. Man würde sie überall orten können, solange sie sich auf dieser Welt befand.

Plötzlich stockte sie mitten in der Bewegung. Eine Idee schoss ihr durch den Kopf. Sich mit dem Finger auf die

Unterlippe tippend, betrachtete sie den Dimensionsring, der das restliche Gold ihrer Familie verwahrte.

Er löste zwar nicht ihr Problem mit der Seelenmarke, aber vielleicht würde er ihr zumindest bei ihrem unmittelbaren Zeitproblem helfen. Eine eigene Dimension, in der sie ausharren könnte...

Sie tippte sich weiterhin gedankenverloren an die Unterlippe, während sich in ihrem Kopf ein Plan formte. Es war kein guter Plan, nur halb ausgegoren, voller Fehler und im Geiste der Verzweiflung geschaffen, doch er könnte funktionieren. Außerdem gingen ihr die Alternativen aus.

Kurz dachte sie an Andreas. Ein kleiner Stich schlechten Gewissens zuckte kurz durch ihr Herz, doch was hatte sie schon für eine Wahl? Wenn Meredith die Zeit zurückdrehen könnte, sie hätte sich ein anderes Opfer für das Ritual ausgesucht, trotz der Nebenwirkungen, die ein abgebrochenes Ritual mit sich brachte. Doch das Ritual jetzt zu unterbrechen wäre Wahnsinn, sie müsste nochmal komplett von vorne beginnen. Und das würde sie nicht tun.

Mit grimmigem Gesichtsausdruck begann sie, alles vorzubereiten. Danach würde es keinen Weg zurückgeben. Doch im Gegenzug dafür, all ihre Lieben erneut zu verlieren, würde sie frei sein. Und wenigstens würden ihre Liebsten dieses Mal weiterleben, nur Meredith würde eben kein Teil ihres Lebens mehr sein.

Sie benötigte nicht viel. Nur etwas Kleidung, den Dimensionsring ihrer Familie, den gestohlenen Seelenstein aus den Archiven und ihr ausgewähltes Opfer. Am riskantesten dabei wäre ihr erneutes Eindringen in die geheimen Archive, denn sie hoffte, dass sie dort vielleicht doch noch eine Möglichkeit finden würde, die

Seelenmarke loszuwerden. Wenigstens wusste sie jetzt, wie sie diesen dummen Alarm umgehen konnte. Im Vergleich zum ersten Mal, als sie Aeshma noch unter Kontrolle hatte halten müssen und nicht gewusst hatte, wie sie die Archive betreten konnte, würde das ein Kinderspiel werden. Danach würde sie in eine Dimensionsfalte verschwinden und dort die Zeit bis zum Ritualende absitzen.

Doch wie um alles in der Welt sollte sie den Vertrag, den sie mit Aeshma eingegangen war, erfüllen? Das nächste Opfer musste sie ihm bereits in zwei Tagen geben, und sie glaubte nicht, dass der Dämon Verständnis für ihre Situation aufbringen würde …

Sie überlegte. Konnte sie ihn vielleicht irgendwie umgehen?

„Hmm, ich glaube nicht, dass mir die Richtung deiner Gedanken gefällt", stellte er plötzlich mit kalter Stimme fest.

Meredith zuckte zusammen. Sie hatte sich bereits daran gewöhnt, von dem Dämon nichts mehr zu hören.

„Aber in unserem Vertrag…", begann sie, doch Aeshma schnitt ihr das Wort ab.

„Ich weiß, was in unserem Vertrag steht, kleine Meredith. Immerhin habe ich ihn selbst verfasst." Er kam näher an die Oberfläche. *Doch ich möchte darauf hinweisen, dass du dazu verpflichtet bist, mir meine Hobbys zu ermöglichen. Solltest du deinen Plan auf diese Weise umsetzen, werde ich die Dimensionsspalte in meinen drei Stunden verlassen, um mir mein nächstes Opfer zu suchen. Welche Auswirkungen dies auf dich und deine Pläne haben könnte, ist mir vollkommen egal. Wir haben einen Vertrag."*

Er grinste breit. *„Allerdings… Ich bin bereit für Verhandlungen."*

Meredith kniff die Augen zusammen. *„Was meinst du damit?"*

„Nimm mir ein weiteres Spielzeug – außer dieser alten Dame, an die ich im Übrigen nicht einen Finger legen werde – in den Dimensionsspalt mit. Irgendein großes, kräftiges Exemplar, das lange durchhalten wird." Er lachte genüsslich.

„Und im Gegenzug?", fragte sie misstrauisch. Sie traute ihm keine Sekunde lang.

„Als Gegenleistung fordere ich keine weiteren Spielzeuge ein, bis entweder das Ritual erfolgreich durchgeführt wurde oder bis du die Dimensionsspalte wieder verlässt und somit in der Lage bist, den Vertrag zu erfüllen, kleine Meredith. Doch zusätzlich wirst du mir einen Gefallen meiner Wahl schulden."

Sie schnaubte laut.

„Auf gar keinen Fall! Ich werde mich nicht auf einen undefinierten Gefallen einlassen."

Der Dämon in ihrem Inneren zuckte mit den Schultern.

„In diesem Fall wünsche ich dir viel Glück für die nächsten Tage, ich hoffe, du kannst mit den Konsequenzen leben."

„Warte!" Sie überlegte. *„Was wäre dieser mögliche Gefallen, den ich dir schulde? Und was würde passieren, wenn ich mich weigere, ihn dir zu erfüllen?"*

„DAS würde ich dir nicht raten, kleine Kröte."

Seine Stimme klang kalt und bedrohlich. Doch sie war nach 16 Jahren des Zusammenlebens daran gewöhnt.

„Antworte mir, Aeshma."

Kurz war es still.

„Na gut, ich verspreche dir, dass dieser mögliche Gefallen in keinster Weise für dich von Nachteil ist und auch niemandem, der dir an deinem kleinen, verschrumpelten Herzen liegt, schadet. Besser?"

Sie überlegte kurz. Ein besseres Angebot würde sie vermutlich nicht bekommen. Außerdem musste sie schnell zur Tat schreiten, denn der Bote mit den Unterlagen über ihre Familie würde nicht allzu lange auf sich warten lassen. Wenn er an der Akademie ankam, sollte sie bereits sicher in ihrer eigenen Dimension sitzen. Meredith zögerte einen weiteren kurzen Moment, dann nickte sie.

„Abgemacht."

Mit einem flauen Gefühl im Magen schlug sie in ihrem Inneren mit dem Dämon ein.

„Nun mach…", Großmutter Isabell hustete laut, „doch nicht so ein Gesicht."

Rebecca kämpfte mit den Tränen.

Sorgfältig wischte Rebecca ihrer Großmutter die Mundwinkel ab, an denen sich wieder etwas schwarzer Schleim gebildet hatte. Diese hustete bereits seit Tagen und die seltsamen blutroten Male an ihrem Körper waren ebenfalls nicht verblasst.

Rebecca machte sich gewaltige Sorgen. Sie würde demnächst wieder mit dem Heiler, Magister Hunt, sprechen müssen.

„Ich bin eben schon etwas älter, irgendwann…", Großmutter Isabell hustete erneut, „irgendwann findet alles einmal ein Ende."

Rebecca schüttelte den Kopf. „So darfst du gar nicht erst reden. Ich bin sicher, alles wird gut."

Rebecca steckte die Decke um die alte Dame fest, ehe sie den kleinen Korb, in dem sich das Frühstück und die medizinische Kräutermischung befunden hatte, wieder einpackte. Großmutter Isabell bedachte sie mit einem liebevollen, aber auch seltsam traurigen Blick und lächelte schwach.

„Aber natürlich, mein Kind." Sie hustete erneut. „Alles wird gut."

Mühsam hielt Rebecca die Tränen zurück, ehe sie nach draußen ging und die Tür leise hinter sich schloss. In der Küche angekommen, lehnte sie sich an das Waschbecken und atmete mehrmals tief durch, während sie durchs Fenster mit leerem Blick die Landschaft betrachtete. Sie durfte hier nicht schlapp machen. Heulen konnte sie später.

Der Schnee, der gestern Abend gefallen war, bildete eine wunderschöne weiße Szenerie hinter ihrem Fenster. Doch Rebecca bekam den Wechsel der Jahreszeiten in letzter Zeit gar nicht so richtig mit.

Sie dachte zurück an die Trauerzeremonie. Es war einer von Großmutter Isabells besten Tagen gewesen, und sie hatte darauf bestanden, Rebecca zu begleiten. Schon am nächsten Tag war der Husten immer schlimmer geworden, bis sie begonnen hatte, dieses grausige, schwarz-schleimige Sekret auszuspucken. Hatte sie sich bei der Zeremonie überanstrengt?

Rebecca seufzte.

Die Stimmung an der Akademie war immer noch äußerst gedrückt. Die Eltern waren inzwischen alle abgereist, und einige Studenten hatten sich abgemeldet. Doch im Großen und Ganzen ging der Alltag wieder ganz normal weiter. Der pausierte Unterricht war erneut aufgenommen worden, doch es gab nicht eine Klasse, in der nicht mindestens ein Gesicht fehlte.

Alles war seltsam gedämpft, kaum jemand traute sich, zu lachen. Immer wieder brachen Studenten plötzlich und ohne Vorwarnung in Tränen aus. So viele geliebte Menschen waren bei der Tragödie gestorben. Und Rebecca litt mit ihnen.

Nur einen Lichtblick hatte es für sie in den letzten Tagen gegeben. Großvater Bernd hatte einen Brief geschrieben, in dem er ihr mitgeteilt hatte, dass er bald auf einen Besuch zu ihnen kommen würde. Sie konnte es kaum erwarten, ihren ehemaligen Lehrer und Mentor wiederzusehen.

Leider hatte die Führungsriege an der Akademie immer noch nicht bekanntgegeben, was eigentlich passiert war. Rebecca wusste, dass ihr Bruder in die Ermittlungen involviert war, aber auch er schwieg zu dem Vorfall. Die Gerüchteküche unter den Studenten, aber auch im Kollegium, wie Rebecca feststellen musste, brodelte. Die wildesten Theorien wurden erörtert und schienen jeden Tag neue Blüten zu treiben.

Mit Schaudern dachte Rebecca an jenen geflügelten, schwarzen Schatten zurück, den sie von dem Astronomiefelsen aus kurz wahrgenommen hatte. Doch jetzt, wenn sie bei Tageslicht darüber nachdachte, war sie sich nicht einmal mehr sicher, ob sie ihn wirklich gesehen hatte oder ob der gehörnte Schatten nicht doch ihrer Fantasie entsprungen war.

Natürlich hatte sie den ermittelnden Beamten, genauso wie ihrem Bruder, von der Erscheinung erzählt. Doch sie hatte nicht den Eindruck gehabt, man würde ihr glauben. Auch Andreas hatte nur genickt und sich für die Information bedankt, er werde es weitertragen. Ein bisschen bedauerte sie, dass sie nicht nochmal durch das Teleskop geblickt hatte, aber sie war zu sehr mit dem ohnmächtigen Herrn Lange beschäftigt gewesen, um mehr als einen kurzen Gedanken an die schemenhafte Gestalt zu verschwenden. Erst später, als sie alles in Ruhe nochmals durchgegangen war, hatte sie sich wieder daran erinnert.

Thorsten Lange besuchte inzwischen, genau wie die anderen damals ohnmächtigen Magister, wieder regelmäßig den Unterricht. Rebecca war froh, dass alle Studenten inzwischen aus ihrem Koma erwacht waren. Eine Zeitlang war man sich nicht sicher gewesen, ob dies tatsächlich geschehen würde.

Der Heilerbezirk war jedoch trotzdem noch immer äußerst gut besucht und die einzelnen Heiler kamen mit der Arbeit kaum nach. Zwar gab es keine körperlichen Wunden mehr zu heilen, doch die seelischen würden vermutlich noch sehr lange klaffen.

Das Geräusch einer sich öffnenden Tür unterbrach Rebeccas Grübeleien. Andreas war wach und offensichtlich fertig für seinen Tag. Summend, seine Uniform über die Schulter geworfen und mit einem breiten Lächeln auf den Lippen steuerte er auf den Esstisch zu, um sich dort einen Apfel aus der Obstschale zu schnappen.

Rebecca konnte bei dem Anblick nicht anders, als ebenfalls zu lächeln. Seine gute Laune war einfach ansteckend.

„Wie geht es Meredith?", fragte sie mit einem Grinsen. Einen anderen Grund für seine Fröhlichkeit konnte sie sich im Moment nämlich wirklich nicht vorstellen.

Ihr Bruder zuckte kurz zusammen, offenbar hatte er sie gar nicht bemerkt, wie sie da so in der Küche stand. Seine Gedanken mussten ziemlich weit weg sein.

Es tat gut, ihn so glücklich zu sehen, insbesondere nach der ganzen Tragödie und der allgemeinen Atmosphäre in der Akademie lenkte es sie von der Sache mit Großmutter Isabell ab. Es war wie ein Lichtstrahl inmitten eines düsteren, traurigen Tages.

„Ähm, ja, danke, ihr geht es sehr gut", murmelte Andreas halblaut. Seine Ohren verfärbten sich rötlich.

„Wie war's denn so? Wo wart ihr beide so?", erkundigte sie sich neugierig nach Einzelheiten der letzten Verabredung. „Ich bin noch gar nicht dazu gekommen, dich so richtig zu eurem gestrigen Treffen zu löchern, irgendwie scheinst du ständig unterwegs zu sein", warf sie ihm neckisch vor.

Seine Ohren zeigten ein noch tieferes Rot, während seine Finger unruhig mit dem Apfel spielten.

„Ach, wir waren nur unten in der Stadt, haben ein Café besucht und sind ein bisschen durch die Gassen gebummelt."

Seine Antwort war nur schwer zu verstehen, so sehr nuschelte er verlegen in sich hinein.

„Nichts Besonderes, aber es war schön. Wie geht es Großmutter?"

Gute Ablenkung. Sofort waren Rebeccas Gedanken wieder woanders.

„Unverändert."

Sie drehte sich um und begann, in einem der Küchenschränkchen zu kramen.

„Tee?"

Ihr Bruder lächelte erfreut.

„Klar, gerne. Vielen Dank, Schwesterherz."

Also setzte sie zwei frische Tassen auf. Sie unterhielten sich ungezwungen über dies und das, Rebecca erzählte von ihrem letzten Unterricht und schaffte es im Gegenzug, noch einige Details über die Verabredung ihres Bruders herauszufinden.

Die beiden Turteltauben trafen sich inzwischen regelmäßig und ihr Bruder war einfach nur unerträglich glücklich, wann immer er von einer ihrer Verabredungen zurückkam. Und das trotz der Ereignisse der letzten Wochen.

Dann machte Andreas sich auf zu seiner ersten Schicht des Tages als Wachmann, während Rebecca zurückblieb, um nach dem Frühstück aufzuräumen. Sie hatte noch einige Stunden Zeit und überlegte, ob sie sich noch einmal schnell hinlegen sollte, bevor sie damit begann, die Hausübungen der 4b zu korrigieren. Es klopfte an der Türe.

Verwirrt blickte sie auf. Sie erwartete eigentlich niemanden. Vielleicht war es die Nachbarin von nebenan, die angekündigt hatte, die Tage einmal auf ein Schwätzchen vorbeizukommen?

Sie wischte sich schnell die Finger am Handtuch neben dem Herd ab, ehe sie zur Tür ging und öffnete. Meredith stand davor.

„Meredith, das ist aber eine nette Überraschung!", strahlte Rebecca, während sie einen Schritt zurück machte. „Komm doch rein."

Die junge Frau nickte dankend, als sie durch die Tür trat.

„Ist Andreas zu Hause?", fragte sie, während sie die Schuhe abstreifte. Rebecca wuselte in der Zwischenzeit zurück in die Küche, um zu sehen, was sie ihrem unerwarteten Gast anbieten konnte.

„Nein, es tut mir leid, du hast ihn um eine halbe Stunde verpasst", antwortete sie über die Schulter. „Kann ich dir einen Tee anbieten? Etwas Gebäck von gestern hätten wir auch noch."

Doch Meredith schüttelte nur stumm den Kopf. Rebecca ließ die Hände, in der sie bereits eine Tasse hielt, wieder sinken. Irgendetwas war heute komisch an der jungen Frau. Ein seltsames, lauerndes Gefühl der Bedrohung schlich sich in die Atmosphäre des gemütlichen Heims.

„Meredith, ist alles in Ordnung?"

Besorgt trat Rebecca einen Schritt auf ihr Gegenüber zu.

„Ist etwas passiert?"

„Ist sonst noch jemand zuhause?", fragte die junge Frau.

Diesmal war es an Rebecca, den Kopf zu schütteln.

„Nein, nur Großmutter Isabell, ihr geht es leider nicht besonders gut, musst du wissen."

Sie griff nach den herabhängenden Händen von Meredith.

„Hey, ist alles okay? Du wirkst so seltsam."

Nun lächelte Meredith zum ersten Mal seit Beginn ihres Besuches. Trotzdem zog sich Rebeccas Magen zusammen. Irgendetwas stimmte ganz und gar nicht, ein ungutes Gefühl ließ ihr sämtliche kleinen Härchen zu Berge stehen.

„Ja, danke, Rebecca, bei mir ist alles gut", versicherte Meredith ihr nun mit ihrer üblichen freundlichen Miene. „Erwartest du heute noch jemanden?"

Rebecca ließ ihre Hände nun los und wandte sich wieder dem Herd zu.

„Nein, nicht wirklich, eigentlich hatte ich vor, tagsüber einige Hausübungen zu korrigieren." Sie lächelte die grauhaarige Professorin an. „Warum fragst du?"

Rebecca griff nach der großen Teekanne, um etwas Wasser für sich selbst zu erhitzen.

„Bist du dir sicher, dass du keinen Tee oder Kaffee möchtest?", fragte sie erneut.

Im nächsten Moment spürte sie einen dumpfen Schlag auf ihren Kopf, benommen stürzte sie halb vornüber und stieß mit einer Hand das kleine Bild von der Kommode, welches Großmutter Isabell, sie und ihren Bruder bei dessen Aufnahmezeremonie an der Militärakademie zeigte. Mit einem lauten Klirren zersprang das Glas in tausend Stücke. Ungläubig linste sie nach hinten über die Schulter zu Meredith.

Diese stand mit erhobener Hand da, so als halte sie einen unsichtbaren Hammer in ihren Händen. Tatsächlich war es Rebecca, als würde die Luft in den Händen der grauhaarigen Frau unnatürlich wabern.

„Es tut mir leid, Rebecca. Eigentlich hatte ich gehofft, du wärst nicht da."

Der Blick aus den blauen Augen war unnatürlich kalt.

„Aber ich kann keine Zeit mehr verlieren."

Dann holte Meredith erneut mit beiden Händen aus, und es wurde schwarz vor Rebeccas Augen.

Das Letzte, was sie sah, war, wie sich schwarze Schlieren in den Augenwinkeln ihrer Angreiferin nach vorne tasteten.

Andreas spürte, wie ihm der Mageninhalt hochkam. Im allerletzten Moment drehte er sich um und schaffte es, den Tatort nicht zu verunreinigen, als er sich auf der Straße vor dem kleinen, idyllischen Häuschen übergab. Fast wünschte er sich, Kommissar Bosch hätte ihn weiter als verdeckten Ermittler eingesetzt. Doch er hatte Andreas hier nach unten in die Stadt beordert, da dessen Tarnung vermutlich ohnehin bald sinnlos sein würde und sie hier unten jede helfende Hand gebrauchen konnten.

Auch Kommissar Bosch war ziemlich blass um die Nase, doch irgendwie gelang es ihm, trotz der grausamen Szene, die sich ihnen bot, professionell zu bleiben. Stumm streckte er Andreas ein Taschentuch entgegen, während er sich mit grimmiger Miene umsah.

„Hier, wischt Euch den Mund ab", meinte er leicht ruppig.

Dankbar nahm Andreas das Angebot an.

Die kleine Familie, die Eltern und zwei Kinder, mussten beim Abendessen gewesen sein, als es passierte. Am Tisch standen noch halb gefüllte Teller, und das Besteck wirkte, als habe man es nur mal eben schnell zur Seite gelegt mit der Absicht, die Mahlzeit später zu beenden. Doch dazu war es nicht mehr gekommen.

Kommissar Bosch trat an den übel zugerichteten Leichnam des etwa fünfjährigen Jungen und untersuchte ihn vorsichtig, ohne ihn dabei zu berühren. Andreas hätte es ihm gerne gleichgetan, doch er brachte es nicht über sich, sich dieses absolute Grauen aus der Nähe anzusehen.

„Der Täter hat sich Zeit gelassen", murmelte Kommissar Bosch leise. „Zu Tode gefoltert und das wohl über mehrere Stunden hinweg. Äußerst meisterhaft noch dazu."

Er blickte sich um.

„Das hier ist sogar noch schlimmer als beim letzten Mal. Und die Nachbarn haben auch dieses Mal nichts mitbekommen."

Sie befanden sich mitten im Wohnbezirk von Kallisto, das kleine Häuschen grenzte direkt an ein weiteres und lag in einer äußerst belebten Straße. Andreas ballte die Fäuste.

„Irgendeine besondere Magie?"

„Vermutlich."

Andreas begann, dieses Wort nun langsam, aber sicher zu hassen. Magie hatte am Anfang so verlockend gewirkt. Sie brachte Dinge zustande, die normalerweise unmöglich waren, und schien unglaublich praktisch zu sein. Doch nun kannte er auch ihre Schattenseiten. Er konnte Inspektor Frey, der inzwischen ganz offen alle Magister ablehnte, durchaus verstehen.

Sie wussten, dass es derselbe Täter war wie jener in der kleinen Gasse, der auch für das Massaker oben an der Akademie verantwortlich war. Dieselbe unmenschliche

Grausamkeit haftete dem Tatort an und ein Gefühl, welches Andreas die Haare zu Berge stehen ließ.

Und dann dieser überwältigende Geruch nach Blut, der alles andere zu übertünchen schien, so wie das Blut auch beinahe jeden Quadratzentimeter des kleinen Häuschens bedeckte. Vier Menschen konnten eine Menge Blut verlieren.

Das musste es schließlich auch gewesen sein, was sie von ihrem Leiden erlöst hatte. Der Täter hatte seine Opfer, nachdem er mit ihnen fertig war, allesamt kopfüber am Dachbalken aufgehängt und sie dort bis in die Morgenstunden verbluten lassen.

Wären sie nur ein paar Stunden früher gekommen, so hätten sie vielleicht noch jemanden retten können. Der Abschaum, der hierfür verantwortlich war, hatte ganz genau gewusst, was er tat.

„Es ist, als habe er jahrelange Übung im Foltern und Töten von Menschen", flüsterte Kommissar Bosch. „Er scheint zu wissen, wo es am meisten wehtut. Das letzte Opfer in der Gasse hatte verglichen mit diesen hier schon beinahe Glück."

Glück würde Andreas es nicht gerade nennen, doch er wusste, worauf Kommissar Bosch hinauswollte, daher nickte er nur.

„Für mich sieht es aus, als hätten sie den Täter gekannt", stellte Andreas fest. „Keinerlei Spuren eines gewaltsamen Einbrechens. So als hätten sie einen unerwarteten Besuch eines Bekannten erhalten, der dann…"

Er brach ab.

Andreas war nicht gerade zart besaitet, doch das hier sprengte den Rahmen jedes Vorstellungsvermögens. Voller Grauen musterte er die unverkennbare Wölbung am Bauch der Mutter. Sie war schwanger gewesen.

„Ich sehe weder Ähnlichkeit mit dem letzten Opfer noch mit dem Massaker oben an der Akademie, wenn man von dieser Kaltschnäuzigkeit beim Morden einmal absieht", stellte Andreas nun sachlich fest. „Es ist dieselbe Handschrift."

Kommissar Bosch nickte.

„Es ist, als habe er oder sie einfach nur unglaublichen Spaß am Tod und Leid anderer", antwortete der Kommissar, ehe er sich abwandte und nach draußen ging.

Sein Atem bildete kleine Wölkchen, während er die Gasse mit dem zertrampelten Schnee erneut begutachtete. Hier würden sie keine Spuren finden, dafür waren vor ihrem Eintreffen bereits zu viele Leute unterwegs gewesen.

„Wie läuft die Befragung der Nachbarn?", fragte er den diensthabenden Polizisten, der draußen Wache stand. Dieser hatte bisher noch nicht ins Innere des Hauses geschaut und daher noch seine normale Gesichtsfarbe.

Er machte gerade den Mund auf, um zu antworten, als Inspektor Husky mit großen Schritten auf sie zueilte. Sein Gesicht war angespannt, die Brauen zusammengezogen. Er schaute erst Kommissar Bosch und dann Andreas an. Dort verweilte sein Blick. Andreas war, als würde er einen seltsamen Ausdruck in den Augen des anderen Inspektors sehen. War das Mitleid?

„Kommissar Bosch, Inspektor Winter. Die Unterlagen über… jene Familie sind eingetroffen."

Sein Blick war immer noch auf Andreas gerichtet. Und jetzt war er sich sicher. Das war Mitleid. Und noch etwas anderes.

„Bitte kommt hinauf in das Büro des Direktors, das müsst Ihr mit eigenen Augen ansehen, ansonsten werdet Ihr es nicht glauben."

ENTFÜHRT

Wo zur Hölle blieb dieser verdammte Andreas Winter?

Wachmann Peter Kappel versah seinen Dienst an der Akademie nun bereits seit fast zehn Jahren und in dieser Zeit hatte er so einige Kollegen kommen und gehen sehen. Eigentlich mochte er den neuesten Zuwachs, den jungen, in Ungnade gefallenen Polizisten Andreas. Bisher hatte er auf Peter auch nicht wie jemand gewirkt, der einfach so seine Schicht versäumte.

Und trotzdem stand er sich hier nun bereits seit einer Viertelstunde die Beine in den Bauch.

Peter grummelte. Hoffentlich hatte der Grünschnabel nicht nur deshalb seine Pflicht vergessen, weil er mit dieser zwielichtigen Professorin auf Wolke sieben schwebte. Dann wäre er wirklich ganz schön sauer.

Er hatte nie verstanden, warum so viele seiner Kollegen auf die grauhaarige, junge Professorin abfuhren. Für ihn hatte ihre Miene immer etwas Seltsames. Sie schien ständig zu lächeln. Fiel niemandem sonst auf, wie gezielt sie ihr Gesicht einsetzte?

Er verstand es wirklich nicht. Für ihn war die Vizedirektorin der Inbegriff einer manipulativen Schlange. Jedes Mal, wenn er sie sah, warnte ihn sein Bauchgefühl, dass irgendwas mit dieser jungen Frau nicht stimmte. Und Peter mochte es in seinem Leben bisher karrieremäßig nicht besonders weit gebracht haben, doch wenn sein Bauchgefühl anschlug, so hatte dieses meistens recht. Also traute er der grauhaarigen Schönheit nicht über den Weg.

Er überlegte, ob er es sich leisten konnte, seinen Posten kurz zu verlassen, um sich einen kleinen Imbiss zwei Ecken weiter im *Fiona's* zu besorgen. Der Marktplatz war aktuell menschenleer, alle waren im Unterricht. Die Marktstände waren sauber zugedeckt und warteten auf ihren späteren Einsatz.

In diesem Moment tauchte, so als habe er sie mit seinen Gedanken heraufbeschworen, Andreas' kleine Professorin am Rande des Platzes auf. Sie hatte eine alte Dame Huckepack genommen und wirkte beinahe gehetzt, während sie sich links und rechts umsah.

Was um alles in der Welt...?

Peter drückte sich tiefer in den Schatten des Hausdaches. Er wusste nicht so recht, warum er sich versteckte, es war mehr eine instinktive Reaktion als eine bewusste Aktion. Doch irgendetwas an der Körpersprache der jungen Frau war eigenartig. Sie bewegte sich nicht in Richtung des Heilerbezirks, wie es mit einer bewusstlosen Person auf dem Rücken vielleicht logisch gewesen wäre.

Raschen Schrittes, viel schneller, als Peter es der Professorin angesichts der Last, die sie trug, zugetraut hätte, lief sie an ihm vorbei über den Marktplatz. Dann nahm sie die breite Treppe, die zu dem großen Spielfeld neben dem Zentrum des Wohnbezirks führte.

Das war nun wirklich seltsam. Das Feld und der dazugehörige Felsen wurde hauptsächlich von den Kindern der ganzjährigen Einwohner der Akademie genutzt, heute lag es jedoch still und verlassen da.

Für einen kurzen Moment überlegte er, dann entschied er sich, ihr zu folgen. Das hier war einfach zu ungewöhnlich. In geduckter Haltung, zuerst die Häuser und anschließend die Büsche als Deckung nutzend, lief er ihr hinterher. Aber als er bei der Treppe ankam, hatte er ein Problem.

Doch Meredith hatte sich, seit sie den Marktplatz betreten hatte, kein einziges Mal mehr umgesehen, weshalb er nach kurzem Zögern einfach beschloss, es zu riskieren.

Schließlich erreichte die junge Frau das kleine Stadion, welches auf dem flachen Felsen gebaut worden war, und verschwand in raschem Tempo um die Ecke. Peter stutzte einen Moment. Das hier war eine Sackgasse. Was um alles in der Welt wollte sie hier? Mit einer bewusstlosen alten Frau im Schlepptau noch dazu?

Peter wartete einige Minuten. Nichts passierte. Meredith kam nicht mehr heraus.

Schließlich siegte seine Neugierde, und er schlich vorsichtig weiter, um so leise wie möglich um die Ecke zu schauen.

Und erblickte… nichts.

Es war, genauso wie er sich erinnerte, eine Sackgasse. Jemand hatte an der Wand einige halbvolle Müllsäcke abgestellt und mehrere Besen der Hausmeister hingen auf den dafür vorgesehenen Haken bei dem kleinen Trainerhaus daneben, ansonsten war absolut nichts zu sehen.

Wo bei Theirons Namen war die Vizedirektorin hin?

Sie konnte doch nicht geflogen oder mit einer alten Frau auf dem Rücken die glatten Wände nach oben geklettert sein?

Peter sah sich ein weiteres Mal in alle Richtungen um, ehe er neugierig nähertrat.

Da, hinter den Müllsäcken, schimmerte etwas auf dem Boden. Peter stieß einen der Müllsäcke mit der Fußspitze fort. Was war das?

Es wirkte wie eine Art Schnitt in der Realität, so als habe die Professorin in den Boden neben den Müllsäcken ein Loch in die Materie gerissen. Die Ränder zeigten, wie ein gebrochener Spiegel, ein leichtes Schimmern. Dahinter lag absolute Schwärze.

„Ich wusste doch, dass du mir folgen wirst", erklang eine kalte, weibliche Stimme direkt hinter ihm.

Peter wirbelte auf der Stelle herum, die Arme abwehrbereit erhoben. Vor ihm stand Meredith. Oder zumindest glaubte er, dass sie es war.

Ihr Haar war schwarz und zwei lange, gebogene Hörner ragten aus ihrer Stirn hervor. Außerdem besaß sie gewaltige, lederne Schwingen, die sie schützend auf ihrem Rücken zusammengefaltet hatte. Und ihre Augen... Ihm schauderte.

Von der bewusstlosen alten Frau war nichts mehr zu sehen.

Dann lächelte die Professorin und scharfe Reißzähne offenbarten sich ihm.

Ihre mit Krallen bewehrte Hand schnellte unmenschlich schnell nach vorne, traf ihn direkt auf der Brust. Peter taumelte nach hinten. Er spürte, wie sein Fuß an einem Abgrund abrutschte. Dann fiel er. Tiefer und tiefer in die endlose Schwärze hinein.

Fassungslos starrte Macus auf das Porträt, das vor seinem Schreibtisch stand. Als Ian gestern Abend mit seinem Verdacht zu ihm gekommen war, hatte er es nicht so recht glauben wollen.

Doch nun hatte er den unwiederbringlichen Beweis in Form von Magistra Vanessa Maynard vor seiner Nase. Meredith war ihrer Mutter wie aus dem Gesicht geschnitten. Nur die Augen, diese unglaublichen blauen Augen, die er immer so bewundert hatte, hatte Meredith von ihrem Vater. Aber wie sie ihre Haarfarbe von schwarz auf grau geändert hatte, war ihm schleierhaft.

Ebenso wie ihr Motiv.

Aber es passte alles zusammen. Er selbst hatte Meredith damals, als sie vermutlich das gefälschte Buch mit den Hinweisen über dieses verdammte Kurun-Symptom in der Bibliothek platzierte, erwischt. Da war er sich nun ziemlich sicher. Oder vielleicht hatte sie damals auch das Original entwendet, um es zu fälschen, genau wusste er es nicht. Im Grunde genommen war es egal. Wie unglaublich frech sie ihm doch ins Gesicht gelogen hatte, dass sie sich nur Schönheitstipps holen würde!

Und dann die Konferenz, kurz vor der Ankunft der Studenten, in welcher Meredith so schlecht geworden war, dass sie früher hatte gehen müssen. Am nächsten Tag hatten Andreas und er die Szenerie mit dem zerbrochenen Spiegel in der Toilette gefunden. Warum hatte er den Zusammenhang nicht sofort erkannt? Immerhin war Meredith den ganzen darauffolgenden Tag, obwohl sie bei der Ankunft der Studenten dringend gebraucht worden wäre, unauffindbar gewesen.

Doch er hatte sich mit ihrer Ausrede, sie sei krank gewesen, einfach abspeisen lassen.

Er starrte die wunderschöne Frau, die offensichtlich Merediths Mutter war, an. Magistra Vanessa Maynard. Sie hatte laut den Unterlagen über die Familie außerordentlich starke Heilerfähigkeiten. Sie entstammte der Familie Thurner, einer ganz und gar gewöhnlichen bürgerlichen Familie, die zuvor noch nie magische Fähigkeiten gezeigt hatte. Sie hatte selbst vor vielen, vielen Jahren an der Akademie studiert und musste danach irgendwie, mit dem Patriarchen der Familie, Louis Maynard, zusammengekommen sein.

Kein Wunder also, dass Meredith, nachdem sie den Spiegel zerstört hatte, keine Verletzungen davongetragen hatte. Sie musste die heilenden Fähigkeiten ihrer Mutter zumindest zum Teil geerbt haben. Die Häuser waren bekannt dafür, neben ihren angeborenen besonderen Familienfähigkeiten zumeist auch gewöhnliche Fähigkeiten der normalen Kategorien zu besitzen. Eine Anomalie eben.

Auch, wo er den Namen Maynard schon einmal gehört hatte, wusste er jetzt. Vor etwas über 20 Jahren hatte es einen Absolventen mit diesem Familiennamen gegeben, einen gewissen Clay Maynard, der seinen Abschluss als Heiler gemacht hatte.

Andreas Winter stand mit ausdrucksloser Miene und in steifer Haltung da. Doch hinter seinen Augen tobte ein Sturm von Gefühlen.

„Ihr wahrer Name ist Meredith Maynard, 27 Jahre alt, das einzige Mädchen der letzten bekannten Generation", sagte Kommissar Bosch soeben, während er die Informationen auf einer großen Korkwand zusammenführte.

„Wir haben bereits eine Einheit mehrerer starker Magister zur Ergreifung der Tatverdächtigen losgeschickt, sowie eine weitere Einheit, welche das Haus und den Wohnfelsen untersuchen. Wir sollten jeden Moment von ihnen hören, wenn sie die Verdächtige erfolgreich in Gewahrsam genommen haben."

Er nickte Andreas einmal kurz zu.

„Leider mussten wir erfahren, dass ein gewisser liebestoller Idiot der Verdächtigen möglicherweise unwissend eine Warnung zukommen ließ, doch aufgrund der Seelenmarke sollte sie nicht weit kommen. Ich habe mir sagen lassen, es wäre selbst für jemanden aus dem siebten Haus unmöglich, diese Marke wieder loszuwerden." Er blickte grimmig drein. „Es sei denn, man fände eine Möglichkeit, die Struktur der Seele zu verändern, und ich denke nicht, dass es so etwas gibt. Drücken wir die Daumen, dass unser Ergreifungstrupp stark genug ist, um mit der Tatverdächtigen fertig zu werden."

„Bitte, macht Herrn Winter nicht allzu viele Vorwürfe", sagte Macus nun leise, die Augen immer noch auf das Porträt der Familie vor ihm geheftet.

Sie war ein süßes Ding gewesen.

Runde kleine Pausbäckchen und wunderschöne schwarze Locken, doch schon damals hatte man die feinen Züge ihres zukünftigen Gesichts unter dem Kinderspeck erkennen können.

„Wir alle haben Meredith vertraut. Verdammt, ich kenne sie seit über zehn Jahren und auch mir ist absolut nichts aufgefallen. Sie war in die Ermittlungen eingebunden!"

Er lachte bitter.

„In die Ermittlungen zu ihrem eigenen Einbruch." Er schüttelte den Kopf. „Kein Wunder, dass wir nicht vorangekommen sind."

Warum nur, Meredith? Warum das Ganze?

Doch niemand hier im Raum würde ihm diese Frage beantworten können. Das konnte nur Meredith selbst. Für einen kurzen Moment war es still, dann fuhr Kommissar Bosch mit seinen Ausführungen an der Korkwand fort.

„Was genau damals vor 16 Jahren in der Residenz der Familie passiert ist, ist noch immer unklar. Fest steht jedoch, dass der damalige Vorfall gravierende

Ähnlichkeiten mit der kürzlichen Tragödie auf dem Naturwissenschaftsfelsen aufweist."

Er heftete eine kleine Zeichnung an die Tafel, die eine verrußte, schwelende Steinruine zeigte, offenbar die Überreste der Maynard-Residenz.

„Was Meredith Maynard in den drei Jahren, bevor sie mit gefälschter Identität als Studentin an die Akademie gekommen ist, gemacht hat, wissen wir aktuell leider auch nicht. Die Ermittlungen diesbezüglich laufen gerade erst an, immerhin kennen wir ihre wahre Identität erst seit heute Morgen. Wir vermuten jedoch, dass sie sich irgendwo in oder um die Hauptstadt Bornesko aufgehalten hat. Wir haben ihre Papiere bereits von einem Experten analysieren lassen und sie tragen die deutliche Handschrift eines Fälschers, den wir bereits seit Jahren versuchen zu fassen."

Kommissar Bosch heftete einen weiteren Zettel an die Wand. Es war eine Liste mit Vermutungen, wo sie sich aufgehalten haben könnte, sowie den ersten Maßnahmen, wie sie die Informationen zu finden versuchten. Es folgte ein Zettel, der ein großes, dickes Fragezeichen bei den Feldern von Name und Bild des Fälschers hatte, dafür jedoch eine umso längere Liste an Straftaten, die man zu ihm zurückverfolgt hatte. Außerdem erblickte Macus noch eine Karte ihres Landes, wo die Hauptstadt Bornesko mit einem dicken, roten Punkt markiert worden war. Auch der Standort der abgebrannten Residenz der Familie Maynard war eingezeichnet worden.

„Doch momentan hat diese Frage keine besondere Priorität. Viel wichtiger ist in meinen Augen die Frage, warum sie sich damals an die Akademie begab und all die Jahre blieb."

Er klopfte auf ein großes Fragezeichen im Zentrum der Korkwand mit mehreren gekritzelten Anmerkungen darunter.

„Es ist stark zu vermuten, dass das in irgendeiner Weise mit den aktuellen Geschehnissen zu tun hat. Es stellt sich jedoch auch die Frage, wie sie es geschafft hat, die geheimen Archive überhaupt zu finden und einzubrechen. Dies ist…"

Macus erhob mit einem Stöhnen die rechte Hand, während er das Gesicht voller Scham in seiner linken Hand vergrub.

„Ich glaube, zumindest einen Teil dieser Frage kann ich beantworten", sagte er. „Ich muss gestehen, dass Meredith weiß, *wo* sich die Archive befinden, ist auf meinem Mist gewachsen."

Er rieb sich über das Gesicht. Aus der Ecke von Professor Farber, der bisher stumm den Ausführungen zugehört hatte, kam ein lautes Japsen. Er war in seiner Funktion als vorübergehender Vizedirektor hier. Meredith war sofort nach Einlangen der Unterlagen über ihre Familie ihres Amtes enthoben worden.

Macus ließ seine Hand sinken und blickte sich um. Er würde zu seinem Fehler stehen.

„Wie vermutlich alle wissen, sind wir seit Jahren befreundet", begann er. „Kurz nachdem ich zum Direktor der Akademie ernannt worden war, sind Ian, Meredith und ich hinunter ins Dorf gegangen, um meine Angelobung gemeinsam zu feiern", fuhr Macus mit seiner Geschichte fort.

„Ich weiß nicht mehr, warum, aber irgendwie sind wir zu später Stunde auf das Thema der Archive gekommen. Eigentlich dachte ich, Meredith und Ian wären beide zu betrunken, um sich im Nachhinein daran zu erinnern, doch nun bin ich mir nicht mehr so sicher."

Er seufzte.

„Aber ich weiß, dass ich den beiden damals nur erzählt habe, wo sich die Archive befinden, aber nicht, wie man dort hineinkommt."

„Also, das ist ja unerhört! Wie kann ein Direktor…"

Doch Professor Farber wurde von einer zackigen Handbewegung des Kommissars zum Schweigen gebracht.

„Das ist im aktuellen Kontext vollkommen unwichtig, Professor Farber. Wir wissen also, woher die Tatverdächtige die Lage der Archive kannte." Er klopfte mit dem Finger nervös auf den Tisch.

„Seid Ihr absolut sicher, dass Ihr nicht noch mehr verraten habt?", fragte er Macus.

Doch einer der Thurlin-Zwillinge, der mit gewohnt überheblicher Miene dastand, schüttelte den Kopf. Sein Bruder war aktuell Teil des Ergreifungstrupps, der zur Festnahme von Meredith Maynard losgeschickt worden war.

„Glaubt mir, Kommissar Bosch, ein Magister der Familie Maynard braucht eine solche Information nicht, um in die Archive zu kommen. Sie beschwören ihre Dämonen immerhin aus einer anderen Dimension. Dimensionsmagie ist also bis zu einem gewissen Grad ihr Metier, wenn auch nur indirekt."

Er trat einen Schritt nach vorne und verwies auf einen der zahlreichen Zettel, die inzwischen an der Korkwand hingen.

„Das siebte Haus war in der Vergangenheit aufgrund seiner Fähigkeiten äußerst gefürchtet. Dies liegt daran, dass Dämonen in der Regel nicht nur sehr mächtig, sondern vor allem auch sehr vielfältig sind."

„Könnt Ihr das etwas genauer erklären?", fragte Kommissar Bosch.

„Natürlich, Ihr müsst mir einfach nur die Gelegenheit dazu geben, anstatt mich zu unterbrechen", meinte der Zwilling überheblich.

„Die meisten Magister lassen sich, wie allgemein bekannt, in eine der gewöhnlichen Kategorien – Ritualmagie, Heilmagie, Kampfmagie oder Mentalmagie – einteilen. Die einzige Ausnahme bildet die Sondermagie, doch selbst Mitglieder dieser Sammelkategorie verfügen in der Regel über eine einzige, klar abgegrenzte. Beispiele dafür wären etwa Telekinese oder Tierkommunikation."

Kommissar Bosch nickte verstehend.

„Selbst die sechs Häuser sind in dem, was sie tun können, zwar besonders, meistens jedoch auf eine Sache beschränkt."

„Bis auf die Familie Abercron, oder nicht?", warf einer der Ermittler, Inspektor Hale, ein.

„Das stimmt. Doch das vierte Haus ist immer nur in der Lage, die Fähigkeit ihres Gegenübers wesentlich schwächer zu kopieren als das Original, was eine massive Einschränkung bedeutet. Außerdem können sie niemals zeitgleich zwei Fähigkeiten kopieren."

Der Zwilling lachte leise.

„Nebenbei bemerkt bedeutet die Fähigkeit, eine andere Magie zu kopieren, noch lange nicht, dass man diese auch richtig einsetzen kann. Nein, die Maynards sind verglichen mit Haus Abercron – auch wenn diese Familie sich für die Krone der Schöpfung halten mag – ein ganz anderes Kaliber."

Ernst blickte er in die Runde.

„Da es unglaublich viele verschiedene Dämonenarten gibt, sind die Maynards in der Lage, immer genau den Dämon mit den Fähigkeiten zu beschwören, die sie gerade brauchen. Und da sie die Magie, die der Dämon verwendet, nicht selbst kontrollieren müssen, sondern nur den dazugehörigen Dämon, müssen sie den Umgang mit dieser nicht einmal groß üben, sehr im Gegensatz zu Haus Abercron."

Zum ersten Mal wurde Macus die volle Tragweite der Fähigkeiten des siebten Hauses Macus bewusst. Kein Wunder, dass das Königshaus sich bedroht gefühlt hatte.

„Soll das etwa heißen", begann er etwas erschrocken, „wenn Meredith jemanden mental manipulieren möchte, so beschwört sie einfach einen passenden Dämon, der genau diese Fähigkeit hat? Und wenn ihr gerade einfällt, dass sie jemanden unauffällig beschatten möchte, holt sie sich einfach einen niedrigen Dämon in Tiergestalt?"

Die schiere Anzahl an Möglichkeiten, die sich einer einzelnen Person boten, war unglaublich. Und er konnte den Schrecken auch auf den Gesichtern einiger Ermittler erkennen. Inspektor Frey warf einen beunruhigten Blick aus dem Fenster, doch draußen war es absolut friedvoll.

Macus war entsetzt. Waren die Erinnerungen an ihre gemeinsame Studienzeit etwa am Ende gar nicht real, sondern nur eingepflanzt? Was war mit dieser unglaublichen Anziehungskraft, die Meredith auf sämtliche Mitglieder des anderen Geschlechts ausüben zu schien? Ihm lief es kalt über den Rücken.

„Im Großen und Ganzen ja. Es ist nicht mehr viel bekannt über die besonderen Fähigkeiten des siebten Hauses und welchen Einschränkungen sie unterliegen, doch genau diese Vielfältigkeit ist es, die die Familie erst so richtig gefährlich gemacht hat. Ich dachte, das hätten Ihr bereits bei unserer ersten Unterhaltung über die Familie Maynard begriffen, Herr Direktor."

Der Zwilling blickte Macus auf seine gewohnt herablassende Art an.

„Unser einziger Lichtblick ist, dass Meredith Maynard bei dem Vorfall vor 16 Jahren, welcher Natur auch immer er gewesen sein mag, noch sehr jung und vermutlich noch nicht besonders gut ausgebildet in der besonderen Magie ihrer Familie war."

Andreas schnaubte und gab somit zum ersten Mal seit dem Beginn der Besprechung ein Geräusch von sich.

„Verdammt, sie war noch ein Kind!"

„Das stimmt, Inspektor Winter, jedoch ein äußerst gefährliches Kind, das sich werweiß wo herumgetrieben hat und zu einer noch sehr viel gefährlicheren Erwachsenen herangewachsen ist", antwortete Kommissar Bosch, ehe der Zwilling zu einer scharfen Erwiderung ansetzen konnte.

„Eine Erwachsene, die uns wohlgemerkt alle an der Nase herumgeführt hat. Auch mich." Kommissar Bosch seufzte. „Wie auch immer, mich interessiert aktuell hauptsächlich, was das Ziel unserer Tatverdächtigen eigentlich ist. Ich hoffe, dass wir etwas Licht in diesen Sachverhalt bringen können, sobald sich die Verdächtige erst einmal in Gewahrsam befindet. Was sicherlich bald der Fall sein wird."

Macus dachte an gestern Abend und an die Überlegungen, die er gemeinsam mit Ian angestellt hatte.

„Ich denke, ich habe Ihnen allen noch etwas zu erzählen, nur bin ich aufgrund der sich überschlagenden Ereignisse noch nicht dazu gekommen."

Interessiert wandten sich ihm alle im Raum zu.

Macus berichtete von seinem gestrigen Treffen mit Ian und was dieser herausgefunden hatte. Dabei behielt er Andreas sorgsam im Blick. Dieser riss die Augen immer mehr auf, je weiter Macus in seinen Ausführungen über das Kurun-Symptom und darüber, dass dieses möglicherweise gar keine Krankheit war, kam.

Als er schließlich am Ende war, nickte Kommissar Bosch mit düsterer Miene.

„Klingt äußerst schlüssig. Aber wie hat sie das Ganze eingefädelt…?"

„Der Heilmeister hat sich erinnert, wie Yvonne, das Mädchen, welches ihn überhaupt erst auf den Zustand von Isabell Winter aufmerksam gemacht hatte, anfangs erwähnt hatte, sie habe ihre Informationen von Meredith erhalten."

Andreas' Gesicht war beängstigend ausdruckslos, doch seine Augen verrieten ihn. Ein Gefühlschaos aus Verrat, Schmerz und Unglauben spiegelte sich in ihnen. Marcus wandte angesichts dieser intensiven Regungen den Blick ab, um dem jungen Mann einen Moment Zeit zu geben, sich zu fangen.

„Könnt Ihr bitte nochmals die genauen Symptome dieser mysteriösen ‚Krankheit' beschreiben?", schaltete sich der Thurlin-Zwilling nun wieder ein. Seine Stimme klang angespannt.

„Selbstverständlich", meinte Marcus. „Ich habe das Ganze sogar aufgeschrieben, um einen etwas besseren Überblick zu erhalten."

Er zog die Liste hervor und reichte sie dem anderen Magister. Stirnrunzelnd überflog dieser das Blatt – im Raum war es totenstill.

„Ich habe bereits einmal von diesen Symptomen gehört", verkündete er schließlich.

„Was wisst Ihr darüber?", fragte Andreas nun mit heiserer Stimme.

Der alte Magister zog die Brauen zusammen und überlegte. Doch Andreas war am Ende seiner Beherrschung angekommen. Mit großen Schritten durchquerte er den Raum und schüttelte den alten Mann grob an den Schultern.

„WAS WISST IHR DARÜBER?? WAS HAT DIESE SCHLANGE MEINER GROSSMUTTER ANGETAN?!"

„Inspektor Winter!", brüllte Kommissar Bosch laut. „Reißt Euch zusammen, das hilft aktuell niemandem!"

Irgendwie schafften die Inspektoren Hale und Frey es, Andreas von dem Mann wegzuziehen. Schwer atmend funkelte dieser den alten Magister an.

„Was hat diese... diese... was hat Meredith mit meiner Großmutter gemacht?!"

Der Zwilling überlegte seelenruhig, als könne er den aufgebrachten Andreas direkt vor seiner Nase gar nicht sehen. Auf seine gewohnt überhebliche Art blickte er in die Runde.

„Habt Ihr bereits einmal von dem sogenannten Kringal-Ritual gehört?"

Alle schüttelten einhellig die Köpfe.

„Ich habe selbst nur einmal flüchtig etwas darüber gelesen, bin also kein Experte. Es war irgendeine Art verbotener Magie – irgendetwas mit einem Seelentausch, bei dem Seelen auf andere Körper oder Gegenstände übertragen werden konnten... Aber ich bin mir nicht sicher. Es ist schon eine Weile her. Ich müsste das Ganze noch einmal genauer recherchieren."

Macus fragte lieber nicht weiter nach, woher der Magister über verbotene Magie Bescheid wusste. Das konnten sie sich für später aufheben.

In diesem Moment gab es einen gewaltigen Tumult im Gang vor der Bürotür.

„Was um alles in der Welt?"

Entrüstet stand Professor Farber auf, um nach draußen zu gehen, vermutlich in der Absicht, einige lärmende Studenten einen Kopf kürzer zu machen. Doch er kam nicht so weit.

Die Tür wurde aufgerissen und eine Rebecca Winter stürzte herein, dicht gefolgt von einem zerzaust aussehenden Wachhauptmann Felan sowie dem zweiten Thurlin-Zwilling. Das Blut tropfte von einer großen Platzwunde auf Rebeccas Hinterkopf auf den Teppich, während sie sich mit wildem Blick im Raum umsah.

„Bitte, Frau Professor Winter, Ihr müsst Euch sofort hinlegen und Euch verarzten lassen!", jammerte Wachhauptmann Felan, während er nach ihrem Handgelenk griff. Sie schüttelte ihn jedoch mit einer schnellen Bewegung ab.

„Andreas!"

Ihr Gesicht war kreidebleich.

„Großmutter ist fort! Meredith hat sie mitgenommen!"

Dann brach sie an Ort und Stelle zusammen, so als habe sie nach dem Überbringen der Neuigkeiten alle Kraft verlassen.

Mit einem Stöhnen regte sich die alte Dame neben ihm.

„Seid ihr in Ordnung?", fragte Peter besorgt.

„Junger Mann, wie soll es mir schon gehen, natürlich bin ich nicht in Ordnung", pflaumte diese ihn mit müder Stimme sofort an.

„Wo sind wir hier? Und wo ist dieses Miststück?"

Peter zuckte hilflos mit den Achseln.

„Ganz ehrlich? Keine Ahnung."

Ihre Umgebung war äußerst seltsam und anders als alles, was Peter kannte. Sie schienen sich in einer Art dunklen Materie zu befinden. Es gab weder einen Boden noch eine Decke, auch keine Wände oder sonstigen Gegenstände. Peter konnte sich zwar wie gewohnt bewegen, doch gleichzeitig schien er nie voranzukommen, wenn er versuchte, in die eine oder andere Richtung zu kommen. Sie schwebten zwar nicht so richtig in der Luft, falls es hier überhaupt Luft gab, aber auf einem festen Boden standen sie auch nicht. Zumindest konnte er normal atmen.

„Aber falls Ihr mit ‚Miststück' diese grauhaarige Professorin meint, was ich mal schwer annehme, die habe ich das letzte Mal gesehen, als sie mich in ihrer Monstergestalt zu Euch in dieses... Loch geworfen hat. Ich wusste doch schon immer, dass mit der etwas faul ist. Seither ist nichts mehr passiert."

Er hatte jegliches Zeitgefühl verloren, daher wusste er nicht, wie lange sie schon hier drin waren. Er streckte der alten Dame, die sich inzwischen aufgesetzt hatte und misstrauisch ihre Umgebung betrachtete, seine Hand entgegen.

„Ich bin übrigens Wachmann Peter Kappel. Ich hoffe, es ist okay, wenn wir uns duzen? Ich bin in dem höflichen Zeug nicht so besonders gut."

Die alte Dame zog eine Augenbraue hoch, scannte seine Erscheinung einmal gründlich von oben bis unten, dann ergriff sie seine Hand.

„Isabell Winter", sagte sie kurz angebunden.

„Ah, bist du etwa die Großmutter von Andreas?", fragte er erfreut. „Er hat mir schon viel von dir erzählt!"

„Jungchen, hör mit dieser Arschkriecherei auf und sag mir lieber, wie wir hier wieder rauskommen."

Die alte Dame rappelte sich mühsam auf.

„Oh, wenn ich dieses kleine Miststück in die Finger bekomme, ich schwöre dir bei allem, was ich habe…"

Vor sich hin murmelnd und fluchend versuchte sie, die Umgebung zu erkunden, doch es erging ihr genauso wie ihm.

„Was um alles in der Welt ist das denn schon wieder für ein Magie-Scheiß?", fluchte die alte Dame herzhaft.

Peter musste grinsen. Und dann legte die alte Dame erst so richtig los.

Im Laufe der nächsten Minuten kamen noch einige weitere, äußerst kreative Bemerkungen, die mit einem Schwein und einem Hund zu tun hatten und die er noch nie zuvor gehört hatte. Schließlich schien ihr die Energie auszugehen. Sie setzte sich schwer atmend wieder hin. Die Augen fielen ihr zu, so als habe sie sämtliche Kraft aufgebraucht. Dabei hatte sie ja bis vor Kurzem noch geschlafen.

Er hatte keine Ahnung, wie lange sie hier so schweigend nebeneinandersaßen, es könnten fünf Minuten gewesen sein, vielleicht aber auch fünf Stunden. Irgendwann nickte die alte Dame schließlich neben ihm ein.

Plötzlich zerriss die Atmosphäre rechts von ihnen, als habe jemand einen Stoff zerteilt, und eine riesige Bibliothek kam zum Vorschein. In der Mitte des Risses stand die verdammte Professorin, in der Hand mehrere Bücher. Sie hatte wieder ihre normale, grauhaarige Gestalt angenommen.

„Puh, das war knapp", stellte sie fest, während sie einen Schritt auf die beiden zutrat und anschließend den Spalt hinter sich auf irgendeine Weise wieder versiegelte.

Das seltsame Geräusch der zerreißenden Atmosphäre hatte die alte Frau neben Peter erneut aufgeweckt. Sie war sofort wieder auf Touren.

„DUUU!", begann Isabell Winter in keifendem Ton.

„DU VERDAMMTE KLEINE MISTKRÖTE, WIE KANNST DU ES WAGEN…"

Weiter kam sie nicht.

Mit einem kleinen Schnipsen ihrer Finger schleuderte Meredith die alte Dame mehrere Meter durch den Raum. Zumindest vermutete Peter, dass es mehrere Meter waren, es war jedoch aufgrund der seltsamen Beschaffenheit der Umgebung, in der sie sich befanden, äußerst schwer zu sagen.

Die alte Frau rührte sich nicht mehr.

„Bitte zwing mich nicht, dir noch mehr wehzutun, ich mag deine beiden Enkelkinder eigentlich sehr gern."

„Du bist wahnsinnig!", entsetzt blickte Peter die ehemalige Professorin an.

Dann wandte er sich ab und versuchte, irgendwie zu der alten Dame zu kommen, doch er schaffte es einfach nicht, sich in diesem seltsamen Raum vorwärtszubewegen.

„Keine Sorge, der geht es gut. Immerhin brauche ich sie noch", beschied Meredith ihm, während sie es sich beinahe gelangweilt bequem machte und das oberste der mitgebrachten Bücher aufschlug.

„Ich glaube, sie ist nur ohnmächtig geworden."

Peter gab es aud, die alte Dame erreichen zu wollen.

„Was hast du mit uns vor?" fragte er.

Keine Antwort.

„Wo sind wir hier? Was willst du von uns?"

Nun schenkte sie ihm einen genervten Blick aus ihren blauen Augen.

„Bitte, Wachmann Kappel, ich sollte dringend diese Bücher hier lesen, ich muss unbedingt noch einen Weg finden, diese verdammte Seelenmarke loszuwerden. Ich kann nicht den Rest meines Lebens in einer solchen Dimensionsnische verbringen. Meine Magie hat Grenzen, auch wenn der Käfig nicht mehr aufrechterhalten werden muss."

Peter hatte absolut keine Ahnung, wovon sie redete, doch er kam nicht dazu, zu antworten. Er sah, wie Meredith sich plötzlich versteifte.

„Nicht jetzt!"

Dann war es einen Moment still.

„Ich weiß, dass wir einen Deal haben, aber lass mich doch bitte wenigstens noch ein bisschen recherchieren!"

Mit wem zur Hölle redete sie?

Ein kalter Schauer lief ihm den Rücken hinab.

Meredith seufzte. Dann blickte sie zu ihm.

„Es tut mir leid, Wachmann Kappel", sagte sie mit einem fast schon bedauernden Lächeln,.

„Aber er will sein Spielzeug jetzt gleich."

Dann wurden ihre Augen vollkommen schwarz, so wie vorhin, als sie ihn in dieses Loch gestoßen hatte. Nur noch die blauen Pupillen waren zu sehen und hob sich unheimlich von dem dunklen Untergrund ab.

Der mit Reißzähnen bestückte Mund verzog sich zu einem unmenschlichen, grausamen Grinsen.

„Hallo, kleines Menschlein", sagte sie in einem seltsam freundlichen Tonfall.

„Wir werden so viel Spaß miteinander haben. Endlich haben wir einmal so richtig Zeit füreinander, nicht nur ein paar armselige Stunden."

DER DIMENSIONSSPALT

Andreas wusste nicht so recht, was er fühlte.

Im ersten Moment, als er von Merediths Verrat erfahren hatte, hatte er nichts als Zorn verspürt. Wie konnte sie ihm das antun? Wie konnte sie ausgerechnet seine Großmutter in einem schwarzmagischen Ritual missbrauchen? Wie konnte sie überhaupt so unglaublich grausam und hinterhältig sein?

Er fühlte sich verraten und verletzt – doch gleichzeitig …

Vor seinem inneren Auge tauchte ihr Gesicht auf. Wie sie ihn anlächelte. Wie sie ihn mit diesen unglaublichen, warmen Augen ansah. Wie sie sich im Park nach der Trauerfeier geküsst hatten.

Einer Trauerfeier, für die in Wahrheit sie selbst verantwortlich war.

Mit schwerem Herzen konzentrierte Andreas sich auf seine reglose Schwester. Ihr bleiches Gesicht hob sich kaum vom weißen Bettlaken ab – einzig ihre brünetten Haare schienen noch Farbe zu besitzen.

Erst hatte er monatelang am Bett seiner schlafenden Großmutter gesessen, nun wachte er über seine bewusstlose Schwester. Seit über einer Woche. Und das alles nur wegen einer einzigen verdammten Frau.

Er ballte die Hände zu Fäusten.

Meredith.

Sie hatten leider immer noch keine Ahnung, was genau Meredith zu ihren Taten trieb. Zwar gingen die Ermittler aktuell jedem noch so kleinen Hinweis auf ihre Vergangenheit nach, aber eine echte heiße Spur hatten sie bisher nicht. Nur, dass Meredith in den geheimen Archiven einen Seelenstein sowie ein Buch über Seelenmagie gestohlen hatte, wussten sie mit absoluter Sicherheit. Und, dass Meredith Argentum mit wahrem Namen Meredith Maynard hieß, seine Großmutter entführt hatte und eine Verbrecherin war.

Da Andreas mit der in einer Beziehung stand und weil sowohl seine Großmutter als auch seine Schwester zu Merediths Opfern zählten, war er fürs Erste von den Ermittlungen ausgeschlossen.

Es war die Hölle.

Viel lieber hätte Andreas etwas getan, doch er war dazu gezwungen, herumzusitzen und über seine bewusstlose Schwester zu wachen, während er sich mit Selbstvorwürfen quälte.

Er hätte es wissen müssen. Hätte etwas bemerken müssen. Doch er hatte sich wie ein Narr von einem hübschen Gesicht verführen lassen.

Es musste doch einen Grund geben, warum sie so gehandelt hatte? Wurde sie vielleicht von irgendjemandem kontrolliert und erpresst?

Aber das passte irgendwie so gar nicht zu dem Bild, welches er von Meredith hatte. Sie war eine solch starke, unabhängige Frau, niemals würde sie sich zu irgendetwas zwingen lassen!

Doch was wusste er schon? Hatte er Meredith jemals wirklich kennengelernt? Oder war alles, was sie ihm jemals von ihr gezeigt hatte, eine einzige Fassade? Hatte sie am Ende vielleicht nur so getan, als würde sie sich für ihn interessieren, während sie hinterrücks seine geliebte Großmutter für irgendein verdammtes magisches Ritual missbraucht hatte? Hatte sie sich einzig und allein in seine

Familie und sein Herz geschlichen, um sie alle hinters Licht zu führen?

Mit einem frustrierten Schrei sprang Andreas auf und schlug gegen die Wand neben dem Bett. Es schien ihm einfach nicht zu gelingen, von Meredith loszukommen – seine Gedanken kehrten früher oder später immer wieder zu ihr zurück. Im nächsten Moment linste er zu seiner bewusstlosen Schwester hinüber, doch natürlich war sie auch durch seinen Schrei nicht wach geworden.

Die Heiler meinten, sie habe eine schwere Verletzung am Kopf erlitten, vermutlich, als Meredith bei ihnen zuhause aufgetaucht war, um Großmutter Isabell für warum auch immer mitzunehmen. Zwar hatten die Heiler die äußere Wunde schnell wieder zuwachsen lassen, doch man sagte ihm, dass es manchmal innere Schäden am Gehirn gäbe, die teilweise nicht mehr umkehrbar waren.

Wenn er Pech hatte, so würde Rebecca nie wieder aufwachen.

Er musste hier raus, er brauchte frische Luft.

Fluchtartig verließ Andreas das Haus, er nahm nicht einmal eine Jacke mit. Ziellos schlug er einen beliebigen Weg auf den Treppen ein.

Sein Kopf war voller Gedanken, vor denen er nicht davonlaufen konnte, egal, wie sehr er es versuchte.

Was sollte er tun, wenn seine Schwester, seine kleine Becca, niemals wieder aufwachen würde? Wenn er nie mehr ihr fröhliches, liebevolles Lächeln und ihre warmen Augen sehen könnte?

Nein, das konnte nicht sein. Das *durfte* nicht sein.

Andreas begann immer schneller und schneller zu gehen, bis er am Ende beinahe rannte. Blind vor Kummer, Wut und all den anderen, noch nicht identifizierten Gefühlen hastete er über das Gelände, bis er um eine

Hausecke bog und direkt mit jemandem zusammenprallte.

„Oh nein, das tut mir furchtbar leid!", begann er sich zu entschuldigen.

„Ich habe einfach nicht richtig darauf geachtet, wo ich hin…" Dann endlich erkannte er den schlaksigen, großen Mann mit den riesigen Brillengläsern, den er beinahe über den Haufen gerannt hätte.

Es war der Heiler, Magister Ian Hunt.

Für einen Moment starrten sie einander stumm an. Sie schienen beide nicht so recht zu wissen, was sie sagen sollten.

Andreas wusste, dass der andere Mann eine jahrelange unerwiderte Liebe für Meredith gehegt hatte, er hatte etliche seiner Arbeitskollegen darüber sprechen hören. Bei den zahlreichen Besuchen des Heilers in seinem Heim hatte er versucht, das zu vermeiden.

Doch nun?

Als die Stille zwischen ihnen begann, ungemütlich zu werden, kratzte Andreas sich verlegen am Kopf. Er war normalerweise nicht um Worte verlegen, doch diesem Mann gegenüber wusste er in der aktuellen Situation nicht, wie er sich verhalten sollte. Sie hatten dieselbe Frau geliebt, eine Frau, die sich als Mörderin entpuppt hatte.

Oder war sie das am Ende vielleicht doch nicht?

Mit einem Seufzen rieb Andreas sich über das Gesicht, er musste diese Gedanken endlich loswerden.

„Ich war gerade auf dem Weg, mir ein Bier zu gönnen", sagte der Heiler plötzlich. „Wollt Ihr mit?"

Andreas stutzte. Dann nickte er dankbar.

Vielleicht war das genau das, was er jetzt brauchte. Mit etwas Glück würde es ihm helfen, seine ständigen

Gedanken an Meredith und die Sorgen um seine Familie auszuschalten.

Zwar würde er das vielleicht am nächsten Tag mit fast unerträglichen Kopfschmerzen bezahlen müssen, doch er war ja ohnehin zur Untätigkeit verdammt.

Wortlos führte der Heiler ihn in eine kleine, etwas abgelegene Gasse. Dort befand sich, halb hinter wuchernden Weinreben verborgen, ein kleines Lokal namens *Rusty Lemon* mit dem vermutlich hässlichsten Schild, das Andreas jemals gesehen hatte. Da Andreas genauso wie seinem Gegenüber nicht sonderlich nach Reden zumute war, war er äußerst froh über dessen Schweigen.

Im Inneren des Lokals war es nicht gerade voll, doch auch nicht so leer, wie es angesichts der Lage und der unauffälligen Hausfront hätte sein können.

Der Heiler steuerte mit Andreas im Schlepptau direkt auf die abgenutzte Theke zu, hinter der eine rundliche schwarzhaarige Frau mit Lachfalten stand. Bei Ians Anblick vertieften sich diese, als sie den Heiler herzlich begrüßte.

„Ian!", rief sie freudig. „Wie schön, dich zu sehen, wie geht es dir?"

Doch dann verschwand ihr Lächeln auf einen Schlag und stattdessen blickte sie den Heiler besorgt an.

„Was ist passiert?"

Der Heiler schüttelte nur den Kopf.

„Zwei Bier, bitte."

Dann tranken sie. Sie redeten nicht, starrten nur stumm und gedankenverloren in ihr Bierglas. Doch es war ein gutes Schweigen. Sie verstanden einander. Dann kam das zweite Bier. Und das dritte. Andreas würde morgen einen fürchterlichen Kater haben, doch das war ihm im Moment egal.

Als sie schließlich beim vierten Bier angekommen waren, brach der Heiler das einvernehmliche Schweigen.

„Ich hätte es niemals für möglich gehalten."

Er blickte Andreas direkt in die Augen.

„Und ich kenne sie schon wirklich lange."

Andreas schwieg weiter. Doch er hörte zu. Der Heiler lachte bitter, während er mit trübem Blick weiter auf sein Bierglas schaute.

„Selbst als ich diese verdammten zwei Bücher vor mir hatte, konnte ich es nicht so recht glauben."

Und dann erzählte er Andreas von seiner Zeit als Student und wie er sie kennengelernt hatte. Meredith, die Liebe seines Lebens. Oder zumindest hatte er sie dafür gehalten. Genau wie Andreas.

„Sie war schon damals absolut umwerfend." Er begann bereits, leicht zu lallen. „Immer freundlich, immer hilfsbereit. Und dieses Lächeln... Oh Mann."

Andreas sagte nichts. Doch irgendwie half es ihm, dem Heiler bei seinen Erzählungen zuzuhören. Zu wissen, dass er nicht der Einzige war. Vielleicht war es aber auch nur der Alkohol. Die anderen Gäste kamen und gingen, während die beiden ein Glas nach dem anderen hoben. Stunden später verließ Andreas schließlich schwankend das gemütliche Lokal.

Er wusste nicht, wie er nach Hause kam. Feststand, dass er einen großen Teil des Biers an einem der Büsche auf seinem Weg wieder loswurde. Aber so richtig konnte er sich im Nachhinein nicht mehr daran erinnern.

Als er den Felsen mit dem Heim der Familie Winter erreichte, erwartete ihn eine Überraschung. Eine hünenhafte, blonde Gestalt saß zusammengekauert vor der Tür. Inspektor Husky.

Bei seinem Anblick sprang sein Kollege auf.

„Andreas, wo bist du gewesen?", rief er schon aus der Ferne. „Wir haben endlich eine Spur!"

Es brauchte einen Moment, bis die Worte ihren Weg durch Andreas' mit Alkohol vernebeltes Gehirn fanden.

„Ich soll es dir eigentlich nicht erzählen, Kommissar Bosch hat es uns verboten. Aber die Truppe findet, dass du es wissen solltest, immerhin geht es um deine Familie."

Er klopfte ihm auf den Rücken. „Komm zu dir, Mann! Wir werden bald wissen, wohin das grauhaarige Biest deine Großmutter gebracht hat!"

Die Schreie des Wachmanns gellten in ihren Ohren, doch Meredith blendete sie so gut wie möglich aus.

Aeshma hatte wieder die Kontrolle über ihren Körper übernommen, doch es störte sie nicht weiter. Sie hatte die Bücher aus den geheimen Archiven ohnehin bereits fertig studiert, sie konnte also sowieso nichts wirklich Produktives tun.

Die Großmutter erwies sich als zäher als gedacht. Über eine Woche verweilten sie nun bereits in der Dimensions-spalte und noch immer war der Zeitpunkt der Ritualvollendung nicht gekommen. Verärgert ging sie in ihrem inneren Geist, in dem sie verweilte, während Aeshma seinen Spaß mit dem Wachmann hatte, auf und ab. Nichts schien so richtig nach Plan zu laufen.

Nicht nur leistete der Geist der alten Frau dem Ritual immer noch Widerstand, nein, auch bezüglich ihres Problems mit der Seelenmarke war sie kein verdammtes Stück weitergekommen. Die einzige Möglichkeit, diese

Marke loszuwerden, schien darin zu bestehen, die grundlegende Struktur seiner Seele zu verändern. Wie um alles in der Welt sollte so etwas möglich sein?

Ein weiterer Schmerzensschrei des Wachmanns lenkte ihre Wahrnehmung kurz nach außen. Lange würde der Mann die Aufmerksamkeiten Aeshmas nicht mehr durchhalten. Meredith wusste nicht, seit wann ihr die Taten des Dämons nicht mehr so nahegingen. Für einen kurzen Moment überlegte sie, dann verwarf sie den Gedanken wieder. Im Grunde war es egal.

Aber lange würde der Dämon auch nicht mehr unterhalten werden müssen, Meredith spürte, wie der Wille der alten Dame Stück für Stück brach. Einen, vielleicht auch noch zwei Tage, dann würde sie das Ritual vollenden können, dann wäre sie den Dämon endlich los. Für immer.

Bei dem Gedanken stieß sie ein irres Lachen aus, welches sich fast genauso anhörte wie jenes, welches Aeshma von Zeit zu Zeit von sich gab.

Gerade wollte sie sich wieder in ihr Innerstes zurückziehen, als ihr etwas auffiel. Auch Aeshma hielt in seinem Tun inne. Ein langer, tiefer Spalt zog sich durch die Wand der Dimension.

Aeshma legte den Kopf schief wie ein Vogel.

„Na, schau mal einer an", sagte er laut.

„Das hätte ich diesen ollen Magistern gar nicht zugetraut. Wir bekommen Besuch, kleine Kröte."

Und mit einer einzigen Handbewegung brach er dem Wachmann das Genick. Die alte Großmutter wimmerte jämmerlich und wippte mit geschlossenen Augen vor und zurück.

„Viel Spaß dir noch, du bist dran", meinte Aeshma, dann hatte Meredith wieder die volle Kontrolle über ihren Körper.

„Verdammter Mistkerl!"

War ja klar, dass er sie in diesem Schlamassel alleine ließ. Dann beobachtete sie fluchend, wie der Spalt größer zu werden begann. Wieso konnten diese verdammten Magister nicht noch einen einzigen Tag warten?

Gehetzt blickte Meredith sich um, doch sie konnte nirgendwo mehr hin. Sie saß in der Falle, denn sobald sie diese Dimension verließ und in ihre eigentliche Welt zurückkehrte, würde man sie anhand der Seelenmarke verfolgen und jagen wie ein verdammtes Karnickel.

Was zur Hölle sollte sie nur tun?

Ihr Blick fiel auf die Bücher, die sie vor ihrer Flucht in die Dimensionsnische noch hatte mitgehen lassen. Eine absurde Idee schoss ihr durch den Kopf. Auch die geheimen Archive befanden sich in einer eigenen Dimension.

Der Riss, der sich gebildet hatte, wurde erneut einige Millimeter größer.

Der Dämon in ihr gackerte.

Mit dem Mut der Verzweiflung begann sie, eine Brücke zwischen ihrer Dimension und der Dimension der geheimen Archive zu schlagen. Immerhin war sie inzwischen bereits zweimal dort drin gewesen und es gab kein Siegel mehr, welches den Großteil ihrer magischen Kraft aufsaugte, daher fiel ihr das Ganze inzwischen ziemlich leicht. Sie musste sich nur irgendwie ein oder zwei Tage Zeit erkaufen, um das Ritual zu beenden!

Ein weiterer Riss in der schwarzen Materie öffnete sich, dahinter lagen die meterhohen Regale der geheimen Archive. Meredith packte mit einer Hand den Seelenstein, mit der anderen die kraftlos zappelnde Großmutter. Mit einem Hieb auf den Hinterkopf beförderte Meredith sie in die Bewusstlosigkeit, sie konnte es wirklich nicht gebrauchen, dass die alte Dame ihr irgendwie einen Strich durch die Rechnung machte.

Doch genau in dem Moment, in dem sie durch den Durchgang sprang, öffnete sich hinter ihr mit einem gewaltigen Ruck der Riss, den ihre Verfolger in die Dimension getrieben hatten. Dahinter tauchten die Gesichter der Thurlin-Zwillinge

Sie blickte ihn mit ihren vertrauten, blauen Augen direkt an.

Er konnte ihr Erschrecken, aber auch eine Spur von Ärger in ihnen erkennen. So, als hätten Macus und die Ermittler sie bei einer wichtigen Tätigkeit gestört. Was vermutlich auch der Fall war.

Sie hatten mehr als eine ganze verdammte Woche gebraucht, um den Verfolgungszauber zu weben, der stark genug war, Meredith in der von ihr geschaffenen Dimension aufzuspüren. Theiron sei Dank, dass die Thurlin-Zwillinge solch hervorragende Ritual-Magier waren, ihm selbst wäre dies niemals gelungen.

Für einen Sekundenbruchteil schien die Zeit still zu stehen, während die Wände der Dimensionsnische wie ein gebrochener Spiegel weiter absplitterten, dann wandte Meredith sich ab und sprang, die Großmutter über die Schulter geworfen, durch einen weiteren Spalt.

Marcus erkannte den dahinterliegenden Raum sofort.

Die geheimen Archive.

„Hinterher!", schrie er laut, ehe er als Erster voranstürmte. Die Thurlin-Zwillinge, Kommissar Bosch

402

sowie der Rest der Truppe folgten ihm. Nur Andreas fehlte, den hatten sie in letzter Zeit lieber außenvor gelassen.

Marcus hielt nur kurz bei dem geschundenen Körper des entführten Wachmanns inne, er war tot. Sein Herz verspürte einen Stich.

Wie hatte er sich in seiner alten Schulfreundin nur so täuschen können? Wie konnte sie nur so grausam sein? War das wirklich Meredith, die er nun bereits seit dreizehn Jahren kannte?

Dann rannte er ihr durch den zweiten Spalt, der zu den Archiven führte, hinterher. Sie hatte sich nicht die Mühe gemacht, auch nur zu versuchen, den Spalt zu verschließen, sie wusste, dass sie nicht schnell genug sein würde. Stattdessen traf ihn, kaum dass er den Boden der Archive berührte, eine gewaltige Menge roher Magie, die ihn von den Füßen riss.

„Verschwinde, Marcus!", schrie sie laut.

„Das kann ich nicht", antwortete er, während er sich wieder auf die Füße rappelte.

Marcus war ein ausgebildeter Kampfmagier, das hier war seine Spezialität. Während die Thurlin-Zwillinge durch den Einsatz der Ritualmagie, die sie verwendet hatten, um Meredith aufzuspüren, erschöpft waren, war er selbst absolut fit und bei Kräften. Doch noch nie zuvor hatte er eine solch unglaublich starke Magie verspürt, wie sie von Meredith ausging. Sie musste über riesige Magiereserven verfügen. Mächtig und ungeschliffen schabte ihre Kraft über seine Sinne. Doch sie war sichtlich ungeübt darin, sie einzusetzen.

Mühelos neutralisierte er die Magie, die Meredith ihm entgegenwarf.

„Ich will dir nicht wehtun, verschwinde!"

Ihre Stimme klang beinahe verzweifelt. Zorn wallte in ihm hoch, als er an all die Unschuldigen dachte, die ihr zum Opfer gefallen waren.

„Ach, jetzt, mit einem Mal, kümmerst du dich um andere Personen?", brüllte er sie wütend an.

„Du kümmerst dich doch um niemanden, außer um dich selbst! Du willst mir nicht wehtun, ist das dein Ernst, Meredith?!"

Er konnte es nicht fassen.

Zornig ließ er seine eigene Magie seitwärts auf sie zuschießen. Wenn sie sie treffen würde, so würde die Magie ihr Ziel schlichtweg in Stücke reißen. Doch Meredith blockte seinen Angriff ab. In ihrem Tun lag keine Finesse, kein über die Jahre geschliffenes Können, sondern pure Kraft.

Dann tauchte aus dem Nichts eine Flammensäule auf. Die Thurlin-Zwillinge verwoben ihre Ritualmagie auf eine Art und Weise, wie Marcus es noch nie zuvor gesehen hatte, zu einem gewaltigen Angriff.

Meredith riss einen riesigen Schild hoch, viel größer, als er eigentlich sein musste, doch er erfüllte seinen Zweck. Die Magie der Zwillinge zerschellte in tausend Teile und die beiden alten Magister wankten, als habe Meredith ihnen einen Schlag versetzt.

Ein Schuss ertönte, Kommissar Bosch hatte seine Magiepistole eingesetzt. Diese wurde mithilfe von Ritualmagie erzeugt und aufgeladen, war jedoch gegenüber einem Magister, der nicht gerade der dritten Kategorie angehörte, meist relativ nutzlos. Prompt blockte Meredith den Angriff mühelos ab.

„Ich hatte keine Wahl!", schrie sie Marcus an, die Ermittler der Polizei vollkommen ignorierend. „Leb du einmal jahrelang mit einem Dämon in deinem Inneren!"

Das brachte ihn aus dem Konzept. Seine Magie verpuffte.

„Du trägst einen Dämon in dir?", fragte er, absolut fassungslos.

„Bitte", Meredith sah ihn mit einem flehenden Blick an, „dreht einfach um und geht. Bitte."

Ihre Stimme war leise, der Raum war totenstill. Alle starrten sie an, selbst die Polizisten, die gerade versucht hatten, Meredith in den Rücken zu fallen und sie von hinten mit Schwertern anzugreifen, nachdem die Pistolen der Wachposten offenbar wirkungslos waren.

Die gegnerischen Parteien standen einander gegenüber: Marcus, die Zwillinge und die Polizisten auf der einen, Meredith und die alte Dame, die sie sich immer noch über die Schulter geworfen hatte, auf der anderen Seite.

„Ich bin beinahe am Ziel, habe es geschafft, ihn endlich loszuwerden." Ihre Stimme klang flehend.

Da machte es in Marcus' Kopf ‚Klick'. Dafür brauchte sie also das Ritual. Um eine Seele in einen neuen Körper zu übertragen. Aber nicht ihre eigene Seele, sondern die des Dämons.

„Aber was dann?", fragte er laut.

Niemals würde eine alte Dame wie Isabell Winter, die überdies über keinerlei Magie verfügte, einem Dämon standhalten können.

Meredith blieb stumm.

„Was dann, Meredith? Du weißt, dass die alte Dame keine Chance gegen einen Dämon haben würde." Er sah sie an, wartete auf eine Antwort. „Was hattest du danach vor?"

Meredith schwieg beharrlich.

„WAS DANN, MEREDITH?!"

„SIE IST DOCH OHNEHIN SCHON URALT!"

Entsetzt starrte Marcus sie an. Meredith atmete schwer.

Seine alte Freundin, die er so gut zu kennen geglaubt hatte, hatte tatsächlich vorgehabt, die alte Frau umzubringen. Als sie seinen entgeisterten Blick bemerkte, schob sie trotzig das Kinn vor.

„Es ist mir egal, Marcus."

Fassungslos blickte er sie an.

Dann erhob er ohne Vorwarnung seine Magie zu einem peitschenden Hieb, um sie bewusstlos zu schlagen, doch sie blockierte ihn erneut.

„Kreist sie ein!", rief einer der Thurlin-Zwillinge und die Polizisten setzten sich in Bewegung. Doch in einem Kampf zwischen Magistern waren Menschen ohne Magie fehl am Platz, selbst wenn diese magische Waffen trugen.

Mit einer gewaltigen Schockwelle holte Meredith sie alle von den Beinen, nur Marcus gelang es im letzten Moment, einen Schild hochzuziehen. Mehrere Regale fielen um, Staub wirbelte durch die Luft.

Einer der Thurlin-Zwillinge hob die Hand und die Luft klärte sich augenblicklich, gerade noch, um zu sehen, wie Meredith mit der Großmutter auf der Schulter um ein Bücherregal herum verschwinden wollte.

Doch Marcus war schneller.

Er holte zu einem weiteren magischen Schlag aus, dem Meredith jedoch auswich. Im nächsten Moment flog ein glitzerndes, aus Licht gewobenes Netz durch die Luft auf Meredith zu, welches die Zwillinge in Windeseile zwischen sich erschaffen hatten. Mit gebleckten Zähnen holte Meredith zum Gegenschlag aus. Aber Marcus war eindeutig geübter.

Zwar gelang es ihr, das Netz zu neutralisieren, doch Marcus' Magiespeer erwischte sie mit voller Wucht. Die bewusstlose alte Dame rutschte von ihrer Schulter, während Meredith seitwärts durch die Luft flog und mit einem lauten Krach gegen eine Kommode mit mehreren ausgestellten Artefakten knallte.

Meredith stieß einen lauten, gellenden Schrei aus, als ein großer, steinerner Schild ihr die Seite auf Hüfthöhe aufschnitt. Blut tropfte auf den Boden. Der Seelenstein rutschte ihr aus der Hand.

Sie keuchte.

Marcus hob die Hand, um die Magie zu verstärken, doch Meredith stieß eine weitere ungeschickte Schockwelle in alle Richtungen aus, welche erneut alle zu Boden riss.

„Bleibt mir vom Leib!"

Ihr Blick huschte von dem Seelenstein zu der am Boden liegenden Isabell Winter und wieder zurück. Die Ermittler kamen gerade erneut auf die Füße und wollten sich trotz der Tatsache, dass sie absolut keine Chance hatten, erneut in das Getümmel stürzen. Die Zwillinge woben an einem weiteren Netz.

„Meredith! Großmutter!"

Die Stimme ließ die gesamte Szenerie wie eingefroren zum Stillstand zu kommen. Dort, am Eingang des Dimensionsloches, durch das sie hereingekommen waren, stand Andreas auf den Trümmern mehrerer Bücherregale.

„Inspektor Winter, was in Theirons Namen macht Ihr hier?", fragte Kommissar Bosch ungläubig. Dann schaute er zu den drei Inspektoren. Seine Augen verengten sich angesichts ihrer schuldbewussten Mienen.

Meredith war bei seinem Anblick bleich geworden.

„Andreas."

Ihre Stimme klang seltsam.

Dann entdeckte der junge Mann seine Großmutter und stürzte durch das Trümmerfeld nach vorne, um sie in die Arme zu schließen.

„Großmutter! Großmutter Isabell, wach auf!"

Seine Stimme brach vor Verzweiflung.

Er sah er auf, Meredith war nur wenige Meter neben ihm. Selbst aus der Ferne konnte Marcus den aufflackernden neuen Hass in seinem Andreas' Blick erkennen. Meredith zuckte zusammen.

„DU!", schrie er sie an, als sie einen kleinen Schritt nach hinten trat, eine Spur aus Blut hinterlassend.

„WAS HAST DU MEINER GROSSMUTTER ANGETAN?"

Er ließ seine Großmutter los und rannte wie von Sinnen auf Meredith zu.

Diese blickte ihn mit großen Augen an. Dann streckte sie reflexartig die Hand aus.

Marcus spürte das Knistern der Energie und zog einen magischen Schutzschild um den jungen Mann, was auch gut war. Andreas flog trotzdem noch mehrere Meter durch die Luft nach hinten. Mit einem lauten Krachen kam er am Boden auf.

„Andreas!", schrie Meredith erschrocken.

Für einen Moment herrschte Stille, während alle Beteiligten angstvoll in seine Richtung starrten. Dann rappelte er sich sichtlich benommen auf, sein Bein stand in einem seltsamen Winkel ab.

Meredith blickte mit blassem Gesicht zu der alten Dame. Dann wanderten ihre Augen zurück zu Andreas. Ihre Blicke trafen sich.

Angst, Wut, Schmerz und Verrat standen in seinen Augen. Aber auch Hoffnung.

„Bitte, hör auf", sagte er in die Stille hinein. Der Rest der Truppe schien wie erstarrt die Szene zu beobachten. Meredith blickte erneut zur alten Frau.

Als ihr Blick ein weiteres Mal zu Andreas zurückkehrte, dessen Gesicht vor Schmerz verzerrt war, schien sie eine Entscheidung zu treffen. Sie streckte ihre Hand aus – und Marcus spürte das Aufwallen einer ihm unbekannten Magie.

„NEIN!"

Er stürzte nach vorne, doch was auch immer Meredith getan hatte, es war bereits wieder vorbei.

Die Hand auf die verletzte Stelle an ihrer Hüfte gelegt, wandte Meredith sich um. Schneller als Marcus es für möglich gehalten hätte, riss sie einen Spalt in die Materie.

Dahinter befand sich eine ihm unbekannte Gasse, am Horizont sah man bereits die Dämmerung heraufziehen. Schnee bedeckte den dreckigen Boden. Mit aller Kraft warf Marcus einen weiteren Magieball nach ihr, um sie aufzuhalten, doch Meredith wehrte ihn schon beinahe lässig ab.

Dann trat sie durch den Spalt und verschloss ihn hinter sich.

EPILOG

Mit letzter Kraft schleppte Meredith sich durch die enge Gasse, während sie sich die Hand auf ihre Wunde presste. Blut tropfte zu Boden in den dreckigen Schneematsch, während sie die wenige Heilmagie, die sie besaß, einsetzte. Meredith hatte absolut keine Ahnung, wo sie sich befand, sie hatte einfach nur blind ein weiteres Tor in die Wirklichkeit aufgerissen. Aber das war ihr im Moment völlig egal. Alles war schiefgegangen. Und dabei war sie so verdammt nah dran gewesen!

Sie wusste selbst nicht, was sie dazu bewogen hatte, das Ritual mit der alten Dame aufzulösen. Es war ein Impuls gewesen und ehe sie so richtig darüber nachgedacht hatte, hatte sie die Arbeit von Monaten und Jahren zunichtegemacht. Und jeden Moment konnten die Nachwirkungen des Abbruchs des Rituals einsetzen.

Mit einem wütenden Brüllen schlug sie mit der Hand auf die Steinmauer neben sich, einige Kieselsteinchen rieselten heraus. Jetzt tat ihr auch noch die Hand weh. Mit Tränen der Frustration und des Zornes über die Ungerechtigkeit der Welt schrie sie den dunkler werdenden Himmel über sich an.

Vor ihrem inneren Auge tauchte das Gesicht von Macus auf. Wie er sie voller Entsetzen und Unglauben durch den Riss angestarrt hatte. So, als habe er bis zum letzten Moment geglaubt, er würde eine andere Person erblicken. Wie er sie angeschrien hatte, dass sie sich um niemanden außer um sich selbst kümmern würde.

Als wäre es ihre Schuld! *SIE* war hier das Opfer.

Aeshma kicherte.

„HALT DIE KLAPPE!", schrie sie so laut, wie sie nur konnte.

Andreas.

Meredith verspürte einen schmerzhaften Stich in ihrem Herzen. Erneut stieß sie ein lautes, wütendes Heulen aus.

„Was um alles in der Welt ist denn hier los?", fragte eine verwirrte weibliche Stimme hinter ihr.

Mit einem wilden Knurren wirbelte Meredith auf der Stelle herum. Vor ihr stand eine einfach gekleidete, dickliche Frau mit einem frischen Wäschekorb. Bei ihrem Anblick trat die Frau erschrocken einen Schritt nach hinten.

Für einen Moment starrte Meredith die Frau einfach nur an. Dann drehte sie sich um und lief in die entgegengesetzte Richtung davon. Sie musste sich verstecken, niemand durfte wissen, wo sie sich befand! Meredith wusste, dass man sie sofort exekutieren würde, sobald man sie in die Finger bekam. Sie war nun eine Gejagte, eine Verbrecherin. Ein Mitglied des siebten Hauses. Man würde sie verfolgen und für etwas, für das sie absolut nichts konnte, zur Rechenschaft ziehen. Sie musste fliehen.

Dann fiel ihr die Seelenmarke wieder ein.

Schlitternd kam sie nach nur wenigen Metern wieder zum Stehen.

Verdammt, verdammt, verdammt!

Panik ergriff sie.

Mit wildem Blick sah sie sich um. Sie hatte das Gefühl, als würden sich bereits von allen Seiten Magister an sie heranpirschen. Grimmig biss sie die Zähne zusammen.

„Ich könnte dir helfen, diese Marke loszuwerden", sagte Aeshma plötzlich.

Meredith erstarrte. Das Herz klopfte ihr bis zum Hals. Sie hörte, wie die fremde Frau mit dem Wäschekorb einen Schritt auf sie zumachte.

„Geht es Euch gut?", fragte sie. „Kann ich Euch helfen?"
Doch Meredith ignorierte sie.

„Weißt du, kleine Kröte, ich mag dich irgendwie. Die Zeit mit dir war… äußerst unterhaltsam", fuhr der Dämon fort.

„Es ist auch für mich nicht gerade leicht und mit einem Opfer verbunden, aber was würdest du von einem weiteren kleinen Deal halten?"

Ihre Hände zitterten.

Erneut blitzte Andreas Gesicht vor ihrem inneren Auge auf. Macus, wie er sie anschrie.

„Was kannst du mir bieten?", fragte sie leise.

Sie hatte ohnehin alles verloren. Der Dämon grinste zufrieden.

„Viel, kleine Meredith. Viel." Aeshma rieb sich die Hände.

„Doch zuerst… Wir haben den dritten Tag, es wäre wieder Zeit für etwas Spaß. Was hältst du davon?"

Für einen Moment zögerte Meredith. Doch was machte es schon? Sollte er doch für ein paar weitere Stunden seinen Spaß haben.

Dann ließ sie den Dämon von der Leine.

Fortsetzung folgt…

DANKSAGUNG

Liebe Petra, auch wenn wir uns leider viel zu selten sehen, warst du maßgeblich daran beteiligt, dass dieses Buch überhaupt entstanden ist. Ich glaube nicht, dass ich es jemals so explizit gesagt habe, aber danke, dass du mir (vermutlich ohne es zu wissen) den Mut gegeben hast, einfach anzufangen. Leider konnte ich keine dritte Widmung unterbringen, aber der nächste Band ist bereits in Arbeit.

Danke, dass du da bist.

Außerdem möchte ich auch meine wunderbaren Ex-Vögel erwähnen, die gemeinsamen Abende mit euch sind mir unglaublich wichtig und geben mir jedes Mal neue Energie! Ich wünsche mir noch viele weitere Jahre mit euch.

Liebe Renate, du wurdest bereits in der Widmung erwähnt, trotzdem möchte ich dir hier nochmals danke sagen. Du hast dir Meredith geduldigst immer wieder durchgelesen, mir Feedback gegeben und mich ermutigt. Ohne dich wäre ich niemals an diesem Punkt angekommen.

Auch meine Lektorin Katrin möchte ich an dieser Stelle nicht unerwähnt lassen. Zwar kamst du erst zu einem sehr späten Zeitpunkt dazu, aber du hast dem Ganzen den entscheidenden letzten Schliff gegeben und das Buch auf ein neues Niveau gehoben. Dafür bin ich dir unendlich dankbar!

Es gäbe noch viele weitere Personen zu erwähnen, aber eine Gruppe möchte ich hier besonders ansprechen: meine lieben Leser! Vielen, vielen Dank an alle, die bis hierher gelesen haben und das Buch nicht verärgert oder enttäuscht in eine Ecke gepfeffert haben. Ich hoffe, ihr hattet beim Lesen von Merediths Geschichte genauso viel Spaß wie ich beim Schreiben. Ich freue mich schon darauf, euch im nächsten Band wiederzusehen!

Theresa Strasser